Tatiana Lobo · Hahnenbräute

P H
V

Tatiana Lobo

Hahnenbräute

Roman

Aus dem Spanischen von Sabine Müller-Nordhoff

Peter Hammer Verlag

Titel der Originalausgabe: *Calypso*
erschienen bei Farben Grupo Editoral Norma, San José

Die Deutsche Bibliothek – CIP Einheitsaufnahme

Lobo, Tatiana:
Hahnenbräute : Roman / Tatiana Lobo. Aus dem Span. von Sabine Müller-Nordhoff. – Wuppertal : Hammer, 1999
Einheitssacht.: Calypso <dt.>
ISBN 3-87294-812-1

Umschlaggestaltung: Juliane Steinbach
Satz: Data System, Wuppertal
Druck: Pustet, Regensburg

Für Cubalí,
die mich aus ihren Erinnerungen schöpfen ließ.

Kalypso

Kalypso: Ein afrokaribischer Rhythmus, der eine Geschichte erzählt. Er hat seinen Ursprung in den versteckten Botschaften, die in den Liedern und Tänzen der Sklaven zum Ausdruck kamen und mit denen sich die Leibeigenen über die Geschehnisse des Tages und die Grausamkeiten ihrer Herren austauschten.

Kalypso: eine weibliche Gestalt aus der Odyssee, deren Name soviel besagt wie: die Geheimnisträgerin. Odysseus verbrachte sieben Jahre bei ihr, nachdem ihn ein Schiffbruch auf ihre Insel verschlagen hatte. Obwohl ihm ein Leben an ihrer Seite Unsterblichkeit verhieß, zog der Held es vor, an den heimischen Herd von Penelope zurückzukehren.

Amanda

An dem Tag, als Lorenzo Parima in See stach, wurde ein folgenschwerer Meilenstein in der Weltgeschichte als auch in seinem persönlichen Leben gesetzt. Gestern noch hatte er seine letzte Kiste als Hafenarbeiter geschleppt, als jenseits des Atlantischen Ozeans ein wahnsinniger Österreicher den Zweiten Weltkrieg entfachte. Doch wußten weder Hitler noch Parima voneinander, als sie, jeder auf seine Weise und seinen Möglichkeiten entsprechend, in fremdes Gebiet eindrangen.

Lorenzos Begleiter war der unvergleichliche Plantintáh Robinson, Arbeitskollege und Leidensgefährte bei der Verladung unzähliger Frachten, ein Mann, auf den sie große Stücke hielten und der hohes Ansehen genoß, der beste Stauer im Hafen. Ein wahrer Künstler in Sachen Gleichgewicht war er, dieser Plantintáh, über die Landesgrenzen hinaus bekannt für seine Fähigkeit, die lotrechte Lage der Ladungen zu berechnen, so perfekt und professionell, daß kein Schiffsführer, der in den Genuß seiner Dienste kam, sich je über unsichere Frachten beschwert hätte. Seine breiten Schultern vermochten das Doppelte, ja Dreifache der Last zu tragen, die andere Männer von anerkannter Kraft und Ausdauer schleppen konnten.

Diese und andere wohlbekannte Fähigkeiten gaben den Ausschlag für die Freundschaft zwischen dem Weißen und dem Schwarzen. Doch das allein war es nicht. Der eigentliche Grund, der Lorenzo dazu bewog, das folgenschwerste Abenteuer seines Lebens einzugehen, eine Entscheidung, die sein Schicksal in neue Bahnen lenken sollte, war die Tatsache, daß der Schwarze über die nötigen Rücklagen verfügte, um der Schlepperei im Hafen, der wirtschaftlichen Krise und der schlechten Entlohnung Lebwohl zu sagen und einer freieren, vielversprechenderen Zukunft entgegenzugehen. Sollten sie das Geschäft, das sie gemeinsam betreiben wollten, ans Laufen bringen – und es gab nichts, was dagegen sprach, daß ihnen dies gelingen sollte –, so würden sie den Schiffsfrachten und der Kolonne Nummer Sieben für immer den Rücken kehren und es zu reichen Geschäftsleuten bringen.

Was Lorenzo über rein wirtschaftliche Interessen hinaus an Plantintáh bestach, war das einnehmende Wesen des Schwarzen, dessen wahrer Name, wenn man dem Eintrag auf dem Standesamt trauen mochte, auf Alphaeus Robinson lautete. Alphaeus oder Plantintáh, wie er lieber genannt wurde, war der einzige Schwarze in der Gegend, der keine Vorurteile gegenüber den Weißen hegte, der einzige, der sich mit allen gleichermaßen gut verstand und keinen Menschen aufgrund seiner Religion, seines Aussehens oder seiner Hautfarbe herabsetzte. Vielleicht lag es auch daran, daß er kein britischer Staatsbürger war und sich daher den übrigen Imperien überlegen fühlte. Oder daran, daß er eine freie und glückliche Kindheit genossen und weder Beleidigungen noch Demütigungen kennengelernt hatte.

Eine gewaltige Einwanderungswelle hatte seinen Vater von St. Kitts, einer Insel der Kleinen Antillen, an den hiesigen Hafen verschlagen, wo er sein Brot bei einer Bananengesellschaft verdiente und sich davon ein besseres Leben versprach. In der Stunde der Wahrheit jedoch stimmten weder sein Lohn noch die übrigen Versprechungen mit der Wirklichkeit überein. Daraufhin beteiligte er sich an einem Aufstand mehrerer Hundertschaften betrogener Antillenbewohner, die alle von den Inseln der britischen Kolonie stammten und geschlossen ihre Rückführung forderten. Doch ihr Protest führte zu nichts, denn statt der begehrten Schiffskarte für die Heimreise erhielten sie von der Polizei Prügel und mußten eine befremdliche Ansprache des englischen Konsuls über sich ergehen lassen, der sich vorgenommen hatte, die Gemüter der aufgebrachten Schwarzen mit dem herausragenden Naturprodukt Banane und ihrer Nahrhaftigkeit zu besänftigen. Vater Alphaeus Robinson flüchtete vor den Knüppelschlägen und den falschen Worten des Konsuls und lief den endlosen Strand entlang, in der Hoffnung, nach Panama zu gelangen. Doch eine anmutige Schönheit von der Insel San Andrés schien dort schon auf ihn gewartet zu haben, und so machte Robinson auf halbem Wege halt, noch bevor er die Grenze erreichte. Wenig später wurde die Schöne Plantintáhs Mama. Der Junge, der inmitten der üppigen Flora des Urwaldes und dem gleißenden Weiß eines einsamen Strandes das Licht der Welt erblickte, wuchs in Freiheit heran, ohne Rassenhaß und Volkshetze kennenzulernen. Dieser Umstand ließ ihn später, als er schon auf zwei langen Beinen stand, die wendiger und kräftiger waren als die eines Jesse Owens – der Neger, der auf der Olympiade in Berlin vor den erstaunten Augen der Arier einen meisterlichen Lauf hinlegte –, den ersten, der ihn Sohn einer Niggerhure schimpfte, mit einem Knock out niederstrecken, der Joe Louis vor Neid hätte erblassen lassen. Seine Rechte blieb unvergessen. Mit ihr gelangte er in die schillernden Annalen der Hafenhistorie, und sie verschaffte ihm den nötigen Respekt, so daß er nie wieder in die Verlegenheit kam, seinen Hieb zu wiederholen. Ein kurzer Blick auf Plantintáhs Fäuste genügte, um Anspielungen und rassistische Beleidigungen in der Kehle eines Angreifers zu ersticken.

Betrachtete man ihn jedoch mit anderen Augen, so waren seine kraftstrotzenden Klatscher auf den Rücken, sein perlendes Gelächter, der gutmütige, warmherzige Ausdruck seiner runden Augen ebenso unwiderstehlich wie die Eleganz seines elastischen und formvollendeten Körpers, auf dem ein kleiner Kopf thronte, der die ausgewogenen, feinen Züge eines Somali trug. Letzteres ist eine Redensart, denn in Wahrheit lag das Herkunftsland seiner afrikanischen Ahnen ebenso im dunkeln wie der Ursprung seiner honigfarbenen Haut. Mandinga, Kongolese oder Karabali mit einigen europäischen Anteilen, die ihren Niederschlag in der Farbe seiner klaren Augen gefunden hatten, verströmte Plantintáh den Duft von Nelken, und sein Geldbeutel zeigte immer die Bereitschaft, die Nöte anderer zu lindern. Da er sich gut darauf verstand, seiner Schalmei die schönsten Töne zu entlocken, war er ein willkommener Gast auf Festen und in Bars, wo er in Maßen zu trinken pflegte, denn er besaß die Gabe, sich an seinem eigenen Lachen zu berauschen.

Seine Neider riefen ihn »Robinson« oder nannten ihn einfach »Neger«, oder aber »Neger Robinson«, wenn sie genauer sein wollten. Wer ihn mochte, nannte ihn nur »Plantintáh«. Die weißen Frauen in Betsabés Bordell riefen ihn »Schokosahne«, ein vielsagender und zärtlicher Kosename, mit dem sie ihn aus der übrigen Kundschaft heraushoben. Auch »Plantintáh« war nur ein Spitzname, den ihm seine grenzenlose Schwäche für gewisse süße, mit Bananenmasse gefüllte und roter Pflanzenfarbe eingefärbte Teigwaren eingetragen hatte, in gutem Schriftenglisch *plantain tart* genannt – ein Wort, das in der Färbung des regionalen Dialektes ungefähr wie »Plantintáh« klang. Doch ließen ihn sein glänzender Humor, sein stetes Lächeln und sein ausgeprägter Hang zu Zerstreuungen nie seine Prinzipien aus den Augen verlieren: Er hatte sich verlobt, und sein ganzer Ehrgeiz in diesem Leben galt seiner zukünftigen Frau und den Kindern, die er mit ihr haben würde.

Die Fülle an Tugenden, mit denen Plantintáh gesegnet war und die ihm so großen gesellschaftlichen Erfolg eintrugen, waren dem verschlagenen Abkömmling aus dem hügeligen Hinterland nicht entgangen. Lorenzo Parima war ein Mensch der Berge, ein bäuerlicher Hinterwäldler mit einem besonderen Gespür für die Bäume mit dem weitesten Schattenwurf und die kristallklarsten Bäche der Umgebung. Von niedriger, doch keineswegs korpulenter Statur, ein wenig unbeholfen und ohne herausragende Talente, verstand sich der Weiße darauf, seinen Mangel an Attraktivität und seinen fehlenden Witz durch die Qualitäten des Schwarzen auszugleichen. Nie begab er sich ohne seinen Begleiter an einen Ort, weder zur Arbeit noch in die Bordelle, Kneipen oder an sonstige Stätten der Lustbarkeit. Immer wußte er es einzurichten, daß der andere die Rechnungen seiner Freizeitvergnügen beglich, und tischte ihm das Märchen auf, daß er seiner armen, schwindsüchtigen Mutter in einem fernen Dorf, inmitten unwirtlicher, kalter Klimazonen, Geld schicken müsse. So sparte Lorenzo, was Plantintáh mit vollen Händen ausgab, denn so über die Maßen großzügig der eine war, so grenzenlos geizig war der andere. Das ungleiche Paar verbrachte schließlich soviel Zeit miteinander, daß ihre Beziehung einer richtigen Freundschaft gleichkam. Davon war zumindest der Schwarze überzeugt. Was in dem Weißen vorging, vermochte niemand zu sagen, denn er verbarg seine Gedanken hinter einem zweideutigen Gesichtsausdruck, der nichts zu erkennen gab.

An der Mole wartete ein Küstenklipper auf die beiden Männer, der für eventuelle Notfälle mit einem Motor ausgestattet war. Das Boot von geringer Kiellänge bot nur wenigen Passagieren Platz, da sein größter Stauraum der geladenen Fracht vorbehalten war. Ein leichter Seegang kräuselte den weiten Spiegel des Ozeans. Im engen Steuerraum gerieten der Kapitän und sein einziger Matrose ins Schwitzen bei dem Versuch, den Motor anzuwerfen und ins weite Meer zu stechen, wo sie ihn bald abstellen würden, um Benzin zu sparen. Heftig fluchend kämpften sie wieder und wieder den gleichen Kampf mit der Maschine, erfüllten die Luft mit dem Gestank nach Öl und

Teer, bis das Knattern des Motors regelmäßiger wurde, ein halbes Dutzend Passagiere ihre Plätze zwischen den Warenballen einnahm und ihre abgenutzten, ungepflegten Lederkoffer verstaute.

Behende wie ein Hirsch sprang Plantintáh aufs Deck, und Lorenzo Parima versuchte es ihm gleichzutun, so gut es ging. Der Kapitän griff nach dem schweren Tau, mit dem das Schanzkleid am Kai befestigt war, und der Klipper stach in See, Richtung Osten, wo eine verheißungsvolle Sonne von gleißender Leuchtkraft unerbittlich ihre Laufbahn nahm.

Bald lag die Stadt mit ihren zweistöckigen englischen Häusern im viktorianischen Stil, die man der tropischen Hitze angepaßt hatte, in weiter Ferne. Ihre lebhaften Sträßchen, auf denen Männer und Frauen aller Rassen und Hautfarben gemächlich ihres Weges gingen, waren nun nicht mehr zu sehen.

Das blaue Wasser glitzerte vergnügt, schon glitt das Segelschiff über die seidenglatte Oberfläche und machte kleine Hüpfer wie ein verspielter Delphin, der mit den Wellen um die Wette springt aus lauter Wonne über den sonnigen Tag. Kaum waren sie auf hoher See, wurde der Motor abgestellt, und nun trieben die windgeblähten Segel das Schiff voran. Weit weg von hier, am anderen Ende der tiefen Karibischen See, jenseits des Ozeans, überflogen deutsche Flugzeuge brummend das ahnungslose polnische Flachland.

Pelikane und Möwen begleiteten den Segler ein Stück seines Weges, doch bald kehrten die Seevögel auf ihre Felsen und an den sicheren Strand zurück, auf ihrer unermüdlichen Suche nach der gewohnten Nahrung. Lorenzo, der eine Sicherheit vorspielte, von der er weit entfernt war, zählte die Palmen, die zu seiner Rechten noch erkennbar waren, und vermied einen Blick auf den Bug, der über die Wasserlinie stach, was seine Nerven zum Reißen spannte. Ein kleiner Vogel ruhte sich auf der Reling aus und kratzte sich mit dem Schnabel unter dem Flügel.

»Der Tölpel bringt Regen«, bemerkte Plantintáh und wandte den Blick gen Horizont, wo sich einige Wolken zusammenzogen. Er begann nun über das herannahende Unwetter zu fachsimpeln und rollte die »R« seines vokalreichen Spanisch, warf wild Pronomina durcheinander und verwandelte die Artikel in etwas so Undefinierbares, daß keiner genau wußte, welchen Geschlechts die dazugehörigen Substantive eigentlich waren.

Lorenzo verscheuchte den Vogel, um die Vorhersage zu vertreiben. Die anderen Schiffsreisenden plauderten unbekümmert miteinander in ihrem dialektgefärbten Englisch, und von Zeit zu Zeit war das Flüstern der Eingeborenen zu vernehmen, die mehr der Stille zugetan waren. Keiner schien den Kommentar Plantintáhs erahnt oder gehört zu haben.

Als der Küstenstreifen sein leuchtendes Grün verlor und aus der Entfernung eine undurchsichtige, graue Färbung annahm, setzte ein leichter Regen ein, und die Wellen wechselten von ihrer windigen Spielart zu wachsender Feindseligkeit. Die Passagiere blieben noch eine angemessene Weile an der freien Luft und ließen sich von der aufgebrachten Gischt bespritzen. Schließlich hoben sie den Blick zum Himmel und verzogen sich wortlos in die Enge der Schiffskabine. Der Himmel hatte die Farbe von Blei angenommen.

Lorenzo, der zwischen den stählernen Schenkeln seines Freundes und den watteweichen Hinterbacken einer fetten Schwarzen eingeklemmt war, die sich als Marian Anderson vorstellte, versuchte seine Furcht zu überspielen und tat so, als lausche er der Unterhaltung seiner Reisegefährten, ohne wirklich etwas zu verstehen, was er auch gar nicht erst versuchte. Seine Erfahrungen mit Salzwasser beschränkten sich auf gelegentliche sonntägliche Tauchvergnügen, doch war er immer in der Nähe des Strandes geblieben, aus Angst vor der Urgewalt der Wellen und den unergründlichen Grotten unter See, die häufig zu tödlichen Fallen für Taucher und Fischer wurden. Das, was man unter richtiger Seefahrt verstand, hatte er nie betrieben.

Lorenzo war an die Küste gekommen, weil er die Landwirtschaft verabscheute und die Ländereien seiner Eltern viel zu klein waren, um auf ihre zahlreichen Kinder verteilt zu werden. Nachdem er einige Jahre die Schule besucht hatte, noch viel zu jung, um gegen sein Schicksal aufzubegehren, schlug er die Zeit mit dem Säen von Bohnen tot und half seiner Familie bei den anfallenden Arbeiten. Kaum sechzehn Jahre alt, schnürte er sein Bündel und machte sich auf und davon in Richtung Norden, wo er als Kuhtreiber sein Brot verdiente. Bald unzufrieden, versuchte er sein Glück in der entgegengesetzten Himmelsrichtung. Er arbeitete eine Zeitlang auf Bananenplantagen und erhielt schließlich eine Anstellung am Hafenkai, obwohl er weder Erfahrungen als Stauer besaß, noch es mit der Situation in Puerto zum besten stand: Schlechte Bezahlung war an der Tagesordnung, ganz zu schweigen davon, daß Lorenzo mit seiner schmächtigen Statur zu harter körperlicher Arbeit nicht geschaffen war.

Lorenzo vermied den Gedanken daran, daß er nicht schwimmen konnte, damit sein Grauen vor dem Meer nicht übermächtig wurde, und suchte insgeheim Zuflucht bei dem Projekt, das ihm Robinson unterbreitet und dem er gleich zugestimmt hatte, darum bestrebt, seinen wirtschaftlichen Status zu verbessern. Es war der Traum von einem Gemischtwarenhandel, dem Plantintáh mit der apokalyptischen Vision von Hunderten Dosen Kondensmilch Gestalt verlieh. In seinen Gedanken reihte er sie, einem Heer gleich, in endlosen parallelen Regalen auf, eine über der anderen. Dort teilten sie den Platz mit gelben Seifenstücken und Haushaltswaren, fein säuberlich gestapelt wie Goldbarren, in nächster Nachbarschaft zu Stoffballen, feinem Kattun und geblümter Seide, Nägeln, Nadeln und Lippenstiften, Puder, Zahnpasta, Haken und Schrauben, Aspirin, Petroleumlampen, Kerzen und Kisten mit Talkum, Töpfen, Gläsern und Geschirr, baumwollenen Unterhosen, Zigaretten, Tee und Buschmessern. Auf dem Boden sah er die Säcke mit Reis, Fadennudeln, Makkaroni, Päckchen mit weißem Zucker, Hacken, Schaufeln, Reitzeug und Ackergeräte, und auf der Ladentheke thronte ein riesiges Glas mit buntem Konfekt. Der Schwarze hatte eine Liste dieser Waren aufgestellt, und der Weiße fügte noch seinen unvermeidlichen Kaffee hinzu. All dies und eine ganze Heerschar Kunden dazu, die sich die Klinke in die Hand gaben und wie Raubameisen auf das Getreide und den Zucker stürzten, Frauen, die sich den Schnickschnack aus den Händen rissen, und er und Plantintáh damit beschäftigt, die Lagerräume zu leeren, um die verkauften Waren wieder aufzufüllen. Und dann das Geld unter der Matratze oder hinter den Brettern der Wand! Oder angelegt auf einer Bank. Oder in einem Versteck, das besser war als alle zusammen!

Das Beste an der Sache war, so dachte Lorenzo lächelnd, daß er nicht einen Centavo seines Geldes in die Angelegenheit stecken mußte, denn das Kapital wurde von der Verlobten des Schwarzen eingebracht, die mit dem Tod ihrer Eltern eine kleine Erbschaft gemacht hatte. Amanda Scarlet war die Verlobte Plantintáhs seit seiner jüngsten Kindheit, und wenn dieser sich von ihr getrennt hatte, um eine Arbeit im Hafen anzunehmen, so in der Absicht, eigenes Geld zu sparen. Das gelang ihm jedoch nie, denn er gab auch seinen letzten Lohn noch für ihre Geschenke aus. Neben Nachthemden aus buntem Stoff und nutzlosem Nippes kaufte er ihr einen kleinen Filzhut, den ein modischer Traubenzweig schmückte, womit er sie, so erklärte er, in eleganter Aufmachung zu einer Zugreise ausführen werde. Plantintáh sprach von seiner Amanda mit ungebremster Begeisterung. Wenn man ihm Glauben schenkte, so gab es keine Worte, um soviel Schönheit zu beschreiben. Lorenzo glaubte ihm, denn er hatte viel übrig für die schwarzen Frauen, schließlich folgten seine Blicke hin und wieder einer kohlschwarzen Schönheit auf den Hafenstraßen. Dann mußte er anerkennen, daß sie schönere Körper hatten als die weißen Frauen dieser Gegend, auch wenn sein wahres weibliches Schönheitsideal in dem Abbild eines Werbeplakates von

Mejoral verkörpert war, auf dem eine Blondine mit frivolem Lächeln ihre porzellanfarbene Haut und große, rosige Brüste zur Schau stellte.

Lorenzo beunruhigte jedoch weniger die schöne Verlobte seines Geschäftspartners als vielmehr die Sorge, ein unvorhergesehenes Ereignis könne den Traum vom Gemischtwarenhandel zerschlagen. Es war immerhin möglich, daß sie bei ihrer Ankunft in Monky Point, dem Ziel und Anlaß ihrer Reise, einem entlegenen Fleckchen, an dem eine Geburtstagsfeier stattfinden sollte, feststellten, daß das begehrte Kapital dieser Amanda Scarlet sich in Luft aufgelöst oder sie es mit einem anderen durchgebracht hatte, was den geplanten Handel in Schutt und Asche gelegt hätte. Dies hätte Lorenzo Parima in eine mißliche Lage gebracht, denn angesichts der wirtschaftlichen Krise wäre seine Stelle schnell mit einem der vielen Arbeitslosen besetzt worden, die in den Parkanlagen von Puerto herumlungerten. Sollte das mit dem eigenen Laden scheitern, so würden sie ihn sicher nicht wieder unter Vertrag nehmen.

Während Lorenzo insgeheim ein paar Stoßgebete gen Himmel schickte und die göttliche Vorsehung beschwor, die Dinge so zu wenden, wie er sie sich erträumte, kroch eine Spinne mit schwarzem Leib und beunruhigend langen Beinen zwischen der Fracht aus Kakao und Bananen hervor, die der Kapitän am Vortag verladen hatte. Der blinde Passagier verließ seine Zuflucht zwischen den Ritzen, begierig darauf, einen Streit anzuzetteln, doch niemand bemerkte das Insekt. Es hangelte sich an der Innenseite von Lorenzos Hose empor, doch als es in seinem Klettereifer von einer unschuldigen Bewegung der rundlichen Beine der Farbigen gestört wurde, die sich darum bemühte, das Gleichgewicht zu wahren, entlud es seine Wut an Parimas Wade. Der Getroffene nahm den Stich nicht wahr, doch einige Minuten später, als die Spinne schon von ihrem Abenteuer abgelassen und in ihr Versteck zurückgekehrt war, zog Lorenzo sein Hosenbein hoch und entdeckte eine bläuliche Quaddel mit einer wäßrigen Blase in der Mitte. Er scheute sich, das Bein zu kratzen, als der Juckreiz immer stärker wurde, und fragte Plantintáh, was für ein Insekt für diese Untat verantwortlich sein könne, aus Angst, es handelte sich um einen Skorpion. Der starke Wellengang erschwerte die Untersuchung, und so stieß Plantintáh mit seinem Kopf gegen den der Schwarzen, die ebenfalls die Tragweite des Vorfalls hatte prüfen wollen. Beide waren der Ansicht, daß es sich um ein harmloses Tierchen handelte und der Patient sich nach Herzenslust kratzen könne.

Der Klipper hielt seinen Kurs. Der Kapitän orientierte sich an unsichtbaren Wegweisern, schließlich kannte er sich aus mit Atollen, Riffs und Korallenbänken, während sein Matrose, ein triefäugiger junger Mann, erneut versuchte, den Motor anzuwerfen, doch ohne Erfolg. Die Segel drohten zu reißen, und das stark schwankende Schiff zwang alle Passagiere, die Balance zu halten. Sie suchten vermeintliche Stützpunkte in der Luft und waren bald ganz durchnäßt, denn der Regen ging allen bis auf die Knochen. Erbarmungslos türmte sich die Gischt über wutentbrannten Wellen auf, die an der Schiffswand brachen und das salzige Wasser nach allen Seiten spritzen ließen. Dichter Nebel versperrte die Sicht in die Ferne, und am Horizont war keine Linie mehr zu erkennen. Ergriffen von Panik und angeschlagen durch den Spinnenbiß, erbrach Lorenzo das Frühstück auf seine Füße und auf die seiner nächsten Nachbarn: Er reiherte lauthals säuerliche, halbverdaute Bohnen mit Reis, zusammen mit Fontänen von Milchkaffee und unförmigen Bröckchen Maistortilla. Der Unfall hatte therapeutische Wirkung, doch nicht für seinen Urheber, sondern für die Leidtragenden. Die Furcht vor dem Unwetter, die alle zum Schweigen gebracht hatte, entlud sich nun mit beißendem Spott an Lorenzo, der nicht nur die unerträgliche Seekrankheit erleiden mußte, sondern Verhöhnung und Verachtung zu spüren bekam. Mit rohem Gelächter, das sich mitleidlos über ihn ergoß, feierten sie seine Schwäche und hänselten ihn, den

Weißen, wegen seines empfindlichen Magens, der nicht dazu gemacht war, den Stimmungswechseln und Launen des Meeres standzuhalten. Er begriff, daß im Inneren der Kabine ein ethnischer Rachefeldzug ausgebrochen war, begnügte sich damit, sein Gesicht mit dem Halstuch zu reinigen, das er zur Feier hatte tragen wollen, und reinigte beflissen seine groben Schuhe von der klebrigen Masse, die er über sie gespien hatte.

Doch ließ die Entspannung, die dem Drang nach Vergeltung folgte, bald nach, und Panik packte die Passagiere. Keiner hielt jetzt mehr das Gleichgewicht. Das kugelrunde Gesicht der fetten Negerin mit den sympathischen Zügen, die ungefähr dreißig Jahre alt sein mochte, begann sich in furchtsamem Greinen zu verzerren, und sie rief: »Oh, Lord, oh, God!« Ohne daß jemand sie darum gebeten hatte, erzählte sie unter Schreien, daß ihre Kinder sie erwarteten, die außer ihr niemanden mehr hätten auf dieser Welt, und daß sie nicht sterben dürfe, da sie noch sehr klein seien und keiner sich um sie kümmern werde, oh, Lord, oh, God! Ein Hauch von Solidarität bewegte die Gemüter der Passagiere, die sich darangaben, die Arme zu trösten, doch betrieben sie diese Aufgabe mit so viel Einsatz und bezeugten so viel und so tiefempfundene Anteilnahme, daß Marian Anderson, der wenige Worte genügt hätten, um sich zu beruhigen, bedrückt und niedergeschlagen, wie sie war, in einem Anfall von nervöser Anspannung Lorenzo einen rüden Rippenstoß versetzte, da sie eine unschuldige Geste desselben für einen unzüchtigen Griff nach ihren massigen Schenkeln hielt. In Wahrheit war Lorenzos Absicht frei von jeder Unverfrorenheit, doch ein heftiges Schaukeln der Barke verwandelte seinen verzweifelten Versuch nach Halt in eine aggressive, sexuelle Attacke. Empört wollte die Frau jetzt Abstand halten zu ihrem Nachbarn, doch gab es kein Ausweichen für ihre ausladende Anatomie, und Lorenzo, bemüht, seine Untat nicht zu wiederholen, blieb nichts anderes übrig, als sich an Plantintáhs Arm zu klammern, wollte er nicht von den Wellen ins Meer gespült werden. Darauf vermied die

Schwarze, die ihn erneut mißverstand, jede weitere Berührung. Der Umstand, in einer derart engen Umklammerung mit Plantintáh zu verharren, hätte sicher auch falsch verstanden werden können, aber die blassen und verängstigten Passagiere hatten bereits genug von der Seereise und dachten nur an den Augenblick, da sie wieder festen Boden unter den Füßen hatten.

»Wir liegen kurz vor Monky Point«, sagte der Kapitän, der bis zu diesem Zeitpunkt noch kein einziges Wort gesprochen hatte, ebenso schweigsam wie sein Matrose.

»Besser, Sie steigen hier aus und setzen die Reise zu Fuß fort. Das Meer ist heute unberechenbar«, erklärte er, so, als sei dieser Umstand den Fahrgästen bisher entgangen.

Die Barkasse unternahm eine Rechtsdrehung und bekam achtern die ganze Wucht der Wellen zu spüren. Bald ließ das Schaukeln nach, und das Boot glitt in gemäßigtere Gewässer. Kompakte Koralleninseln schützten den Klipper vor dem aufgebrachten Meer, und der Kapitän wußte ihn äußerst geschickt zu manövrieren. Noch immer war kein Küstenstreifen zu sehen, denn über allem lag ein undurchsichtiger, dunkler Schleier. Ein paar Passagiere und der Matrose fierten ein Boot, und hinein stiegen die Frau, Lorenzo und die Indios. Der Seemann tauchte die Ruder kraftvoll ein und führte die Barke bis zum Strand, wo sie mit einem leichten Schlag auf Sand stieß. Erst beim Ausstieg nahm Lorenzo die ungewissen Umrisse der Bäume wahr. Das Boot unternahm noch eine Fahrt und brachte die restlichen Passagiere an Land.

Ein heftiger Platzregen ging nieder, und das Grüppchen begann seinen Fußmarsch ohne einen trockenen Faden am Leib. Die Indios empfahlen sich und verschwanden auf einem Pfad in die Berge. Wenig später trennte sich auch die fette Schwarze von der Gruppe und ging ohne ein Lebewohl. Ein Stück weiter verabschiedeten sich schließlich die letzten Gefährten mit einem *Adios*, und bald waren die zukünftigen Geschäftspartner allein. Lorenzo folgte Plantintáh blind, ohne zu sehen, wohin er seine schlammigen Schuhe setzte, stumm und mit flauem Magen, während der andere meinte, das Fest habe sicher schon begonnen und sie seien im Begriff, das Beste zu versäumen. In Monky Point feierten sie den fünfzehnten Geburtstag von Daisy Watson, der besten Freundin Amanda Scarlets, soviel hatte Lorenzo verstanden. Die Mädchen, beide Einzelkinder und obendrein Kusinen, lebten unter einem Dach mit Emily, Plantintáhs Schwester. Doch Mr. Watson, Daisy's Papa, beherbergte unter seinem Dach nicht nur fremde Töchter, sondern er war darüber hinaus ein reicher Mann, so hatte Plantintáh ihm erzählt. Letztere Erwähnung hinterließ bei Lorenzo einen gewissen, doch nicht sehr klaren Eindruck, wie jene Informationen, die im Augenblick nicht dienlich sind, die das Gehirn aber speichert, bis eine geeignete Gelegenheit gekommen ist.

Die Affen, die sich zwischen den Ästen der hohen Mandelbäume versteckten, blickten den durchnäßten Spaziergängern nach, während die Wellen gegen die nahegelegenen Felsen am Strand schlugen und eindrucksvolle weiße Schaumteppiche versprühten. Lorenzo stellte erfreut fest, daß der Regen nachgelassen hatte, doch seine Zufriedenheit war nicht von langer Dauer, denn kaum war das Unwetter vorüber, brach schon die Dunkelheit herein. Finstere Schatten umgaben die beiden Männer, als der Regen mit einem Schlag aussetzte, wie es in den Tropen häufig geschieht. Plantintáh setzte seinen Weg mit der Sicherheit eines Menschen fort, der am Busen der Natur aufgewachsen ist, während der arme Lorenzo blindlings hinterhertappte und Mühe hatte, ihn nicht aus den Augen zu verlieren, verzweifelt darüber, daß seine Füße im Schlamm versanken und er den Schritt verlangsamen mußte. All diese Widrigkeiten ließen die Zeit endlos erscheinen, und es kam ihm so vor, als würden sie ihr Ziel nie erreichen.

Plötzlich brach der verhangene Himmel auf, als gehöre zu den Festvorbereitungen ein übernatürliches Protokoll. Helles Mondlicht sah hervor und ließ die Finsternis etwas freundlicher erscheinen. Eine mächtige Masse durchbrach das eintönige Blattwerk und verdrängte die alles umgebende Düsterkeit. Das Gespenst, das von innen her leuchtete, weckte Erinnerungen an Sagen und Legenden, an Märchen von Tieren und Kobolden, rief die Schreckgespenster der fernen Kindheit vor allwissenden Wesen wieder ins Leben, jene Unfaßbarkeit angesichts geheimnisvoller Geschehen und düsterer Absichten. Lorenzo hielt erschreckt inne, da näherte sich der andere lächelnd, und seine geöffneten Lippen entblößten die weißen Zähne auf eine Weise, die Lorenzo etwas unheimlich war.

»Das ist das Haus«, flüsterte Plantintáh mit einer Ehrfurcht, die wahre Verzückung verhieß.

Sie schlugen einen Pfad aus Kies und Sand ein, der sie zwischen den Schemen kleiner Bananenstauden und Obstbäume hindurchführte. Durch die niedrigen Fenster des Hauses, das in dichtes Baumwerk gebettet war, leuchtete der flackernde Schein vieler Kerzen. Ein silberner Lichtkegel drang durch die hohen Palmen und ergoß sich über den großzügigen Laufgang, der über eine enge Treppe auf die Veranda führte. Die Fensterläden im ersten Stock waren geschlossen, und die holzgetäfelte Fassade, deren Farbe in der Dunkelheit nicht auszumachen war, hatte etwas Vornehmes und Erhabenes.

Aus dem Inneren des Hauses ertönte der Klageton eines schlechtgestimmten Cha-Chas, und eine diffuse Geräuschkulisse war zu hören, die immer lauter wurde, je näher sie kamen. Dann konnte man den Rhythmus eines fröhlichen Kalypso vernehmen, den ein Solist vorsang, worauf andere Stimmen im Chor einfielen.

Sie stiegen die Treppe hoch. Doch Plantintáh ging nicht durch die sperrangelweit geöffnete Tür, sondern schlich wie eine Katze in eine dunkle Ecke und machte Lorenzo unauffällige Zeichen, er möge es ihm gleichtun.

Schweigsam öffnete der Schwarze sein Köfferchen und gab sich daran, sein Hemd auszuziehen. Lorenzo folgte seinem Beispiel und wechselte das Exemplar, das er auf dem Leib trug, gegen ein anderes, beinahe ebenso aufgeweichtes Stück von gleicher Machart und genauso gewöhnlich. Der Neger streifte sich ein pudertrockenes Seidenhemd über den schlanken Oberkörper, so blütenweiß wie seine Zähne, denn er hatte die Umsicht besessen, seine Kleider in ein Stück Kautschuk zu wickeln.

Als Lorenzo die Eleganz des Schwarzen erblickte, fühlte er sich klein und unbedeutend: Plantintáh trug schwarze Gabardinehosen mit Hosenträgern, eine Weste und Lackschuhe, und er vollendete seine feine Erscheinung mit einem Paar schneeweißer Handschuhe, in die er seine Boxerpranken steckte. Einige Sprenkel Nelkenduft und ein kurzer Gang mit dem Kamm durch die kurzgeschorenen Locken, und er war bereit für seinen Auftritt anläßlich der Geburtstagsfeier der jungen Daisy. Sie hängten die feuchten Kleider auf das Treppengeländer und schickten sich an, einzutreten. In diesem Augenblick drang lautes Gelächter durch die Tür, Beifall für den Kehrreim des Kalypso, der gewöhnlich sehr frivol geriet. Lorenzo, der gerade die Türschwelle überschritt, deutete die lauten Lacher als Reaktion auf einen Scherz, der ihm galt, und wurde rot vor Scham. Doch so war es nicht. Der Sänger des Kalypso wiederholte den Refrain, ohne daß Lorenzo seine Bedeutung erfaßt hätte. Es folgte ein kurzes Aufspiel der Saiteninstrumente, und die Musik brach ab, um aufs neue zu erklingen. Plantintáh faßte den Weißen vertrauensvoll am Arm, und sie stießen vor. Was Lorenzo nicht im entferntesten ahnen konnte, war, daß just in diesem Augenblick deutsche Panzer auf Warschau zurollten.

Daisy Watsons Papa hatte sich bei der Gestaltung seines Hauses nicht recht entscheiden können zwischen der geschmacklosen Unbekümmertheit gewöhnlicher Feste und der Ausstattung einer schwarzen Messe. Wohin das Auge blickte, standen Kerzen auf Flaschenhälsen auf den zahlreichen Tischen und Beistelltischchen mit gehäkelten Deckchen, deren höchst eigenwillige Muster im unruhigen Flammenschein der Kerzen ein Eigenleben annahmen. Mitten auf einem Tisch, der die Festtafel zu sein schien und sich unter der Last der Speisen bog, mühten sich zwei große Kerosinlampen, ihren bescheidenen Kolleginnen aus Wachs die Leuchtkraft streitig zu machen. Geschirr und Gläser glitzerten keck unter dem Schein des Lichtes, das sich auf ihnen spiegelte. Die bunte Gästeschar tanzte zu den Rhythmen eines kleinen, unermüdlichen Orchesters, das sein Spiel wieder aufgenommen hatte und aus einem Banjo, einer Schalmei, einer Trommel aus einem Nagelfaß ohne Nägel und einer Kokosreibe mit Gabel bestand. Das kleine Universum der geladenen Gäste drehte sich fröhlich zu einer Quadrille, und in der dunklen Ecke des Hauses sah man die einsamen Herzen tanzen. Mit einem Blick stellte Lorenzo fest, daß er der einzige Weiße auf diesem Fest war.

Ein Mann, der wie Plantintáh gekleidet war, aber einen Hut trug, schlenderte an Lorenzo vorüber und hatte seinen Arm um die Hüfte einer jungen Frau gelegt, die in rosafarbenen Taft gewandet war. Es handelte sich um Miss Emily, die ganz der vergnüglichen Musik hingegeben schien und ihn nicht wahrnahm. Sie wurde ihm wenig später als die einzige Schwester Plantintáhs vorgestellt. In jener Zeit gehörte Miss Emily zu den sogenannten diabolischen Schönen, die diese vergängliche Anmut ihrer Jugend verdankten.

Plantintáh ließ sich von der Aufregung der Willkommensgrüße einfangen, während Lorenzo Parima schüchtern bei der Tür stehenblieb, von all dem ausgeschlossen und verlegen, unsicher, wie er sich verhalten sollte. Als der andere sich an ihn erinnerte und ihn vorstellte, mußte der Weiße die Peinlichkeit über sich ergehen lassen, wie ein Wesen einer seltenen Gattung begutachtet zu werden. Darüber hinaus verstand er kein Wort von dem, was sie sagten. Nachdem die Begrüßungszeremonie vorüber war und sich ihm eine Unzahl schwarzer Hände entgegenstreckte, die er nicht auseinanderhalten konnte, bot man ihm an, aus der bauchigen Bowleschale, die mitten auf der festlichen Tafel stand, einen Likör zu trinken, der nach Pampelmuse schmeckte und seinem leeren Magen schlecht bekam.

Da er nicht verstand, was um ihn herum gesprochen wurde, verkroch er sich in einem beklemmenden Anflug von Schüchternheit in den entlegensten Winkel. Von dort aus konnte er in aller Ruhe das Treiben der anderen verfolgen und herausfinden, welche Speise ihm am besten bekam und am schmackhaftesten war. Schließlich entschied er sich für ein Stück feines Brot, doch eher, weil es so bequem zu greifen war, ohne Teller und Besteck, als aus dem tatsächlichen Verlangen danach, es zu essen.

Frauen in durchscheinendem Organza schwirrten umher wie zerbrechliche Insekten oder üppige, tiefrote, reife Früchte. Dann sah er Plantintáh zusammen mit einem Mädchen. Aus der Art, wie er es umarmte, und aus den Blicken, die er der jungen Frau schenkte, schloß Lorenzo, daß es sich um Amanda Scarlet handelte. Neugierig unterzog er sie einer aufmerksamen Betrachtung. Plantintáh hatte nicht nur die Wahrheit gesagt, sondern es in seiner Beschreibung noch an Attributen fehlen lassen. Auf ihrem langen Hals einer schwarzen Schwänin schwebte ein so fein modellierter Kopf, als habe man Ebenholz wie Ton bearbeitet. Die feine Nase mit den nervösen Nasenlöchern ragte stupsig auf über dem fleischigen, roten Mund. Ihre Augen waren schräg, nicht rund, und ihre hohen Backenknochen, die von der Frisur unter Spannung gehalten wurden, verliehen ihr eine leicht orientalische Note. Ihre Schultern lagen frei, so daß der samtige Ton ihrer Haut nur über den Brüsten von ihrem Gewand unterbrochen wurde und durch die gewagte Überlappung unzähliger Lagen Tüll in den schillerndsten Farben wirkungsvoll changierte. Licht und Tanz spielten mit dem feinen Tuch aus Tüll, riefen regenbogenartige Farbvariationen hervor und ließen sie wie eine große Libelle im Flug erscheinen. Ein Meisterwerk der Natur, in dem alle Kunstrichtungen Schwarzafrikas in Vollendung verschmolzen: Amanda Scarlet war eine Statuette der Dogón, eine Holzskulptur der Yoruba, eine Skulptur der Bambara, eine Elfenbeinarbeit aus Nigeria, ein stilisierter Tonkrug aus Manbetu, eine Statue der Baulé, eine Bronze aus Benin, eine Lehmfigur aus Dahomey ... Nichts war bei ihrer Schöpfung dem Zufall überlassen worden. Alle Rohstoffe, pflanzliche wie mineralische, waren in gemeinsamem Wirken ehrgeiziger Kunsthandwerker zur Verarbeitung gelangt, Künstlern, die so verliebt waren in ihr Geschöpf, daß sie es nicht mehr hergeben wollten, ewig unzufrieden mit seinem letzten Schliff.

Lorenzo Parima nahm das Fest jetzt nicht mehr wahr. Plantintáh und all die anderen Gäste hatten aufgehört zu existieren. Weder Geschäfte noch Projekte, weder Kapital noch Geld waren für ihn von Belang. Der Gemischtwarenhandel war plötzlich nichts weiter als ein sinnloser Bretterverhau. Die Zeit stand mit einem Schlag still, aufgelöst durch das Verlangen nach Besitznahme. Lorenzo Parima hatte sich im Tüllkleid von Amanda Scarlet verfangen, seine Hände glitten unter ihren Rock, und sein Mund stieg langsam und begierig ihre langen Beine empor, trank von dem Honig ihrer Essenz. Sie, die nicht die geringste Ahnung davon hatte, welche Phantasien ihr Körper in jenem weißen Gast weckte, und der jene Besessenheit fremd war, die in diesem Augenblick wie Unkraut auf dem Boden seiner schmutzigen Gedanken sproß, tanzte wendig wie eine Liane, biegsam in der Taille begleitete sie beinahe schwerelos jede Bewegung Plantintáhs, der, in die Augen seiner Schönen und in den frohsinnigen Tanz versunken, ebensowenig ahnte, was gerade mit seinem Freund geschehen war. Die behandschuhten Hände des Schwarzen auf dem federnden Leib seiner Partnerin hielten und gaben her, griffen zu und gaben frei, in wildem Wechsel aus Festnahme und Freigabe, was Lorenzo in hellen Aufruhr versetzte. Wäre er der Tänzer gewesen, so hätte er sie an seine Brust und gegen sein Geschlecht gepreßt, sie fest mit den Armen gepackt und sie zur Unterwerfung gezwungen, gefügig gemacht und überwältigt. Er verließ seinen Schlupfwinkel, in den er sich verzogen hatte, drängte sich unter die Tänzer, pflanzte sich vor dem Paar auf und klagte mit herausfordernder Miene den nächsten Tanz ein.

Was darauf geschah, war Parima nicht mehr in Erinnerung. Weder wußte er später noch, was er gegessen und getrunken, noch, worüber er geredet hatte. Der weitere Verlauf der Feier war ihm entgangen, er vergaß die bis zum Rand gefüllten Teller mit Rondón, Langusten und Makrelen, vergaß all die Puddings aus Kokos und Banane, erinnerte sich nicht mehr an die geladenen Gäste, die so fröhlich tanzten. Doch er sollte nie wieder den Kalypso vergessen, zu dem das Orchester aufspielte, als er seine Arme ausstreckte, um Amanda Scarlet zu umschlingen, und sie einige Schritte vor seinen rohen, schwieligen, schmierigen und vor allem nackten Händen zurückwich. In späteren Jahren sollte Lorenzo begreifen, daß es ihre Angst davor gewesen war, seine feuchten Hände könnten auf ihrem neuen Kleid einen sichtbaren Fettfleck hinterlassen. (Einige Jahrzehnte nach dieser Episode erstand Lorenzo ein Paar weiße Handschuhe von einem nordamerikanischen Marineoffizier. Doch zu diesem Zeitpunkt waren weiße Handschuhe längst aus der Mode gekommen, und als er sie schließlich überstreifte, machte er sich damit vollends lächerlich.)

Hätte der arglose Plantintáh an diesem Abend auch nur im geringsten geahnt, was seine Verlobte im Herzen seines Geschäftspartners angerichtet hatte, so hätte Lorenzo den nächsten Morgen nicht erlebt. Niemals hätte Plantintáh sich die Arbeit gemacht, Beile und Sägen herbeizuschaffen, um die Planken für den Gemischtwarenhandel zurechtzuschneiden, noch hätte er sein Leben dabei riskiert, die Flüsse mit besagten Brettern auf den Schultern zu Fuß zu durchqueren, noch hätte er soviel Schweiß vergossen beim Hämmern und Sägen, Treppensteigen und Herumkriechen auf dem Boden. Doch die krankhafte Leidenschaft Lorenzos blieb ihm verborgen, und so kam bald der Tag, an dem eine Handvoll Küstenbewohner über einen Kramladen verfügte und die kleine Gemeinschaft ihre bescheidenen Grundbedürfnisse befriedigen konnte, ohne kostspielige und gefährliche Seereisen nach Puerto zu unternehmen.

Der Gemischtwarenhandel lief nicht so, wie sie es sich erträumt hatten, denn die Einlage Amandas war weitaus geringer als erwartet. Außerdem hatte der Krieg in Europa die Wirtschaft aller Länder in der Welt aus den Fugen gehoben, und so verging einige Zeit, bis sie den geeigneten Platz für ihren Laden fanden. Lorenzo wollte in Monky Point bleiben, dort, wo sich der Kern der künftigen Kundschaft konzentrierte, und Plantintáh liebäugelte mit einem Punkt, der genau zwischen Puerto und Monky Point lag und beide Orte miteinander verband. Ihm lag daran, den Transport der Waren zu erleichtern und Käufer aus den Bergen hinzuzugewinnen, genauer gesagt, die Indios.

Schließlich schlossen sie einen Kompromiß. Als überzeugte Anhänger von Omen und Orakeln stimmten sie darin überein, daß die glückbringende Geschäftslage eben jenes Gebiet sei, auf dem sie zur Zeit des Unwetters an Land gegangen waren. Obendrein war diese beschauliche Bucht für den Bau einer Mole wie geschaffen, ein weiterer Vorteil für jene, die bislang nur mit dem Meer Zwiesprache gehalten hatten. Sie nannten es fortan »Bai«, obwohl es sich nur um einen kleinen, friedlichen Meerbusen handelte.

Als der angehende Handel endlich durch die ersten Verkäufe von Eisen-, Eß- und Gemischtwaren für die Geschäftspartner kleine Gewinne abwarf, mußte Lorenzo etwas vernehmen, was er am liebsten in seinem ganzen Leben nie gehört hätte: Sein Sozius bat ihn um einen Vorschuß auf zukünftige Gebrauchsgüter für den Bau eines Hauses. Dort wollten er und Amanda wohnen. Schließlich, führte der Schwarze an, hole das Leben ein, wer sich das Leben nicht hole.

Bürgerliche und kirchliche Wege einer Eheschließung betrachtete das Brautpaar als unbrauchbares Beiwerk, die es beschreiten würde, sobald Zeit und Geld hierzu bereitstehe. Plantintáh Robinson und Amanda Scarlet traten nie vor eine Amtsperson, was letztere indes nicht davon abhielt, sich vom Zeitpunkt ihres Zusammenlebens an Mrs. Amanda zu nennen, in Anerkennung ihres Eintritts in die Welt der verheirateten Frauen. Plantintáh seinerseits sparte keine Mühen, ihr ein bequemes Leben zu bieten. Er baute ein ebenerdiges, aber weitläufiges Haus aus reinem Zedernholz mit einer großzügigen Veranda, die fast bis an den Strand führte, als wolle er das Meer als Zeugen ihrer Glückseligkeit einladen. Er strich es in fröhlichen Farben und deckte es fachkundig mit geripptem Blech. Das Haus, altrosa mit flaschengrünen Fensterrahmen, verfügte über zwei große Zimmer sowie eine Küche und erhob sich auf meterhohen Pfählen, die es vor Überschwemmung schützten, so daß der Unterbau sich vorzüglich zu einem Vorratskeller nutzen ließ. Es war, nach Meinung der Kundschaft des Kramladens, das luxuriöseste Haus der ganzen Umgebung, nach dem von Mr. Watson in Monky Point.

Plantintáh, der großzügig umging mit seinem Glück, litt, wenn er seinen Geschäftspartner so alleine sah, der in einem Hinterzimmer bei den Lagerräumen schlief, und zwar in größter Bescheidenheit und Askese. Er unternahm, was in seinen Kräften stand, um ihn dazu zu bewegen, seiner Schwester Emily oder der häßlichen Daisy den Hof zu machen, doch Lorenzo verspürte nicht das geringste Interesse, sich mit einer anderen Person als mit Amanda zu verbinden. Wenn schon die jugendliche Anmut von Emily ihn nicht rühren konnte, so noch viel weniger die arme Daisy, der von Mutter Natur ebensoviel Liebreiz versagt worden war, wie Fortüne ihr Geld und Reichtümer beschert hatte. Doch selbst eine Verbindung aus Kalkül konnte Lorenzo nicht locken, so sehr hielt ihn die unwiderstehliche Schönheit von Amanda Scarlet gefangen.

Er plagte sich wie ein Maultier, ohne das wunderbare Meer vor seiner Türe wahrzunehmen, und genügte gewissenhaft den Bedürfnissen seiner Klientel, die sich bald daran gewöhnte, den Weg zur Bucht zu Fuß oder mit dem Boot zu machen. So kam der Handel langsam, aber sicher ans Laufen. Das Plätzchen war so abgelegen von der Außenwelt, daß es keine Möglichkeit gab, das Geld woanders auszugeben, und so steckte er es gut und gewinnbringend in neue Zuckersäcke, Beile und Zündhölzer. Plantintáh hatte den Einfall, ein paar Bänke auf den breiten Steg über dem Strand zu stellen, und die Ankömmlinge nutzten die Gelegenheit, ein wenig dort auszuruhen und Atem zu holen, bevor sie die Rückreise antraten. Für einige war es Anreiz genug, ihre bescheidene Habe, ihre Familien oder ihre Einsamkeit hierher zu verlagern und sich in der Nähe niederzulassen. Vereinzelte Hütten aus Palmenstroh und Blättern lichteten das dichte Gestrüpp. Brachland und Buschgebiet, das keinen Besitzer kannte und allen gehörte, wurde mit leuchtenden rotblättrigen Pflanzen abgesteckt, ohne daß einer dem anderen Grenzwege oder Zäune streitig gemacht hätte. Der unwegsame Urwald mit seinen mächtigen Bäumen wandelte sich in eine wohnlichere Zone, und hier und dort schossen kleine Kakaosträucher aus dem Boden, welche, auf die Lichtungen gesät, eine reiche Ernte verhießen. Die hohen Sangrillos fielen unter den Axthieben, und ihre von rotem Saft getränkten Strünke blieben am Boden stehen wie enthauptete Torsos, bis der Regen, die Verwitterung und die Insekten den Rest besorgten. Hier gibt es viel zu viel Land für die paar Leutchen, dachte Lorenzo und erinnerte sich ohne Wehmut an die bescheidenen Felder seiner Kindheit.

Großmütig und generös wie gewöhnlich hatte Plantintáh keine Einwände, als Lorenzo einen Topf mit gelber Farbe bestellte, so leuchtendgelb wie der Schnabel eines Tukan, mit der er PARIMA UND CO. auf den zweitürigen Eingang des Gemischtwarenladens pinselte, und begrüßte gutgelaunt, daß die Leute in der Umgebung diesen Ort, der bislang namenlos gewesen war, bald Parima Bay nannten.

Plantintáh, der ganz in der Anbetung der schönen Amanda aufging, trachtete eher danach, die Bedürfnisse seiner Frau zu befriedigen, als sich um das Gedeihen des Gemischtwarenhandels zu bemühen. Während Lorenzo den Tag damit zubrachte, Nägel abzuwiegen und Reis in Fünfpfundtüten abzupacken, zimmerte der bezirzte Neger einen Hühnerstall, überdachte den Ofen für das Brot und schlug sich in die Berge, um dekorative Pflanzen für den Garten mitzubringen. Auf Pump beschaffte er aus dem Laden feinsten Kattun und Perkale, mit denen Amanda sich selbst sowie Türen und Fenster schmückte, besorgte auf seine Kosten Tassen und Teller aus Porzellan, Decken, Töpfe und Gläser, bestellte in Puerto Bettlaken und holländisches Tischzeug. Er ließ sich sogar eine mit Baumwolle gepolsterte Matratze und eine Nähmaschine bringen. Als Lorenzo gewahr wurde, daß sein Sozius seinen Aufgaben nicht nachkam, stellte er einen Jungen ein, zog seinen Lohn Plantintáh vom Salaire ab und benutzte den Neuzugang noch als Dolmetscher. So kam es, daß am Monatsende, als Lorenzo in seinem Rechnungsbuch die Summe zog, der andere Schulden hatte, die er sich beeilte, in die Spalten des Folgemonats einzutragen, ohne auch nur einen Centavo zu vergessen. Wirksamer konnte Lorenzo in seiner Perversität nicht Rache nehmen für die unerträglichen Stiche aus Neid und Eifersucht, für die kränkende Glückseligkeit des Schwarzen, der stets lächelte, immer zu Scherzen aufgelegt lachend die Zähne entblößte und voll und ganz zufrieden mit sich und dem Leben war. Um wieviel mehr mußte es ihn treffen, als dieser eines Tages mit gellendem Geschrei ins Geschäft gelaufen kam und alle Welt wissen ließ, daß Amanda Scarlet ihre Regel nicht bekommen hatte.

Sie hingegen betrieb in den vier Wänden ihres Hauses ein sehr privates Ritual, das in der Hege und Pflege Plantintáhs bestand. Wenn dieser sich seinem Grund und Boden näherte, so sah er sie eifrig den Fußboden mit einem Kokosbesen kehren, bunte Brassen abschuppen oder geschäftig in ein Blech voll rotglühender Kohle blasen, in dem Bemühen, ihr Haus und den schönsten Mann der Region anzuheizen. Amanda Scarlet und Plantintáh Robinson waren zwei verzückte Vögelchen, eines versunken in die Anbetung des anderen, Turteltäubchen, die ihre Zeit damit zubrachten, sich gegenseitig ihr Federkleid zu zupfen.

Lorenzo billigte zwar Amandas Eifer, ihrem Mann zu gefallen, doch mißfiel ihm der Einsatz, mit dem Plantintáh seiner Frau die Ehre erwies. Mochte er sich an ihrem Fleisch gütlich tun, sagte er sich, doch darüber die Arbeit im Geschäft zu vergessen, das ging zu weit. Bald würde dieser Neger sich in einen jämmerlichen Schwächling verwandeln, der ganz nach der Pfeife seiner Frau tanzte. Lorenzos Mißgunst und Eifersucht hatte dafür nur zwei Sätze übrig. Einer davon war: Am Lachen und Flennen ist der Narr zu erkennen. Der andere hieß: Plantintáh hat keine Eier. Lapidar zog er den Schluß, daß ein Narr ohne Eier kein Rivale sein konnte und Amanda selbst ihren Mann bald verachten werde. In diesem Augenblick würde er, Lorenzo, auf den Plan treten, nicht so ein Weichei, und sie würde sich ihm zu Füßen werfen.

Die Zeit verging. Der Laden lief wie ein Schiff mit geblähten Segeln, Plantintáhs Schuldenberg wuchs wie der Bauch von Amanda Scarlet, und mit ihm die Liebe zwischen den beiden. Eines Abends war es mit Lorenzos Beherrschung vorbei, und er schlich durch die Schatten der Nacht zum Haus seiner Nachbarn, stellte sich unter die hohen Pfähle und spähte durch die unregelmäßigen Bodenplanken über seinem Kopf. Er konnte nichts erkennen, denn alles war in Dunkelheit gehüllt, aber was er zu hören bekam, ließ ihn wünschen, nie hierhergekommen zu sein. Das Haus schwankte wie ein Segelschiff, das in ein Unwetter geraten war, und die Luft war erfüllt von Geschrei, Gewimmer, Wortfetzen und Gestammel, Seufzern, Stöhnen, Stoßgebeten und dem beängstigenden Brunstgeheul einer Bestie. Das Schlimmste war, daß nach jeder Ruhepause, in der Stille einkehrte, ein noch klangvolleres Konzert ertönte. Schließlich machte sich Lorenzo davon, aus Furcht, die Füße des Hauses könnten zu schwach sein, um diesem Wirbelsturm der Liebe standzuhalten, plötzlich nachgeben und ihn, den heimlichen Beobachter, enttarnen, den die erotische Unbändigkeit des Paares erschlagen hatte.

Diese Erfahrung hatte verheerende Folgen. Sie steigerte sein Verlangen so sehr, daß er viele Male während ein und desselben Tages seine Klienten wortlos stehenließ, die Arbeit unterbrach und zwischen den Maissäcken und den Kisten mit Bohnen in einsamen und hastigen Handmanövern Erleichterung suchte. Seine Gier, Amanda Scarlet nackt zu sehen, war derart angefacht, daß er die erste und größte Gemeinheit seines Leben beging, und dies sollte weiß Gott nicht die letzte sein, eine niederträchtiger als die andere. Bei Morgengrauen schlich er aus dem Haus, denn er wollte sie bei ihren rituellen Waschungen überraschen, die sie in einem friedlichen Fluß ganz in der Nähe ihres Hauses vornahm. Es war fünf Uhr morgens, und die aufgehende Sonne blinzelte durch das Blattwerk. Amanda kam allein und zog schon auf dem Weg zum Wasser ihr Kleid aus, so daß sie, lange bevor sie mit einem Stück Seife und zwei Zitronenhälften bewaffnet eintauchte, bereits ihren runden Bauch und die prallen Brüste einer werdenden Mutter darbot. Ihre Umstände taten Lorenzos Verlangen keinen Abbruch, im Gegenteil, so erschien sie ihm noch viel begehrenswerter, und während sie sich an einer ruhigen Stelle im Fluß niederließ und ihr gewissenhaftes Sitzritual begann, nahm Lorenzo, der zwischen weißen Heliotropen hockte, mit einer ausgiebigen und wiederholten Masturbation daran teil.

Er folgte ihr Tag für Tag, ohne daß sie ihn entdeckte. Je weiter ihre Schwangerschaft voranschritt, um so fröhlicher wurde ihr Geträller und Geplänkel mit dem Wasser. Sie machte ein paar Tanzschritte, um sich aufzuwärmen, und streckte aus dem sicheren Stand ihrer kräftigen Füße prüfend die dicke Zehe ins kühle Naß, glitt mit dem Körper nach und war bald ganz untergetaucht. Lorenzo, dem das Herz bis zum Hals schlug, vollendete sein dunkles Geheimnis und erstickte so seine Gier, sich auf sie zu stürzen, sie zu rauben und in das tiefste Walddickicht zu entführen. Wenn sie aus dem Wasser trat, um sich eines dieser bedruckten Baumwollkleider überzustreifen, das aus den Stoffen des Gemischtwarenladens genäht worden war, ihre wilde Haarmähne zu einem straffen Knoten über dem Nacken wand und mit ihrem unbekümmerten Singsang davonzog, schlug sich Lorenzo auf den einzigen Weg, der ihn in diesem Leben trösten konnte: den kaufmännischen Erfolg.

Eines Tages erschien Plantintáh hinter seiner Frau und glitt mit ihr ins Wasser. Vor den Augen des sonnengeblendeten Spanners vollzog sich nun das gleiche Liebesspiel, dessen musikalische Begleitung keiner besser kannte als er. Diesmal besangen die Vögel die morgendliche Hymne an das Leben mit verzücktem Zwitschern und verstummten erst, als der Fluß wieder zur Besinnung kam und der verliebte Gatte sich der dankbaren Aufgabe widmete, die Brüste seiner Frau mit dem Saft der Zitronen einzureiben, bis sie vor Kitzeln in Gelächter ausbrach und ihn ausgelassen kniff. Plantintáh entstieg nun dem Wasser, und zurück blieb die herumplätschernde Amanda. Lorenzo beobachtete, wie der Schwarze sich mit dem Hemd abtrocknete, seine endlos langen Beine in die Hose steckte und auf das Haus zuging. Mit dem instinktiven Mißtrauen eines Menschen, der einen wertvollen Schatz hütet, nahm Plantintáh eine leichte, beunruhigende Bewegung wahr. Er tat so, als setze er seinen Weg fort, hielt ein paar Schritte weiter inne und ging vorsichtig wieder zurück, denn er rechnete mit einem lauernden Kaiman oder einer versteckten Wildkatze. Mit größter Vorsicht schlich er wieder an den Fluß, um weder gehört noch gesehen zu werden, und entdeckte Lorenzo, der mit weitaufgerissenen Augen auf die nackte Amanda starrte. Der Arme wußte nicht mehr, wann er das Bewußtsein verlor, denn Plantintáh ließ seine Faust auf den Kopf des Spanners niedersausen und zog sich augenblicklich zurück, um seine Frau nicht zu erschrecken, die nichts bemerkt hatte.

Als Lorenzo wieder zu Besinnung kam, war Amanda fort. Der Fluß sang sein gewohntes Lied, und das Wasser und die Bäume kreisten um seinen schmerzenden Schädel, ohne daß er wußte, warum. Zunächst glaubte er, er sei von dem Wurfgeschoß eines Affen getroffen worden, doch als er das Geschäft betrat, wartete Plantintáh schon auf ihn, und sein Anblick nahm Lorenzo alle Zweifel. Der Schwarze verlangte weder Erklärungen, noch erhob er Anklage. Er stand einfach nur da, imposanter als je zuvor, mit verkniffenem Mund und mit vor Empörung weißen Fingerknöcheln. Er sei gekommen, um die Herausgabe seiner Kapitaleinlage zu verlangen, denn er habe kein Interesse mehr an einer Zusammenarbeit mit seinem Partner und wolle nun Bananenstauden und Pflanzen anbauen, so sagte er. Über Amanda Scarlet verloren die beiden kein Wort.

Die Konten, die Lorenzo wohlweislich geführt hatte, sprachen jedoch für sich. Plantintáh hatte nicht nur seinen Anteil am Geschäft verloren, sondern schuldete Lorenzo Geld. Es gab somit nichts zu verlassen, noch zu teilen. Der Gemischtwarenladen war jetzt alleiniger Besitz von Lorenzo Parima, wie die kleinen Zahlen im Rechnungsbuch und die Bezugscheine bewiesen, die Plantintáh, unbedacht und vertrauensvoll, vom Tag des Bestehens ihrer Gesellschaft an unterzeichnet hatte.

Schließlich erfuhren alle von den Zwistigkeiten zwischen den beiden, als Lorenzo unter dem Vorwand, dem Geschäft einen neuen Anstrich zu geben, mit himmelblauer Farbe jene Stelle auf dem Ladenschild übermalte, auf der UND CO. stand, und in roten Lettern nur das Wort PARIMA stehenließ. Es gab Gerede und Gerüchte in der Gegend, man sprach von Betrug, Geldstreitigkeiten, und viele behaupteten sogar, die Geschäftspartner seien aus politischen Gründen gescheitert, denn zu jener Zeit erreichten Nachrichten von Kämpfen und Konflikten aus dem Landesinneren die Küste. Niemand ahnte, was wirklich geschehen war, denn Plantintáh hütete die Wahrheit wie seinen Augapfel, um Amanda Scarlets Ehre nicht zu beschmutzen. Doch nicht zu übersehen war, wie sehr Plantintáh und Amanda bald darauf Not litten, so daß ihr Kind bei der Geburt starb und die Mutter für eine lange Zeit das Bett hüten mußte, da sie die Niederkunft um ein Haar nicht überlebt hätte. Mr. Watson, der Papa von Miss Daisy, die alle jetzt so nannten, weil sie kein Kind mehr war, verpachtete Plantintáh einen breiten Streifen seiner Kokosplantage. Der Verkauf der Früchte rettete das junge Paar vor dem Untergang, und als Amanda wieder auf die Beine kam und ihren Mann tatkräftig unterstützte, konnte dieser endlich die Plantanen- und Bananenpflanzung aufbauen, von der er gesprochen hatte.

Plantintáhs mißliche Lage und der Tod des Kindes boten Gesprächsstoff für allerlei Gerüchte. Als Lorenzo zu Ohren kam, wie undankbar er sei – schließlich habe er die Grundfeste des Geschäftes auf Amandas Erbe gebaut –, ließ er Amanda durch seinen Verkaufsburschen Zucker, Mehl, Reis, Kerzen, Zündhölzer, Nelken und Zimt schicken, einmal, um das Geklatsche seiner Kunden im Keim zu ersticken, und auch, um künftigem unerwünschten Wettbewerb vorzubeugen. Eine seiner Befürchtungen war, Mr. Watson könne auf die Idee kommen, sich mit Plantintáh zu verbinden, und ihm, Lorenzo, das Wasser abgraben. Würdevoll verweigerte Plantintáh die erste Warensendung, doch Amanda, die nicht wußte, was zwischen den beiden Männern vorgefallen war, ahnungslos, daß niemand anderer als sie die Ursache für den Zwist war, und verzückt von der Vorstellung, ihren Heilteeaufguß zu süßen, Weizenmehl zu zuckern und zu Weißbrot zu kneten, schalt ihren Mann für soviel Groll. Sie gab ihm zu verstehen, daß dies nicht die Gelegenheit sei, Lebensmittel abzulehnen, auch dann nicht, wenn es aus welchen Gründen auch immer zu einem Streit gekommen war. Schließlich seien sie nur eine Handvoll Nachbarn an einem entlegenen Fleckchen Erde und aufeinander angewiesen, und außerdem müsse man verzeihen können, fügte sie hinzu. Plantintáh gab nach, unfähig, ihr auch nur einen Wunsch abzuschlagen, noch ihr die kränkende Wahrheit anzuvertrauen. Er schluckte seinen verletzten Stolz und die Beleidigung herunter und nahm die Geschenke des Gemischtwarenhändlers an.

Plantintáh erlag seinem edelmütigen Herzen, jenem Organ, das sein ärgster Feind werden sollte. Da auch er sich auf

Lorenzos Kosten ernährte, machte er eines Tages seine Aufwartung im Warenlager, um sich persönlich zu bedanken. Der Gemischtwarenhändler tat so, als habe er die Vergangenheit vergessen, und spielte eine Freundschaft vor, von der beide weit entfernt waren. Wenn ihre Beziehung auch nie wieder so werden sollte, wie sie in Puerto gewesen war, so konnte man immerhin behaupten, daß sie in erträglicher Nachbarschaft miteinander verkehrten, was Plantintáhs Unfähigkeit zu verdanken war, Groll zu hegen. Amanda, ein Naturkind ohne Argwohn, ahnte nichts von den Absichten Lorenzos und kam persönlich in den Kramladen, um einzukaufen. Er, hocherfreut und voller Hoffnung, sie eines Tages doch noch zu erobern, versteckte Konfekt zwischen den Maiskörnern, beschenkte sie mit bunten Bändern, Haarschmuck und dergleichen mehr, aber wohldosiert, damit weder sie noch Plantintáh Verdacht schöpften über seine verborgenen Absichten.

Es war zu der Zeit, als die Japaner in Pearl Harbour einfielen. Der Krieg nahm seinen Lauf, und mit der Präsenz der nordamerikanischen Kriegsmarine im Panamakanal kam eine neue Art des Handels auf: der Schmuggel. Lorenzo war dieser neuen Entwicklung nicht abgeneigt, mit der das Schicksal seine Interessen begünstigte. Zusammen mit dem Kapitän einer der Barkassen, die gewöhnlich die Überfahrt zwischen Parima Bay und Puerto machten, stieg er ein in das Geschäft. Er beteiligte sich nie persönlich an dem Handel, doch bekam er Kenntnis von Paketen mit Nylonstrümpfen, Konservendosen und anderen Artikeln, die amerikanische Seeleute ins Meer warfen, wo sie der Skipper aufgriff und den vereinbarten Preis für die Ware zahlte. Darauf teilten die beiden unter sich auf, was sie gebrauchen konnten.

Amanda Scarlet war die erste Schwarze von Parima Bay, die versuchte, sich Nylonstrümpfe überzustreifen – ein Geschenk Lorenzos –, doch ohne Erfolg, denn sie waren ihr zu klein und warfen Laufmaschen bei der Anprobe. Lorenzos unerlaubte Aktivitäten hielten die Geschäfte des Gemischtwarenhandels in Gang. Seine Finanzen trugen fette Früchte, als habe der Teufel selbst die Finger im Spiel. Sein primitiver Lebensstil und seine noch schlechteren Eßgewohnheiten ließen das Geld aus den Gewinnen in seine Taschen fließen. Er kaufte die Kokosernte auf und verkaufte die Früchte an die Bootsbesitzer, die gelegentlich im Hafen vor Anker gingen. Die neutralen und unschuldigen Kokosnüsse reisten gleich bis in die Vereinigten Staaten und trotzten feindlichen Unterseebooten, die in der Gegend wie Quallenschwärme ihr Unwesen trieben.

Lorenzos Bankkonto wurde fetter und fetter durch den einen oder anderen Handel und durch die Ersparnisse, die sein karger Lebenswandel abwarf, der ihn so gut wie nichts kostete. Damit wuchs auch sein gesellschaftliches Gewicht. Angesehene Persönlichkeiten von Puerto verneigten sich schon vor ihm, wenn sie ihm auf der Straße begegneten, und eines Tages trat der Gouverneur höchstpersönlich mit einer belanglosen Frage an ihn heran. Lorenzos Bekanntheitsgrad wuchs, doch er hatte es nicht eilig, Freundschaften zu schließen. Angesichts der wirren politischen Lage – das Land hatte Deutschland den Krieg erklärt, Deutsche und Italiener waren in Konzentrationslager unweit von Puerto gebracht worden, um von dort mit dem Schiff deportiert zu werden – hätten ihm die miteinander widerstreitenden Parteien Probleme bereiten können. So hielt er zu allen gebührenden Abstand und wartete darauf, daß die Unwetter jener schwierigen Zeit sich verziehen möchten.

Als Lorenzo sein Talent für das Geschäftsleben entdeckte, ging ihm der Sinn seines Lebens auf. Er hatte nie eine Vorliebe für tiefschürfende Philosophien gehegt und feierte seine neue Erkenntnis mit einem höchst schlichten Satz: »Ein jeder hat seinen Platz auf dieser Welt, der meine ist dort, wo es nach Geld riecht.« Was ihm zu seinem Glück noch fehlte, war einzig und allein der Besitz von Amanda Scarlet. Seine Schuld hielt er für beglichen, wenn er je so etwas wie Schuldgefühle empfunden hatte. Jetzt hieß es abzuwarten, bis der Moment gekommen war, die Gelegenheit beim Schopf zu packen. Dieses Mal würde er sich jedoch nicht mit unerquicklicher und unbefriedigender Spionage begnügen. Er würde Amanda mit der gleichen Liebenswürdigkeit behandeln, die er ins Spiel brachte, um seine Verkäufe anzukurbeln. Lorenzo befleißigte sich jetzt einer zweckmäßigen Sprache, seine Gedanken waren bis in die hintersten Winkel seines Kopfes in saubere Zahlenkolonnen unterteilt. Hatte er sich irgendwann einmal unsicher gefühlt, so waren diese Zeiten für immer vorbei. Er wußte jetzt genau, was er vom Leben erwartete, und Zweifel hatten in seinen Vorhaben keinen Platz. Ja, er war sogar zu dem Schluß gekommen, daß Plantintáh Robinson versucht hatte, sich seine Gutmütigkeit zunutze zu machen und seinen Arbeitseifer und seine Intelligenz auszuschlachten. Dieser unselige Neger wollte auf meine Kosten leben, sagte er sich.

Amanda, die ihre alte Lebenskraft wiedererlangt hatte, begann fett zu werden, zuerst unmerklich, dann mit offenkundigeren Rundungen. Es gab einen Zeitpunkt, da entsprach sie Lorenzos Geschmack ganz und gar, doch sorgte er sich bald um den Erhalt dieser Schönheit, die Gefahr lief zu vergehen, und wieder quälte ihn Ungeduld. Entgegen seinen bisherigen Gepflogenheiten wog er nun jedes Gramm Zucker und Mehl, in der Absicht, Amanda möge weniger verköstigen. Er verzichtete darauf, ihr Konfekt zuzustecken. Wenn sie das Geschäft betrat, nahm er die süßen Sachen aus den Regalen unter dem Vorwand, einer Nachfrage zu genügen, die schon bezahlt worden sei. Sie war jetzt nicht mehr die Libelle von einst, sondern ein prächtiger Schmetterling, der, seinem Kokon entschlüpft, ausgereift und flügge, formvollendete Fleischesfülle präsentierte. Lorenzo, der wildentschlossen war, sich an ihrem Körper gütlich zu tun, bevor dieser in einer einzigen Fettmasse zerfloß, heckte nun seinen zweiten Plan aus, der, wie schon gesagt, die niederträchtigste aller Gemeinheiten darstellte, die er in seinem Leben begehen sollte. Als er jedoch erfuhr, daß Amandas Leibesfülle auf eine zweite Schwangerschaft zurückzuführen war, mußte er sein Vorhaben vertagen.

Die Geburt Eudoras wurde von einer Hebamme aus der Gegend betreut, die Plantintáh sehr früh bemühte und die sich als eben jene Marian Anderson herausstellte, die »Oh, Lord, oh, God« geschrien hatte, als sie auf dem schwankenden Segelschiff bei tobender See gereist waren. Die Niederkunft erfolgte zeitgleich mit der Explosion der San Pablo, einem nordamerikanischen Handelsschiff, torpediert von einem deutschen U-Boot, das überraschend schnell auf und davon war, so daß bald Zweifel aufkamen, ob es tatsächlich existiert hatte oder ob die Nordamerikaner selbst dafür verantwortlich waren. Fest steht jedoch, daß Eudora Scarlet ihr Köpfchen dieser Welt just in dem Augenblick entgegenstreckte, als die ganze Küste von einem kräftigen Knall erschüttert wurde. Später erzählte die Hebamme, die Auswirkung der Explosion und ihr Schreck seien so groß gewesen, daß sie den Kopf der Kleinen losgelassen habe und Amanda Scarlet, die auf so gewaltsame Weise bei ihrer Wehenarbeit überrascht wurde, das Kind wieder in ihre Gebärmutter zog, so daß alles aufs neue beginnen mußte. Die geborstene San Pablo hinterließ eine Kielspur schwimmender Kadaver mit Damenstrümpfen um den Hals, und das Meer war über und über bedeckt mit Säcken voller Mehl, die sich ins Wasser ergossen.

Die zweifache Geburt Eudoras versetzte ihrer Mutter einen so nachhaltigen Schreck, daß sie sich weigerte, noch einmal zu gebären. So wenigstens erklärte die Hebamme, daß Amanda von diesem Zeitpunkt an keine Kinder mehr bekam.

Amanda näherte sich nun wieder dem Gemischtwarenladen, mit ihrem Kind auf dem Arm. Die kleine Eudora war eine Miniaturausgabe ihrer Mutter. Lorenzo übernahm nicht ohne Hintergedanken die Patenschaft über das Kind und brachte aus Puerto eine komplette Ausstattung für das Neugeborene mit. Diese Geste trug ihm schließlich die Sympathie Amanda Scarlets ein, und auch Plantintáh schenkte ihm wieder Vertrauen.

Damals war Parima Bay nichts weiter als ein bescheidenes Hüttendorf. Eine Handvoll recht rustikaler Häuschen lag versteckt zwischen den Bäumen, umgeben von gepflegten Zäunen im englischen Stil und sauberen Hinterhöfen. Die Nachbarn lebten in Eintracht und teilten sich die Kokospalmenwälder und die Reichtümer des Meeres. Bald gab es dort immer mehr Fischer, und jedes neugeborene Wesen, das seinen Einstand in der kleinen Welt des Dorfes feierte, wurde mit großem Jubel und heidnischem Trubel empfangen, schließlich hatte sich keinerlei Religion oder Sekte für diesen entlegenen Winkel der Christenheit interessiert.

Plantintáh ließ sich immer häufiger auf dem Laufsteg vor dem Laden blicken, und wenn das Geschäft seine Türen schloß, plauderten er und Lorenzo über alte Zeiten und erzählten sich Anekdoten von Kolonne Nummer Sieben, den Arbeitskollegen von einst und was der Vorarbeiter gesagt oder unterlassen hatte, bis die langen Schatten des Abends die beiden Männer erreichten und die Vögel sich zurückzogen, um sich auszuruhen. Wenn endlich die Dämmerung ihre langen Arme über die Wellen breitete, fiel der nächtliche Frieden wie eine sanfte Decke über die Häuschen und ihre Bewohner. Manchmal tranken sie ein Bier zusammen, denn Lorenzo hatte den Laden um einen Ausschank erweitert.

Lorenzo verlor sein Ziel nicht aus den Augen, aber er war vorsichtiger geworden durch die Fehler, die er aus Ungeduld begangen hatte. Der Schlag, den Plantintáh ihm verpaßt hatte, war immer noch in bester Erinnerung, und er zwang sich, weniger impulsiv zu sein, sich Zeit zu nehmen, auf die günstige Gelegenheit zu warten, jeden seiner Schritte abzuwägen und seine Handlungen wohl zu überlegen. Kurze Zeit nach der Sprengung der San Pablo erstand er durch seine steten Schmuggelgeschäfte ein paar leichte Sportwaffen, die sich vorzüglich zur Jagd auf Wildschweine, Pakas, Berghunde, Hirsche und andere Tiere von schmackhaftem Fleisch eigneten. Er verkaufte alle Waffen zu ausgezeichneten Preisen, doch zwei behielt er für sich.

Lorenzo war wildentschlossen, Amanda ganz in seinen Besitz zu bringen, und schreckte auch vor den letzten Konsequenzen nicht zurück. Wie ein lauernder Bergtiger hielt er stets die Ohren gespitzt und wartete auf die geeignete Gelegenheit zum Sprung. Auch wenn er noch keine festumrissene Vorstellung davon hatte, wie er dem kraushaarigen Kopf Plantintáhs eine Kugel verpassen konnte, so lag er auf der Lauer, denn er wußte, daß es nur eine Frage der Zeit war, bis seine Stunde kam. Nichts konnte ihn von seiner Besessenheit abbringen, auch nicht Amandas Mutterschaft. Wenn sie ihre Kleine stillte und dabei ihre wunderschönen Brüste freilegte, fachte das seine Gier nur noch mehr an.

Lorenzo zweifelte nicht im geringsten daran, daß er Amanda unendlich glücklicher machen würde als Plantintáh, dieser Schwarze, der zum armen Schlucker geboren war. Tatsache war, daß sie den Luxus liebte, sagte sich Lorenzo. Immerhin waren ihre Launen, ihre Tischdeckchen, ihre Bettwäsche und ihre Gläser Ursache dafür, daß sich Plantintáh bis zum Ruin verschuldet hatte. Früher oder später, so folgerte Lorenzo, würde sie es satt sein, auf Dinge zu verzichten, die der Neger ihr nicht kaufen konnte. Baß erstaunt über soviel Wetterwendigkeit, stellte Lorenzo fest, daß »Schokosahne« in guten wie in schlechten Zeiten lachen konnte und sich fröhlich dem Leben und seinen Wechselbädern hingab. Wenn er Geld hatte, gab er es aus, wenn er keines hatte, begnügte er sich mit dem, was da war, die besseren Zeiten würden schon kommen. Und wenn nicht, dann ging's so weiter wie bisher. Plantintáh lebte in den Tag hinein, an den nächsten Morgen dachte er nicht. Wie sonst war es möglich, so grübelte Lorenzo, daß der Schwarze glücklich und zufrieden auf dem Steg saß, sein Töchterchen auf den Knien, während an seinem Haus die Farbe von den Wänden blätterte, die Vorhänge wie Lumpen herunterhingen, die Termiten sich die Pfähle herauffraßen und nicht ein sauberer Teller in der Küche blieb?

Der Besitzer des Gemischtwarenladens hatte keine Zeit mit derart beunruhigenden Fragen zu verlieren und packte Plantintáhs Persönlichkeit an einen festen Platz, wie er die Zahlen in seinem Rechnungsbuch an ihre Stelle verwies: Er war eben ein Verrückter, ein Herumtreiber, ein verantwortungsloser Gesell. Ein Typ, der keinen Ehrgeiz hatte in diesem Leben und der keine Anstalten machte, am Rad des Fortschritts zu drehen. Plantintáh war das, was in einem Rechnungsbuch am wenigsten interessierte, die große Null am linken Rand der Kolonne. Plantintáh zu beseitigen war, genau gesehen, ein Dienst an der Menschheit.

In dieser Zeit erstand Lorenzo ein Boot, das er gerne auf den Namen »Scarlet« getauft hätte, aber soweit ging er nicht. Er hatte sich daran gewöhnt, seine Gefühle zu unterdrücken, und würde nicht so unvorsichtig sein, sich auf solch eindeutige Weise zu offenbaren, noch den Plan zu gefährden, den er schon seit geraumer Zeit ausheckte. So nannte er das Boot »Anansi« und bediente sich damit bedenkenlos des Namens einer berühmten Spinne, einer geläufigen Figur der populären afrokaribischen Mythologie, die mit allen Wassern gewaschen war und immer ihr Schäfchen ins trockene brachte. Die Einweihungsfahrt mit der Anansi führte nach Monky Point, eine kurze Strecke also, die keine Gefahren barg, gerade dazu geeignet, die überladene Barkasse überzusetzen, schließlich wollten alle teilhaben an diesem Fest. Nicht ein Bewohner von Parima Bay hatte es sich nehmen lassen, an Bord zu gehen.

Es war ein strahlender Sonnentag mit einem tiefblauen Himmel. Eine kurze, aber sehr beschauliche Seereise gab Lorenzo die Gelegenheit, zum ersten Mal seit all den Jahren an jenen Ort zurückzukehren, an dem er Amanda kennengelernt hatte. Er staunte nicht schlecht, als er das Haus von Mr. Watson erblickte, fröhlich, einladend, in lustigen Farben gestrichen. In seiner Erinnerung hatte das Haus keine Farbe. Doch jetzt, im Tageslicht, sah man die gelbe Fassade, das Türkisblau der Fensterrahmen, die grünen Türen und das leuchtende Erdbeerrot der von Bastgeflecht gesäumten Veranda. Miss Daisy, häßlich wie eh und je, die Arme, trat heraus, um die Gäste zu begrüßen, die sich bereits unter die großen Mangobäume im Garten gelegt hatten und im Schatten Schutz vor den gleißenden Strahlen der Mittagssonne suchten.

Es gab ein üppiges Mittagessen. Der Topf mit Rondon, Seefischen und Langusten, die in Kokosmilch schwammen, schien nie leer zu werden. Sie aßen, als hätten sie seit einer Woche nicht mehr gegessen. Wie nach dem Angriff einer Horde von Raubameisen verschwand das Brot des Tages bis auf den letzten Krümel, ebenso der Wels und die Ingwerplätzchen, und natürlich die süßen Teigwaren, *plantain tart* ganannt. Die frische Kokosmilch stillte den Durst, und es war eine Lust, den Männern dabei zuzusehen, wie sie die Kokosnüsse mit einem kurzen Schlag der Machete zerteilten, und wie die Frauen die Früchte unter die Leute verteilten. Einer von ihnen, der sich an nichts als an der Ausgelassenheit dieses Augenblicks berauschte, bat Miss Watson, die Hausherrin, um eine Kokosraspel; schließlich nahm Lorenzo es sehr genau mit der Enthaltsamkeit und hatte keinen Likör mitgebracht. Sie sangen gewagte Kalypsos, die mit vorgespiegelter Entrüstung kommentiert wurden. Plantintáh besang mit seiner wunderschönen Stimme die traurige Geschichte des Truthahngeiers, der in eine Bar einkehren will und von einem rassistischen Kantinenwirt mit dem Besen verscheucht wird. Sein Kalypso war so gefühlvoll, daß Miss Emily ein paar Tränen vergoß, die noch an diesem Tag der Einladung ihres Bruders und ihrer Schwägerin folgte und beschloß, mit ihnen in Parima Bay zu leben.

»Oll rait!« sagte sie und packte ohne großes Federlesen ihre Siebensachen vor den traurigen Augen von Miss Daisy, die sie glühend beneidete.

Sie kehrten am späten Nachmittag zurück. Singend feierten sie jeden Feuerrochen, jeden Barrakuda, jede Haiflosse und jede Pirouette der Delphine, die sie auf ihrem Weg begleiteten.

Lorenzo feierte den Beginn eines neuen einträglichen Geschäftes. Die Bewohner von Parima Bay besangen ihre Freude darüber, von nun an sowohl mit dem Transport ihrer Gebrauchsgüter rechnen zu können, als auch in Notfällen damit, daß Frauen in Geburtswehen, Unfallopfer und andere übergefahren wurden. Der Besitzer des Gemischtwarenhandels begann sich zu einem wahren Wohltäter des Dorfes zu entwickeln, so dachten die Leute.

Alle Zeichen deuteten auf eine vielversprechende Zukunft für die kleine Gemeinde, und Plantintáh ließ sich nun täglich in der Nähe des Ladens blicken. Mit seiner angeborenen Leichtigkeit, die an Oberflächlichkeit grenzte, plauderte er mit Lorenzo, ohne diesem die Reichtümer zu neiden, die auch die seinen hätten sein können. Wenn sie unter sich waren, schwelgten sie in Erinnerungen an das Haus von Betsabé und ihren Mädchen, aber keiner der beiden verlor jemals ein Wort darüber, daß die Huren Robinson »Schokosahne« gerufen hatten, während Lorenzo dort einfach nur Lorenzo hieß. Der Händler hatte seine äußere Erscheinung verändert. In dem Bemühen, sein Image aufzubessern, trug er jetzt einen kurzen Schnurrbart und ließ sich rechts einen Scheitel stehen, während zur anderen Seite eine kraftlose Strähne recht jugendlich auf seine Stirn fiel. Der Haarschmuck vermochte aber weder die etwas zu lange Nase und die kleinen, eng beieinander stehenden Augen noch seine Maulwurfgestalt zu verbergen. Nach Geschäftsschluß sahen sie der einbrechenden Dämmerung zu und beobachteten, wie die kleinen Papageien jeden Tag zur gleichen Stunde unter den großen Wedeln der Palmen Schutz suchten, um die Nacht in der Nähe der frischen Meeresbrise zu verbringen.

Oft kommentierten die Männer auch die neuesten Nachrichten, die meist mit Verspätung eintrafen. Was Plantintáh am meisten begeisterte, war die Sache mit den Hühnern, die man auf ihre einfachste Form reduziert, nämlich zu Brühwürfeln verarbeitet hatte, aus denen eine Suppe bereitet werden konnte, die zwar nicht so lecker schmeckte wie die richtige, doch dieser nahekam. Aufsehen erregten auch die erste Plastiktüte und das erste Transistorradio, das Lorenzo für den eigenen Gebrauch erstand und mit dem man hören konnte, was in beinahe allen Teilen dieser Welt vor sich ging, in unverständlichen Sprachen zwar, aber das schmälerte nicht das Vergnügen. Lorenzo entdeckte seine Leidenschaft für die Berichte über den sinnlosen Krieg, die er über den Londoner Sender BBC empfing, und besserte sein Englisch auf, schließlich beherrschte er schon recht gut den Dialekt, der an der Küste gesprochen wurde. Ihn interessierte, was auf der internationalen Bühne der Politik und auf den Kriegsschauplätzen geschah, insbesondere wenn die Lieferung von Benzin für die Anansi aufgrund der weltweiten Ereignisse immer teurer und knapper wurde.

Als im Dorf die ersten Trockenplätze in den Hinterhöfen der Häuser zu sehen waren, begann Plantintáh in dem naiven Glauben an eine reiche Ernte mit der Saat von Kakaopflanzen. Die ersten Kakaopflanzer versuchten sich schon mit der Herstellung von Schokolade für den lokalen Verbrauch, doch trafen sie auf Schwierigkeiten, denn raffinierter Zucker war nur schwer zu bekommen. Eines Tages kam Plantintáh in den Gemischtwarenladen, um Nägel für den Bau seiner ersten Kakaotrockenanlage zu kaufen. Er ließ Lorenzo wissen, ein Tier habe Amandas Hühner geraubt, wahrscheinlich ein Ozelot, denn es habe keine Spur hinterlassen, doch schenkte er der Sache keine große Bedeutung.

Lorenzos Herz hüpfte vor Freude. Da war sie, die Gelegenheit, auf die er so lange gewartet hatte. Ganz beiläufig schlug er ihm vor, das Tier in den Bergen zu jagen, zum Schutz der Hühnervögel, die den Angriff überlebt hatten, und um zu verhindern, daß der Übeltäter neue Opfer machte. Plantintáh war dagegen und führte an, daß die Suche nach einer Wildkatze in den Bergen so gut wie unmöglich sei und er mehr davon halte, die Hühner über Nacht in die Küche zu sperren. Pfeifend ging er davon. Er mochte die Jagd auf Wildtiere nicht, und jedesmal, wenn Lorenzo versuchte, ihn für die Jagd auf Rotwild, Wildschweine oder Pekari zu begeistern, lehnte er ab. Das diebische Ozelot gab Lorenzo nun eine einmalige Gelegenheit, und nur ein unverbesserlicher Dummkopf hätte eine solche Chance ungenutzt verstreichen lassen. Kaum hatte Plantintáh den Laden verlassen, lief Lorenzo in seine Taverne, wo er die zwei Gewehre aufbewahrte, mit denen er ihn töten wollte. Sie waren in einem hervorragenden Zustand, schließlich reinigte und schmierte er sie höchstpersönlich, damit ihre seifenglatten Rohre die mörderischen Kugeln hergaben.

An diesem Abend schlich er sich unbewaffnet und zu fortgeschrittener Stunde zum Haus der Robinsons. Ein leichter, aber dichter Nieselregen kam ihm dabei zupaß, und er versuchte, nur auf Gras zu laufen. Mühelos öffnete er die Küchentüre und dankte insgeheim dafür, daß in diesen Jahren die Menschen in Parima Bay weder Sicherheitsriegel noch Vorhängeschlösser kannten. Blitzschnell warf er den Sack über zwei ahnungslos schlafende Hühnervögel, die er mit einiger Mühe im Halbdunkel in der Nähe des Herdes sichtete, und machte sich eilig unter gellendem Gackern davon. Er enthauptete das Federvieh kurzerhand und entsorgte es eilig in der Latrine. Am nächsten Tag erschien Plantintáh bei ihm und erzählte, daß Amanda zwei Hennen beweine, die ihr ein äußerst kühner Dieb in der letzten Nacht geraubt habe. Er sei zwar nicht bereit, sich auf die Suche nach der Wildkatze zu begeben, wolle aber im Hühnerstall Wache schieben, um den Räuber zu stellen, ganz gleich, ob es sich dabei um einen Dachs, einen Ozelot oder einen Jaguar handele. Er sei darum gekommen, um sich bei ihm eines der beiden Gewehre auszuleihen.

Dies entsprach nicht haargenau Lorenzos Plan, der mit seinem Raubfeldzug Plantintáh zur Jagd in den Bergen nötigen wollte, um ihn dort endgültig zu erledigen, weitab von neugierigen Augen und spitzen Ohren. Die Angelegenheit nahm jetzt eine unerwartete Wende, doch er sagte zu, während ihm schon der nächste Einfall kam, wie er die Gelegenheit auch unter Augenzeugen nutzen konnte. Dankbar zog Plantintáh mit der Waffe und ein paar Patronen vondannen, ohne jede Schießerfahrung, doch voller Selbstvertrauen. Gegen Abend fand sich Lorenzo ein, den sie zum Abendessen eingeladen hatten. Auch er trug seinen Karabiner und bot sich an, Plantintáh bei der Jagd auf den Hühnerdieb zu helfen. Sie empfingen ihn gastfreundlich. Er setzte sich an den Tisch der Familie und suchte dem Blick von Emily auszuweichen, die ihm nicht sympathisch war. Nach dem Essen plauderten die Männer ein wenig, während Amanda die kleine Eudora zu Bett brachte. Emily, die in der Küche beschäftigt war, hörte ihren Gesprächen zu und schwieg. Keiner bemerkte, daß ihr beim Tellerwaschen dicke Tränen über die Backen rollten, die auf das Blech fielen. Sie selbst wußte nicht, warum sie weinte und ihr Herz sich anfühlte wie ein Nadelkissen. In jenem Abschnitt ihres jungen Lebens hatte Emily noch keine übersinnliche Wahrnehmung entwickelt, die sich ihr später offenbaren sollte, denn sie hatte noch nicht gelernt, die verschlüsselte Sprache der Vorahnung zu lesen.

Plantintáh und Lorenzo führten ihre Unterhaltung fort, als die Frauen sich schon zum Schlafen zurückgezogen hatten. Amanda bettete ihren Kopf auf das Kissen und fiel sofort in tiefen Schlaf. Emily schlief unruhig, und im Traum erschien ihr Plantintáh, der zwischen dem Gestrüpp hockte, das den Drahtverhau des Hühnerstalls umgab. Er hielt das Gewehr auf seinen Knien, während Lorenzo, der wenige Schritte hinter ihm stand, direkt auf seinen Kopf zielte. Der Schuß ließ sie schweißgebadet hochschrecken, und sie schrie: »Plantintáh, Plantintáh!« Die kleine Eudora fing in ihrem Bettchen an zu weinen, und auch Amanda sprang aus dem Bett und fragte sie, was geschehen sei.

Lorenzos Gewehrlauf war noch heiß, als er im Hof den Körper des Negers vor sich liegen sah, der der Länge nach auf den Bauch gefallen war und endgültig sein Leben aushauchte.

Er murmelte: »Ich habe ihn getötet, ich habe ihn getötet.« Vielleicht war es das erste Mal in seinem Leben, daß er die Wahrheit sprach. Wer weiß, vielleicht hatte er die Wirkung unterschätzt, die seine wahrgewordene Phantasie auf ihn haben würde.

Auf Amandas Schreien kamen die Nachbarn herbeigelaufen. Lorenzo stand immer noch da und wiederholte, als handele es sich dabei um eine stehende Redewendung: »Ich habe ihn getötet, ich habe ihn getötet.«

Emily bewahrte Stillschweigen über das, was sie insgeheim mit Gewißheit wußte. Ihr Mund blieb versiegelt, denn als sich die erste Benommenheit legte, bekannte Lorenzo unter Tränen, daß er Plantintáh getötet habe, weil er seinen Kopf für den einer Pantherkatze hielt. Selbst Amanda glaubte an einen Unfall. Was hätte es auch sonst sein können, schließlich hatte Lorenzo keinen Grund, Plantintáh zu töten. Ein Mord des Schwarzen an dem Weißen wäre, im umgekehrten Fall, verständlicher gewesen, aus Rache für seine Verbannung aus der Gesellschaft des Gemischtwarenhandels. Lorenzos Tränen und sein Geständnis ließen keine Zweifel aufkommen an seiner unfreiwilligen Tat. Auf diese schlichte Weise war es dem Geschäftsmann gelungen, vor den Augen des ganzen Dorfes wie ein unschuldiger Totschläger dazustehen, ein Opfer widriger Umstände, das helfen wollte und einen unglücklichen und dramatischen Unfall provoziert hatte. Die Öffentlichkeit, immer dazu geneigt, Lügen für bare Münze zu halten und der Wahrheit zu mißtrauen, sprach Lorenzo frei von seiner Schuld.

Und es war ebenjene Öffentlichkeit, die später Lorenzos Hartnäckigkeit gutheißen sollte, mit der er Amanda belagerte. Allen erschien es selbstverständlich, daß der Urheber der Tragödie von schrecklichen Gewissensbissen geplagt wurde und er diese Pein durch Gefälligkeiten und Geschenke aus der Welt zu schaffen suchte, mit denen er die Witwe überhäufte. Wenn es jemanden im Dorf gab, der daran zweifelte, so sprach er nicht darüber. Für die Bewohner von Parima Bay hätte eine

Untersuchung der Polizei von Puerto den jahrelangen Verzicht auf ihr Handelszentrum bedeutet, und viele hätten die langsamen Mühlen der Justiz in den Ruin getrieben. So betrachteten die Einwohner der Bucht Lorenzos Werben, das besser als Bestechungsversuch bezeichnet werden sollte, als die ernsthafte Sorge des Händlers um eine schutzlose Witwe, und sahen hinter dem freien Zutritt, den er sich zu jeder Stunde in Amandas Haus verschaffte, seine tiefe Trauer angesichts der Verzweiflung, die über die Frau des toten Freundes hereingebrochen war. Die Erklärungen, die Lorenzo abgab und die alle glaubten oder zu glauben vorgaben, erhielten schließlich das unsichere gesellschaftliche Gleichgewicht dieser werdenden Gemeinde, und so ging das Leben weiter wie bisher, zumindest für eine gewisse Zeit. Die Lüge wurde zur Wahrheit, und bald glaubte Lorenzo selbst daran, daß Plantintáhs Tod ein unglückseliger Unfall war.

Amandas Trauer schien ungebrochen. Lorenzo verlor darüber die Geduld. Wenn die trüben Augen Plantintáhs auch nicht das Herz des Mörders zu rühren vermocht hatten, Amandas Schmerz erfüllte ihn mit eifersüchtiger Erbitterung. Er mußte mit ansehen, wie sie sich über den Toten warf, die wunderbaren Linien ihres Körpers konvulsiv zuckten und ihre festen Hinterbacken vor Erregung bebten, als sie die schmale Taille über ihn beugte, außer sich vor Verzweiflung über den endgültigen Verlust des geliebten Mannes. Keine Macht der Welt konnte sie von diesem schönen kalten Körper lösen. Sie wollte sich mit ins Grab werfen, mit dem Plantintáh den Friedhof am Meer einweihte. Unter Schreien bettelte sie darum, man solle Erde auf sie werfen. Sie riß sich die Haare aus wie eine wildgewordene Bestie, bereit, sich selbst zu töten. Sie zog sich die Haut von den Armen und zerkratzte sich erbarmungslos und ohne Rücksicht auf ihr eigenes Blut. Man fürchtete, sie werde die Dunkelheit nutzen und die Leiche wieder ausgraben. Ihr Geschrei war Tag und Nacht zu hören, und viele Tage lang konnte keiner dabei schlafen. Sie rissen ihr das Messer aus der Hand, mit dem sie sich das Herz aus der Brust schneiden wollte. Sie betäubten sie mit Pflanzen aus dem Wald. Lorenzo brach auf, um Beruhigungsmittel aus der Apotheke von Puerto zu besorgen, und kehrte mit ein paar Gramm Opium zurück, die ihn ein Vermögen kosteten. Als der übermächtige Schmerz in die Phase der Erschöpfung überging, breitete barmherzige Gleichgültigkeit ihr undurchdringliches Gewand aus, und Emily trug Sorge um das Haus, die Felder und die Aufgaben des Mannes und seiner Frau. Bei Nacht und Nebel zerstörten sie den Hühnerstall, denn es sollte nie wieder Hennen geben in Amanda Scarlets Haus.

Der Friedhof, der bis zu diesem Tag ein wunderbares wildes Waldstück gewesen war, beherbergte nun den ersten Toten von Parima Bay in seiner ewigen Ruhe. Ein einfaches Holzkreuz und jene rotblättrigen Pflanzen, die man zur Einzäunung verwandte, säumten die Grabstätte. Riesige Urwaldbäume mit ihren Lianen und Schlingpflanzen, die dichte Flora und die lärmende Fauna waren Zeugen der Totenweihe, die niemand abhielt, denn die Bewohner der Bucht waren noch sehr jung und unerfahren im Brauchtum des Begrabens. Pflichterfüllt sagten sie die Gebete auf, die sie als Kinder gelernt hatten. Dann zogen sich alle schweigend zurück, mit Ausnahme von Amanda, die sich auf die aufgeworfene Erde hockte und der nur Emily Gesellschaft leistete. Lorenzo verkroch sich in die Bar des Gemischtwarenladens, erschlagen von diesem Wahn, den die Liebe entfacht hatte.

Von da an besuchte er sie Tag für Tag, doch diese vernichtete, durch Bitterkeit entstellte Frau war ihm fremd geworden, taub gegenüber Schmeicheleien, Gefälligkeiten und Geschenken. Er machte sich nun rar, doch ließ er ihr weiterhin alles zukommen, was ihm für die Wiederherstellung ihrer Schönheit und Koketterie wichtig und angemessen schien, und hegte die heimliche Hoffnung, daß sie ihre Krise überwinden und bald wieder die schöne Frau werden würde, die sie gewesen war.

Nicht müde, schickte er ihr Nahrungsmittel und Näschereien in der Gewißheit, der Tag werde kommen, da sie, aus Angst vor der Armut, ihn um Hilfe angehen und ihm danken werde. Dann würde sein Plan aufgehen, und er werde um ihre Hand anhalten.

Obendrein war er der Überzeugung, daß die Liebe blind machte, den gesunden Menschenverstand vernebelte und den zuträglichen Interessen im Weg stand. Sein Verlangen nach Amanda war so heftig wie eh und je, aber seit er die überwältigende Kraft der Liebe hatte mit ansehen müssen, hatte ihn Panik befallen und hieß ihn Abstand halten, denn er wollte vermeiden, in Zukunft noch einmal so unvorsichtig und tollkühn vorzugehen. Er war von Schuld freigesprochen worden und unbeschadet aus der Sache hervorgegangen. Nun hielt er es für besser, sich zurückzuziehen, um nach reiflicher Überlegung zum entscheidenden Schlag auszuholen.

Er gab sich ans Warten und beobachtete sie aus angemessener Entfernung. Seine Vorsicht war so groß, daß er nicht einmal zugegen war, als Amanda langsam in die Welt der Lebenden zurückkehrte, ihr Schmerz in Trauer und sanfte Melancholie überging und sie sich schließlich in den Alltag des Weiterlebens fügte. Tag für Tag half ihr Emily ein Stück näher an den Steinofen, führte sie ans Flußufer zum Wäschewaschen, schob sie sanft in die Küche, nahm sie mit zur Ernte der reifen Bananen und lief mit ihr am Strand entlang, wo sie Kokosnüsse sammelten. Liebevoll und behutsam gab sie ihr neuen Lebensmut, versagte sich selbst zu trauern und unterdrückte ihre eigenen Tränen, denn wenn sie zusammen weinten, wer kümmerte sich dann um die winzige Eudora? Emily, die ihrem Kummer keinen freien Lauf lassen konnte, fand Trost in den Monologen, in den endlosen Gesprächen mit dem Verstorbenen. So wurde sie, die immer so sanft gewesen war, zu Plantintáhs Instrument der Rache.

Die Geschichte neigt nun einmal dazu, Parallelen zu ziehen.

Als Hitler sich in seinem Bunker das Leben nahm und der Waffenstillstand durch Admiral Doenitz unterzeichnet wurde, kehrte auch Friede ein in das Herz der Witwe Plantintáhs. In Parima Bay wurde das Ende des Krieges über Lorenzos Transistorradio bekanntgegeben. Für die Dorfbewohner bedeutete diese Nachricht, daß sie von nun an bessere Preise für ihre Produkte erzielen würden, und auch die Fischer konnten wieder unbesorgt auf hoher See angeln, ohne fürchten zu müssen, das Sehrohr eines U-Bootes mit einer Haifischflosse zu verwechseln. Es herrschte allgemeine Freude und Zufriedenheit. Keiner ahnte in diesem Augenblick, daß der Schrecken von Hiroshima und Nagasaki noch bevorstand.

Als sich der Tod von Alphaeus Plantintáh Robinson jährte, nahm er bereits einen festen Platz in der Erinnerung der Einwohner von Parima Bay ein. Gleichzeitig gerieten die Greueltaten langsam in Vergessenheit, auf die Alliierte in den Konzentrationslagern der Nazis gestoßen waren, und keiner machte sich Vorwürfe, diese Grausamkeiten nicht rechtzeitig verhindert zu haben. Der ganzen Menschheit standen die Haare zu Berge, als sie in den Zeitungen von der unfaßbaren Bestialität ihrer Spezies erfuhr. (Die ganze Menschheit, mit Ausnahme der Bewohner von Parima Bay, die immer noch keine Zeitungen kannten.) Europa weinte unter dem Staub seiner Ruinen, Berlin war in zwei Hälften geteilt worden wie die Zitrone, mit der Amanda sich einrieb, um Hautkrankheiten abzuwehren. Unter der eisernen Faust Stalins begrub die Sowjetunion ihre zwanzig Millionen Toten und ließ den eisernen Vorhang herunter. Der Kalte Krieg begann.

Lorenzo preßte sein Ohr an den empfangsschwachen Radioapparat, um die neuesten Meldungen des Tages zu verstehen, die er gleich an die Stammkunden seiner Kneipe weitergab. Auf diese Weise erfuhren die Leute von Parima Bay, daß die Grenzen auf der Welt überschritten wurden und in alle Richtungen dehnbar und veränderbar waren, auch wenn es manchmal so schien, als ende der Globus in Puerto oder bestenfalls in der fernen Metropole ihrer Republik. Als der Krieg zuende war, fand sich Lorenzo mit dem Ende seiner Schmuggelgeschäfte ab, ja, er konnte der ganzen Sache sogar etwas Gutes abgewinnen, immerhin war jetzt wieder genug Benzin für seine Schaluppe vorhanden, und er konnte die veralteten Segel durch einen leistungsstarken Motor der Marke Evinrude ersetzen. Distanzen waren so leichter zu überwinden, und bald sollten auch die Kakaopreise in die Höhe schnellen, schließlich benötigten die alliierten Soldaten große Mengen Schokoladentafeln, um die verwaisten Kinder aus Europa zu ernähren und die Milch der hungrigen Frauen zu bezahlen. Mit seinem gewohnten Spürsinn für das sichere Geschäft wurde Lorenzo bald zum wichtigsten Zuträger von Kakao.

Der wachsende Wohlstand der Menschheit brachte auch nach Parima Bay elektrisches Licht. Mit großem Pomp weihte Lorenzo ein wackeliges Stromaggregat in seinem Laden ein, das erste in der Geschichte des Dorfes. Der Dynamo sorgte für große Aufregung, doch wurde er nur leidlich genutzt, denn sein Besitzer hatte ihn ausschließlich mit dem Ziel erstanden, die Lampe in seinem Laden für zwei Stunden brennen zu lassen, und zwar von fünf bis sieben Uhr abends, und so seine Geschäftszeiten zu erweitern.

Doch waren nicht alle Bewohner dieses Planeten so zufrieden wie Churchill, Truman, Stalin, de Gaulle und Lorenzo. Emily schickte sich an, die Erinnerung an den Ermordeten aufrechtzuerhalten. Sie liebte ihren Bruder weit über seinen Tod hinaus und weigerte sich zu heiraten. Es war nicht zu übersehen, daß viele um ihre Hand anhielten, doch sie gab allen einen Korb unter dem Vorwand, sie müsse sich um ihre Schwägerin und ihre Nichte kümmern und könne nicht so egoistisch sein, ihre Zelte anderswo aufzuschlagen. Die Verschmähten murmelten, die vergängliche Schönheit ihrer Jugend werde schon bald verblühen, und dann wolle sie keiner mehr haben. Wenn sie auch alles andere als häßlich war, so wiesen ihre Züge um die Nase, die Wangen und die Stirn herum eine gewisse Unentschlossenheit auf und ähnelten einer schillernden Pflanze aus Afrika, die durch die Kreuzung mit portugiesischen, französischen oder englischen Samen gebrochen worden war und deren Anblick einen ungewissen, unbehaglichen Eindruck hinterließ. Als Amanda sich von ihrem Kummer so weit erholt hatte, daß sie die Sorge um ihre Tochter wieder annahm, führte Emily ihren persönlichen kalten Krieg gegen Lorenzo. Aus der Not heraus, ihre Schwägerin und ihre Nichte ernähren zu müssen, entschied sie sich für die Herstellung von Brot, sobald die Versorgung mit Mehl wieder gesichert war. Sie machte sich daran, ihre Ware von Tür zu Tür zu verkaufen, bis sich Lorenzo anbot, ihre ganze Produktion aufzukaufen, und sie kapitulierte. Emily konnte die Aussicht auf ein kleines Stück mehr Annehmlichkeit für ihre Schwägerin und ihre kleine Nichte nicht ablehnen, für Lorenzo hingegen war Emily ein Bindeglied zu Amanda, und er duldete demütig ihre Dreistigkeit.

Die Erscheinung der Miss Emily, die auf ihrem Kopf einen großen Korb aus Lianengeflecht zu tragen pflegte, den sie bald durch eine buntgeblümte, himmelblaue Schüssel in einem gußeisernen Gestell austauschte, und die sich auf den Weg zum Ladentisch des Gemischtwarenhandels machte, wurde bald ein alltäglicher Anblick. Anfangs beschränkte sie sich darauf, ihre frisch aus dem Ofen gezogenen Brote auszuliefern und grollend das gezahlte Geld einzustecken. Doch bald ließ sie ihre versteckten Boshaftigkeiten hören, auf die Lorenzo keine Entgegnung wußte. Zuerst waren es verborgene Anspielungen: Hähne, Hennen, Eier und Küken wurden wie zufällig zitiert.

»Ich backe kein Brot mit Eiern, weil man in diesem Dorf keine Eier mehr bekommen kann«, sagte sie, ohne daß er sie irgend etwas in der Art gefragt hätte. »Als Plantintáh noch lebte«, fuhr sie fort, »ja, da gab es noch Eier hier im Ort, und keiner Henne fehlte, was man einen guten Hahn nennt. Aber jetzt«, und sie steckte die Münzen ein, die ihr Lorenzo aushändigte, wie ein Vasall seinen Tribut zollt, »jetzt schwillt den Gockeln nichts als der Kamm ...«

Und sie machte sich davon, rückte den leeren Behälter auf ihrem blütenweißen, kunstvoll geknüpften Kopftuch zurecht und wackelte wütend mit dem Allerwertesten, bevor sie durch die Türe verschwand.

Im Dorf war es ein offenes Geheimnis, daß Miss Emily den Gemischtwarenhändler verabscheute. Manche betrieben ihr gegenüber üble Nachrede und klagten sie der fehlenden christlichen Nachsicht an. »Wenn der arme Mann den anderen getötet hat, ohne es zu wollen, dann ist das nichts weiter als Pech«, sagten die Leute. »Verständlicher Haß«, meinten die Frauen seufzend, denn Plantintáh war immer ein Wohlgefallen für das Auge gewesen, eine Wohltat für den Geist und eine Wonne für die Sinne, kurz, die Summe aller Tugenden, die ledige und verheiratete Frauen für ihr männliches Ideal ersehnten. Keiner der anderen Männer kam ihm gleich oder auch nur nahe, weder in seiner Vortrefflichkeit noch in seiner Eigenschaft als guter Ehemann, der er gewesen war. Von seinen Überresten war nichts mehr geblieben, da pflegten die Frauen noch ihren Männern gegenüber ins Feld zu führen: »Du hast nichts von Alphaeus Robinson. Ja, er war ein einfühlsamer und guter Mann.«

So war Plantintáh bereits ein Mythos, als sich sein Todestag jährte.

Die guten Zeiten, die auf das Kriegsende folgten, und der gute Ruf der gediegenen Gemeinde mit ihrem Gemischtwarengeschäft, ihrem Boot und ihrem besitzlosen Boden ohne Grenzen zog die Leute von der Küste Nicaraguas, von Honduras, Belize und den Antillen an. Eines Tages traf eine mit Mangos beladene Piroge aus Jamaika in der Bucht ein. Zusammen mit der Fracht, die gegen Schildpatt getauscht werden sollte, ging ein hünenhafter, häßlicher Schwarzer an Land. Er war vor einem harten, entbehrungsreichen Leben geflohen und hatte die Karibik durchkreuzt auf der Suche nach einer besseren Gelegenheit und einer guten Frau. Der Jamaikaner war

Fischer, Bauer, Handwerker und Schreiner in einem, und da er keine Bleibe hatte, solange er an einer neuen Behausung baute, wurde er von Miss Emily geradewegs von der Straße weggeschnappt. Sie brachte ihn in einer Ecke in Amandas Hausflur unter, ohne daß diese Einspruch erhob.

Der unansehnliche Mann erwies sich als ein großartiger Mieter, der die Gastfreundschaft in Ermangelung von Geldmitteln mit harter körperlicher Arbeit auf der Bananenplantage und im Haus vergolt. Eine Woche nach seinem Eintreffen in der Bucht legte Miss Emily ihre Brote auf Lorenzos Ladentheke, nicht ohne anzumerken: »Wie bedauerlich, daß man in diesem Nest die Eier importieren muß!«

Der Fremde arbeitete beinahe den ganzen Tag mit großem Einsatz auf der kleinen Pflanzung und brachte die Kakaoplantage wieder auf Vordermann. Bei einfallender Dämmerung setzte er sich mit Amanda und Emily in den Hausflur, der gleichzeitig sein Schlafgemach war, und nahm ein paar Züge an einer schlanken Marihuanazigarette.

Nur Emily sah Plantintáh auf den Treppenstufen sitzen, der dieser Abendgesellschaft mit seinem fröhlichen Lächeln und einem melancholischen Ausdruck in seinen blauen Augen beiwohnte. Nur sie allein vermochte ihn zu sehen und mit ihm zu sprechen, denn sie trug von Geburt an das Gewand der Auserwählten und war gezeichnet mit der Gabe, Dopis zu sehen.

Zu welchem Zeitpunkt die Freundschaft zwischen Amanda und dem Fremden im Bett endete, konnte Miss Emily nicht feststellen. Als sie jedoch bemerkte, daß der Jamaikaner nicht mehr im Korridor schlief, gab sie bekannt, daß sie von nun an allein leben werde. Amanda konnte ihren Wunsch nach Einsamkeit nicht verstehen, aber sie willigte ein. Der Fremde baute ihr das Häuschen, das er anfangs für sich geplant hatte und das nun unmittelbar neben Amandas Haus entstand. Emily hatte ihn darum gebeten, ein kleines Zimmer für Gäste vorzusehen. Sie hatte ihm jedoch nicht erklärt, daß Plantintáh ihr dazu geraten hatte, schließlich war es nicht an der Zeit zu offenbaren, daß sein Tod sie keineswegs daran hinderte, mit ihm Gespräche zu führen. Eine Blumenhecke, die in der Blütezeit die Gleichmäßigkeit eines sorgsam geschnittenen Bartes annahm, trennte die beiden Häuser voneinander.

Der Trost, den Amanda durch die Unterbrechung ihrer Einsamkeit in einem ruhigen und sicheren Leben an der Seite des häßlichen Mannes fand, der so gutherzig war wie der Verstorbene, hinterließ auf ihren Hinterbacken und Hüften unmerkliche Spuren. Wohlige Behäbigkeit und Bewegungen, die keine Eile mehr kannten, denn ihre Wunden waren verheilt, beschaulicher Beischlaf im Bett wie der von Schildkröten – all dies ließ ihre Wangen fülliger werden und bettete ihre ruhigen und erloschenen Augen in rundliche Behaglichkeit.

Bevor Amanda ihre schlanke Linie verlor und der Fremde noch in der Ferne nach einem Ort suchte, an dem er sich niederlassen konnte, unternahm Lorenzo seinen letzten Versuch, sich der Witwe zu nähern, denn er witterte die Gefahr. Wie schon in den Jahren zuvor beobachtete er sie auch diesmal heimlich bei ihrem Bad, das sie jetzt mit der kleinen Eudora einnahm. Er sah Mutter und Tochter dabei zu, wie sie mit dem Wasser spielten, aber der liebliche Anblick, der jedem anderen ein gerührtes Lächeln entlockt hätte, ließ ihn kalt. Er wartete, bis die beiden sich angekleidet hatten, und ging auf sie zu. Ohne weitere Umschweife hielt er um Amandas Hand an, denn seine Diplomatie reichte gerade für die Kunst des Geschäftemachens. Sie war von seinem Angriff überrascht und antwortete, sie könne den Mann nicht heiraten, der ihren Geliebten getötet habe, auch wenn dies noch so unbeabsichtigt geschehen sei. Lorenzo packte die Wut, er hielt ihr Mangel an Dankbarkeit vor, schleuderte ihr all die Geschenke ins Gesicht, die er ihr gemacht hatte, das Opium, das ihn so teuer zu stehen gekommen war, die Ausstattung für das Neugeborene, all die Säcke Mehl und die Tüten mit Zucker, die Bohnen und Kämme, die Gürtel und Puder. Weil er nicht an sich halten konnte, warf er ihr ganze Zahlen an den Kopf, Ziffern, Centavos und Gewichte, um sie zu guter letzt der Dummheit zu bezichtigen: Schließlich würden sie und Eudora an seiner Seite ein sicheres Leben führen. Er sei ein reicher Mann, schrie er, und er würde noch reicher werden, und wenn sie so dumm sei, einen Fehler nicht zu verzeihen, der jedem hätte unterlaufen können, dann dürfe sie von jetzt an nicht mal mit einem Päckchen Streichhölzer auf Pump rechnen, denn seine Großzügigkeit habe ihre Grenzen. Amanda Scarlet gelang es nicht, die lange Litanei der Aufrechnungen zu unterbrechen, doch das Kind, das damals vier Jahre zählte, begann vor Schreck zu weinen. Lorenzo brachte das Kindergeschrei in Harnisch, und er stürzte sich auf Amanda, denn mit seiner Fassung war es nun vorbei, und so wußte er in seinem Wahn nicht, ob er sie schlagen oder lieben sollte. Amanda schrie in ihrer Verblüffung und Verwirrung: »Plantintáh!« Im gleichen Augenblick fühlte Lorenzo anstelle des zarten, duftigen Fleisches der Frau, die er zu fassen gehofft hatte, den breiten Thorax des Mannes, der einst sein Freund gewesen war, sah seine schokoladenfarbene Haut, seine unbehaarte, muskulös gewölbte Brust, roch sein Nelkenaroma.

Voller Entsetzen suchte er das Weite. Von diesem Tag an wurde sein Verdacht, das Gespenst des Toten könne um seine Frau sein, zu einer unumstößlichen Gewißheit, ohne daß ihn vernünftige Überlegungen von dieser Idee abbringen konnten. Ja, er war von dieser Vorstellung geradezu besessen. Bald sah er das drohende Anlitz des Schwarzen zwischen den Säcken, den Dosen mit Büchsenmilch und dem Werkzeug. Aus Angst, den Verstand zu verlieren, und ohne ein Gegenüber, mit dem er sich hätte austauschen können, verbrachte er eine ganze Woche in Puerto und suchte Zuflucht in den Armen bezahlter Frauen, doch er kehrte nicht in Betsabés Haus ein, wo die Huren ihn an »Schokosahne« erinnert hätten, nein, das nicht. Er kehrte bei Juanalita ein, einer Alten, die neben dem Betrieb eines berüchtigten Bordells auch den Ruf hatte, eine Hexe zu sein.

»Öffne ihm die Türe noch ein Stückchen, und sieh zu, daß er dir erscheint. Dann«, so riet ihm Juanalila, »besprühe ihn mit Weihwasser, vermischt mit Knoblauchzehen und Zitronensaft, murmel das Gebet an San Benito, das ich eigens für diese Gelegenheiten gemacht habe, und beschimpfe ihn darauf, so heftig du kannst und mit den übelsten Verwünschungen, die du kennst. Du wirst sehen, er wird verschwinden und nie mehr wiederkommen.«

Lorenzo kehrte beruhigt heim, bereit, Plantintáh zu beweisen, daß ihm Erscheinungen keine Angst machten, und forderte ihn heraus, gewappnet mit einem Becher Weihwasser, den er Juanalila zusammen mit dem Gebet abgekauft hatte. Doch seine Beschwörungen fruchteten nicht. Es geschah nichts, weder hatte er eine Erscheinung, noch erhielt er das geringste Zeichen. Kühn geworden, machte er sich eines Nachts mit den Beschwörungsinstrumentarien bewaffnet auf, das Gespenst bei seiner Wache über den Witwenschlaf in die Flucht zu schlagen, doch er vernahm nur das Schnarchen des Jamaikaners, der damals noch im Hausflur schlief. Lorenzo kehrte unverrichteter Dinge heim und gab auf aus Angst, Gebet und Weihwasser, das schon übel roch, könnten ihre Wirkung auf den Hünen verfehlen. Als er erkannte, daß Juanalila ihm Geld abgeknöpft hatte, das keine Früchte trug, kam ihm der tollkühne Einfall, den Leichnam des Verstorbenen auszuheben. Unter dem Vorwand, den Friedhof neu zu gestalten, führte er an, der Tote müsse verlegt werden, etwas weiter ab vom Meer, da ein Unwetter die Fluten habe steigen lassen. So mußte er das Grauen durchstehen, die blanken Knochen von Alphaeus Robinson mit eigenen Augen zu sehen. Doch auch dieser schauderhafte Anblick überzeugte Lorenzo nicht davon, daß der Tote wirklich tot war, denn als er frische Erde auf ihn warf, drang ihm das starke Nelkenaroma in die Nase. Er wagte eine vorsichtige Anspielung auf diesen Duft, doch keiner der Anwesenden hatte etwas anderes gerochen als feuchte Erde.

Lorenzo setzte nie wieder einen Fuß in Amandas Haus. Sie selbst, die der Vorfall niederschmetterte, fassungslos über diese frevelhafte Friedensstörung, mied ihn ebenso und ließ sich nie wieder in seinem Laden sehen. Lorenzo mußte die bissigen Bemerkungen von Miss Emily und die stattliche Statur des Jamaikaners erdulden, die ihre Einkäufe bei ihm erledigten. Es blieb ihm nur der Trost, der einzige Warenhändler an der Küste zu sein, ein Anlaufpunkt auch für jene, die ihn von ganzem Herzen haßten.

Plantintáh erschien Lorenzo nicht mehr, aber er blies ihm just in den Nacken, wenn dieser nichts Böses ahnte. Kaum drehte er sich um, war der Geist verschwunden. Von Zeit zu Zeit drohte er ihm in seinen Träumen mit finsterem Gesicht, ein Ausdruck, der nichts mehr gemein hatte mit jenem gutmütigen Lächeln, das Plantintáh zu Lebzeiten immer gezeigt hatte. Als Amanda fett wurde wie ein feister Tapir und ihre ganze Attraktivität verlor, gab Lorenzo sein Werben auf. Doch geschah es aus Angst, soviel steht fest, und nicht etwa, weil seine krankhafte Gier der gewöhnlichen Vergänglichkeit des Verlangens anheimgefallen wäre. Ganz im Gegenteil, seine Leidenschaft nistete sich bei ihm ein wie eine Larve in Lethargie.

Der Afrikaner gehörte zu den Fremden, die in Parima Bay auftauchten mit der Absicht, sich dort niederzulassen. Keiner wußte, wie er mit richtigem Namen hieß. Man taufte ihn so, weil seine Haut einen bläulichen Schimmer hatte, und nicht zuletzt, weil er mit Gewißheit in Afrika geboren war, obwohl niemand seinen Geburtsort, das Land, das Königreich, die Republik, den Stamm oder sonstiges kannte. Auch wenn er es irgendwann einmal erwähnt hatte, so machte sich keiner die Mühe, es im Gedächtnis zu behalten. Der Neger, mit der Haut von schwarzem Schiefer, wurde sehr schnell ein fester Bestandteil des geistlichen Lebens der Gemeinde, denn bekanntlich war auch der Heilige Geist international und staatenlos und nicht in den Grenzen dieser Welt zu Hause. Der Afrikaner hatte dem unbarmherzigen Arbeitsalltag im Kanal von Panama den Rücken gekehrt. Sein ganzes Gepäck bestand aus einer Bibel mit losen Blättern, Beweisspuren einer regen Benutzung, die er wie einen kostbaren Schatz hütete. In den ersten Tagen genoß der Afrikaner die großzügige Gastfreundschaft von Miss Emily, die in ihm den ersten geeigneten Untermieter für ihr Gästezimmer fand. Doch trotz der zuvorkommenden Behandlung, die er dort erfuhr, baute er sich bald eine Strohhütte auf einer Anhöhe, von wo er die Geschäftigkeit im Dorf beobachten konnte, ohne daß jemand sah, was er dort trieb. Was immer Miss Emily ihm erzählt haben mochte oder worüber sie sich unterhielten, sollte ein Geheimnis zwischen den beiden bleiben; sicher ist, daß sie Freundschaft schlossen. Der Afrikaner lebte allein. Fernab von Montagen oder Samstagen ging er ganz in der Arbeit auf dem Obst- und Gemüseland und in der Sorge um seinen Lebensunterhalt auf. An den Sonntagen kam er ins Dorf herunter, die abgenutzte Bibel in Händen, und brachte den Einwohnern der Bucht Gottes Botschaft, erinnerte sie an ihre Pflichten und Verbindlichkeiten und pochte auf ihre Tugenden. Er gehörte keiner besonderen Glaubensrichtung an, sondern war ein Prediger in eigener Sache, der weder Kult noch Riten, weder Almosen noch Obulus kannte, ein gerngesehener Gast überall dort, wo eine Moralpredigt zur Erziehung der Kinder nottat. Da der Afrikaner den Kindern nie mit Strafen oder Prügel drohte, mochten sie ihn gut leiden. Seine Predigten waren leicht verständlich und einfach: Er pflegte sein altes, abgenutztes Buch zu öffnen, nachdem er sich über die ganze Leidensgeschichte einer Familie in Kenntnis gesetzt hatte, suchte darin nach geeigneten Psalmen und Episteln, um Trost zu spenden und Irrwege geradezurücken, und verlas diesselben mit gen Himmel erhobenem Zeigefinger. Gleich darauf schloß er das heilige Buch und behandelte das Thema mit eindringlicher Klarheit und Einfachheit. Dabei machte er von Sprichwörtern und Redensarten regen Gebrauch, die er immer zur rechten Gelegenheit anzuwenden wußte, so daß einige ihn »den Tröster« nannten. Als Gegenwert für seine geistigen Gefälligkeiten lud man ihn zum Essen oder schenkte ihm Sämereien, ein altes Hemd oder eine durchlöcherte Hose, die er mit angemessener Freude entgegennahm. Als es ihm unmöglich wurde, allen Nachfragen gerecht zu werden – schließlich wollte ihn jeder Dorfbewohner bald des sonntags in seinem Haus sehen –, hielt er die Predigten auf Lorenzos Ladenlaufgang ab, wo alle das Wort des Herrn vernehmen konnten.

Der Gemischtwarenhändler sah es nicht ungern, wenn sich die Kirchgänger in der Galerie seines Geschäftes einfanden, letztlich handelte es sich um eine ehrwürdige Betriebsamkeit, dachte er bei sich, die ihm nebenbei noch neue Kunden brachte. So nutzte er die günstige Gelegenheit und öffnete seinen Laden nach der Predigt, obwohl es Sonntag war. An den ersten Sonntagen verlief alles bestens und zu seiner Gefälligkeit. Erst am vierten Sonntag begann Lorenzos Leiden, und er bereute bereits, daß er dem Prediger seine Räumlichkeiten bereitgestellt hatte. Bald schon ließ der Neger so dankbare Themen wie die grenzenlose Güte Gottes beiseite, um sich mit Leidenschaft dem fünften Gebot zuzuwenden. Waren die Lesungen und Sermone, die er anderen Sünden widmete, gewöhnlich kurz und schmerzlos, so bereitete es ihm sichtliches Behagen, bei seinen Ausführungen über jenes Gebot ein messerscharfes, tiefschürfendes und erschöpfendes Bild von den Schrecken der Hölle zu zeichnen. Ausgiebig schilderte er die furchterregendsten Strafen, beschrieb eingehend die Hitze, Höhe, Dichte und Reichweite der Flammen, malte einen Satan mit Dreizack, Schweif und Hörnern und rüstete den Höllenfürsten mit den ausgeklügeltsten Instrumenten zur ewigen Folter der Sünder aus, die sich der fahrlässigen Tötung schuldig gemacht hatten.

Lorenzo, der vorgab, im Schatten einer Palme Schutz zu suchen und sich die Meeresbrise um die Nase wehen zu lassen, entfernte sich von der Gesellschaft und murmelte, da habe selbst der Geistliche seiner hinterwäldlerischen Heimatpfarre bessere Predigten gehalten. Der habe sich eher darum gesorgt, daß die Frauen ihre Titten tugendhaft mit Tüchern verdeckten und keusch blieben, als darum, das Leben des Nächsten zu respektieren.

In einem Gespräch schlug Lorenzo dem Afrikaner vor, mehr Gewicht auf die Korrektur der lockeren Sitten und Gebräuche im Dorf, den verbreiteten Hang zu Müßiggang und niederen Sinnesfreuden zu legen, denen die Bewohner der Bucht frönten, die mehr dazu neigten, dem Fleisch als der Seele Genüge zu tun. Er deutete ihm gar an, daß Miss Emily eine zweifelhafte Leidenschaft für ihren toten Bruder hege, etwas von einer Hexe habe und ziemlich verrückt sei. Er vermutete nämlich, daß hier der Ursprung für die Begeisterung zu suchen war, die der Afrikaner bei der Bestrafung jenes Sünders an den Tag legte, der das fünfte Gebot mißachtet hatte. Doch der Prediger hörte ihn schweigend an, ohne zu widersprechen, und gleich am folgenden Sonntag legte er, kaum hatte er sich in der Geschäftsgalerie eingerichtet, gegen den Missetäter los, der sich an seinem eigenen Bruder vergangen hatte. »Denn wir sind alle Brüder im Herrn«, erklärte er, zeigte mit seinem langen, schwarzen und anklagenden Finger drohend aufs weite Meer und stieß mit Donnerstimme aus, daß, wer dem Leben seines Bruders ein Ende setze, auf dieser Welt und im Himmel keine Vergebung finde.

»Bereue, Sünder«, röhrte er in Richtung der Palme, hinter die Lorenzo geflüchtet war, »und gestehe dein Verbrechen! Bereue!«

Und so ging es Sonntag für Sonntag. Lorenzos Ladengang war stets voll mit den getreuen Gläubigen, ganz gleich, ob schönes Wetter war oder Regen, Schlamm und Sturm die Bucht heimsuchten.

Lorenzo wurde der Prediger unerträglich. Er versuchte das Ansehen des Afrikaners zu schädigen, nannte ihn dumm und unfähig, über Gut und Schlecht zu befinden, schließlich gehöre er keiner bekannten Kirche an. Er disqualifizierte sein Bibelexemplar und hieß es die heidnische Handschrift einer satanischen Sekte. Doch nichts von alledem konnte dem guten Ruf des Predigers schaden, der weiter seine Hausbesuche machte und bei allen willkommen war. Die Leute hörten ihn so aufmerksam und respektvoll an wie am ersten Tag, und jeder, die einen mehr, die anderen weniger, fand in seinen Bibelversen und Worten die Lösung für Probleme, die schier unlösbar schienen. Die Frauen verehrten ihn, denn er verteidigte sie vor dem Mißbrauch durch ihre Männer, und auch die Kinder, die es leid waren, dumm und ungeschickt genannt zu werden, lauschten ihm andächtig, wenn er vom kleinen Jesuskind sprach, das seine leiblichen Eltern mit seiner Intelligenz und Weisheit verblüfft hatte. Die Fischer, die ihn hörten, träumten nachts von der wunderbaren Vermehrung der Fische im Meer, und die ehebrecherischen Frauen lächelten, wenn er von der Episode sprach, in der Jesus die Sünden anderer in den Sand schrieb, um die Frau zu retten, die den Versuchungen des Vollmondes oder dem unwiderstehlichen Blumenduft anheimgefallen war.

Zwischen dem Prediger und Lorenzo wuchs die gleiche stille Feindschaft, mit der sich der Ladenbesitzer und Miss Emily bekämpften. Lorenzo war machtlos gegenüber den Anspielungen, und er fürchtete, seine Klienten könnten den Verdacht schöpfen, die Predigten des Afrikaners sowie die haarsträubenden Schilderungen der Höllenpein könnten an ihn gerichtet sein, und dieser werde seinen Worten Taten folgen lassen und ihn bei der Polizei von Puerto anzeigen. Ihn quälte die Angst davor, eines Tages könnte anstelle der Schmugglerbarkasse die Wasserpatrouille vor seinem Gemischtwarenhandel vor Anker gehen, um ihn in den Kerker zu sperren, den er mehr fürchtete als die Hölle selbst, und er beschloß, zum Angriff überzugehen. Schließlich konnte er nicht sein ganzes Leben damit zubringen, sich vor der Ungewißheit zu schützen. Was das Faß gänzlich zum Überlaufen brachte war, daß der Prediger sich nicht nur erdreistete, sein Lieblingsthema um die Sünde der Mißgunst zu erweitern, sondern von den Gefahren des Alkohols sprach und die Abstinenz derart förderte, daß sich die Reihen der Stammkunden in der Kantine bald lichteten.

Der Mörder, der genug hatte von Sabotageakten und versteckten Drohungen, stach eines Tages mit der Anansi in See und ging in Puerto vor Anker, wo er mit dem katholischen Bischof zu sprechen wünschte. Er wollte dem Geistlichen die Gefahr vor Augen führen, die der Prediger aus Afrika für die Seelen der Schäfchen im Dorf darstellte, und ihn bitten, einen bibelkundigen Pfarrer dorthin zu entsenden, der ein neues Exemplar des heiligen Buches mit, so Gott will, schwarzen Deckeln und goldenen Lettern besaß, der eine Soutane trug und Europäer war. (Schließlich entstammte der Bischof jenem Kontinent, und wer konnte sich schon der Wirkung eines Sermons entziehen, der von einem weißen Gesicht mit ausländischem Akzent gesprochen wurde.) Ein schwitzender, schlechtgelaunter Sekretär hieß ihn das kleine Audienzzimmer betreten, wo sich Monseigneur in hellem Gewand und nachlässig aufgeknöpftem Kragen strategisch geschickt unter einem großen, an der Decke kreisenden Ventilator niederließ. Was dem Geistlichen an diesem Morgen besonderes Kopfzerbrechen bereitete, war die offenkundige Notwendigkeit, überall und nirgends zu sein, um den Belangen seiner verstreuten Gemeinde zu genügen. So hatte er eine Rundreise geplant, um das Sakrament der Konfirmation zu erteilen, ohne die geringste Lust auf bevorstehende Unannehmlichkeiten, Mückenplagen und Chininpastillen, die zu schlucken er gezwungen war. Er empfing den Gast höflich, doch ohne großes Interesse, und verstand nicht im mindesten, worin die Dringlichkeit eines Pfarrers mit Soutane bestand und warum sich der Fremde auf einen europäischen Gottesmann versteifte.

»In diesen Klimazonen und in derart widrigen Gefilden«, erklärte er, »genügt es, wenn die Priester ein Kreuz auf der

Brust tragen. Unter den Soutanen wird es recht heiß, vor allem für einen Europäer«, merkte er kenntnisreich an, denn dies war eines seiner größten Probleme. Während er den Antragsteller über den Prediger befragte, dachte er bei sich, daß es schwieriger sein würde, einen einheimischen Priester auszumachen, als einen aus Europa kommen zu lassen. Doch ihm ging auch durch den Sinn, daß das Gebiet groß genug war, in dem die Neger an der Küste und die Indios in den Bergen lebten. Möglicherweise könnte er die Gelegenheit nutzen, um auf Kosten seines Besuchers – unübersehbar ein Bauer aus dem Hinterland, der zu viel Geld gekommen war – einen Missionar zu subventionieren, der die ganze Region bediente und ihm unzählige Beschwerlichkeiten ersparte. Insgeheim verfluchte der Bischof nämlich das Sakrament der Konfirmation als eine seiner unumgänglichen Pflichten. Vorsichtig setzte er einen Fuß auf fremdes Land und fragte: »Was predigt er denn, dieser Afrikaner? Widmet er sich vielleicht den Riten der Pokomie?«

Lorenzo hatte von der Pokomie reden hören, doch zwischen den Schwarzen und den Weißen war dieses Thema tabu, und nie hatte ihn ein Schwarzer dazu eingeladen, an diesen mysteriösen Zeremonien teilzunehmen. Da aber das gesamte geistliche Geschehen an der Bucht in Händen des Afrikaners lag und ihm bereits Gerüchte über gewisse nächtliche Treffen zu Ohren gekommen waren, in denen seltsame Tänze praktiziert wurden, deren Teilnehmer sich am Ende immer auf dem Boden rollten, nahm er an, daß es sich um jenen Ritus handelte. Allerdings wußte er nicht mehr und nicht weniger darüber zu sagen und befürchtete, der Bischof könne ihn über weitere Details befragen, zu denen er nichts beizusteuern hatte. Er wich also aus und meinte, der Afrikaner, dessen Vorleben im Dunklen liege, verlese die seltsamsten Dinge aus seiner Bibel.

»Das schlimmste sind die Sündenfälle«, bedeutete Lorenzo dem Bischof, denn er suchte das Wort »Mord« zu meiden und, wenn möglich, nicht von dem fünften Gebot zu sprechen. »Das mit den Fleischeslüsten, das spart er sich und behauptet, die Mißgunst sei die Mutter aller Sünden. Er behauptet auch«, fügte er boshaft hinzu, »daß der Neider eine Nadel im Auge trägt.« (Der Satz war ihm immer aufs tiefste ketzerisch erschienen.)

»Nicht schlecht, dieses Bild, ich werde es zu passender Gelegenheit benutzen«, erwiderte der Bischof und wischte sich den Schweiß ab, der in Strömen über seinen fetten, runden Hals lief. Er dachte bei sich, daß er wohl nie voll und ganz diese Sprache beherrschen würde, die ihm übertrieben blumig erschien. »Und die Mißgunst hat eine Großmutter, nehme ich an, und auch Töchter«, fügte er hinzu. »Und die Sünden sind wie die Schwarzen, sie vermehren sich mit Leichtigkeit«, bemerkte er schließlich in dem unterkühlten Tonfall, mit dem Witze vorgetragen werden und den seine Anhänger als die Vorboten eines cholerischen Anfalls gedeutet hätten.

Lorenzo wurde ungeduldig. Offenbar kam er mit der Wahrheit nicht weiter. Er warf einen mißtrauischen Blick auf den bischöflichen Ring, den der Geistliche möglicherweise zu Unrecht trug. Wenn dieser Pope sich ein Späßchen machen wollte, dann würde er ihm den Gefallen tun.

»Er sagt, daß die Mißgunst die Enkelin der Habsucht sei, von der alles Übel ausgehe, und daß ihre Töchter Rachsucht und Zerstörung heißen.«

Der Bischof war sich nicht sicher, ob er es bei Lorenzo einfach nur mit einem Narren oder mit einem gerissenen, niederträchtigen Gauner zu tun hatte, der hinterhältige Absichten hegte und dem man das Amen erteilen mußte, noch bevor es ans Eingemachte ging: »Wenn die Mißgunst die Enkelin der Habsucht und die Mutter der Rachsucht und Zerstörung ist«, so folgerte er todernst, »ja, wie heißt dann die Mutter der Mißgunst, denn wir wollen den genetischen Stammbaum doch vervollständigen?«

Lorenzo dachte einen Augenblick nach. Der Afrikaner pflegte nichts weiter zu sagen, als daß die Mißgunst und die Habsucht Zerstörung bewirkten und Verbrechen heraufbeschwörten. Doch dieses letzte Wort wollte er um keine Macht der Welt aussprechen.

»Die Mutter der Mißgunst?«

»Die hiermit zur Tochter der Habsucht wird, welche ihrerseits zur Urgroßmutter der Rachsucht und Zerstörung avanciert, womit beide Schwestern wären«, merkte der Prälat an, der diese grammatikalische Genetik sichtlich genoß. Der Bittsteller war eine unangenehme Type mit seinem Clark Gable-Schnurrbärtchen, seiner geschniegelten Frisur und seiner schmächtigen Gestalt, die in einem schlechtgeschneiderten Anzug aus billigstem Tuch steckte, mit seinem fliehenden Blick und seiner servilen Art, aber vor allem mit seinem unverzeihlichen Mangel an Humor. Offensichtlich hatte diesen neureichen Dorftrottel nicht etwa ein Anliegen in sein Audienzzimmer geführt, das für den orthodoxen Glauben von Interesse gewesen wäre, sondern höchst persönliche Haßgefühle gegenüber einem Neger aus Afrika, die möglicherweise durch Händel um Ländereien, Haustiere oder Weiber entstanden waren, so schloß Monseigneur, tiefbefriedigt ob seines Scharfblickes, den er inmitten des Irrgartens entwickelt hatte, in dem diese Eingeborenen lebten, wie er die Kreolen zu nennen pflegte. Für den Bischof war die Bevölkerung des Landes in Neger und Eingeborene unterteilt.

Lorenzo, der schon verärgert war und in Anbetracht des Possenspieles, das der andere mit ihm trieb, immer ärgerlicher wurde, übertrieb noch in seinen Anschuldigungen und wechselte nun zu anderen Themen, die ihn seltsamerweise in einen ähnlichen Aufruhr versetzten. Er erwähnte jetzt eine gewisse Predigt des Afrikaners, die er als eine heimliche Anspielung auf seine Person empfunden hatte, obwohl ihm nicht ganz klar war, aus welchem Grund er sich angesprochen fühlte: »Monseigneur, wenn Sie mir die Bemerkung erlauben: Ich bin in einer katholischen Familie aufgewachsen. Ich wurde getauft, habe die erste Kommunion erhalten und bin auch gefirmt. Meine Mutter und mein Vater gingen jedesmal zur

Messe, wenn ein Pfarrer in unser Dorf kam, und ich schwöre, daß ich dort nie solche Dinge habe sagen hören, wie sie dieser Neger von sich gibt ... Stellen Sie sich vor, er behauptet, in der Bibel steht, man müsse sich sein Brot im Schweiße seines Angesichts verdienen ...«

»So ist es, das ist völlig richtig«, merkte der Bischof an.

»Gut, einverstanden, aber er behauptet, daß es sich dabei um einen Fluch handelt und in der Bibel nicht steht, daß man auch noch andere Dinge als sein tägliches Brot mit Schweiß verdienen müsse, und daß übermäßiges Arbeiten nicht nur dumm ist, sondern auch eine Sünde.«

»Wie das?« Zum ersten Mal zeigte der Prälat Interesse.

»Wenn ich es Ihnen doch sage, ohne Übertreibung. Dieser Neger behauptet doch, daß Jesus die Zimmerwerkstatt von San José verlassen hat, um sich hierhin und dorthin auf Wanderschaft zu begeben, ohne feste Arbeit oder Beziehungen. Er sagt, sogar die Aposteln hätten ihre Arbeit aufgegeben, um mit ihm herumzuziehen, und daß sie gegessen und getrunken hätten, was die Leute ihnen freimütig gaben, und daß nur Petrus fischen gegangen ist, wenn Jesus keine Lust hatte, bei der wunderbaren Vermehrung der Fische mitzumachen. Denn Wunder wären der geeignete Weg, die Dinge zu betreiben, wenn einem der Sinn nicht nach Arbeiten steht. Und da Jesus ja Gott war, hat ihn der Fluch der Arbeit nicht erreicht, und so konnte er leben, ohne sich die Finger bei der Traubenlese schmutzig zu machen. Ja, und weil hierzulande keiner Trauben kennt, sagt er eben Grapefruit, weil die Neger den Wein aus Pampelmusen machen.«

»Das hat er gesagt?«

»Und noch mehr, er sagt, daß man wie die Schwertlilien auf dem Feld leben soll, die hier im Sand wachsen, ohne einen Tropfen Schweiß mehr zu vergießen als unbedingt nötig ist ... Und stellen Sie sich vor, Monseigneur, er sagt, daß die Römer Jesus gekreuzigt haben aus Angst, sein schlechtes Beispiel könnte sich verbreiten. Und auch die Juden wollten dann nicht mehr für ihren Lebensunterhalt arbeiten, und daß sie es nicht ertragen haben, ihn so herumvagabundieren zu sehen, ohne einen Handschlag zu tun, und wie er den Leuten mit seinem Zeitvertreib auf den Geist gegangen ist. Weil der, der nichts tut, viel Zeit zum Nachdenken hat, sagt er, und daß es den Römern nicht gepaßt hat, daß die Juden nachdenken. Daß sogar Maria Magdalena ihrem schlechten Leben den Rücken gekehrt hat, um dieses Nichtstun zu genießen. Er sagt auch, was hätten denn die römischen Soldaten gemacht, wenn selbst die Nutten – ich bitte um Verzeihung – also wenn selbst die Nutten ihr Gewerbe verlassen hätten? Und daß der, der seine Seele retten möchte, sich ausruhen soll, um Zeit zu haben, dem Herrn zu danken für die Dinge, die er im Leben gratis bekommt: die Sonnenuntergänge, die Sonnenaufgänge und den Regen, der die Avocados wachsen läßt, ohne daß jemand mit schweißtreibenden Spatenstichen einen Bewässerungsgraben bauen muß. Und daß die Danksagungen an den Herrn mit Musik und Gesang noch besser gehört würden, weil der Mensch nicht nur von Brot lebt, sondern auch vom Lachen und Fröhlichsein.«

»Und Sie, was halten Sie davon?« fragte der Bischof, aufs höchste beunruhigt.

»Ich glaube, daß, wenn die Leute auf ihn hören, das Dorf nie den Fortschritt kennenlernen wird, weil, sehen Sie, Monseigneur, die Wahrheit ist doch, daß die Zeiten schwierig sind, und heutzutage gibt es keine Magdalena, die einem die Wunden verbindet ...«

Der Bischof schwieg. Er merkte sich den Satz von der wundenverbindenden Magdalena, um ihn bei geeigneter Gelegenheit anzubringen, doch stellte er dazu keine Fragen, denn er hatte sich vorgenommen, hier später nachzuhaken. Der hinterwäldlerische Eingeborene, der vor ihm saß, erschien ihm jetzt weitaus gewitzter, als er zu Anfang geglaubt hatte.

Lorenzo erfaßte, daß er Boden gewann.

»Sehen Sie nur, Herr Bischof, was für eine Art Religion dieser Dummkopf lehrt. Er hat sie aus diesem Buch, das er die

Bibel nennt, aber eine richtige Bibel kann das nicht sein. Es muß sich, so sage ich, um die Bibel der Protestanten handeln.«

Mit dem letzten Satz wollte er das Gespräch beenden.

Die germanischen Gesichtszüge von Monseigneur nahmen jenen feierlichen und gelassenen Ausdruck eines Menschen an, der langjährige Übung in der Unterdrückung innerer Spannungszustände hat, auch solcher, die ein drohender Lachkrampf hervorruft. Indes bemerkte der Sekretär, der just in diesem Augenblick das Audienzzimmer betrat, daß sein Chef bester Laune war, und nutzte die Gelegenheit, um sich einen freien Nachmittag auszubitten. Der Bischof neigte den Kopf, doch mißlang ihm die Geste, denn er hatte eine Absage erteilen wollen, keine Zustimmung. Als der junge, dunkelhäutige Geistliche den Raum verließ und die Tür schloß, kreuzte er die Hände und merkte an: »Aus all dem, was Sie mir erzählt haben, schließe ich, daß es sich hier um eine Verdrehung des Sachverhaltes handelt ... Was dieser Mann sagt, und dabei beziehe ich mich auf den Inhalt, nicht die Form, widerspricht eher Calvin und der Reformation als der katholischen Vorstellung von Arbeit ... Nun gut, es ist eine sehr eigene Interpretation des Neuen Testaments, gewürzt mit den Zutaten der Landesküche ...« An dieser Stelle gestattete er sich ein wohlwollendes Lächeln, richtete, nachdem er seine Kinnladen wieder gänzlich unter Kontrolle hatte, einen Blick auf seine Bibliothek und fügte hinzu: »In der Tat, diese fanatische Fürsprache für den Müßiggang kann an einem so entlegenen Fleckchen verheerende Folgen haben, das jedem industriellen Fortschritt abhold ist ... Ich empfehle Ihnen, Nachsicht mit dem Neger zu üben, und verspreche Ihnen, mich um einen Missionar zu bemühen, der den Bibeldeuter wieder auf den richtigen Weg bringt. Ich glaube, ich habe da einen deutschen Priester für Sie ... Obwohl Sie das ein Vermögen kosten wird ...«, beeilte er sich, mit einem weich rollenden »R« hinzuzufügen, und ließ die Zunge gegen den Gaumen vibrieren.

Lorenzo mußte an sich halten, um keinen Freudenschrei auszustoßen: Vor seinem geistigen Auge sah er die Gestalt eines Pfarrers mit goldenem Haarkranz und stechend blauen Augen, angetan mit einer beeindruckenden weißen Soutane. Genau das Richtige, um den Neger mit der Haut von schwarzem Schiefer und den zerlumpten Hosen von seinem Thron zu stoßen.

Bebend vor Triumph verließ er das Bischofsamt. Parima Bay würde bald auf einen richtigen katholischen Priester zählen können, der die Paare zur Hölle schickte, die sich am Strand liebten, und der einen nicht alle naselang mit dem fünften Gebot oder mit der Mutter aller Sünden belästigte und die Nichtstuer noch bestärkte. Es hatte sich gelohnt, die Hänseleien des Bischofs zu ertragen, der ihn obendrein um eine beträchtliche Geldsumme erleichterte, mit den Worten, »wie heilbringend es für sein Seelenleben« sei, wenn er auch die Kosten für den Missionar trage, »die Soutane mit einbegriffen«.

»Im übrigen verfügt die Kirche, wie Sie wissen, über keinerlei wirtschaftliche Mittel, sie fehlen an allen Ecken und Enden, durch den Krieg, Sie wissen schon, die armen und heruntergekommenen religiösen Orden im gebeutelten Deutschland ... Was soll ich sagen?«

Noch bevor Lorenzo an die Bucht zurückkehrte, hatte er im Geiste schon die Größe und den Platz für die Wallfahrtskirche bestimmt, denn er wollte der Galerie seines Geschäftes die gewöhnliche Neutralität vergänglicher Dinge zurückgeben. »Die Kirche und ihre Belange sind ein Ding, ich habe meine eigenen Probleme«, entschied er, als er auf das Deck der Anansi sprang, überzeugt davon, daß der Bischof eine Schraube locker hatte, »Diese Europäer vertragen das Klima hier nicht.«

Lange Zeit hielt er den Blick angestrengt auf den Ozean gerichtet und wartete ungeduldig auf die Ankunft des deutschen Missionars. Die Predigten des Afrikaners fanden immer noch auf dem Laufsteg vor seinem Laden statt, und er erlaubte sich ein spöttisches Lächeln bei dem Gedanken an die fürchterliche Konkurrenz, die den Neger zu Fall bringen sollte und von der dieser nichts ahnte. Doch die Zeit verging, und an der Pier legten nur die Boote mit den gleichen Kunden wie eh und je an. Lorenzo sagte sich schließlich, daß der Bischof ihn belogen und die Scheine in die eigene Tasche gesteckt haben mußte. Er schüttelte den Kopf, so als wolle er sagen, »heutzutage kann man keinem mehr Glauben schenken, sogar die Priester sagen nicht mehr die Wahrheit«, und ließ die Bauarbeiten an der halbfertigen Kirche ruhen, die sich dort schon zu erheben begann, wo das Herz des Dorfes hatte stehen sollen. Zu dieser Zeit gelangte man über schmale, verschlungene Pfade dorthin, denn es gab noch keine Straßen in Parima Bay. Auf diese Weise erfuhr der Afrikaner von Lorenzos Absichten, immerhin war der Bau der Kapelle nicht mehr zu übersehen, und als er das Projekt sich selbst überlassen vorfand, beendete er den Bau auf eigene Kosten. So konnte das Volk seinen religiösen Belangen an einem angemessenen Ort nachgehen.

Eine Koppel, die unmittelbar vor der Kirche ihren Platz hatte und die sich in der Regenzeit in eine sattgrüne Weide verwandelte, regte den Erfindungsreichtum einiger sportversessener Bewohner an, die dort das erste Kricketteam gründeten. Jeder leistete seinen Anteil daran, so gut er konnte. Es wurden Handschuhe, Schläger und Schutzgamaschen aus Puerto beschafft.

So war es Lorenzo nicht vergönnt, das falsche Versprechen des Bischofs zu vergessen, denn das Freundschaftsspiel, das jeden Sonntag nach der Predigt des Afrikaners vor der Kapelle stattfand, wurde von einem Schiedsrichter angeführt, der ein weites Gewand in bischöflichem Weiß trug.

Der Kirchplatz mit seiner Kapelle und Kricketkoppel nahm den Charakter eines Dorfplatzes an und entwickelte sich bald zum Zentrum des Geschehens. Immer häufiger wurden dort Wettkämpfe mit Mannschaften aus den umliegenden Dörfern ausgetragen. Das lokale Sportfieber erfuhr seinen Höhepunkt, als man das Team von Puerto zu einem Wettkampf herausforderte. Die Heimmannschaft erlitt eine bemerkenswerte Niederlage, doch dies beeinträchtigte nicht im mindesten die freudige Feststellung eines Wir-Gefühls, auch wenn die anderen weit besser abschnitten. Die einzigen, die sich mit dem Ergebnis nicht zufriedengaben, waren die Kinder, schließlich glaubten sie, jung, wie sie waren, ihre Eltern seien die stärksten und geschicktesten der Welt. In diese Richtung gingen zumindest Eudoras Gedanken, die herbeigeeilt kam, um ihren Stiefvater spielen zu sehen, und nicht verstand, warum er so zufrieden war, denn er hatte nicht einmal den Ball getroffen. Sie grübelte auch über den Grund für soviel Gelächter und gute Laune, sah sie doch, wie alle Spieler von Parima Bay mit schmerzenden Beinen vom Sportplatz humpelten.

Lorenzo näherte sich nur ungern dem Sportplatz, doch er setzte nie einen Fuß in die Kirche. Er war sehr erleichtert, daß er nicht mehr die Predigten des Gottesmannes auf dem Laufsteg vor seinem Laden mit anhören mußte, doch in der Nacht quälten ihn immer noch unruhige Träume. Jedesmal, wenn sich ihm die Natur feindlich gesonnen zeigte, glaubte er dahinter Plantintáhs Einfluß zu spüren: Trat er in eine Wasserpfütze, so war's der Geist des Freundes, der ihn hineingestoßen hatte; hinderten ihn der Wellengang und die Gezeiten daran, mit der Anansi in See zu stoßen, gab er ihm die Schuld; bildeten die Raubameisen lange Straßen, um sich durch winzige Löcher in seine Zucker- und Reissäcke zu fressen, so hatte Plantintáh ihnen den Weg gewiesen. Lorenzo verstand nicht, warum ihn der Geist weiterhin so beharrlich mit seinen Streichen quälte, schließlich sah er von Amanda nicht mehr als die Nasenspitze aus einem Fettkloß ragen.

Miss Emily hatte sich einer neuen Beschäftigung zugewandt: den Arbeiten mit der Häkelnadel. Sie gab das Backen von Brot auf, das sie in der Bucht verkauft hatte, und begann mit der bescheidenen Fertigung von Häkelware, die sie im Dorf und in den umliegenden Siedlungen absetzte. Ihr kleines

Haus schien eine fleißige Spinne zu beherbergen und hing voller Deckchen und Teppiche. Eudora überraschte ihre Tante viele Male, wie sie in ihre Arbeiten versunken dasaß oder vor der Feuerstelle ihrer Schabracke hockte und lange Gespräche führte, in denen sie vor sich hin sprach und ihr das Schweigen die Antwort gab. Wenn man ihren Worten lauschte, schien es so, als erzählte Miss Emily ihrem unsichtbaren Gesprächspartner das Neueste aus dem Dorf, wer gekommen war und wer sich davongemacht hatte, wer geboren war und wer an einer Krankheit litt. Offenbar erhielt sie Antworten, denn manchmal brach sie in plötzliches Gelächter aus. Für Amanda waren die Selbstgespräche ihrer Schwägerin die Symptome einer unschuldigen und harmlosen Verrücktheit, Eudora aber war sicher, daß ihre Tante mit einem unsichtbaren Mann Gespräche führte. Wenn sie sich auf Zehenspitzen heranschlich und jedesmal heimlich die Hoffnung hegte, seine Stimme zu hören, sah sie Miss Emily am Fenster sitzen, wie sie den Kopf bewegte und murmelte: »Oka, Plantintáh, o rait«, ganz in ihre Häkelei vertieft. Doch nie vernahm Eudora etwas anderes als den unermüdlichen Redefluß der alten Jungfer.

Jene seltsamen Gespräche traten in den Hintergrund, als das Gästezimmer vorübergehend von einem Arzt belegt wurde, der erste, den Parima Bay je sah. Es war ein alter, vereinsamter Mann von einem anderen Punkt der Küste, der hierhergekommen war, um dem Tod ein Schnippchen zu schlagen und sich wieder ins Leben zu stürzen. Der Heilkundige brachte all seine Arzneibücher mit in den Patio seiner neuen Residenz, und Eudora half ihm beim Säen und Auspflanzen kleiner Heilsträucher, mit deren Hilfe bald schon Kopf- und Magenschmerzen, Dickdarmentzündungen, schmerzende Weisheitszähne und die schrecklichen Skorpionbisse gelindert werden würden. Der greise Mulatte mit den weißen Haaren hatte eine Flasche mitgebracht, deren geheimnisvoller Inhalt die Opfer von Schlangenbissen vor dem sicheren Tod bewahrte. Mit Pflastern aus zahlreichen Heilblättern rettete er das von Wundfäule befallene Bein eines Patienten vor des Messers Schneide. Er schloß dicke Freundschaft mit dem Afrikaner und wurde ein ganz neuer Mensch, an den sich die Leute in der Bucht noch lange erinnern sollten, denn er verabreichte seine Medizin gratis, nicht wie Lorenzo, der nie einen Kranken in das Hospital von Puerto brachte, ohne vorher das Geld für die Überfahrt einzustreichen. Die Methode des Heilkundigen zur Behandlung von Schlangenbissen (deren Opfer spätestens an Bord der Anansi gestorben wären) war recht einzigartig: Er pflegte dem Angehörigen, der ihm die Nachricht überbrachte, ein stark verschmutztes Tuch mitzugeben, das er ständig um den Hals trug, mit der Weisung, damit das Körperteil zu umwickeln, in das die Schlange ihre Zähne geschlagen hatte. Einige Zeit später erschien er dann mit der geheimnisvollen Flasche, aus der er dem Patienten zu trinken gab, und machte sich auf den Heimweg mit der Bitte, ihm das ungewaschene Tuch wieder zu bringen, sobald der Kranke genesen sei. Weder Korallenottern noch Matabuey, weder Loras noch giftige Klapperschlangen vermochten einen Menschen zu töten, solange der Heildoktor lebte. Doch er war schon sehr alt, und eines Tages fing er sich eine Krankheit, gegen die es kein Mittel gab. Bevor er starb, warf er die Flasche ins Meer und nahm sein Geheimnis mit ins Grab, vielleicht, weil er niemanden fand, dem er es hätte anvertrauen können.

Niemals sollten die Leute von Parima Bay die Heilung vergessen, mit der jener wundersame Doktor dem Zambo das Leben rettete. Noch viele Jahre nach seinem Tod behielten sie den schrecklich-schönen Gestank des Gemenges aus aromatischen Pflanzen, Petroleum und Schwefel in der Nase, mit dem der Heilkundige die Krätze auf den Kinderköpfen heilte, die diese sich bei einem herrenlosen Hund geholt hatten. Diese Salbe wurde zu einer Zeit gemischt, da Parima Bay noch ein verlorener Punkt an der atlantischen Küste war und nur die Einwohner selbst und eine Handvoll Fischer das Nest kannten. Die

Behörden von Puerto nannten den Ort mal Parima, mal Lorenzos Bucht, mal Strandbai, mal da, wo sich der Gemischtwarenladen befindet, mal Anlegeplatz. Mit der Zeit setzte sich jedoch auch bei den Fremden der Name Parima Bay durch.

Als Parima Bay auf den Karten der Welt noch nicht verzeichnet war, geschah jene wundersame Heilung durch den Heildoktor, der den Zambo vor dem sicheren Tod durch einen Schlangenbiß rettete. Der Kräuterkundige war, auf der Suche nach seiner natürlichen Medizin, in gebeugter Haltung der kleinsten Blume auf den Grund gegangen, war niedergekniet und hatte mit halbgeschlossenen Augen die Erde nach den bescheidensten und auch wertvollsten Heilmitteln der Natur abgesucht, als er einen Mann in äußerst schlechter Verfassung daliegen sah, mit einem wundfaulen, geschwollenen Bein, an dem seine erfahrenen Augen zwei Bißmale einer ausgewachsenen Korallenotter erkannten. Er rettete das Leben des Delirenden an Ort und Stelle, ohne ihn auch nur einen Deut zu bewegen, da ihm offenbar ein Blutsturz drohte, und dessen Seele sich mit einer Hälfte schon im Jenseits befand, während die andere Hälfte an einem seidenen Faden im Diesseits hing. Wie ihm dies gelang, erfuhr keiner, denn er pflegte seine Geheimnisse nicht auszuplaudern, und der Zambo war nicht in der Verfassung, es wahrzunehmen. Der Genesende erinnerte sich daran, daß ihn eine leichte Brise vor den Flammen eines lichterloh brennenden Scheiterhaufens bewahrt hatte. Sie trug ihn mit sich und hob ihn über alle Leiden dieser Welt hinweg, um ihn auf einer mitleidigen Wolkenbank abzusetzen, die ihn hin- und herschaukelte, bis kein Fleisch mehr in seinem Körper war und er leicht und schwerelos zu einem Wiegenlied einschlief, das seine Mutter ihm nie vorgesungen hatte. Dabei erfuhr er so sanfte Liebkosungen, wie sie keine Frau ihm je geschenkt hatte, und labte sich in einem Bad aus dem Balsam der Klatschmohnblätter, erfüllt von einem Licht, das er später als einen leuchtenden Halbschatten beschrieb. Er verweilte so lange, bis er die stacheligen Gräser wahrnahm, auf denen er lag, und einen stechenden Schmerz in seinem rechten Bein verspürte. Er sah noch das schimmernde Pailettengewand der Schlange, die sich aus dem Staub machte, bevor er das Bewußtsein verlor. Als er wieder zu sich kam, saß der Kräuterheiler an seiner Seite und verfolgte aufmerksam seine Rückkehr zu den Lebenden. Als er endlich begriff, was geschehen war, tastete er sein Bein ab und spürte, daß seine rechte Wade verschwunden war und seine Finger sich in der offenen Wunde verloren, bis sie auf den blanken Knochen trafen. Er fiel darauf in Ohnmacht und erfuhr nie, wann noch durch wen er den Weg in das Haus des Heilkundigen fand, der dort den zweiten Teil seiner Genesung überwachte, bis er mit seinem eingefallenen Bein wieder laufen konnte, das schwarz und dürr geworden war. Man untersagte ihm, noch einmal in die Berge zu gehen, denn wäre er dort dem gedemütigten und geneppten Gevatter Tod begegnet, so hätte dieser Revanche gesucht.

Lorenzo, der sein Personal nie länger behielt, als eine Überfahrt mit der Anansi dauerte, stellte den Zambo ein, als er von seiner körperlichen Behinderung erfuhr, denn ihm gefiel die diskrete, stille Art des Mannes. Dieser schweigsame Mensch erzählte niemandem, woher des Weges er gekommen war, als ihn der Schlangenbiß ereilte. Keiner, nicht einmal die Betrunkenen, die samstags in der Kneipe herumhingen, wagten ihn darüber auszuhorchen, noch ihn mit neugierigen Fragen zu belästigen. Schließlich war er gezeichnet von einer schrecklichen Erfahrung, derer sich nur wenige rühmen konnten. Er schien überall und nirgends zu sein, denn man hörte ihn nie kommen. Viele behaupteten, seine Begegnung mit dem Tod habe ihm die besondere Gabe verliehen, sich unsichtbar zu machen. Seine Züge, ein Gemisch aus Indio, Neger und Chinese, pflegten sich zu einem breiten Lächeln zu verziehen, wenn er die Leute dergleichen flüstern hörte, und je nachdem, aus welchem Blickwinkel man ihn betrachtete, blitzte das eine oder andere Gesicht auf. Er war stark untersetzt, beinahe vierschrötig, und die fehlende Wade verlieh ihm einen Gang, der alles andere als schwebend war. Die Leute zogen die Legende jedoch seinem Humpeln vor und sahen ihn, aus purer Freude an seiner wundersamen Wiederauferstehung, durch die Lüfte fliegen. Er pflegte diese erdachten Fähigkeiten weder in Frage zu stellen noch zu leugnen, denn er redete so wenig wie nur eben möglich. Fest steht jedoch, daß er an mehr als einem Ort zur gleichen Zeit zu sein schien, was darauf zurückzuführen war, daß er stets unbemerkt blieb und man ihn nicht kommen hörte. Andererseits dachte er oft bei sich, daß die Menschen ihn anders sehen wollten, als er tatsächlich war. Sie wünschten es sich so sehr, daß er in ihren Augen wirklich ein anderer wurde. Die Sache ist nämlich die, daß keiner aus der Welt der Toten zurückkehrt, um weiterzuleben wie ein gewöhnlicher Sterblicher. Irgendeinen Unterschied mußte es da geben. Man sagte sich, daß er mit der Aura jener Neugeborenen auf die Welt gekommen war, welche die Gabe besaßen, Dopis zu sehen. Dies entsprach nicht der Wahrheit, schließlich vermochte der Zambo keine Geister zu sehen.

Er kümmerte sich mit Feuereifer um Lorenzos Geschäfte, arbeitete an allen Werktagen von montags bis samstags und manchmal auch am Sonntagmorgen, so daß er in kurzer Zeit die rechte Hand seines Brötchengebers wurde. Bald übernahm er die Verantwortung für alle Arbeiten, mit Ausnahme der Buchhaltung, was seinem Chef größere Freiheiten gab, seinen Geschäften in Puerto nachzugehen. In der knappen Freizeit, die ihm blieb, ging der Zambo dem Heilkundigen zur Hand und half ihm bei der Aufbereitung von Arzneitrank und Pomaden, bündelte getrocknete Blätter und reinigte den Garten. Die Gartenarbeit betrieb er mit besonderer Vorsicht, mußte er doch damit rechnen, daß die Kreuzotter, die ihn gebissen hatte, über seine lange Abwesenheit verzweifelt war und von den Bergen herunterkommen werde, um ihn im Garten ihres Erzfeindes aufzuspüren.

Der Zambo lebte bereits in der Bucht, als sich der Unfall des Afrikaners ereignete. Das Dorf war nach und nach gewachsen und verfügte bald über einen Prediger, einen Heildoktor, einen Sportplatz, eine Kapelle, einen Gemischtwarenladen, die Anansi und den kleinen Anlegeplatz. Seine Bewohner strotzten nur so vor Lebenslust und halfen sich gegenseitig mit bewundernswerter Solidarität. Mit jedem Tag, der verging und an dem die Kinder heranwuchsen, wurde ihnen jedoch klar, wie dringend eine Schule fehlte. Die Kinder hatten keinen Lehrer, der sie lesen und schreiben lehrte, der ihnen zeigte, wie sie addierten und subtrahierten. Die Aufgabe wurde von den Eltern selbst übernommen, allerdings nicht ohne eine gewisse Scham, denn sie waren sich ihrer Kenntnisse nicht allzu sicher. Es tat ein Lehrer not, der von Dingen wußte, die selbst den Familienoberhäuptern unbekannt waren und die sie nicht an ihre Kinder weitergeben konnten. Dazu gehörten zum Beispiel Geographie oder Geschichte, die alle Eltern unterschiedlich darstellten, waren sie doch von überallher an diese Bucht gekommen. Es herrschte Ratlosigkeit darüber, woher ein solcher Lehrer zu nehmen sei, und Lorenzo, der ob seines Mißerfolges bei der Beschaffung eines katholischen Priesters mißtrauisch geworden war, zeigte keine Bereitschaft, noch mehr Geld in die unergiebige Bestechung von Beamten zu stecken und einen staatlichen Lehrer zu bestellen. Obendrein verlangten die Schwarzen nach einem farbigen Lehrer, der englisch sprach, und sie wünschten keinen »Panaman«.

Zwei Ereignisse versetzten das Dorf in Aufruhr, bevor Parima Bay endlich seinen Lehrer bekam. Das erste war die Ankunft von Pater Vogel, der eines Tages dem Boot der Wasserpolizei von Puerto entstieg, als keiner mit ihm rechnete. Ein hochgewachsener Mann, der große Ähnlichkeit mit einem Eisbär hatte, jedenfalls mit dem, was sich die Leute von Parima Bay unter einem Eisbären vorstellten, verließ mit behäbigen Schritten die Barkasse und bewegte sich feierlich auf die Tür des Gemischtwarenladens zu. Er war vom Kopf bis zu den Zehenspitzen in eine lange, schneeweiße Soutane gewandet, während ein Kruzifix in der Geraden zwischen seinen breiten Schultern herunterhing. So schritt er bedächtig dahin und beeindruckte alle mit seinen leuchtenden, goldblonden Haaren und dem durchdringenden Blick seiner kalten Augen. In seinen Händen hielt er eine große Bibel, deren Deckel mit goldenen Lettern bedruckt war. Ein Bart zierte sein Gesicht, das er unter dem Blondschopf zu einem grimassenhaften Lächeln verzog. Ein aufmerksamer Beobachter hätte dies als den Ausdruck von Angst gedeutet, die ein zivilisierter Europäer beim Anblick einer Horde Menschenfresser verspüren mußte, die ihren Feuerkessel hinter Bäumen ohne Namen versteckt hielten. Der Afrikaner sah ihn vom höchsten Punkt seines Hügels kommen und lächelte ebenfalls, doch es war ein trauriges Lächeln, denn er wußte augenblicklich, daß er fortan von Kräften vernichtet werden sollte, gegen die zu kämpfen aussichtslos war.

Der deutsche Missionar sprach ein so gutturales Englisch, daß selbst Lorenzo Schwierigkeiten hatte, ihn zu verstehen, doch dieses Detail konnte seinen unsäglichen Triumph über diesen Fang nicht schmälern. Er gab sofort Anordnungen, hieß den Mann gebührend zu empfangen, sprach sich entschieden dagegen aus, den Ankömmling im Gästezimmer von Miss Emily nächtigen zu lassen, und ließ eine Ecke in der Kapelle herrichten. Bei dieser Aufgabe ging ihm der Geistliche selbst zur Hand und zog eine Spraydose mit DDT hervor, mit der er in die entlegensten Winkel sprühte und den Anfängerfehler beging, eine Treppe hinaufzusteigen und auch das palmengedeckte Dach des Gottestempels mit dem Gift zu behandeln. Alle, die dem Schauspiel beiwohnten, staunten nicht schlecht über die zahlreichen Insektenvölker, die hoch über ihren Köpfen hausten. Nach einigen Tagen fielen immer noch Kakerlaken, Skorpione, Ameisen, Spinnen, Wespen, sterbende und mausetote Spezies herunter. Der Insektenregen machte die Kapelle als Unterkunft und Kultstätte unbrauchbar, bis die Wirkung des DDT mit der Meeresbrise verflog und sich die

Tierchen, die das Desaster überlebt hatten, wieder in ihren fruchtbaren Schlupfwinkeln einrichteten.

Der arme Missionar, dem ein sauberes und erholsames Bett im Haus der Miss Emily versagt worden war, mußte nun einige Nächte zwischen den Säcken in Lorenzos Gemischtwarenladen zubringen. Er tat kein Auge zu, sondern leierte einen Rosenkranz nach dem anderen herunter und ertrug mit Märtyrermiene das Fußgetrappel der Kakerlaken, die keck über seine weiße Soutane spazierten, von der sich der Geistliche nicht einmal auf der Schlafstatt trennte. Stoisch erlitt er die Stiche der Ameisen, die sich auf ihrer Durchreise zu den Zuckersäcken gestört fühlten. Als ein dickes, grünes Insekt in seinen Bart sprang, möglicherweise um zu überprüfen, was sich in diesem Haarknäuel verbarg, das es offenkundig für ein wirres Nest hielt, glaubte der arme Mann, sein letztes Stündlein sei gekommen. Ein aufmerksamer Beobachter hätte unschwer die Panik hinter dem wackeren Lächeln des Missionars erkannt, der, bevor er ins Kloster ging, Pilot der Luftwaffe gewesen war und sich nach dem Krieg für das Priesteramt entschieden hatte, um nicht von den Alliierten behelligt zu werden. Doch selbst die gefährlichsten Bombardements, bei denen sein Flugzeug außergewöhnliche Rauchfahnen in den Himmel schrieb, hatten ihn nicht die wahre Angst gelehrt, bis er in den Lagerräumen von Lorenzo Parima die Nacht zubringen mußte.

So zog der einstige Kriegsflieger zu seiner Beruhigung und zur Sammlung des nötigen Schneids, der ihn befähigen sollte, sein selbstgewähltes Schicksal anzunehmen, aus seinem Koffer alle für eine Messe nötigen Requisiten, was dem Insektenregen jedoch nur geringfügig Einhalt gebot.

Das heilige Ritual wurde in lateinischer Sprache abgehalten, doch wäre eine Messe in deutsch aufs gleiche hinausgelaufen. Keiner der anwesenden Kirchgänger wußte, wann er sich zu setzen, zu stellen oder zu knien hatte, und so blieben alle mit ihren Hinterteilen gemächlich auf den Bänken sitzen, wie sie es auch bei den Predigten des Afrikaners zu tun pflegten. Der

Missionar hatte großen Erfolg, denn es war eine Pracht, ihn im Schmuck all dieser Spitzen, Bordüren und glänzenden Tücher zu sehen, wenn man davon absah, daß niemand etwas Nennenswertes von seiner Predigt in englischer Sprache hatte, da seine Aussprache unverständlich und grob war. Wie dem auch sei, die Parimenser weideten sich bei seinem Anblick, wie er güldene Gegenstände gen Himmel hielt, sich verneigte, die Arme hob, sie öffnete, sie schloß, seinen Zuhörern den Rücken zukehrte, sich umdrehte, die Hände zusammenbrachte und damit geheimnisvolle Zeichen in die Luft schrieb. Es gab unter ihnen nicht einen Katholiken, dessen religiöse Erinnerungen auf die früheste Kindheit zurückgingen, mit Ausnahme von Lorenzo, der beschloß, der Sache auf den hintersten Rängen, im Stehen und mit artig über der Brust gekreuzten Armen beizuwohnen, obwohl genügend Sitzplätze frei waren.

Niemand störte den Ablauf des Ritus mit Unartigkeiten, ausgenommen ein paar Kinder, die es höchst unterhaltsam fanden, daß der Missionar ganz alleine sprach, während sich der Afrikaner an alle, und an einen ganz besonders, gerichtet hatte. Feine Manieren habe er nicht gerade, der katholische Priester, meinten einige Kirchgänger beim Verlassen des Gotteshauses, denn abgesehen davon, daß er Selbstgespräche geführt habe, habe er den Leuten den Rücken zugedreht, so daß man nicht verstehen konnte, was er in seinen Bart murmelte, noch warum er die Stimme mitunter ohne ersichtlichen Grund erhob.

Diejenigen, die gleich darauf ihre Kricketschläger holten, um das schöne Wetter zum Schlagen einiger Bälle zu nutzen, hatten nichts bemerkt. Doch alle, die noch im Eingang zur Kirche verweilten und dort eingehend beredeten, was sie gerade erlebt hatten, ja, denen war es schon aufgefallen: Der Afrikaner fehlte. Der Jamaikaner sah Amanda Scarlet an und senkte gleich den Blick, als sie ihm bedeutete, daß der Prediger nicht gekommen sei. Er sagte, sie hätten schlecht daran getan, ihn mit einem Fremden zu betrügen, dem sie nichts schuldig seien, während der Afrikaner ihnen seine Zeit und seine guten

Ratschläge, bescheiden, wie er nun mal sei, im Tausch gegen alte Kleider und unbrauchbare Instrumente geschenkt habe. Die anderen hörten ihn schweigend an, und bald darauf ging jeder seinen Belangen mit einem unguten Gefühl nach, das schwer zu beschreiben war: das schlechte Gewissen. Der Heilkundige, der zu diesem Zeitpunkt noch lebte und vom Kirchentor aus das Ritual im Gotteshaus mit einem unbeschreiblichen Blick verfolgt hatte, machte sich langsam und mit hängenden Schultern auf den Nachhauseweg, so als koste ihn jeder Schritt unendliche Mühe.

Zwei junge Kerle, die an den Fluß gelaufen waren, um dort zu fischen, fanden die Hose, die ein Krokodil als unverdaulich verschmäht hatte. Das Kleidungsstück wurde augenblicklich als ein alter Lumpen des Afrikaners identifiziert. Den Mörder fand man nie, denn der Fluß war voller Krokodile, und man wollte sie nicht alle töten. Es gab viele Vermutungen darüber, wie und warum sich dieser Unfall ereignet hatte.

Sie untersuchten das blutige Tuch in der Kirche, das die unermüdlichen, wanderlustigen Beine des Predigers umgeben hatte. Der Deutsche nutzte die Gelegenheit, seine erste Totenmesse abzuhalten, und so begruben sie am gleichen Nachmittag noch die Kleiderfetzen des Afrikaners und beweinten ihn, denn erst jetzt wurden sie gewahr, wie sehr er ihnen fehlte und wie sehr er ihnen dabei geholfen hatte, das Leben zu bewältigen. Er wurde ganz nah bei Alphaeus Plantintáh Robinson begraben, und als sie ihn zuletzt in seinem Hügel aus frisch aufgeworfener Erde auf dem Friedhof zurückließen, beschlossen sie zu trinken, zu essen und seine Ankunft im Himmel zu feiern, wo er fern von irdischer Drangsal und Leid eine neue Zeit erleben sollte, endlich glücklich und sorgenfrei, und wo er seine Begegnung mit Gott, Jesus und den ganzen himmlischen Heerscharen freudig begehen würde. Doch der Missionar ließ das nicht zu und gab gleich unmißverständlich zu verstehen, daß er heidnischen Riten und fremden Gepflogenheiten nicht gewogen war, die weder Trauer noch Enthaltsamkeit kannten.

Lorenzo pflichtete ihm so unmißverständlich bei, daß keiner es wagte, sich seinem Willen zu widersetzen.

In dieser Nacht kehrte allseits Ratlosigkeit ein im Dorf, und kaum einer fand in den Schlaf. Seltsame Dinge waren geschehen, beinahe alle zur gleichen Zeit. Keiner hatte Miss Emily gesehen, nur die kleine Eudora, die mit niemandem darüber sprach, daß ihre Tante, wie der Missionar von Kopf bis Fuß in Weiß gekleidet, das Haus verlassen hatte und in einem hautengen Gewand mit ebenso engen Ärmeln dorthin gegangen war, wo der Urwald begann. Sie tanzte einen einsamen Tanz, begleitet von einem lethargischen Gesang und ohne zu bemerken, daß ihre Nichte ihr gefolgt war, und stürzte schließlich zitternd und krampfhaft zuckend zu Boden, worauf Eudora ihre Eltern zu Hilfe holte. Sie trafen just ein, als Miss Emily wieder langsam zum Stehen kam, ein paar Worte ohne Sinn und Verstand murmelte und wie eine Schlafwandlerin den Heimweg antrat.

Es war eine lange und tiefschwarze Nacht. Wer den Mut hatte, in jener Nacht zum Wasserlassen in seinen Hof zu treten oder einen Blick aus dem Fenster zu werfen, der nahm kleine, milchige Lichter wahr, die über dem Friedhof tanzten, flüchtige Flammen, die das Herz mit Unruhe, ja mit unheilvollen und unaussprechlichen Vorahnungen erfüllten. In dieser Nacht sprach das Meer, das alle menschlichen Stimmen wiedergab, die Worte des afrikanischen Predigers, und alle hörten seine Ansprache, obwohl sie nicht verstanden, was er ihnen sagte.

Keiner wagte es, den Hügel zur Hütte des Afrikaners hochzusteigen, aus Angst, seine Seele könnte sich aus lauter Verärgerung darüber, daß sie ihn mit dem deutschen Missionar betrogen hatten, dort herumtreiben. Schließlich entschied die Allgemeinheit, der Jamaikaner möge die Bibel bergen und das Haus des Toten in Ordnung bringen, eine Aufforderung, der er willig folgte. Die Bibel war jedoch nicht auffindbar, woraus sie schlossen, daß der Afrikaner den Entschluß gefaßt hatte, ihre Gemeinde für immer zu verlassen. Beim Abschiednehmen war er womöglich so aufgewühlt gewesen, daß er den Fluß nicht vorsichtig genug überquert und das Krokodil nicht wahrgenommen hatte, das dort auf der Lauer lag.

Der Jamaikaner kehrte mit ein paar Lumpen, einigen Haushaltsgeräten, einem nachgebauten Spaten und einem abgenutzten Buschmesser zurück, Dingen, die der Prediger als Geschenke für Rat und Tat, für Bibellesungen und tröstende Worte erhalten hatte. Die Bibel tauchte jedoch nicht wieder auf, so sehr der Jamaikaner auch nach ihr suchte. Man nahm an, daß das Krokodil die Heilige Schrift gleich mitverspeist hatte, und so fragten sich einige, die nicht sehr viel von religiösen Belangen verstanden, ob das Krokodil beim Verschlingen des heiligen Buches über seine tierische Natur hinaus eine Seele erhalten hatte. Als der Missionar von dieser geistigen Nacharbeit erfuhr, verwehrte er sich entschieden gegen den Gedanken, ein Krokodil könne Zugang zum ewigen Leben bekommen. Später bekannte der Jamaikaner gegenüber Amanda, wie sehr er sich diese Bibel gewünscht habe, da er nie in den Genuß gekommen sei, das Alte Testament zu lesen, und er darauf gebrannt habe, zu erfahren, ob Äthiopien darin vorkomme.

»Warum Äthiopien?« fragte Amanda Scarlet erstaunt, die das Wort zum ersten Mal in ihrem Leben hörte.

»Das ist ein wichtiger Ort in Afrika«, sagte er, »wichtig für die Schwarzen. Dort liegt ihr Ursprung, ihre Heimat, und eines Tages werden sie dahin zurückkehren.«

»Warum fragst du nicht den Missionar danach?« schlug Amanda vor.

»Ich glaube kaum, daß Äthiopien in einer katholischen Bibel vorkommt, darum wollte ich die heilige Schrift des Afrikaners haben ...«

In seiner Stimme schwang so viel Sehnsucht mit, daß Amanda ohne erkennbaren Grund an Plantintáh denken mußte, und sie begann zu weinen. Dann liebkosten sie sich, sprachen sich Trost zu, trockneten sich ihre Tränen und legten sich eng umschlungen zu Bett, doch Liebe machten sie nicht.

Der Zambo brachte die Hütte des Predigers wieder auf Vordermann, knüpfte neue Palmenblätter zu einem Dach, besserte den Fußboden aus, öffnete Fenster dort, wo zuvor keine gewesen waren, setzte die vierte Wand ein, die gefehlt hatte, und fertigte auf Geheiß des Missionars die erste Türe mit einem Klopfer, die das Dorf sah. Er haute eine kleine Treppe in einen Baumstamm, versprühte die letzten Vorräte an DDT, die dem Deutschen geblieben waren, und nachdem dieser das Ganze eingehend begutachtet hatte, zog er beruhigt in die Behausung ein, schließlich stand das Haus hoch auf einem Hügel und nicht etwa am Ufer eines Flusses, wo es Eidechsen wie Sand am Meer gab. Kaum hatten sie seinen letzten Koffer auf den Berg getragen, ließ er nach einer Köchin schicken, die ihm die Speisen zubereiten und die Wäsche waschen sollte.

Lorenzo, der vergnügt und erleichtert war und nach dem Tod des Predigers seine alte Ruhe zurückgewonnen hatte, verlor beinahe gänzlich das Interesse an dem Geistlichen. Er kam dem Auftrag des Mannes nach und suchte nach einer Frau, die diesem in den häuslichen Belangen zur Hand ging. Doch betrieb er die Sache ohne großen Eifer, denn ihm wollte nicht aus dem Sinn, daß, wäre der Afrikaner einige Wochen früher auf die gute Idee gekommen, sich von einem Krokodil fressen zu lassen, genauer gesagt, bevor er, Lorenzo, dem Bischof die teure Überfahrt eines Missionars bezahlt hatte, nach dem nun kein Hahn mehr krähte, er mit diesem Geld der Zivilisation zu Lande Zugang zu Parima Bay hätte verschaffen können. Die Anansi stach oft in See, und ihre Reparaturen und Wartungen verschlangen große Summen. Als schließlich die Köchin ihren Sold forderte, und zwar mit der ganzen Kraft ihrer jugendlichen Stimme, und der Missionar weder Anstalten machte, sie zu bezahlen, noch Lorenzo die Lebensmittel erstatten wollte, die sie aus dem Warenlager mitzunehmen pflegte, gab der Geschäftsmann mit aller Deutlichkeit zu verstehen, daß seine Pflichten als guter Katholik in finanzieller Hinsicht erschöpft seien. Der andere sei nun gehalten, das zu tun, was andere

Geistliche zu tun pflegten: nach jeder Messe eine Kollekte herumzureichen, in welcher der Mammon gesammelt werde, den Wiederaufbau der Kirche oder eine andere Geldquelle aufzutun, doch bitte schön nicht auf seine Kosten zu leben. Pater Vogel empfand den Vorschlag als Zumutung, immerhin lebten die Leute hier an der Armutsgrenze, und fette Beiträge waren aus ihren Taschen wahrlich nicht zu erwarten. Derart empört, begab sich der Geistliche gleich an Bord der Anansi, ohne die Überfahrt zu bezahlen, und berichtete dem Bischof von den schrecklichen Schwierigkeiten, mit denen er zu kämpfen hatte, von der schlechten Behandlung, die man ihm angedeihen ließ, und von den gleichgültigen Schäflein seiner Gemeinde. Der Bischof hatte Mühe, ihn zu beruhigen, und war überrascht, daß Lorenzo Parima derweil die Puste ausgegangen war in dem Bemühen, das Seelenheil seiner Mitbürger zu retten. Neugierig geworden, bat er um genaue Berichterstattung und ließ sich Punkt für Punkt erzählen, was sich ereignet hatte, seit der Missionar in Parima Bay eingetroffen war. Als dieser ihm schließlich davon Kunde gab, daß in den ersten Tagen nach seiner Ankunft im Dorf ein Mann den Tod gefunden hatte, den sie den afrikanischen Prediger nannten, verstand der Bischof endlich, was geschehen war.

»Ach du lieber Gott!« entfuhr es ihm, der beglückt darüber war, sich endlich in seiner Muttersprache austauschen zu können. »Mir scheint, Pater, der wahre Anlaß, der Sie an diesen Ort gerufen hat, ist damit aus der Welt geschafft! Ja, man kann sagen, er endete sozusagen im Schlund eines Krokodiles. Doch haben Sie keine Sorge, versuchen Sie nicht, die Angelegenheit zu begreifen. Die Mentalität der Eingeborenen zu verstehen ist ein sehr schwieriges Unterfangen und sollte nur nach einiger Zeit in Angriff genommen werden. Aber mir ist da etwas in den Sinn gekommen, das den Besitzer des Kramladens in die Knie zwingen könnte: Richten Sie ihm aus, die Habsucht sei die Mutter aller Sünden. Wiederholen Sie es, bis er es begriffen hat, und sagen Sie es jedesmal, wenn er Ihnen dumm kommen sollte. Aus irgendeinem Grund, der sich meiner Kenntnis entzieht, bringt ihn dieser Satz aus der Fassung ...« Der Bischof seufzte, gab seinem Gegenüber etwas Geld, verabschiedete ihn und wünschte ihm viel Glück: »Alles Gute!«

Pater Vogel bestieg sichtlich beruhigt seine Barkasse und ging mit dem Satz im Sinn von Bord, den ihm der Bischof angeraten hatte, doch sein Spanisch geriet bald durcheinander. Beschwingt sprang er an Land und begab sich ohne Umschweife an den Tresen des Gemischtwarenladens, hemdsärmelig, wie er war, denn er hatte beschlossen, nicht mehr unter einer Soutane zu kochen. Kampfeslustig betrat er den Laden und verlangte eine lange Liste von Sachen, die er benötigte. Als Lorenzo ihm, mit einem Bleistift bewaffnet, ungehalten die Summe vorlas, die er auf einem Papierschnitzel voller Fettflecken gezogen hatte, warf ihm der Deutsche in seinem gewohnt beiläufigen Befehlston und in barbarischem Spanisch die Beschwörung entgegen: »Die Sünde ist die Mutter alle Habsüchte.«

»Und der Bischof wird deine Großmutter sein, nicht meine«, gab Lorenzo zurück, der unschwer erkannt hatte, woher der Wind wehte.

Pater Vogel war somit der erste und letzte Missionar der römisch-katholischen Kirche, den Parima Bay je sah. Im Laufe der Jahre bauten die Bewohner der Bucht eine kleine Kapelle für die Handvoll Katholiken, die sich im Dorf niederließen, doch kein Bischof bekundete Interesse an diesem Gebiet, und so wurde das kleine Gotteshaus nur gelegentlich genutzt. Das grobschlächtige Gebaren Lorenzos sorgte sogar in Puerto für Aufregung. Der Gouverneur zeigte sich verärgert, doch da das Ganze im Grunde nicht sein Problem war, ließ er es mit ein paar Verweisen gegenüber dem Geschäftsmann gut sein. Pater Vogel erhielt einen Schnellehrgang in Sachen Völkerkunde und wurde in die Berge geschickt. Dort sollte er die Indios missionieren, bei denen er unter großer Armut lebte, bis sich das deutsche Wunder vollzog und das Geld seiner Ordensbrüder so reichlich floß, daß er eine weitläufige Mission errichtete, wie sie die Jesuiten im achtzehnten Jahrhundert in Paraguay schon erbaut hatten.

Parima Bay, das nun ganz ohne religiöse Kulte, ohne Prediger, Bibel und Missionar dastand, fiel in tiefes Heidentum zurück, und die Riten der Pokomie hielten unter dem nächtlichen Blattwerk Einzug, doch da die Geschäfte des Gemischtwarenhandels ihren gewohnten Lauf gingen, schenkte Lorenzo den Geschehnissen keine Beachtung, die Abend für Abend hörbar zu ihm herüberdrangen. Was bedeutete ihm schon, daß die Neger einen schwarzen Stab kreisförmig mit Blumen umlegten, der wie eine Schlange bemalt war? Was kratzte es ihn, daß sie bald darauf im Kreis sangen und wie die Verrückten herumtanzten, bis sie zu Boden fielen? Was ging es ihn an, wenn einer von ihnen, der nach allgemeiner und einstimmiger Wahl zum Priester erklärt wurde, die Versammelten mit einem Stock berührte und ihnen darauf erklärte, sie könnten jetzt sprechen? Außerdem, so sagte er sich, war er es schließlich, der ihnen diese Kleider kaufte, und nicht sie. Sollten sie doch ihre Gewänder mit diesem Herumgehopse und diesen kopflosen Anfällen versauen, wenn sie sich hemmungslos auf den Boden warfen! Um so besser, dann konnte er die Stoffballen aus weißem Tuch in seinem Laden horten und sicher sein, daß er sie auch verkaufen würde. Noch weniger interessierte es Lorenzo, daß Miss Emily das eifrigste Mitglied dieser kultischen Veranstaltungen war und dort häufig in Begleitung von Amanda und ihrem Ehemann erschien. Es gab nur eine Person, der Lorenzo die Teilnahme an den pokomischen Riten untersagte: dem Zambo. Dieser hatte seine eigene Art, religiöse Angelegenheiten zu lösen, und nahm auf seine Weise Kontakt zu den übernatürlichen Kräften auf, so daß er keinen Widerstand leistete. Also ließ Lorenzo den Dingen ihren Lauf, ohne einzugreifen und sich darüber den Kopf zu zerbrechen.

Jetzt, da Amanda Scarlet ihn nicht mehr interessierte, Miss Emily verrückt spielte und der Afrikaner auf dem Friedhof lag, sah Lorenzo den Augenblick gekommen, sein Leben in geordnete Bahnen zu lenken. Er beschloß zu heiraten und machte sich auf die Suche nach einer geeigneten Braut. Eine Zeitlang interessierte er sich für Priscilla Taylor, das hübscheste Mädchen am Ort, doch ihre Schönheit bereitete ihm Qualen, denn ihr Anblick erinnerte ihn an die Frau, die Amanda Scarlet einmal gewesen war und der Priscilla bei weitem nicht das Wasser reichen konnte. Obendrein befürchtete er, er könne sich in das Mädchen verlieben, schließlich hatte ihn der Liebesschwachsinn schon einmal zur Verzweiflung gebracht, und so wählte er den Weg einer Zweckehe, eine aus der Vernunft geborene Verbindung, die seinem gesunden Menschenverstand nicht gefährlich werden konnte. Er richtete also sein Augenmerk auf Daisy Watson, die er kaum gesehen hatte, doch oft genug, um festzustellen, daß sie die häßlichste Frau der Umgebung war, genauer gesagt, die häßlichste Reiche aus der Gegend. Gedemütigt gedachte er der Kränkung, die er im Haus der Familie Watson erfahren hatte, und kaufte dem Kapitän eines Handelsschiffes, der seine Uniform kaum trug, ein Paar weiße Handschuhe ab. Dann hielt er, gewandet in Anzug und Krawatte, in aller Form um Daisys Hand an. Lorenzo erfuhr nie, daß er sich zum Kasper machte, und zwar nicht nur vor der Familie Watson, sondern in den Augen aller Dorfbewohner, die sich erzählten, er habe um die Hand des Mädchens angehalten, während seine Finger in weißen Handschuhen steckten. Doch Lorenzos lächerlicher Aufzug tat dem Erfolg seines Unterfangens keinen Abbruch: Die Eltern von Daisy hielten ihn für eine gute Partie, einen wohlhabenden Mann mit dem Ruf eines rechtschaffenen Menschen. Daisy nahm den Antrag willig an, denn es war der einzige Weg, der sie aus Monky Point herausführte, wo nicht mehr Häuser standen als das ihrer Eltern. Schließlich hatten sich alle Bewohner der Bucht in Parima Bay niedergelassen, und sie kam vor

Langeweile beinahe um. Die Ehe wurde vor dem Standesamt von Puerto vollzogen, eine kirchliche Heirat fand nicht statt, denn sie konnten sich nicht einig werden, von welcher Kirche ihre Vermählung heiligzusprechen sei.

Die Heirat trieb einen Keil in die alte Freundschaft zwischen Miss Daisy und Miss Emily und Amanda. Zehn Jahre lang sprachen sie kein Wort miteinander. Miss Emily, die schon lange kein Brot mehr verkaufte, ließ sich im Laden kaum noch blicken, um nicht auf Daisy zu treffen. Die frischgebackene Ehefrau trat ihre Aufgabe als Verkäuferin mit so großer Begeisterung an, daß sie den ganzen Tag an der Ladentheke zubrachte. Sie hatte ihre Jugend so fern von menschlicher Gesellschaft verbracht, daß sie das Treiben im Gemischtwarenladen als faszinierend empfand, wo sie Tag für Tag die unterschiedlichsten Typen zur Tür hereinkommen sah und jeden von ihnen nach seiner Gesundheit, nach den Kindern und der Familie, nach der Ernte und den neuesten Meldungen aus dem Ausland befragte. Gab es etwas Aufregenderes, als den ganzen Tag zu plaudern und zu tratschen? Das große Bonbonglas, dasselbe, das Plantintáh zusammen mit dem ersten Konfekt erstanden hatte, übte auf sie eine unwiderstehliche Anziehungskraft aus. Die Regale hatten etwas Magisches, und nichts ging zum Beispiel über einen Satz wie »eine Tube Colgate, bitte«, die darauf wie durch eine Beschwörung auftauchte, ach ja, da, auf dem letzten Brett, ein Akt, der an Zauberei grenzte. Die Ware anzubringen und die Bestände nach und nach schwinden zu sehen bedeutete einen zusätzlichen Reiz für ihre ausgehungerte Seele. Daisy hatte die Langeweile in all ihren Spielarten kennengelernt und stürzte sich nun mit ungezügeltem Eifer auf das anregende Geschwätz im Laden, wo ihre Zunge, die so viele Jahre geschwiegen hatte, endlich grenzenlose Betätigung fand.

In Parima Bay begann das Leben der Miss Daisy, und hier fand sie auch zu sich selbst. Es war der Platz auf dieser Erde, an dem ihre Talente zum Vorschein kamen, sich entfalteten und brachliegende Begabungen auf fruchtbaren Boden fielen. So empfand sie tiefe Dankbarkeit gegenüber Lorenzo, dem Mann, der sie vor dem Überdruß bewahrt hatte. Nach einer faden Hochzeitsnacht, in der Daisy ihre Unschuld verlor, beinahe ohne es zu bemerken, so unbedeutend waren die männlichen Attribute des Lorenzo Parima, gab es nur wenige Gelegenheiten, zu denen die Gatten diese geschlechtliche Übung wiederholten, geschweige denn andere erotische Erbauungen erkundeten. Daisy, die eher frigide war und sich vollends mit den oralen Ergüssen begnügte, mit denen sie ihre Kundschaft überschüttete, beklagte sich nie über die Einfallslosigkeit, die Lorenzos Sexleben auszeichnete. Dieser betrachtete sie mit der Zeit als die ideale Mischung aus Geschäftspartner und Hausmütterchen, mit der er das gleiche Lager teilte. Da sie sich als ebenso geschäftsdienlich an der Ladentheke erwies wie der Zambo, blieb Lorenzo genügend freie Zeit für seine bevorzugte Zerstreuung mit den Huren von Puerto. Doch er ging nicht in Betsabés Haus, das ihn an Plantintáhs Erfolge erinnerte, sondern machte den darbenden Dirnen im Bordell der Juanalila seine Aufwartung, wo er sich eine Gonorrhöe fing, die ihm noch lange Zeit zu schaffen machte.

So war die eheliche Harmonie auf diese Weise wiederhergestellt, und er überwand seinen anfänglichen Ekel vor jener breiten, platten Nase auf dem Kissen, auf der stets Schweißtropfen perlten, vor den kantigen Wangen seiner Angetrauten und ihrem vierschrötigen Leib, vor der Häßlichkeit der Miss Daisy, die, soviel stand fest, die beste Garantie für eheliche Treue bedeutete, etwas, wofür er ihr im Grunde dankbar war.

Bevor er zu Bett ging, hörte er sie in der Küche schuften, während er versuchte, sich auf die Nachrichten in seinem Radio zu konzentrieren. Wenn ihn das Scheppern der Töpfe störte, machte er die Tür zu, obwohl er das Geklapper im Grunde genoß. Er hatte zu viele Jahre alleine gelebt und wußte die Zeichen des Zusammenlebens zu schätzen. Miss Daisy war der Deckel zu seinem Topf. Neben ihren bewundernswerten Qualitäten war sie auch buchhalterisch begabt, so daß man von einem wahren Naturtalent sprechen konnte. Als sie sich daranmachte, das elende Zimmerchen, in dem Lorenzo seine Einsamkeit gelebt hatte, durch bequeme und geräumige Anbauten an den Gemischtwarenladen zu ersetzen, blieb kein Zoll des Bodens ungenutzt, den sie zuvor eingehend abgelaufen und vermessen hatte.

Als die ersten alarmierenden Meldungen von drohenden Unruhen im Landesinneren auch Parima Bay erreichten, gewöhnte sich Lorenzo an, die Küchentür immer zu schließen, so daß ihn der Lärm nicht beim Lauschen der Radionachrichten störte. Er hätte seine Aufregung gern mit Miss Daisy geteilt, doch sie war nie über den Ort hinausgekommen, an dem der schwarze Zugführer gegen einen weißen getauscht wurde. So erschien ihr das Binnenland in weiterer Ferne als Jamaika, die Insel San Andrés, St. Kitts oder irgendein anderes Eiland der Antillen, mochte es noch so weit entfernt von Parima Bay liegen. Den restlichen Bewohnern der Bucht ging es nicht viel anders, und so schien nichts von dem, was im Landesinneren vor sich ging, etwas mit ihnen zu tun zu haben.

Lorenzo hingegen empfand die Dinge ganz anders: Im Gegenteil, für ihn befand sich die reale, tatsächliche Welt in der hügeligen Berglandschaft seiner Kindheit. Die Schwarzen, Amanda Scarlet, Plantintáh, der Gemischtwarenhandel, Miss Daisy, sie alle waren Teil eines Traumes, den er nach Belieben unterbrechen konnte. Es reichte, wenn er den bisherigen Weg wieder zurückverfolgte und sich auf seine Wurzeln besann. Parima Bay war die Welt, die er sich nach seinem Bild geschaffen hatte, wie man die Teile eines Würfelspiels zusammenfügt, das man mit einem Handschlag wieder zerstört. Parima Bay war nicht Lorenzos Heimat. Er hatte weder einen Bezug zum Meer noch zu den Schwarzen. Zu jedem Zeitpunkt konnte er bestimmen, bis hierher und nicht weiter. Eine Handbewegung reichte, und er würde sein Geld zusammenstreichen und in das Tal zurückkehren, in dem er das Licht der Welt erblickt hatte, die kühle, frische Luft dort atmen, sich die Hände an einem Kamin wärmen, Tortillas essen und nach Herzenslust gerösteten Kaffee trinken ... Dort würde er mit den Bleichgesichtern, deren Backen vom Frost gerötet waren, ein Schwätzchen halten. Die Nachrichten von seiner Heimat versetzten ihn in Aufruhr: Die Täler waren von Tumulten gebeutelt, seine Täler, wie durch die Erschütterungen, die er einst aus einem Vulkan hatte hervorbrechen sehen. Etwas in seinem Inneren geriet aus dem Gleichgewicht und verdarb seine gute Laune, hatte er doch niemanden, mit dem er sein Gefühl teilen konnte. Es war der einzige Zeitpunkt im Leben des Lorenzo Parima, da er sich seiner Einsamkeit bewußt wurde und ihm selbst das Geld keine angemessene Gesellschaft war.

Manchmal erschien es ihm, als habe der Zerfall und die Zerstörung von Parima Bay Besitz ergriffen, wenn er von weitem das eingestürzte Dach des Hauses sah, das einst dem Prediger gehört hatte und in das gleich darauf der deutsche Missionar eingezogen war. Die Kirche, die so lange ungenutzt dastand, hatte sich in eine vorübergehende Herberge für Leute verwandelt, die von einem Gewitter überrascht wurden oder dort die Nacht verbrachten, um am nächsten Morgen an einen anderen Punkt in den Bergen oder an der Küste aufzubrechen. Unbekannte Vandalen hatten versucht, in der Kirche ein Feuer zu zünden, und dies an einem Regentag, was verhinderte, daß sich die Flammen weiter ausbreiteten.

Miss Daisy, die voll und ganz in ihren täglichen Beschäftigungen aufging, nahm keine Notiz von den Sorgen, die Lorenzo umtrieben, den sie im übrigen für einen erfolgreichen Mann hielt, einen Gewinnertyp, der im Leben immer das erreichte, was er sich vornahm. So verstand sie nicht, warum er noch Stunden nach der Nachrichtensendung in der Nähe des ausgeschalteten Radios verharrte.

Als der Lehrer eintraf, hielt sich Lorenzo gerade nicht im Dorf auf. Er nutzte jede freie Minute, um sich in Puerto die Zeit zu vertreiben, und mied das politische und militärische Pulverfaß wie die Pest, das im Land zu explodieren drohte; schließlich war noch nicht zu erkennen, wer als Sieger aus dem Konflikt hervorgehen würde. Das hügelige Hinterland seiner Heimat erlebte Momente der Gewalttätigkeit und stand am Rande des Bürgerkrieges.

In Puerto pflegte der Gemischtwarenhändler nicht nur seine Beziehungen zu einflußreichen Persönlichkeiten, sondern fand in den Freudenhäusern über die Fadheit der Miss Daisy hinweg. Nachdem er sich in Juanalitas Bordell einen Tripper gefangen hatte, gab er die gesundheitsgefährdende Gewerbestube auf und kehrte fortan im Vergnügungstempel einer Weißen ein, die gerade neu eröffnet hatte und die Freier einer strengen Auswahl unterzog, denn sie verkaufte sich teuer. Olga war keine junge Frau mehr, doch hatte sie ihre Schönheit bewahrt, hielt ihren Körper mit Leibesübungen und strengen Diäten in Form und trug feine, geschmackvolle Kleider. Sie unterhielt eine ganze Armada aristokratischer Amouren, die sie aus Prestigegründen persönlich in Puerto auszuführen pflegte. Übertrieben reinlich, prüfte sie penibel ihre Pferdchen und zog jedes aus dem Verkehr, sobald sie einen Schanker oder auch nur eine einfache Erkältung witterte. Sie hatte den geistreichen und witzigen Einfall, den wahren Charakter ihres Etablissements unter dem dekorativen Deckmantel eines Schreibwarenhandels zu verbergen, für den sie im Schaufenster mit dem aufsehenerregenden Firmenzug »Penelopes Buchhandel« warb. Dieser Geschäftsname gab Anlaß zu allerlei Gesprächsstoff und Anspielungen, die sie befriedigt und wohlwollend zur Kenntnis nahm. Es gab nur wenige, die wußten, was sich hinter dem Glasfenster versteckte, das immer ein großes Sortiment an Kugelschreibern, Bleistiftspitzern, Heften und Schulbüchern aufwies. Niemand konnte sich dieses Bedürfnis der Puffmutter nach einem ehrbaren Dasein im Buchhandel erklären, um so weniger, als sie wiederholte Male grenzenlose Habgier bewies und in ihrer Skrupellosigkeit über Leichen ging. Die Leute mochten ihre sanfte und zurückhaltende Art einer Wirtin und ihre Gelassenheit, die nie von ihr wich, auch wenn sie noch so unaussprechliche Perversitäten beging. Im Grunde war sie eine kalte und gefühllose Frau. Gefeit gegen den Gram anderer, warf sie eines Tages ohne Umschweife ein blutjunges Ding auf die Straße, als sie erfuhr, daß es schwanger war. Als man ihr zutrug, das Mädchen habe sich mit einem Sprung auf die Bahngleise das Leben genommen, zeigte sie keine Rührung. Ihr Personal wählte sie mit äußerster Sorgfalt. Sie nahm nur gesunde, junge Mädchen in ihr Etablissement auf und setzte alle Hebel in Bewegung, um auch die launigsten Grillen ihrer erlesenen Kundschaft zufriedenzustellen. Mit Lorenzo verband sie eine Seelenverwandtschaft, und sie suchte eine gute Beziehung zu ihm, wies ihr Personal in geeigneter Weise ein, damit es den wenig einfallsreichen Vorlieben ihres wichtigsten Stammkunden entsprechen möge. Dieser hatte nie Grund zur Klage, wurde er doch immer mit all seinen Allüren gebührend gewürdigt. Die Huren gaben sich die größte Mühe, es ihm recht zu machen, vor allem wenn es um seine Neigung ging, die Bekenntnisse seiner glühendsten und verborgensten Gelüste auszuplaudern. So verschlossen Lorenzo gewöhnlich war, lockerte die Gesellschaft der gewerblichen Damen seine Zunge.

»Und jetzt, wo ich den Dynamo und die fünf Glühbirnen habe, weil Miss Daisy ganz schön verschwenderisch ist«, keuchte er und gab sich den gekauften Liebkosungen hin, »wird der Rest von selbst kommen: Es wird Straßen zu Land geben, wir werden Luftwege schaffen ... Ich sehe schon die Bank vor mir! Parima Bay wird den Weg des Fortschritts gehen, mit einer Autobahn, einem Flughafen und einem Telefon. Ja, einem TelefOOOOON«, röchelte er, während sich ein vorzeitiger Samenerguß über die Finger und die Lippen der diensthabenden Gehilfin ergoß.

Das Wort »Telefon« wurde unter Olgas Huren zu einem feststehenden Ausdruck, mit dem sie immer und ohne Unterschiede Freier bezeichneten, die nicht mehr als zwei Minuten Standvermögen bewiesen, ohne die Laken zu beschmutzen. Obendrein umschrieb es kurz und bündig das karge Vergnügen, das den käuflichen Frauen durch ihre Gelegenheitspartner beschieden war, wenn man von der klingenden Münze absah.

»Heute habe ich ein Telefonat gehabt«, erzählte eine während des Frühstücks, was ihr neidvolle Blicke eintrug, denn so ein Glück winkte nicht alle Tage! Gleich wurde sie bedrängt, und man fragte sie nach dem Namen des Wunderknaben, der bei seinem nächsten Besuch sicher nicht wußte, wie ihm geschah, wenn alle Mädchen um die Gunst stritten, ihm den Gefallen zu tun.

Manch eine betrachtete die Sache aus einem anderen Blickwinkel: »Der macht wirklich keine Arbeit. Die Sache dauert nicht lange und ist schnell vorbei. Ein richtiges Blitzgespräch.«

Lorenzo bemühte gerade dergleichen Telefonseelsorge, als in Parima Bay der Lehrer eintraf, ohne daß jemand auf ihn gewartet hätte. Die Seefahrer, die in den Antillen von Eiland zu Eiland schifften, hatten ihm von einem frisch gegründeten Dörfchen erzählt, wo eine Schule gebraucht wurde. Verwitwet und pensioniert, unternahm er den weiten Weg von Gran Caimán bis nach Parima Bay mit einer Sammlung alter, in England gedruckter Schultexte unter dem Arm. Das große Gemälde in seinem Gepäck, das er sorgfältig in dicke Kartons verpackt hatte, entpuppte sich bald als das Abbild der Königin Viktoria, der seine Bewunderung galt, immerhin hatte sie die Sklaverei abgeschafft. Sein graumeliertes Haar und sein Körper, der einst kräftig gewesen sein mochte, zeigten schon Zeichen des Zerfalls, und sein ganzes Auftreten verriet den Pädagogen aus Passion: gewichtig sein Gang, gewichtig sein Blick, gewichtig seine Art, mit einem Londoner Akzent zu sprechen. Darüber hinaus war er gelassen, geduldig und besaß die Weisheit und Sanftmut eines Menschen, der alle Leiden der

Welt gesehen hatte und letztlich allein blieb. Den Leuten von Parima Bay kam der neue Pädagoge mit seiner hübschen, dunkelkaramelfarbenen Haut wie gerufen.

Miss Emily und Miss Daisy gerieten in eine ernsthafte Auseinandersetzung darüber, wer ihm Unterkunft gewähren sollte. Der Lehrer sah beide Frauen aufmerksam an und entschied sich für die erste. Die Verliererin betrachtete dies als erneute Kriegserklärung und schwor, alles zu unternehmen, damit ihr die alte Jungfer in Zukunft keine Gäste mehr abspenstig machen werde.

Der Schulmeister erfuhr niemals, daß er der Anlaß für den Bau des ersten Hotels von Parima Bay war, dessen Grundstein durch Miss Daisys Niederlage gelegt wurde.

Als Lorenzo aus Puerto zurückkehrte, erblickte er ein neues, palmenstrohgedecktes Dach auf vier Pfosten, das keine Wände besaß und an der Längsseite des Kricketplatzes stand, dem Gotteshaus genau gegenüber. Auf einer Holztafel war in bunten Lettern »Queen Victoria School« zu lesen. Im Palmenfachwerk der nach allen Himmelsrichtungen offenen Behausung baumelte das große Gemälde der englischen Gebieterin und war dem freien Spiel des Windes ausgesetzt. Vor dem Hintergrund der Palmen büßte die britische Hoheit jedoch einige Erhabenheit ein, wie sie da, drei Zoll unterhalb der Dachbefestigung, an einem Nagel hing. Die rüstige Dame mit der Hakennase und der mächtigen Oberweite, die ihr Korsett zu sprengen drohte, schien spitzbübisch gegen eine drohende Bronchitis zu protestieren.

Die erste Reaktion des Gemischtwarenhändlers war Empörung gegenüber dem dreisten Eindringling, der es gewagt hatte, eine Lehrstätte aus dem Boden zu stampfen, ohne ihn um Erlaubnis zu fragen, und der obendrein seine Abwesenheit dazu genutzt hatte, die Monarchie wieder aufleben zu lassen. Er zettelte einen Streit mit Miss Daisy an, weil sie nicht auf ihn gewartet hatte, um ihn nach seiner Meinung in der Sache zu fragen. Es war die einzige ernste Auseinandersetzung zwischen den beiden, und es hieß, er sei so weit gegangen, sie zu ohrfeigen. Das war unwahrscheinlich, da, gemäß den Gepflogenheiten an der Küste, auf ihrer dunklen Haut noch dunklere Flecken hätten erscheinen müssen, ganz zu schweigen von einem blauen Auge in Lorenzos Gesicht, denn die Negerinnen pflegten auf Schläge keine Antwort schuldig zu bleiben. Doch nichts dergleichen geschah.

Auf jeden Fall ging Lorenzo als Sieger aus dem Streit hervor. Er sprach den Lehrer unter vier Augen, der ihn mit der Aufmerksamkeit anhörte, die ihm eigen war. Am nächsten Tag schon nahm der Zambo die Tafel mit dem Namenszug der historischen Majestät herunter und tauschte sie gegen eine neue, auf der die demokratische Bezeichnung »Schule von Parima Bay« zu lesen war. Als Zugeständnis an den Lehrmeister blieb Königin Viktoria an ihrem angestammten, schwankenden Platz hängen.

Niemand sollte dem Besitzer des Gemischtwarenladens nachsagen, er hätte sich nicht für die Entstehung einer Bildungsstätte ins Zeug gelegt. So gab er in Olgas Schreibwarenhandel Bleistifte, Tintenfässer und Schulhefte in Auftrag und unternahm sogar den Versuch, die englischen Texte durch solche in der offiziellen Landessprache zu tauschen, doch stieß er auf den beharrlichen Widerstand des Lehrers, der vorgab, sie nicht zu verstehen, noch ein Wort Spanisch zu sprechen.

Der Schulmeister fügte sich in den neuen Namen seiner Lehrstätte und dankte für die Schenkungen, vor allem für die große grüne Tafel, die an einen Platz gehängt wurde, wo der Wind nur mäßig blies. Auge in Auge mit der Tafel ertrug die Königin mit britischer Lebensart den erbitterten Angriff der Mosquitos, die das blaue Blut lockte, ein Saft, der bis dato in Parima Bay nicht geflossen war.

Lorenzo versäumte die erste Lektion des Lehrmeisters, an der das ganze Dorf teilhatte, angelockt durch die neue Errungenschaft am Ort, eine Stätte des Wissens. In seiner ersten Stunde, an der so viel Wißbegierige teilnahmen wie später nie wieder, rollte der Schullehrer eine Karte von Afrika auf und zeigte seinen Schülern, woher die ersten Schwarzen gekommen waren, die später auf dem amerikanischen Kontinent leben sollten. Er sprach von Sklaven und Sklaventreibern, von dem großen, gescheiterten Traum des Marcus Garvey, von der Black Star Line, mit der die ersten Schwarzen wieder nach Afrika zurückkehrten, und zwar auf großen Booten, die den Atlantik überquerten und bis zum Rand mit Passagieren gefüllt waren, und wie die Heimkehrer die Route zurückverfolgten, die die Sklavenhändler von einst genommen hatten. Er erklärte ihnen die Bedeutung von Äthiopien und sprach von der Religion der Rastafari, und dem Jamaikaner wurde bewußt, daß mit diesem Tag all seine Zweifel und Wissenslücken mit einem wahren Strom an Erkenntnis und Weisheit aufgefüllt würden. Gelehrig lauschten sie dem Lehrmeister mit Tränen in den Augen, doch niemand hörte ihm so aufmerksam zu wie Miss Emily, die, gestützt auf einen Pfosten, seine Worte trank und sie leise wiederholte, um nur ja keines zu vergessen. Der Lehrer beendete seine erste Lektion, die er in aller Schlichtheit vortrug, und sagte zum Abschluß mit seinem wunderschönen britischen Akzent, daß nun, da die Neger der Karibik ihre Namen und ihre Sprache von einst verloren hätten, nichts weiter bleibe, als die Sprache ihrer ehemaligen Gebieter hochzuhalten, denn dies sei das Idiom, mit dem sie zu sprechen gelernt hätten, und englisch seien auch die Namen, mit denen sie ins Leben getreten seien.

Es war eine glückliche Fügung, daß es in Miss Emilys Haus eine Herberge für den Lehrer gab, denn wenn der Unterricht zu Ende war und Amanda keine Anstalten machte, ihn zu einem Abendessen mit ihrem Mann einzuladen, bereitete Miss Emily ihm einen leckeren Teller Reis mit Bohnen und einen Nachtisch aus Kokospudding. Wieder und wieder ließ sie ihn den gleichen Vortrag halten, den er am ersten Schultag gehalten hatte, über den Traum des Marcus Garvey, *»an idea whose time has come«*. Miss Emily sollte ihr Wissen bald an Stella Taylor weitergeben, die zu diesem Zeitpunkt noch nicht geboren war, und sie drängen, nach Afrika zurückzukehren, ohne zu ahnen, welchen Kummer sie dem Mädchen damit zufügte, denn was hatte ein Albino schon in Afrika verloren? Miss Emily träumte lange Zeit von einer Reise an Bord eines Überseedampfers, doch es erübrigt sich zu erwähnen, daß dieser Traum nie in Erfüllung ging, wenigstens nicht zu ihren Lebzeiten. Allerdings half er ihr, die Einsamkeit besser zu ertragen, soviel steht fest.

Solange der Lehrmeister im Gästezimmer der Miss Emily wohnte und sie ihn mit Speise und Trank versorgte, brachen ihre Gespräche mit Plantintáh nie ab, denn der Geist hatte Interesse daran, auf den Kontinent seiner Vorfahren zurückzukehren, und wollte alles über diesen Erdteil wissen. So setzte sich Plantintáh mit an den Tisch, ohne daß der Schulmeister ihn wahrnahm, und lauschte gebannt den Erzählungen von Afrika.

Auch die kleine Eudora pflegte dem Lehrmeister zuzuhören, doch nicht nur im Haus ihrer Tante, sondern auch in der Schule. Ungeachtet ihrer zarten Jugend zeigte sie bald Anzeichen einer angeborenen Intelligenz, die zuerst unbemerkt blieb, weil sie bis zu diesem Zeitpunkt in sich gekehrt und wenig gesprächig gewesen war. Sie lernte zu lesen, als die anderen Kinder noch keine Vokale buchstabieren konnten, und der Schulmeister widerstand nur schwerlich der Versuchung, ihr Privatunterricht zu geben. Addieren, subtrahieren, dividieren und multiplizieren waren ihr ein beinahe ebenso faszinierender Zeitvertreib wie die Schmetterlingsjagd, die sie einige Zeit später entdecken sollte. Der Lehrer, den ihre Leistungen verblüfften, schlug Amanda vor, das Mädchen nach Ablauf der Schulzeit zur Weiterbildung auf ein Lehrerseminar zu schicken, damit sie eines Tages in Parima Bay unterrichten könne, wenn er zu alt und gebrechlich dazu sei. Amanda blickte nicht ohne Sorge in die Zukunft ihrer Tochter, die so anders geraten war, als sie es sich vorgestellt hatte. Sie hatte immer geglaubt, Eudora werde einen Mann von Parima Bay oder aus der Umgebung heiraten, Kinder großziehen und Kokos raspeln, und nun präsentierte ihr die Vorsehung eine gelehrige und berufene Eudora. Da ihnen jedoch noch viel Zeit blieb, eine Entscheidung zu treffen, sonnten sich Amanda und der Jamaikaner in dem Gefühl, die intelligenteste Schülerin der Schule zur Tochter zu haben.

Gewiß stellte Eudora eine Ausnahme dar. Die anderen Kinder fanden sich nur schlecht mit den festen Unterrichtszeiten und dem erzwungenen Stillsitzen ab und stahlen sich häufig davon. Diese verwilderten Schüler zogen die weniger abstrakten Lehrstunden von Mutter Natur vor. Es war kein seltener Anblick, den Lehrer mit dem Stock in der Hand auf der Suche nach Tommí durch den Ort laufen zu sehen, der lieber Aale und Krebse, Garnelen und Eichhörnchen studierte und den er regelmäßig hinter Bananenstauden kauernd oder in munterem Müßiggang am Meeresstrand antraf. Kinder, die beim Schuleschwänzen ertappt wurden, bekamen die Ohren langgezogen und mußten die Schande über sich ergehen lassen, bis in die entfernte Schule geschleppt zu werden, und zwar durch das ganze Dorf und vor den Augen ihrer schamerfüllten Eltern. Diese pflegten die Zwangsmethoden des Meisters mit saftigen häuslichen Prügelstrafen zu ergänzen und bedienten sich dazu der biegsamen schwarzen Zedernzweige. Auf diese Weise versuchten der Lehrer und die Eltern eigenhändig, den Kindern das Verbummeln des Unterrichts auszutreiben. Die neue Generation der Parimenser lernte zu lesen und zu schreiben, ohne richtig zu erfassen, wozu ihnen soviel Wissen einmal dienen sollte: Im ganzen Dorf gab es nicht mehr Bücher als die in der Schulbibliothek, und Lorenzo erlaubte niemandem einen Blick in die Rechnungen, die er den Leuten im Laden vorlegte, denn sie sollten ihm nicht auf die Schliche kommen, wenn er sie übers Ohr haute und einige Centavos extra auf die Ware draufschlug.

So schwitzten die Schüler Blut und Wasser, bis ihnen das Grundwissen eingebläut war, doch mit der Zeit legte sich der allgemeine Ungehorsam, und sie lernten endlich das Lesen und Schreiben. Bald trat eine gewisse Routine ein, und die Kinder nahmen schließlich sogar gerne am Unterricht des Schulmeisters teil. Alles schien seinen gewohnten Gang zu gehen, bis jemand die Hefte unterschlug, die Lorenzo der Schule zu schenken pflegte. Der Meister bewahrte die Texte nach den Schulstunden in einer kleinen Truhe unter dem Bild der Königin auf, in dem Glauben, das erlauchte Abbild ihrer Majestät allein sei so wirksam wie das Konterfei der Polizei.

Sie durchsuchten jedes Haus nach den Heften und fanden nichts. Der Schulmeister, so sagte man sich, führte eine Unterredung unter vier Augen mit seiner Hoheit, Königin Viktoria, doch als diese die Aussage verweigerte und stumm blieb, schloß er, sie habe sich zur Komplizin des Delinquenten gemacht. Da er sie sehr verehrte, legte er alles daran, die Angelegenheit so diskret wie möglich zu den Akten zu legen, und ersetzte die Hefte durch Schultäfelchen, die leicht zu säubern waren und auf denen die niedergeschriebenen Kenntnisse jederzeit erneuerbar waren, ohne daß man Papier verbrauchte.

Die Kirche gegenüber der lärmenden Schule hingegen war dem schleichenden Verfall überlassen. Der Urwald drängte sich durch die Ritzen, und Schlangen nisteten dort, wo einmal der Altar gestanden hatte. Unkraut, Kletterpflanzen und Brechwurz machten dem Gotteshaus den Garaus, ohne daß sich jemand um die Zerstörung scherte oder etwas unternahm, um sie zu verhindern.

Das Gleiche geschah mit dem Haus des Afrikaners. Doch hier war der Zerfall willkürlich und von allen Bewohnern des Dorfes erwünscht. Kurz bevor der Lehrer nach Parima Bay kam, ließ sich ein kolumbianischer Neger aus Cauca dort nieder, der einen spanischen Namen trug und *castellano* sprach. Er kam auf dem Landweg in Begleitung einer kleinen, zierlichen Mestizin mit finsterem, mißgelauntem Blick, die immer auf den Boden sah. Der Mann hielt nach einem Dach über dem Kopf Ausschau. Er war groß und schwer, hatte einen bestialischen Ausdruck und schien mit seiner abweisenden Miene wenig geneigt, Freudschaften zu schließen. Man wies ihm den Weg zur verlassenen Hütte des Predigers, wo er mit der Mestizin seine Zelte aufschlug. Er hatte Geld mitgebracht, Dollarnoten, und davon lebte er, denn arbeiten sah man ihn nie. Zweimal in der Woche kam er ins Dorf hinunter, wo er in Lorenzos Bar seine Schnapsflaschen auffüllte, Lebensmittel einkaufte und den Hügel wieder heraufstieg, ohne mit jemandem mehr als das Nötigste an Worten zu wechseln. Die Frau wurde nur einmal gesehen, denn sie kam nie ins Dorf. Niemand besuchte die beiden, noch ließen sie sich bei jemandem blicken. Wenn der Mann auftauchte, verstummten die Leute. Er verbreitete Unbehagen. Miss Emily grauste vor ihm, und sie ergriff bei seinem Anblick das Weite.

Das Radio übertrug die Nachrichten von den grausamen Kämpfen im Binnenland, wo schließlich der Bürgerkrieg entbrannt war. Die Leute begannen sich Sorgen zu machen und sprachen von den Auswirkungen, die die Unruhen auf Parima Bay haben könnten. Lorenzo unternahm nur noch selten Reisen nach Puerto und versagte sich die Zusammenkünfte mit Olga und ihren Mädchen, um nicht in die Auseinandersetzungen verwickelt zu werden. Die Grenzen waren bald dicht, und während man den Zweiten Weltkrieg nur durch die Knappheit an Mehl und die Explosion der San Pablo zu spüren bekommen hatte, drohte der kleine Krieg im Hinterland nun jeden Augenblick auch im Dorf auszubrechen. Alle Alarmglocken läuteten. Es hieß, die Regierung habe alle Schwarzen einberufen, und so stellte man Vermutungen darüber an, ob die Rebellen auch die Küste einnehmen würden. Der Zug, der Puerto mit der Hauptstadt verband, hatte großen Schaden genommen, da er von einer Hand in die andere übergegangen war. Die Parimenser waren sich einig in der Unterstützung der Regierung, zwar nicht im Hinblick auf die Musterung aus den eigenen Reihen, doch was den Geist der Bewegung anbetraf, denn von den Rebellen kannte man nichts als Gewalttätigkeit.

Die Indios fühlten ähnlich, sie fürchteten die Aufständischen, während die Regierung vor allem bei den Indias großes Ansehen genoß. Auf Betreiben der Regierung erhielten sie von den Bananengesellschaften fünf Dollar für die Geburt eines Jungen und einen Dollar für die Geburt eines Mädchens, ein Anreiz, den sie zu verlieren drohten, sollten die Aufwiegler die Macht an sich reißen. Der Kopf der Putschisten, so hieß es, sei zu allem entschlossen, und seine Anhänger begingen die grausamsten Gewalttaten.

Parima Bay kapselte sich ab und verschloß sich in seiner Schale wie eine Garnele. Keiner verließ das Dorf, und niemand begehrte Einlaß. Die Anansi, die immer als die Nabelschnur zur Außenwelt angesehen worden war, wurde jetzt mißtrauisch beäugt, wenn sie aus Puerto zurückkehrte und an der Anlegestelle vor Anker ging, man wußte ja nie, wer von Bord des Schiffes gehen würde.

Beinahe zur gleichen Zeit, als der Neger aus Cauca in Parima Bay auftauchte, erschien auch der Schmetterlingssammler in der Bucht. Inmitten der unsicheren Verhältnisse des Bürgerkrieges ging eines Tages dieses seltsame Individuum an Land. Bei seinem Anblick fürchtete Lorenzo, es könne sich um einen zweiten Missionar handeln, den ihm der Bischof geschickt hatte, um ihm das Geld aus der Tasche zu ziehen, oder, schlimmer, um einen Steuereintreiber der Aufständischen oder gar einen militärischen Beauftragten auf der Jagd nach Rekruten. Der Fremde hatte eine helle, rötliche Haut, und so schmächtig seine Schultern waren, so feist war sein Untergestell. Ein Paar Militärstiefel in grüner Farbe, die seine Füße wie zwei weit auseinanderstehende Blätter kleideten, und eine Haarsträhne, die ihm spitz auf die Stirn fiel, ließen ihn wie eine Mohrrübe mit runden Augengläsern auf einer nur angedeuteten Nase erscheinen.

Der Mann sagte, er sei Entomologe, und da dies niemand verstand, führte er aus, daß es sich dabei um jemanden handle, der auf Insekten spezialisiert sei. Nur der Lehrer begegnete dem Fremden mit Respekt, die anderen hielten ihn für verrückt. Zum damaligen Zeitpunkt war das Gästezimmer der Miss Emily durch den Schulmeister belegt, und so schnappte sich Miss Daisy den Neuen, tief befriedigt über ihre Errungenschaft. Sie brachte ihn in einem Zimmer mit tiefliegendem Fenster unter, das bei starkem Regen manchmal unter Wasser stand. Der Neuankömmling war auch nicht gerade gesprächig, doch nicht aus Feindseligkeit wie der Kolumbianer aus Cauca, sondern weil ihn in seinem Leben nichts anderes interessierte, als mit einem Netz bewaffnet hinter den Schmetterlingen herzujagen. Miss Daisy versuchte vergeblich, dem skurrilen Sammler die Zunge zu lösen, der behauptete, Nordamerikaner zu sein, doch sie erntete nichts als die wiederholte Ermahnung, in seinem Zimmer nur ja nichts anzurühren, ein Verbot, das er in seiner gutturalen, einsilbigen Sprache zu skandieren pflegte. Da sie ihm kein Wort entlocken konnte, rächte sie sich eines Tages, betrat das verbotene Zimmer und durchwühlte die paar Habseligkeiten, darunter einige illustrierte Bücher mit den Abbildungen verschiedener Schmetterlingsgattungen, ein Dutzend schwarz eingebundener Notizbücher sowie eine Unzahl von Kästchen mit Nadeln darin. Sie war so ungehalten über ihre Entdeckung, daß sie ihr Eindringen nicht einmal verbarg, und als die Mohrrübe von der fruchtlosen Jagd auf einen herrlichen blauen Schmetterling zurückkehrte, packte ihn die Wut, und er drohte, sich eine andere Unterkunft zu suchen, sollte er noch einmal Spuren der Schnüffelei an seinen Fläschchen und Besitztümern ausmachen.

Miss Daisy bekam einen gehörigen Schrecken. Sie, die gewöhnlich kein Risiko scheute und in all den Jahren unter Lorenzos schlechter Laune hatte leiden müssen, machte einen Rückzieher aus Angst, der Fremde könne sie verlassen und vor den Augen von Miss Emily ins Lächerliche ziehen. Doch hinterlistig, wie sie war, durchbohrte sie eine Holzlatte im Fensterladen. Dort konnte sie ungestört spähen, ohne von dem Biologen oder Lorenzo überrascht zu werden.

Es war dieses Gucklock, das Eudora Zugang zur Welt der toten Schmetterlinge verschaffte. Sie hatte den Insektenforscher mit einer Bücherkiste an Land gehen sehen und wollte mehr darüber erfahren. Eines Abends, als sie mit ihrem Stiefvater von der Suche nach Schildkröteneiern heimkehrte, nahm sie den beinahe unmerklichen Lichtschein durch die Öffnung wahr. Kaum zu Hause, gab sie ihrer Mutter einen Gutenachtkuß und schlich auf Zehenspitzen durch die Hintertür hinaus, die gleiche Tür, durch die ihr Vater in jener Nacht herausgetreten war, als er ermordet wurde. Sie stahl sich unbemerkt davon und spähte durch das Loch im Fensterladen. In der Wohnung bot sich ihr ein seltsames Schauspiel: Der Wissenschaftler, dessen Brillengläser bis auf die Nasenspitze gerutscht waren, war damit beschäftigt, Insekten mit wunderschönen Flügeln auf die hölzernde Wand zu spießen. Darauf griff er nach einem Notizblock, einem Bleistift und zeichnete sie ab, wobei er geheimnisvolle Zeichen auf seine Opfer schrieb. Seit dieser Nacht machte sich Eudora heimlich auf zu ihrem Beobachtungsposten, wenn sie nicht vorher der Schlaf übermannte. Doch sie war vorsichtig, denn sie hatte entdeckt, daß sie ihr Geheimnis mit Miss Daisy teilte, und mußte manches Mal sehr lange warten, bis diese ihre Neugier befriedigt hatte. Bald hatte Miss Daisy jedoch genug davon, immer das Gleiche zu sehen, und so konnte Eudora nach Herzenslust spähen, ohne daß sie jemand störte. Sie stahl sich aus dem Bett, sobald ihre Eltern eingeschlafen waren, und preßte ihr Auge wie ein kleiner Kobold an den Spalt im Holz, begierig darauf zu erfahren, welche neue Spezies der seltsame Kauz seiner Sammlung von Insektenkadavern hinzufügen würde, die er mit Nadeln an die Wände spießte. Diese waren bald über und über bedeckt mit schillernden Flügelwesen, die unbeweglich und starr im flackernden Schein einer von Fliegen bespritzten Glühlampe hingen.

Kein anderes Wesen aus dem Dorf fiel den mörderischen Gelüsten des Mannes zum Opfer, die nur den Schmetterlingen galten, doch er beging den ersten Diebstahl, der in der Geschichte von Parima Bay vermerkt wurde. Als seine schwarzen Notizblöcke zur Neige gingen, raubte er die Schulhefte, die der Lehrer unter dem wachsamen Auge von Königin Viktoria aufbewahrte. Er beging seine schändliche Tat im Schutz der Dunkelheit, ohne auch nur die geringsten Gewissensbisse zu verspüren.

Der Insektenjäger nahm nicht einmal an den Stammtischen teil, die jeden Samstag in Lorenzos Kantine zusammenkamen. Er hatte für nichts Augen als für Seidenraupengespinste, Larven, Puppen und friedliche Wesen mit prachtvollen Flügeln, und er sprach kein Wort mehr als unbedingt nötig. Sicher war er ein harmloser Mensch, aber er stiftete so viel Unfrieden, daß er in kurzer Zeit nicht wohlgelitten war und alle sich wünschten, er möge wieder seiner Wege ziehen, was nicht im geringsten in seiner Absicht lag. Er verursachte eine Menge Arbeit und Unannehmlichkeiten, als er in seiner Begeisterung für die fliegenden Schönheiten, in seiner blindwütigen Besessenheit für die kostbaren Seltenheiten tief in den Urwald geriet und nicht wiederkehrte. Als die Nacht einfiel und er immer noch nicht zurück war, schlug Miss Daisy Alarm und stellte Suchtrupps zusammen, die verhindern sollten, daß er sich hoffnungslos verirrte. Er hatte gar nicht bemerkt, daß er vom Weg abgekommen war, bis er den tiefen und bedrohlichen Ton einer Muschel hörte, mit der sie ihn riefen.

Manchmal folgte Eudora ihm heimlich, fasziniert von dem Anblick eines großen Schmetterlings mit blauen Flügeln, der im Augenblick seiner Überwältigung sofort mit einem in eine beißende, säurehaltige Substanz getauchten Wattebausch chloroformiert wurde und sich in das schöne, erstarrte Abbild dessen verwandelte, was er zu Lebzeiten gewesen war. Wenn Eudora das heimtückische Netz auf eines dieser unvorsichtigen, arglosen Opfer fallen sah, erbebte sie im Wechselbad der widersprüchlichsten Gefühle: Einerseits bedauerte sie das unbarmherzige Schicksal des unglückseligen Schmetterlings, der seine Schönheit einbüßte, und wünschte, er möge leben und in Freiheit dahingleiten, doch gleichzeitig teilte sie mit dem Jäger das niederträchtige Vergnügen, die Beute in ihrer Falle zappeln zu sehen. Die Entdeckung, daß ein Mensch von edlen und schlechten Gefühlen gleichzeitig erfüllt sein konnte, gehörte zu den ersten Etappen ihrer emotionalen Erziehung. Sie war von Natur aus vorsichtig und folgte dem Sammler nie über die natürlichen Randgebiete des Dorfes hinaus. Ihre Begegnung mit der erbaulichen Seite des Bösen war jedoch so flüchtig, daß sie in ihr keine tiefen Spuren zu hinterlassen vermochte.

So war der Biologe, der mit Leib und Seele seinen Jagdzügen nachging, der einzige Bewohner im Dorf, der das Verschwinden der Mestizin nicht bemerkte. Die Sache fiel im übrigen auch nicht gleich auf, oder, besser gesagt, ihre Abwesenheit wurde erst augenfällig, als der Neger aus Cauca zur Erledigung seiner Einkäufe in Begleitung einer anderen Frau den Hügel hinunterkam. Diesmal wurde er von einer hochschwangeren India begleitet, die verängstigt dreinsah und einen dunkelvioletten Fleck auf der Wange trug. Keiner wagte ihnen Fragen zu stellen, weder der India noch dem Mann, doch sie hinterließen Unbehagen. Zunächst ging man davon aus, daß der Kolumbianer mit zwei Frauen unter einem Dach lebte, eine Raffgier, die als sehr verwerflich angesehen wurde in einem Ort, in dem es weit mehr Männer gab als Frauen. Lorenzo beauftragte den Zambo damit, das Haus auf dem Hügel auszuspähen, der bei seiner Rückkehr berichtete, da oben sei alles sehr schmutzig und von Termiten zerfressen. Doch habe er nur eine Frau gesehen, die zweite der beiden, und keine Anzeichen für die Anwesenheit der anderen bemerkt. An diesem Samstag fanden sich mehr Menschen als üblich in der Kantine ein, und alle sprachen darüber, was mit der Mestizin geschehen sein mochte und woher die schwangere India gekommen war. Doch die Angelegenheit konnte nicht gebührend behandelt werden, denn Miss Daisy erschien und teilte mit, der Schmetterlingssammler sei nicht zum Essen erschienen, woraufhin sich die Männer äußerst unwillig mit der Muschel auf seine Suche machten, nicht ohne schnell den letzten Tropfen Rum in ihre Kehlen zu schütten. Sie waren es leid, ihn zu suchen und zu rufen, wie sie es jedesmal taten, wenn er nicht wieder auftauchte. Man fand ihn am nächsten Tag. Ein Pantherweibchen hatte ihn vollständig zerfleischt. Das Tier mußte so ausgehungert gewesen sein, daß es nur den Kopf des Mannes übrigließ, auf dem nicht einmal mehr die Brillengläser saßen. Als sie auf den Kadaver stießen, saß ein schillernder Schmetterling auf den roten Haaren, setzte zum Flug an und ließ sich sanft auf der Spitze einer gleichfarbigen Helikonie nieder.

Sie schlugen den Kopf ohne große Umschweife in salzgetränkte Tücher, nahmen ihn mit an Bord der Anansi und brachten ihn den Behörden von Puerto, die ihn in ein Becken mit Alkohol legten und dem nordamerikanischen Konsul übergaben. Dieser wußte mit dem Haupt nichts anzufangen und vergrub es im Garten der Botschaft unter einem Holzkreuz, auf das er den einzigen Namen des Toten schrieb, der ihm bekannt war: John. Mit der Zeit verwischte der Namenszug, das Holzkreuz verwitterte, und der Konsul wurde nach Martinique versetzt. Als schließlich die große dänische Dogge seines Nachfolgers den Totenschädel ausbuddelte, glaubte dieser auf ein Verbrechen gestoßen zu sein. Doch keiner meldete den Toten als vermißt, niemand fragte nach ihm, bis eines Tages am Bahnhof von Puerto ein jüdischer Nazijäger dem Zug entstieg. Er hatte von Argentinien aus die Fährte eines deutschen Offiziers aus dem Konzentrationslager Dachau aufgenommen und erfahren, daß sich der Gesuchte in einer Hütte an der zentralamerikanischen Atlantikküste versteckt hielt und als Entomologe ausgab. Da jedoch der Totenschädel zu diesem Zeitpunkt bereits im Besitz des nordamerikanischen Konsuls war, eines großes Verehrers von Skakespeare, der den skelettierten Kopf als Briefbeschwerer benutzte, und man diesem das Leben nicht unnötig erschweren und ihm ein Stück von so dramatischem Gewicht entreißen wollte, kam ein humorvoller Sekretär der Regierung auf die Idee, dem Nazijäger den Totenschädel eines obdachlosen Schwarzen auszuhändigen, der sich im Leichenschauhaus des Hospitals fand. Die Presse erschien, man schoß Fotos von dem Totenkopf, die Nachricht wurde im Ausland verbreitet, und der Nazijäger zeigte sich zufrieden darüber, daß seine Nachforschungen damit abgeschlossen waren und er einen weiteren Namen von seiner langen Liste streichen konnte. Den Schädel nahm er allerdings nicht mit, schließlich waren sein Ding die lebenden Menschen. So kehrten die Überreste des armen, schwarzen Landstreichers wieder in die Anonymität des Leichenschauhauses zurück, nachdem die ganze Welt ihr Interesse an der Sache verloren hatte.

In Parima Bay hielt sich seither die Legende, die geopferten Schmetterlinge befreiten sich in den Vollmondnächten von ihren Nadeln und schwebten zum Meer. Wahrscheinlich ging diese phantastische Vorstellung auf Miss Daisy zurück, die seit diesem Vorfall keine Neugier mehr verspürte und sich scheute, das verbotene Zimmer zu betreten, aus Angst davor, der Tote könne sich an ihr rächen. Der Raum blieb viele Jahre verschlossen und bestärkte sie in ihrem Entschluß, ein Hotel als Herberge für die Fremden zu bauen. Zum einen wollte sie zu engen Kontakt mit den Ausländern vermeiden und den Abstand wahren, zum anderen wollte sie Miss Emilys Zuständigkeit als Gastwirtin für immer unterbinden. Das Fenster, das seit dem Vorfall offenstand, wurde von außen mit einem großen Brett vernagelt. Als sie Jahre später das Zimmer reinigten, stießen sie auf ein Bücherbord mit Schulheften, die der Wissenschaftler aus der Schule entwendet hatte, als seine schwarz eingebundenen Notizblöcke zur Neige gingen. Die Seiten waren voll von Zeichnungen mit atemberaubend schönen Schmetterlingen, die der Jäger und Sammler mit ihren lateinischen Namen versehen hatte.

Einen Monat nach dem Tod des Entomologen, kurz bevor die rebellischen Truppen in die Bucht einzufallen drohten, was nicht geschah, da das Boot, mit dem sie gekommen waren, eine Seemeile vor der Küste Schiffbruch erlitt, verschwand auch der Neger aus Cauca. Die Dorfbewohner erfuhren von seinem Verschwinden, da er einen ganzen Monat hindurch weder Lebenszeichen gegeben hatte noch in die Kantine gekommen war. Der Zambo weigerte sich, dem erneuten Auftrag Lorenzos Folge zu leisten und auf den Hügel zu steigen. Er fürchtete, auf dem Weg dorthin der Schlange zu begegnen, die ihn nicht hatte töten können, und so boten sich Eudoras Stiefvater und zwei weitere Männer an, der Sache auf den Grund zu gehen.

Die Hütte, die einst dem Prediger gehört hatte, lag verlassen da, und es sah nicht so aus, als sei sie von Menschen bewohnt. Keiner hatte sich darum gekümmert, das Dach und die Wände, die von Holzwürmern zerfressen waren, mit frischem Palmenstroh auszubessern. Die Hütte bot lediglich all jenem Getier Unterschlupf, das für gewöhnlich Tag für Tag mit dem Besen aus den Häusern gescheucht wurde: Spinnen, Skorpione, säbelbeinige Hummeln, Maden und eine schwarze Witwe staunten nicht schlecht, als ein Trupp Männer die wackelige Leiter erklomm und das ganze Haus erzitterte, als wolle es zusammenstürzen, denn die Stützpfeiler waren vermodert. Der Jamaikaner blähte die breiten Flügel seiner Nase: Das Haus roch nach verwesendem Fleisch. Sie stiegen den Steilhang hinab und kamen mit Spaten bewappnet wieder hoch, um unter der Hütte zu graben, wo die Urwaldpflanzen wucherten und sie große Haufen frischer Erde aufwarfen. Sie zogen den Körper einer Frau hervor, die lebendig begraben worden war, den der anderen ließen sie liegen, wo er war.

Später, als sie eine halbe Flasche Rum zusammen tranken, sagte der Jamaikaner in Eudoras Gegenwart zu Amanda: »Sie hatte einen offenen Bauch, von Messerstichen ... das Kind war von der Klinge durchbohrt worden. Arme Frau, so klein, so zierlich ... Von der anderen waren nur die Knochen übrig und die Reste von einem geblümten Kleid ... Wir haben das Haus abgebrannt.«

Er trank den Rest der Flasche und holte eine neue. Als er zurückkehrte, nahm Amanda, die gewöhnlich nie trank, einen Schluck aus der Flasche. Der Jamaikaner konnte schon nicht mehr sprechen, so betrunken war er, als Amanda ihn auf das Bett zog. Als er schon eingeschlafen war, wiederholte er immer noch: »Wir haben alles verbrannt ... das Haus ist abgebrannt ... wir haben sie verbrannt ... sie hatte einen offenen Bauch ...«

Lorenzo machte sich persönlich auf, um der Polizei von Puerto von dem Verbrechen zu berichten, und so erfuhr er, daß die Rebellen den Krieg gewonnen hatten und der Gouverneur seine Koffer packte, um das Land zu verlassen.

Es war ein gewittriger Samstagabend, als der schwarze Kolumbianer in Begleitung einer unbekannten Frau zurückkehrte. Er stützte sich auf den Tresen in Lorenzos Kantine und verlangte ein Glas Schnaps. Die dritte Frau, eine India, hatte sich gegen den Türpfosten gelehnt. Alle Blicke wandten sich ihr zu. Mit ihrem glatten Haar, das ihr Gesicht verdeckte, ähnelte sie sehr den anderen beiden Frauen. Dann richteten sich alle Augen auf den Nacken des Negers. Deutlich war das aufgebrachte Meer zu hören, das mit gewaltigem Tosen auf den Strand schlug. Von Zeit zu Zeit spritzte der weiße Schaumteppich hoch und sprühte hell im Dunkel der Nacht. Der Regen klopfte unbarmherzig auf das Dach des Gemischtwarenladens. Alle waren erstarrt, und das Innere der Kantine schien dem Gemälde eines Künstlers gleich, der nicht viele Farben auf seiner Palette hat. Alles war in einheitliches Grau getaucht und überdeckt von der bedrohlichen Stille eines nahenden Alptraums. Zwei kräftige Indios, die am Nachmittag von den Bergen herabgekommen waren und sich auf die Bodenbretter gehockt hatten, als seien sie vor der Kälte geflohen, erhoben sich von ihren Plätzen. Der Mann aus Cauca sah die beiden nicht, denn er stand mit dem Rücken zu ihnen, dem Tresen zugewandt. Einer der Indios ging barfuß auf den Kolumbianer zu und stieß gegen den Arm, mit dem dieser das Schnapsglas hielt, so daß er den Inhalt verschüttete. Langsam drehte sich der Schwarze um. Er hatte die Brutalität eines Stiers mit blutunterlaufenen Augen. Der prasselnde Regen und das rauschende Meer schluckten den dumpfen Laut des Schlages, der im Gesicht des Indios landete und seinen Körper auf die Planken krachen ließ. Es schien alles wie im Traum zu geschehen, die Art, wie der Getroffene zu Boden ging, sich aufraffte, durch einen zweiten Schlag niederstürzte und wieder umfiel. Der Neger massierte seine Faust, spuckte aus, hielt sein Glas hin und verlangte noch einen Schnaps. Unerschrocken griff der Zambo nach der Flasche, ließ langsam den Strahl in das Glas und wartete. Alle hielten mucksmäuschenstill, keiner sagte etwas, niemand wagte auch nur zu atmen. Die Nacht und der Wind hatten sich des Schauplatzes bemächtigt, und das Wasser drang mit Gewalt durch die Tür. Doch selbst wenn das Tageslicht hell und warm hereingesehen und das Meer sanft vor sich hingesäuselt hätte, hätte niemand auch nur zu sprechen gewagt, als der andere Indio sich lautlos wie eine Schlange anschlich, einen spitzen, kurzen Pfeil aus reinem Guajakholz aus dem Hemd zog und ihn dem Schwarzen zwischen die Schulterblätter stieß, dorthin, wo er mit großer Treffsicherheit das Herz erreichte. Der Mann aus Cauca ging in die Knie und ließ das Glas gemächlich zu Boden gehen, so langsam, daß der Zambo es mit ausgemachter Höflichkeit auffing und seinen Inhalt über den Körper des kauernden Schwarzen goß. Dann trat er hinaus und warf das Glas in einen Eimer, in dem er die Abfälle aufbewahrte. Zu dritt zogen sie den Körper des sterbenden Kolumbianers an den Strand und ließen ihn nahe bei den Wellen verenden. Die See schlug ohne Unterlaß auf den Sand, als die beiden Indios in Begleitung der Frau verschwanden, so leise, wie sie gekommen waren. Keiner sagte ein Wort, an jenem Tag nicht und auch später nicht. In dem Bericht, den Lorenzo auf der Polizeiwache von Puerto zu Protokoll gab, nachdem sie die Leichen der Frauen unter der einstigen Hütte des Predigers gefunden hatten, stand nur ein Satz zu lesen: »Der Mörder ist verschwunden.«

Eudora

Die Welt, die sich vor Eudoras Augen öffnete, entpuppte sich als ein buntes Gemisch aus unergründlichen Geheimnissen. Es gelang ihr, einige dieser Rätsel zu lüften, so zum Beispiel den überaus seltsamen Zeitvertreib des Schmetterlingsjägers. Andere blieben jedoch unentdeckt wie unter einem undurchdringlichen Nebel, der den Horizont ihrer beinahe acht Lebensjahre verschleierte. Der Lehrer in der Schule verstand sich darauf, Wissenschaft und Kulturgut aus der voluminösen Büste der Viktoria zu zaubern, so wie ein Zauberer die Kaninchen aus dem Zylinder zieht. Hier ruhte die englische Grammatik, die nur darauf wartete, mit der runden und klaren Schrift des Meisters auf die Tafel übertragen zu werden. Der Lehrmeister hielt die Kinder dazu an, dieselben Sätze wieder und wieder zu skandieren, bis der träge Zungenschlag der Gegend die nötige Festigkeit und so ausladende Kurven wie das Korsett der Königin bekam.

Das klassische Englisch war nicht nur Ausdruck der Hochachtung, die der Lehrer seiner geliebten Gebieterin entgegenbrachte. Er sah darin auch einen Weg, seinen ausgewachsenen Schülern einen Arbeitsplatz zu garantieren, schließlich brauchte die Bananengesellschaft oder das Unternehmen, das gerade Puerto vorstand, immer wieder Leute, die englisch sprachen und als Vorarbeiter oder Fachkräfte in den Büros eingesetzt werden konnten. Diese Erklärung erhielt Eudora, wenn sie wissen wollte, warum man sie zwang, auf so beschwerliche Weise zu sprechen.

Früher oder später sollten sich die Geheimnisse der Schule aufklären. Doch es gab unbegreifliche Dinge, über die niemand sprach und die ihr keiner beantworten wollte. Es handelte sich dabei um die wahrhaft wichtigen Geheimnisse, zu deren Enthüllung man jede Menge Zeit, Mühe und unerhört viel Geschick aufbringen mußte: Sie waren es, die von den Erwachsenen so eifrig hinter vorgehaltener Hand gehütet wurden. Zum Beispiel gehörte dazu die Frage, was wirklich in der Hütte auf dem Hügel geschehen war. Als sie es endlich leid war, danach zu fragen und als Antwort einen vagen Blick und einen sanften Nasenstüber zu erhalten, beschloß sie, der Sache auf eigene Faust auf den Grund zu gehen. Mit der Erfahrung, die sie im Laufe ihrer Täuschungsmanöver und ihrer nächtlichen Eskapaden gesammelt hatte, gelangte sie unbemerkt dorthin, wo ihre Neugierde sie hinzog. Sie stieß auf einen undurchdringlichen Urwald, der einen herrlichen Blick auf die Bucht freigab. Die Vegetation war hier so gewuchert, daß man den Platz nicht mehr ausmachen konnte, an dem das Haus gestanden hatte. Nachdem sie wieder und wieder unweit eines verwitterten Holzstammes, in dem eine Schlange ihren tiefen Verdauungsschlaf hielt, danach gesucht hatte, entdeckte sie schließlich ein verrostetes Metallkästchen. Es war verschlossen. Sie versuchte, das Behältnis mit Gewalt zu öffnen, bis das verrottete Eisen endlich nachgab. Drinnen lagen durchfeuchtete und verblichene Blätter, bei denen es sich einmal um Papiernoten gehandelt hatte. Sie warf das Kästchen fort, breitete die Scheine in der Sonne aus und begab sich mit den getrockneten Noten an Lorenzos Ladentheke, um dort die quadratischen, weißen Bonbons mit den roten Streifen zu kaufen, die ihr so gut schmeckten. Lorenzo wunderte sich, als sie ihn um zehn Stück bat, da das Mädchen die Süßigkeiten gewöhnlich einzeln zu kaufen pflegte.

»Bist du sicher, daß du genug Geld bei dir hast?« fragte er.

»Ganz sicher«, gab sie zurück und breitete die welken Scheine vor ihm aus.

»Woher hast du so viele Dollarnoten?« wollte er wissen, von einer gewissen Unruhe getrieben. »Hast du sie am Strand gefunden?« fügte er hinzu, in Gedanken an ein gescheitertes Schmuggelgeschäft.

»Ich habe sie nicht am Strand gefunden, mein Papa hat sie mir gegeben«, log sie.

Eudora meinte ihren Stiefvater, aber Lorenzo glaubte in seiner Verwirrung, sie spreche von Plantintáh. Das Geld war so schlecht erhalten, daß sie es nicht einmal auf der Bank von Puerto getauscht hätten.

»Verlogenes Biest. Es wird wohl nicht vom Himmel gefallen sein. Wer weiß, wo du dich herumgetrieben hast. Nimm sie mit, komm, steck sie wieder ein, ich schenk dir die Bonbons. Du schuldest mir nichts.«

Erfreut über das Glück, das ihr beschert war, versteckte Eudora als vernünftiges und gehorsames Kind, das sie war, die Bonbons zwischen den Bettlaken und aß sie Stück für Stück. Das Geld, das sie sorgfältig in einer leeren Kokosschale versteckt hielt, lag lange auf dem Hof, bis Amanda den Patio putzte, ohne zu ahnen, was sie da im Haus bewahrte. Sie verbrannte alle Abfälle, die sie finden konnte, darunter auch Eudoras Schatz. Doch das Mädchen hatte die Geldscheine bald vergessen, schließlich konnte sie damit nichts kaufen, und als sie eines Tages erfaßte, daß sie ein kleines Vermögen darstellten, war die Kokosschale für immer verschwunden. Eine Wendung des Schicksals hatte das verfluchte Geld des Schwarzen vom Erdboden verschwinden lassen, so wie die Leichen der Frauen und die Hütte in Flammen aufgegangen waren, in der er gehaust hatte.

Eudora blieb das unbehagliche Gefühl, sich etwas angeeignet zu haben, das ihr nicht gehörte. Dieser Eindruck hielt länger als die Geldscheine, so wie die undurchsichtige und gruselige Geschichte von den verschwundenen Frauen und den aufgespießten Schmetterlingen noch lange Zeit in ihrer Erinnerung haftenblieb. Hin- und hergerissen zwischen den beiden Ereignissen, die ihr niemand erklärte, erfand Eudora eine phantastische Geschichte. In ihrer Vorstellung befreiten sich die Schmetterlinge von ihren Nadeln, verwandelten sich in wunderschöne, bleiche und blutüberströmte Frauen und schwebten in Vollmondnächten mit ihren gebrochenen Flügeln über das Meer.

Sie verging vor Neugier, noch einmal durch das alte Guckloch im Fensterladen des Gästezimmers zu spähen, in dem einst der Schmetterlingssammler Herberge gefunden hatte, doch Miss Daisy hatte es versiegelt, und Eudora kam zu dem Schluß, daß sie dies getan hatte, um die Schmetterlinge an ihrer Flucht zu hindern.

Mit den offenen Augen, mit denen sie die Welt um sich herum besah, verstand sie schnell, was sie der Lehrer lehrte, und auch das, was ihr die Erwachsenen ganz unbewußt durch ihr Beispiel vorlebten. Eine ihrer ersten, entscheidenden Entdeckungen darüber, auf welch unterschiedliche Weise ein und derselbe Tatbestand ausgelegt werden konnte, erfolgte, als sie aus den Vorräten des Jamaikaners eine Marihuanazigarette stibitzte. Sie setzte sich unter Miss Emilys Haus und probierte aus, wie das Ding schmeckte. Ihr Experiment wäre zum Scheitern verurteilt gewesen, hätte ein anderer als ihre Tante das bekannte, süßliche Aroma wahrgenommen, das sich unter ihrem Grund und Boden ausbreitete. Sie war es, die Eudora bei ihrer wissenschaftlichen Untersuchung entdeckte. Miss Emily lachte nicht schlecht über den Streich ihrer Nichte, doch sie verriet das Mädchen nicht und erzählte auch ihrer Schwägerin nicht von dem Vorfall. Statt dessen setzte sie sich neben das Kind und erklärte ihm, wie man eine Marihuanazigarette richtig raucht und daß, wenn man es sich wirklich vornähme, die Welt sich verändere und nach Belieben in einem anderen Licht zeige. Es reiche vollends, sich selber aufzugeben, um einen

Dopi und noch durchsichtigere Dinge zu sehen, und sobald man Zugang zur Welt der Wesen habe, die keine Erklärung kannten, wechselten die Formen und die Farben, das Dichte werde plötzlich durchlässig und das Schwere leicht. Sodann könne man mit den Geistern und Gespenstern reden, vorausgesetzt, es handle sich um die Seelen geliebter Personen, die ihre Güte unter Beweis gestellt hätten. Es war das erste Mal, daß Miss Emily etwas über die Gespräche durchblicken ließ, die sie mit dem Geist ihres Bruders führte, allerdings ohne seinen Namen zu erwähnen, noch Eudora zur Teilnahme an diesen Unterredungen anzuhalten. Die Kleine war noch zu unreif und hätte das Geheimnis nicht gewahrt. Nach diesem kurzen Plausch von der Überlegenheit der Phantasie über den Rest der Dinge bedeutete sie dem Mädchen, einen Zug an der Marihuanazigarette zu nehmen und den Rauch eine Weile einzuhalten. Eudora folgte ihrem Rat, verspürte eine leichte Übelkeit, wurde von einem schrecklichen Traum erfaßt und schlief endlich ein.

Sie sollte diese erste Erfahrung nie vergessen, schließlich war das Erlebnis auf immer mit den Ratschlägen ihrer Tante verknüpft. Doch Eudora hatte nicht die Gabe, mit den Geistwesen zu sprechen. Das Schicksal hatte sich gegen die Entfaltung ihrer Phantasie verschworen und eine Skeptikerin aus ihr gemacht. Man überraschte sie häufig dabei, wie sie all die Dinge, die ihr begegneten, mit den Fingern befühlte, denn nur was sie anfassen konnte und was ihre Augen wahrnahmen, war für sie existent. Oft ließ sie den trockenen Sand durch ihre Finger gleiten, berührte die rauhe Oberfläche von Holz, tastete ihr eigenes Gesicht ab und lächelte zufrieden darüber, daß die wirkliche Welt so leicht zu erfassen war.

Ein anderer Punkt, der bei der Erkundung der Geheimnisse des Lebens ihr Interesse weckte, war der Laufsteg vor dem Gemischtwarenhandel. Wenn sie aus der Schule kam und nichts mehr zu tun hatte, setzte sie sich auf eine der Bänke und ließ die Beine baumeln, betrachtete die Boote und Schiffe, die am Horizont auftauchten und langsam näherkamen, bis sie an dem kleinen Anlegehafen vor Anker gingen. Sie liebte es, die Passagiere an Land gehen zu sehen, wie sie mit ihren Lasten, ihren Hennen und Schweinen den Weg zu Fuß fortsetzten oder aber einen Käufer für ihre Ware suchten. Es war faszinierend, die Nachbarn zwischen den Passagieren auszumachen, die eine Überfahrt nach Puerto unternahmen oder von dort zurückkehrten. Sie lauschte ihren Kommentaren und erfuhr so einiges über ihre intimsten Geheimnisse:

»Miss Winni Fergusson ist wieder da. Sie hat ihre Kinder und ihren Mann zu Hause gelassen, um in Puerto niederzukommen. Da hinten geht sie mit dem kleinen Tommí ... Wieso mußte sie ihr Kind da bekommen, wo es hier doch so gute Hebammen wie Marian Anderson gibt?«

Eudora sprang von ihrem Sitzplatz auf, um ihren geliebten Freund Tommí zu begrüßen und das kleine, plärrende Bündel aus der Nähe zu betrachten. Es war in ein leuchtendrosa Tuch gewickelt und wurde von der Mutter wie eine ruhmreiche Trophäe getragen, bewacht von Tommís stolzen Blicken, der den Eindruck machte, als sei er nicht der ältere Bruder, sondern der Vater der neugeborenen Kreatur. Eudora hatte keine Geschwister und beneidete ihre Freunde um das Glück, in Hülle und Fülle über Brüder und Schwestern verfügen zu können.

»Sieh dir das an! Guck dir mal an, wie viele Zedernpfähle Bertó an Bord lädt! Ob er in Puerto einen Käufer dafür hat? O Mann, er muß wirklich einen guten Käufer gefunden haben! Wenn ich mir vorstelle, wie stark das Boot sein muß, um die zu schleppen!«

»Da, guck mal, da guck, schnell! Die kleine Tochter von Miss Zoyla Smart und der Junge von Tony Taylor kommen aus dem gleichen Boot! Ob sie die Reise zufällig zusammen gemacht haben?«

Eudora ließ sich nicht einen dieser Kommentare entgehen, aus denen sich das Leben um sie herum wie ein Mosaik zusammensetzte. Die Folge ihrer Schnüffeleien und ihr ständiges

Streben danach, die Dinge in Zusammenhang zu setzen, ließen das Mädchen zu einem Verstandesmenschen reifen, der nichts mit den Lektionen der Miss Emily anfangen konnte.

Sie machte die Erfahrung, daß alle Mysterien immer und jederzeit erklärbar waren. Unter all den Geheimnissen, die sie Tag für Tag zu entschlüsseln und aufzudecken trachtete, gab es nur eines, das ihr nicht einleuchten wollte: das von den Schmetterlingen, die in den Vollmondnächten ihre Reise zum Mond antraten. Es war wahrscheinlich der letzte Hauch Magie in Eudoras Herz, auch er dazu verdammt, eines Tages in der Banalität der weltlichen Dinge zu vergehen.

Vermutlich trugen Lorenzo und Miss Daisy zur Verkümmerung ihrer Phantasie bei, wenn sie endlose Zahlenreihen auf fettfleckiges Packpapier schrieben, oder wenn der Besitzer des Gemischtwarenhandels über den Volksglauben in dieser Gegend spottete. Eudora ahnte nichts von dem Aberglauben, den Lorenzo in seinem tiefsten Inneren hegte.

Für Eudora verkörperte Lorenzo Geld und Macht. Obendrein war er nicht nur wohlhabend und einflußreich, sondern er war ein Weißer und somit ein Repräsentant Gottes auf dieser Erde. Für ihn hingegen war die Kleine nichts weiter als ein windschlüpfriger Kinderleib, der seinen Kunden beim Einkauf im Weg stand.

In der Tat machte Lorenzo zwischen Eudora und den anderen Kindern keinen Unterschied. Wenn sie sich unter all die anderen Farbigen mischte, war sie in seinen Augen nichts weiter als ein unruhiger, quirliger Farbklecks zwischen den anderen Mädchen ihres Alters und ihrer Statur. Sie hatte nichts an sich, das sie von der Gruppe unterschieden hätte, die nach der Schule oder in den Unterrichtspausen zwischen den Häusern herumstreunte, in die Wasserpfützen sprang und zwischen den Kisten und Säcken mit Hühnern und Truthähnen spielte, die über Nacht auf dem Laufgang vor dem Laden standen.

Doch eines Tages sollte der Gemischtwarenhändler Eudora mit ganz neuen Augen sehen. Es geschah, als er sie beim Lutschen eines Bonbons beobachtete und bemerkte, wie ihre großen Augen die Rätsel dieser Welt zu verstehen suchten, während ihr gieriger Mund den Zucker aus der Süßigkeit saugte. Ihre wilde Haarmähne stand ungekämmt um ihren Kopf, denn ihre Mama hatte an diesem Morgen keine Zeit zum Zöpfeflechten gehabt, voll und ganz beschäftigt mit dem Raspeln von Kokos. All dies nahm Lorenzo mit einem Mal wahr, als er, an seine Ladentheke gefesselt, auf Kundschaft wartete. Er sah es, und er sah noch viel mehr. Er erkannte die Augen wieder, das hellrote Schnütchen, die Anmut dieses Halses, die hohen Hinterbacken, die stolzen Schultern. Er kannte diese kleinen Arme, die noch dünn waren, an denen sich jedoch erste, vielversprechende Rundungen abzuzeichnen begannen. Auch die schlaksigen, klapperdürren Beine zeigten bereits Zeichen eines elastischen Muskelspiels, Gliedmaßen wie gedrechselt aus dem ruhmreichen Ebenholz der afrikanischen Steppe. Es war ihm, als sei ein flammensprühender Engel dem Himmel entstiegen oder der Hölle entflohen, um ihm die fatale Botschaft zu überbringen: Eudora Scarlet war das lebendige Ebenbild ihrer Mutter, unausgereift, wie eine Skizze zwar, doch mit den sicheren und eindeutigen Zügen eines Entwurfes, der die unerträgliche Schönheit von Amanda zu entwickeln versprach.

Lorenzo war wie vor den Kopf gestoßen. Er hob das Mädchen auf den Ladentisch, um sein Gesicht besser begutachten zu können. Die Berührung mit dem kindlichen Körper hatte unvorhergesehene Folgen. Mit einem Mal brachte er Vergangenheit und Gegenwart, Mutter und Tochter durcheinander, und erregt durch die Reibung mit der zarten Haut hatte er eine Erektion. Er versuchte die Veränderung so gut es ging zu verbergen, die der Stoß ihres knochigen Ellbogens und ihres Fohlenbeins hervorrief, setzte die Kleine auf den Boden und verschwand im Labyrinth seiner Lagerräume. Er kam erst nach einer ganzen Weile wieder zum Vorschein, und wenn ihn nicht alle für einen äußerst harten Knochen gehalten hätten, so hätte Tommí Fergusson, der von seiner Mutter mit einer Einkaufsliste geschickt worden war, schwören können, daß Lorenzo die Tränen in den Augen standen und er so zerknirscht aussah wie ein Verbrecher, der auf frischer Tat ertappt worden war.

Lorenzo begriff, daß er verloren war. Er hatte sich wieder in die gleiche Frau verliebt, und zwar in die unausgegorene Ausgabe. Niedergeschmettert von diesem Schlag des Schicksals und gepeinigt von Gewissensbissen, verspürte er deutlich die schreckliche Gegenwart Plantintáh Robinsons, der ihm drohend seine Atemzüge in den Nacken blies. Er kam beinahe um vor Angst vor den Vergeltungsschlägen des Geistes, und auch vor Scham darüber, daß er sich in eine Frau verliebt hatte, die weit von ihrer ersten Menstruation entfernt war. Lorenzo schwor, Eudora für immer aus dem Weg zu gehen. Die Anziehungskraft des Mädchens, die unaufhaltsam von seinem Körper und seiner Seele Besitz ergriffen hatte, erschien ihm abstoßend, doch er konnte sich niemandem anvertrauen und brachte einige Tage wie betäubt zu. Miss Daisy machte sich diesen Gemütszustand zunutze und überzeugte ihn derweil von der Notwendigkeit eines Hotels in Parima Bay. Sie erhielt seine Zusage.

Daisy übernahm die Leitung des Hotels ebenso selbstverständlich, wie sie schon ihre Begabung für das Rechnungswesen und den Bau ihres Hauses bewiesen hatte. Allerdings war sie überrascht, daß ihr Gatte, der zunächst der Angelegenheit so ablehnend gegenübergestanden hatte, nun eine beinah frenetische Begeisterung für die baldige Fertigstellung des Hotels an den Tag legte. Was sie nicht ahnen konnte (und wer, ja wer konnte schon etwas derartiges ahnen?!) war, daß Lorenzo verzweifelt jede Gelegenheit wahrnahm, Eudora aus dem Weg zu gehen und sie heranwachsen zu sehen. Um keinen Preis dieser Welt wollte er Zeuge jener Veränderungen sein, die sie unweigerlich bei ihrer Entwicklung zu einer schönen Frau nehmen würde. Er, der von Natur aus so bewegungsfaul war, entwickelte eine bemerkenswerte Geschicklichkeit, stieg auf

Gerüste und kletterte wie ein Zirkusartist über die Dachsparren, allein um im Spiel mit der Gefahr Eudora zu vergessen. Seine fieberhafte Geschäftigkeit ließ ihn geradezu tollkühn werden. Während das zweistöckige Hotel, das in der zweiten Etage über einen Korridor, Zimmer zu beiden Seiten des Flures und ein Bad am Ende des Ganges verfügte, langsam Formen annahm, stach der Besitzer des Gemischtwarenhandels mit einem kleinen Außenborder in die hohe See, gewappnet mit Angelrute, Angelschnur und einer kleinen Büchse voller Einsiedlerkrebse. Er rechtfertigte seine Ausflüge mit dem Vorwand, dort draußen fischen zu gehen – eine schlechte Ausrede, denn er fing nie auch nur einen Fisch.

Auf diesen Spazierfahrten floh Lorenzo vor Eudora und Plantintáh. Er wuchs über seine eigene Angst hinaus und versuchte, seine ungesunde Leidenschaft für das Mädchen zu überspielen. Doch der Geist zeigte sich unbeeindruckt von Lorenzos Schwur, sich von der Kleinen fernzuhalten, und ließ ihm keine Ruhe. Allerdings hatte Lorenzo herausgefunden, daß die Geistwesen festes Land bevorzugten und sich nicht auf tiefe, salzige Gewässer wagten. Er hatte also keine Wahl und ergriff die Flucht aufs hohe Meer. Seine Angst vor Plantintáh und seinen eigenen Leidenschaften war stärker als seine Furcht vor dem Wasser und der Tatsache, daß er nicht schwimmen konnte. Fern von der Küste machte er den Bootsmotor aus, warf den Anker ins Meer und gaukelte sich selber vor, er sei mit dem Fischfang beschäftigt. Aus einem Grund, der selbst Lorenzo nicht einleuchten wollte, wurde dort draußen auf der hohen See, wo er fern war von allen, allein mit sich und seinem Boot, nur dem sanften Spiel der Wellen unter dem blauen Himmel und über den Korallenbänken überlassen, aus Eudora wieder das schlaksige, klapperdürre Mädchen. Dann war er wieder ein Mann voller Ambitionen, wohlhabend, selbstbewußt, sparsam und mit gesundem Menschenverstand ausgestattet, der Gatte einer sehr häßlichen, doch äußerst geschäftstüchtigen Frau. Er ließ sich vom Kommen und Gehen der

Wellen einschläfern und träumte davon, Kontakte in der Landespolitik zu knüpfen und Zielen nachzustreben, die einfacher zu erreichen waren. Bei diesen Gelegenheiten pflegte er über sich selbst zu lachen, schüttelte den Kopf und sagte sich, daß all die Zeit, die er unter Schwarzen gelebt hatte, ihm einen Riß in der Schüssel verpaßt haben mußte und er wohl eine Reise unternehmen müsse, um seine Mutter und seine Familie wiederzusehen. Doch wie sollte er nur erklären, daß er mit einer Schwarzen verheiratet war? Wie sollte er seiner Familie klarmachen, daß er sich zu einem reichen Mann gemausert hatte, der seinen Eltern nicht einen Centavo geschickt hatte? Vielleicht würden seine Eltern und seine Geschwister, sobald sie von seinem Vermögen erfuhren, den Wunsch verspüren, auf seine Kosten zu leben, und ihn zuletzt finanziell ruinieren? Nach all diesen Grübeleien kehrte Lorenzo ins Dorf zurück, doch kaum stieg er von Bord seiner Barkasse, da flog ihn der alte Zauber Eudoras wieder an, und auch der Geist Plantintáh hatte Lorenzo gleich mit seinem gefährlichen Griff am Kragen gepackt, um ihn aufs neue zu quälen. Sobald er den Motor ausgestellt und das Boot mit einem Staken an den Anlegeplatz manövriert hatte, kehrten alle Ängste zurück, die von der Meeresbrise auf die hohe See getrieben worden waren.

Als bei seinen Abstechern aufs Meer schließlich die Angst mit der Regelmäßigkeit der Wellen kam und ging und sein Verlangen nach Eudora das Spiel der Wogen begleitete, als seine Leidenschaft ebensolche Ausmaße annahm, wie der Bau des Hotels voranschritt, wurde Lorenzo in Olgas Bordell von plötzlichen und unerklärlichen Anfällen von Impotenz heimgesucht. Dann bemühten sich die Huren vergeblich, seinen Schwengel in die Höhe zu treiben, es wollte nicht gelingen. Olga, die von der Sache erfuhr, gab weise Ratschläge: Man solle ihm dieses und jenes angedeihen lassen, ihm nach allen Regeln der Kunst die Sinne verdrehen, ihn sanft mit einem Lederriemen geißeln, denn alles, was er brauche, sei ein wenig Schmerz. Sie sollten ihn mit Brennesseln einreiben, ihm heiße

Bäder verabreichen. Sie selbst verordnete geheimnisvolle Pulver, die in konzentriertem Kukulmekatee aufgelöst wurden, ließ Kantharidenpflaster kommen, stopfte ihn mit Vitaminen, frischen Meeresfrüchten und rohem Fleisch voll. Manchmal waren diese Therapien von Erfolg gekrönt, vor allem dann, wenn die Schläge und die Aufgüsse von einschmeichelnden und fortwährenden Fragen über die Fortschritte der Zivilisation in Parima Bay begleitet wurden. Da aber die Tiefs über die Hochs obsiegten und bald auch das Wort »Telefon« seine Wirksamkeit verlor, versuchte er sein Glück erneut bei Juanalila, die den Ruf einer Hexe hatte. Diese prüfte den Fall, legte ihm die Karten, las im Kaffeesatz einer Tasse, befragte eine Kristallkugel, die sie in einem Ramschladen für Plastiklampen erstanden hatte, und diagnostizierte Hodenkrebs. Lorenzo hegte den Verdacht, Juanalilas Diagnose könnte dem Wunsch nach Rache entsprochen haben. Immerhin hatte er ihr Olga vorgezogen und suchte einen Arzt auf, der mit dem Kopf schüttelte, »tsch, tsch« machte und weder Krebs noch einen anderen Krankheitsherd entdeckte, der das Symptom erklärte. Er riet dem Händler, sein Problem mit Miss Daisy zu besprechen, da es sich um einen Schuldkomplex aufgrund von Untreue handeln könnte und, so fügte er hinzu, diese Dinge nur durch ein Geständnis aus der Welt zu schaffen seien. Doch Lorenzo kam zu dem Schluß, daß nach all der Zeit, die er nicht mit Miss Daisy geschlafen hatte, jetzt nicht der Augenblick gekommen war, ihr seine Umtriebe in Olgas Freudenhaus zu beichten. Sicher hatte sie bereits Wind von der Sache bekommen oder ahnte sie zumindest.

Wer weiß, wozu diese plötzliche Impotenz Lorenzo noch getrieben hätte, hätte ihn nicht eine historische Begebenheit aus seiner Bedrängnis gerissen. Der Anführer der aufständischen Rebellen, die den Bürgerkrieg gewonnen hatten und sich gerade an der Küste aufhielten, plante, in Parima Bay an Land zu gehen, mit der Absicht, etwas über die Bewohner dieser Gegend zu erfahren und einen Ehrengouverneur zu ernennen. Da sah Lorenzo seine Stunde gekommen, die nötigen Schritte zu unternehmen und zu verwirklichen, was er so lange schon im Hinblick auf ein honoriges Amt im Sinne führte. Die Nachricht versetzte ihn in blendende Laune und nahm ihm mit einem Mal alle Ängste, ja, sie ließ ihn sogar für einen Augenblick Eudora vergessen. Er beeilte sich, bei der Fertigstellung des Hotels den letzten Schliff anzulegen, und kaufte Tische und mit rotem Samt gepolsterte Stühle für den Speisesaal, wo er dem siegreichen Präsidenten ein großes Abendessen kredenzen würde. Er ließ das Zimmer neben dem Bad, das er zur Präsidentensuite erwählt hatte, in Bonbonrosa streichen und bereitete sich für seinen großen Auftritt vor. Eilig entwarf er auf Packpapier aus dem Kramladen eine kleine Rede in seiner Muttersprache, ein Idiom, das er mit dem neuen Präsidenten teilte.

Der Kopf der Rebellen erschien abends gegen sieben Uhr in einer Barkasse der Wasserpolizei von Puerto. Seit einigen Stunden waren bereits alle Einwohner von Parima Bay auf Lorenzos Laufgang versammelt und schauten erwartungsvoll auf den blauen Meeresspiegel, der gelassen und ruhig dalag. Obwohl Lorenzo wohlweislich keinen Schnaps ausschenkte, um Zwischenfälle betrunkener Bürger zu vermeiden, hatte sich ein Schlaukopf mit seinem Hausgebräu eingedeckt, und so wurde die einzigartige Begebenheit mit Pampelmusenlikör begossen.

Alle Insassen der Polizeipatrouille waren bereits von Bord gegangen, doch unter ihnen war kein Mann zu sehen, der das Äußere und die Haltung eines Präsidenten gehabt hätte. Bei den Parimensern machte sich Unruhe breit. Endlich entstieg ein recht kleinwüchsiges und schutzlos wirkendes Männlein der Barkasse, kam auf den Laufgang, ohne daß ihm jemand besondere Beachtung schenkte, und stellte sich vor.

»Ich«, sagte er in korrektem Englisch, »bin der Präsident aller Bürger dieses Landes.«

Lorenzo und mit ihm alle übrigen Versammelten waren maßlos enttäuscht: Dieser Wicht konnte wohl kaum der berüchtigte Anführer der Rebellen sein, der Mann, der sie mit seinen Greueltaten so viele Jahre in Angst und Schrecken versetzt hatte. Auf die Ernüchterung folgte Heiterkeit. Groß, kräftig und furchterregend war er in ihrer Vorstellung gewesen, und sie hatten sich lächerlich gemacht mit ihrer Phantasie, die so gar nicht der Realität entsprach. Darauf konnten sie nur über sich selber lachen. Sie sahen sich sprachlos an, und bald blitzten im Dunkel der Nacht leuchtende weiße Zahnreihen in breit grinsenden Gesichtern auf. Lorenzo drängte sich nach vorne, ließ einen formellen Gruß vernehmen und brachte den Präsidenten und seine Gefolgsleute in das Hotel, das er mit Papiergirlanden in den Farben des Vaterlandes geschmückt hatte und das über und über mit Glühlampen behangen war.

Der Präsident hatte keinen Hunger, dafür war er von großer Eile getrieben: Er sagte, er wolle nur ein paar Worte sprechen und sich dann wieder auf den Weg machen. Darauf begab er sich ohne große Umschweife hinter das Hotel, um dort wie ein gewöhnlicher Sterblicher Wasser zu lassen. Das Männchen hatte schon so einige Orte im Laufe des Tages aufgesucht und dabei Unmengen von Kokosmilch getrunken.

Er fragte nach einem erhöhten Platz, den er als Tribüne nutzen könnte, und so brachte man ihn in die zweite Etage des Hotels. Hier hielt er inne, stützte beide Hände auf das Balkongeländer und stellte sich auf die Zehenspitzen, damit ihn die Menge besser sah. Als er schließlich in korrektem Englisch zu reden begann, mit einem Akzent, den der strenge Lehrer als erträglich befand, starrten alle so gebannt auf den Balkon im zweiten Stock des Hotels Watson, daß weder der Jamaikaner noch Miss Emily, noch Amanda Scarlet bemerkten, wie sich Eudora heimlich davonschlich, um auszuspionieren, was einmal das Zimmer des Schmetterlingsjägers gewesen war.

Es war Vollmond, und Eudora wollte miterleben, wie die gekreuzigten Schmetterlinge des Insektenforschers sich von ihren Nadeln befreiten, um in die Lüfte zu steigen und, wie es der Volksglaube erzählte, in der Gestalt schöner, bleicher und unheimlicher Frauen in Richtung des silbernen Sternes zu schweben und der Spur zu folgen, die der Mond auf die dunkle Meeresoberfläche warf. Seine Strahlen würden die schillernde Farbenpracht ihrer durchsichtigen Flügel zum Leuchten bringen, und diesmal würde sie das Wunder endlich mit eigenen Augen sehen. Mit klopfendem Herzen bahnte sie sich ihren Weg durch die Beine der Bewohner von Parima Bay, die voller Verzückung ihrem neuen Kopf lauschten. Keiner nahm das Mädchen wahr.

Es sah auch keiner, wie sie sich an das verbotene Fenster schlich. Sie mußte nicht viel Kraft aufwenden, der Nagel gab schnell nach, und bald fiel Mondlicht in das dunkle Schattenreich dieses Zimmers, das den Geruch von Verwahrlosung und Einsamkeit verströmte. Sie kletterte am Fensterrahmen hoch und sprang dorthin, wo ihr der Lichtstrahl den Weg wies. Neugierig drang das milchige Mondlicht durchs Fenster, so hell, daß man drinnen ein Buch hätte lesen können. Als sie endlich festen Boden unter den Füßen spürte, erzitterte sie angesichts ihres eigenen Mutes und starrte mit weitaufgerissenen Augen in ein schauerliches Gewusel von Fledermäusen. Schwerfällige, fliegende Kakerlaken, die mit trägem Flügelschlag das Gesetz der Schwerkraft besiegten, erhoben sich in die Lüfte, um schon bald wenige Schritte von der Stelle zu landen, wo sie zum Flug angesetzt hatten. Eine pelzige Spinne krabbelte über den Spann ihres Fußes und bewegte sich ohne große Eile auf ein Loch zu, das die Termiten in den Boden gefressen hatten. An den Wänden waren nicht einmal die Nadeln zu sehen, so dicht war alles von Schimmel und Staub überzogen. Das also war von der Legende der Schmetterlinge geblieben!

Eudora brauchte eine ganze Weile, um zu begreifen, daß sich in diesem Augenblick auch ihre letzte Phantasie in nichts aufgelöst hatte. Sie hatte den einzigen Faden durchtrennt, der sie mit der Welt der Magie verband. Verzweifelt begann sie zu weinen. Die Welt war mit einem Mal klein, langweilig, häßlich und traurig. Sie machte keine Anstalten, ihre Hände zum Gesicht zu heben, und ließ die Tränen ungehindert auf ihr Kinn tropfen. So mußte sie erfahren, daß ein toter Schmetterling nicht fliegen konnte und daß die Strahlen des Mondes zwar die Macht besaßen, geheimste Wünsche freizusetzen, doch daß sie niemanden vor dem Vergessen bewahrten.

Als sie wieder unbemerkt auf die Straße stieß, hatte ihr Gang den gemessenen Schritt einer Erwachsenen. Ihre Kindheit blieb endgültig zwischen den Fledermäusen und den leeren Wänden zurück. Sie hatte nicht einmal darauf geachtet, den Fensterladen wieder zu schließen. So blies der Nachtwind die letzten Spuren der Legende davon.

Diese Erfahrung ließ Eudora einen weiten Sprung mitten in die Pubertät und ihre Entwicklung zu einer jungen Frau machen, Etappen ihres Lebens, die bald voll und ganz zum Ausbruch kamen. Keiner nahm wahr, was sich in dieser Nacht ereignet hatte. Alle ließen sich von Eudora täuschen, mit Ausnahme von Miss Emily. Sie sah das Mädchen just in dem Augenblick von seinem nächtlichen Ausflug zurückkehren, als der Präsident seine Rede beendete und die Leute applaudierten, und da wußte sie als einzige, daß die Nichte ihre Unschuld verloren hatte.

Die Zuhörer spendeten Beifall. Eudora wußte zu diesem Zeitpunkt nicht, daß Lorenzo Parima zum Ehrengouverneur ernannt worden war und daß der Präsident versprochen hatte, die Schwarzen unter seiner Regierung in alle Teile des Landes reisen zu lassen. So sollte nicht einmal Amanda Scarlet erfahren, warum Eudora gerötete Augen hatte, so als habe sie geweint.

Als erste große Amtshandlung eröffnete Lorenzo die Wegstrecke, die Parima Bay mit dem letzten Halt des Zuges verband. Er taufte die neue Verbindung »Verkehrsnetz«, obwohl es sich in Wahrheit um eine einfache Bresche durch den Urwald handelte, die mit einer feinen Schicht aus Schotter bedeckt war und am Strand und an den Kokosplantagen vorbeiführte.

Die Leute waren Lorenzo zutiefst dankbar für dieses Geschenk an die Gemeinde. Diejenigen, die zuvor über die Freudenhauspreise des Gemischtwarenhändlers gemault hatten, wußten jetzt nur Gutes von ihm zu berichten und sprachen von seinem Gemeinschaftsgeist, seinem Interesse an Werken, die der Öffentlichkeit zugute kamen. Die schmeichelhaften Kommentare und Danksagungen gelangten bald auch Lorenzo zu Ohren. Im tiefsten Innern seiner Seele träumte er von einem breiten, dreifarbigen Stoffband entlang der ganzen Wegstrecke. Es würde eine Blaskapelle geben, der neue Gouverneur von Puerto würde seine Aufwartung machen, und es würden viele Reden gehalten, Toasts ausgesprochen und Eßgelage veranstaltet werden. Er beglückwünschte sich insgeheim für seine Umsicht und seinen ausgezeichneten Spürsinn, die ihn dazu veranlaßt hatten, sich von den politischen Konfliktherden fernzuhalten. Jetzt war der Augenblick gekommen, die Früchte seiner Weitsicht zu ernten.

Seine Eitelkeit blähte sich bald wie ein Segel im Wind, und die neuerrungene Befriedigung sowie die Geschäftigkeit, die er zur Erlangung seiner Ziele an den Tag legte, lenkten ihn auf wohltuende Weise ab. Bald hatte er das Interesse an der beunruhigenden Entwicklung Eudoras verloren. Er ging ganz auf in einer überbordenden Betriebsamkeit und klemmte sich dahinter, das nötige Geld einzutreiben und zu vermehren. Da die bürokratischen Mühlen in Puerto nur langsam mahlten, machte er sich persönlich auf den Weg zu Deputierten und Ministern, von denen er sich finanzielle Unterstützung erhoffte. Voller Begeisterung bestieg er den Zug und unternahm nach all den Jahren seine erste Reise in die Hauptstadt. Die sechs Stunden, die der Zug für die Strecke von Puerto bis in die Metropole benötigte, vermochten das durchdringende Gefühl von seiner eigenen Wichtigkeit nicht zu schmälern. Der bescheidene Bauer, der eines Tages auf dem Bahnhof eingetroffen war, um an den Atlantik zu reisen, kehrte nun triumphierend und mit gefülltem Geldbeutel wieder zurück.

Lorenzo erkannte die Stadt nicht wieder, die er einst verlassen hatte. Während seiner Abwesenheit war sie ohne seine Erlaubnis gewachsen. Verwundert und ein wenig verschüchtert nahm Lorenzo ein Taxi zum Hotel. Er beobachtete den regen Passantenverkehr auf den Gehwegen und in den Fußgängerzonen und beruhigte sich damit, daß in Parima Bay ohne sein Zutun nicht ein Blatt gewendet worden war, was ihm Trost brachte. Gewöhnt an das Meeresrauschen, das alle übrigen Geräusche schluckte, erschlug ihn der ohrenbetäubende Lärm der Autos.

In einigen Büros begegnete man ihm gleichgültig, ließ ihn warten, in anderen wurde er gar nicht erst empfangen. Er kam im besten Hotel im Stadtzentrum unter, aber bald darauf landete er in dem Zimmerchen einer Negerabsteige, unweit des Bahnhofes. In der teuren Herberge hatte er sich unsicher gefühlt, denn er wußte nicht, was er mit dem Besteck anstellen sollte, das man ihm zu einem gebackenen Adlerfisch servierte.

Doch er erfuhr schlimmere Demütigungen. Eine überaus schöne und gutgekleidete Sekretärin ließ ihre geschminkten Augen über seine Krawatte und seine Schuhe gleiten und gab ihm darauf zu verstehen, daß der Abgeordnete, auf den er warte, heute nicht anwesend sei, just in dem Augenblick, als der Gesuchte sein Büro verließ und jemand ihn bei seinem Namen rief.

Lorenzo erreichte nichts, ja, keine seiner Unternehmungen hatte das gewünschte Ergebnis. Er schloß daraus, daß es besser sei, abzuwarten und mit seinen Belangen bei den Behörden von Puerto vorstellig zu werden, die ihn wenigstens kannten und ihn respektierten. Er verließ die Hauptstadt, nachdem er für Miss Daisy einen Stoff aus feinstem Tuch gekauft hatte, und schwor sich, nie wieder an einen Ort zurückzukehren, wo man ihn so schlecht behandelte.

Als das Geld schließlich zu seiner Verfügung stand, erteilte er den Auftrag der Straßenbaufirma, die den Bauplan entworfen hatte, und schlug zur Kosteneinsparung vor, keine Arbeiter von außerhalb unter Vertrag zu nehmen, sondern nur Leute aus Parima Bay einzustellen, wodurch er die Sympathien der Einwohner der Bucht zu gewinnen hoffte. Zu seinem Erstaunen unternahm keiner Freudensprünge bei der Vorstellung, acht Stunden am Tag Erde umzugraben, und dies für einen geradezu lächerlichen Lohn. Nicht zuletzt schreckte alle die Aussicht, erst einmal eine Unzahl großer und dichtbelaubter Bäume aus Hartholz schleppen zu müssen. Angesichts dieser Schwierigkeiten und einer Brücke, die im Budget nicht zu Buche schlug, weil man sie schlichtweg vergessen hatte, erlitt das Bauunternehmen Schiffbruch, denn von den ursprünglich geplanten zehn Kilometern Strecke wurden nur zwei fertiggestellt. Das Projekt starb vor einem riesenhaften, jahrhundertealten Knallschotenbaum von beinahe zwei Metern Durchmesser, der auch unter den Hieben von zwanzig Äxten nicht nachgab.

Lorenzo ließ sich nicht entmutigen. Er leitete die notwendigen Schritte ein, um die Finanzierung der fehlenden acht Kilometer zu erreichen, und suchte in der Zwischenzeit nach den geeigneten Sägen, die dem gigantischen Baumriesen den Garaus machen würden. Damit die Feierlichkeiten nicht ins Wasser fielen, von denen er seit mehr als einem Jahr träumte, beschloß er, die Freigabe des ersten Streckenabschnitts mit dem üblichen Ritual zu begehen. Sobald das dreifarbige Band, das er so sorgfältig aufbewahrt hatte, vor den riesenhaften Knallschotenbaum gespannt war, schrieb er eine Rede und brachte ein Schild an der Galerie vor seinem Laden an, das die ganze Bevölkerung dazu einlud, an der Eröffnungsfeierlichkeit teilzunehmen. Zu seiner Überraschung erschienen nicht nur alle Bewohner der Bucht in ihrem Sonntagsstaat, auch der Gouverneur von Puerto gab sich in Begleitung der Gattin des Innenministers die Ehre. Sie kamen auf dem Seeweg, er mit seiner ganzen Gefolgschaft, sie herausgeputzt wie zu einer Safari.

Die Frau des Ministers war blond und stammte aus Nordamerika. Sie hatte große Ohren, stämmige Beine und eine leicht hebräische Nase, trug die Beinkleider eines Pfadfinders, die ihr bis zu den Knien reichten, Sportschuhe, hohe Kniestrümpfe und einen Sonnenhut aus Stroh. Es war nicht ganz ersichtlich, ob sie mit ihrer Aufmachung einem englischen Kolonialisten oder einem französischen Major in der algerischen Wüste nacheiferte. Wildentschlossen widmete sie sich dem Tätscheln widerspenstiger Kinderhaare und rief während ihres ganzen Aufenthaltes unablässig »cute, cute, very cute, nice, very nice« aus. Miss Emily und Amanda Scarlet fanden sie aufdringlich, ja unerträglich, und Eudora rannte davon, um sich zu verstecken, als sich die weiße, sommersprossige Hand nach ihrem Kopf ausstreckte. Der Jamaikaner gehörte nicht zu den Anhängern einer Verbindung zwischen Parima Bay und der Zivilisation, denn er glaubte, daß auf diesem Weg an Tripper und Syphilis erkrankte Nutten in die Gegend kommen würden, die auf Kosten der Bananengesellschaft regelmäßig zu den Arbeitern gebracht würden. Beiläufig bemerkte er, die Blondine fahre mit den Blicken die Beine der jungen Männer hoch, wenn sie sich unbeobachtet fühle, und zwar bis zu der Stelle, wo diese endeten.

Die Angetraute des Ministers hatte auch einen Fotografen im Schlepptau, der sich mit Feuereifer der Aufgabe verschrieb, sie, umgeben von Kindern, zu verewigen, mal mit dem Meer im Hintergrund, mal in einem vorschriftsmäßig verankerten Boot in Ruderpose, mal beim Verteilen der Magna Charta, mal auf einem Baum, mal sitzend im Sand, einmal ohne, einmal mit Sonnenhut, mal umgeben von Frauen, mal von Männern, mal in ein Gespräch mit dem Gouverneur von Puerto vertieft, mal bei einem Schwätzchen mit Lorenzo, mal hinter und mal vor dem dreifarbigen Band. Der Fotograf versicherte Lorenzo, das letzte Bild werde dasjenige sein, das in der Presse des Landes erscheine, doch er sagte nicht die Wahrheit. Das Foto, das veröffentlicht wurde, war ein Bild, auf dem die Ministergattin inmitten so schwarzer Kinder zu sehen war, daß man von diesen nur das Weiße in ihren Augen wahrnahm. Ein Stück von einem Bein, das Lorenzo als das seine zu erkennen glaubte, wurde bald als das entsprechende Körperteil des Gouverneurs von Puerto identifiziert.

Ganz Parima Bay versammelte sich vor dem Knallschotenbaum, um die Eröffnung der Wegstrecke zu zelebrieren, doch nur Lorenzo und die obersten Beamten nahmen an dem mittäglichen Festessen teil, das in Miss Watsons Hotel gegeben wurde. Miss Daisy blieb in der Küche, wo sie alle Hände voll zu tun hatte, und Lorenzo unterließ es, sie den Gästen vorzustellen, bestrebt, sie vor der Gattin des Innenministers geheimzuhalten.

Die Begebenheit wurde musikalisch untermalt von einem Orchester aus schwarzen Musikern, die der Gouverneur von Puerto eigens mitgebracht hatte. Sie waren der Höhepunkt der Feier, schließlich lockerten sie die patriotischen Hymnen mit Jazzimprovisationen auf, so daß man bald die Leute zurückpfeifen mußte, die fröhlich zu ihrer Musik tanzten und sich des Frevels nicht bewußt waren. Eudora trug zur Feier des Tages ein rosa Organdikleid mit gebauschten Spitzenärmeln, das ihre Mutter auf der Singer-Nähmaschine geschneidert hatte, einem Geschenk von Plantintáh. Die Kleine zierte eine hübsche Frisur aus dreißig Zöpfchen, die alle mit verschiedenfarbigen Schleifen gebunden waren. Amanda hatte bei den Stoffmaßen falsch kalkuliert, so daß man Eudoras Schlüpfer sehen konnte, als das Mädchen sich bückte. Dieser Umstand, die Stupsnase mit den feinen Nasenflügeln, die großen Augen, die den Widersprüchen dieser Welt staunend begegneten, gleichzeitig ernst und spöttisch, all dies brachte Lorenzo aus dem Konzept, der veranlaßte, man möge die Kinder hinter die Erwachsenen stellen, damit sie die Feierlichkeiten nicht störten.

»Parimenser«, sprach Lorenzo, »heute feiern wir die Eröffnung einer Strecke, die bald eine breite Autobahn sein wird. Wir bewegen uns hin zum Fortschritt, hin zum Nordwesten der Republik, wo das Herz der zivilisierten Welt schlägt, und an einem nicht allzufernen Tag werden wir den Weg in die Hauptstadt in einem Tag zurücklegen können.«

Als der Trubel seinem Ende zuging, machten sich die Besucher auf den Heimweg: der Gouverneur, der vom vielen Toasten etwas beschwipst war, und die Blondine, gerötet von den Sonnenstrahlen. Die Bewohner der Bucht zogen sich zurück, um alles weitere daheim zu bereden, und Lorenzo legte sich schlafen, ohne zu ahnen, daß der erste Nutznießer der neuen Wegstrecke und der erste Gast des Hotels bereits am Nachmittag des folgenden Tages kommen sollte.

Er tauchte mit linkischen Schritten hinter dem Knallschotenbaum auf. Seine Knie rieben aneinander wie die Stelzen eines Fischreihers, und seine Brille verbarg kaum den unverkennbaren Ausdruck der Überraschung, der Kurzsichtigen zueigen ist. In einer Hand trug er ein Köfferchen, in der anderen eine tragbare Schreibmaschine. Ohne Umschweife begab er sich in das Hotel Watson, wo er so selbstverständlich um ein Zimmer bat, daß Miss Daisy gleich auf sehr dankbare Weise ihre Premiere als Gastwirtin erfuhr, bis zu dem Augenblick, als der Neuankömmling um den Zimmerschlüssel bat und sie ihm sagen mußte, daß es keinen Schlüssel gab, da Parima Bay keine Schlösser kenne. Als er sie darauf nach dem Zimmerpreis fragte, wurde ihr bewußt, daß sie über dieses Detail noch nicht nachgedacht hatte. So sagte sie »fünf Dollar«, um etwas zu sagen, worauf der andere ihr zu verstehen gab, daß der Preis in Ordnung sei. Sie führte ihn in das rosafarbene Zimmer, das einst als Präsidentensuite hergerichtet worden war. Es war noch unversehrt und obendrein das nächste Zimmer zum Bad, einem Raum mit einer Toilette aus Porzellan und einer Dusche mit kaltem Wasser um fünf Uhr morgens sowie brühend heißem zur Mittagszeit, die ihre Reserven aus einem in der prallen Sonne gelegenen Regenwassertank bezog.

Der Nordamerikaner nahm sein Essen an Lorenzos Tisch ein, und Miss Daisy fand geschickt den Grund seines Besuches heraus. Freimütig beantwortete er alle Fragen, die sie ihm stellten. Er war ein Schriftsteller, der einen abgelegenen Ort gesucht hatte, um fernab von dieser lärmenden Welt einen Roman über zwei Liebende aus New York abzuschließen, die ihre Zeit damit verbrachten, im Subway dieser Metropole umherzuirren und sich zu suchen, ohne sich jemals zu finden. Darüber hinaus hatte der Schreiberling nur eine Bitte, nämlich, daß sie ihn ungestört in seinem Zimmer arbeiten ließen. Er zeigte sich überaus angetan von der herrlichen Aussicht auf das Meer, die der Blick aus seinem Fenster bot, ein idealer Platz für Eingebungen.

Miss Daisy wußte von der Existenz einer Stadt namens New York, doch wollte ihr die Sache mit seinem Roman nicht recht einleuchten. Für sie waren Bücher entweder religiöse Machwerke, oder sie handelten von äußerst langweiligen Dingen, doch ihr Einfühlungsvermögen und der bedeutsame Tonfall, mit dem der Fremde von seiner Arbeit sprach, ließen sie vermuten, daß der Beruf des Schriftstellers etwas sehr Wichtiges und Achtenswertes sei, woraufhin ihr der erste Kunde würdig genug erschien, mit ihm das Hotel zu eröffnen. Da er zudem zu diesem Zeitpunkt der einzige Gast in der Herberge Watson war, lenkte Miss Daisy ihre ganze Aufmerksamkeit darauf, ihm die Wünsche von den Augen abzulesen, denn er sollte sich wohlfühlen. Vielleicht, so dachte sie, würde der Schriftsteller nach seiner Rückkehr in die Heimat bei seinen Kollegen von der schreibenden Zunft Werbung für ihr Hotel machen. Schließlich schienen diese Menschen ehrenhafte und sehr höfliche Leute zu sein. Für Miss Daisy war allein die Brille des Schriftstellers eine Garantie für seine Achtbarkeit.

Im Gegenzug zu der zuvorkommenden und außergewöhnlichen Behandlung, die er von seiner Gastwirtin erfuhr, erzählte der Schreiberling Miss Daisy, wie er nach Parima Bay gekommen war. Er war in Puerto von Bord gegangen, auf der

Suche nach einem Plätzchen in der Karibik, an dem ein warmes Klima herrscht und die Leute ungebildet sind. Dort wollte er sich voll und ganz seinen Eingebungen widmen, doch als er das Schiff verließ, wurde er von der Hitze und der Feuchtigkeit erschlagen, die nach dem Regen vom Boden aufstieg. Seine Inspiration kam ihm voll und ganz abhanden, denn sie war in einem gemäßigten Klima genährt worden, wo hohe Temperaturen nicht an der Tagesordnung sind. Ein paar Tage darauf, als er sich nach reichlichem Genuß von Alkohol auf die Suche nach der verlorengegangenen Eingebung machte, kam er zu dem Schluß, daß dies nicht der Ort sei, den er gesucht hatte, und als er darauf nach dem Ende der Welt fragte, riet ihm ein Eisenbahnangestellter, den er in einer Bar kennenlernte, den Zug in Richtung der Bananenfarmen zu nehmen. Dort solle er an der letzten Station aussteigen und so lange an der Küste entlanggehen, bis er ein Dorf fände, das seinen Ansprüchen genügte. Er tat, was man ihm geraten hatte, und machte an zwei verschiedenen Orten halt, um seinen Durst zu stillen, doch verspürte er nicht die geringste Lust, mit dem Schreiben fortzufahren. Eines Tages machte er einen Ausflug entlang der Kokoswälder und nahm seine Schreibmaschine und ausreichend Papier mit sich. Er ging und ging und wurde auf seinem Weg nur von den Affen begleitet, die ihm neugierig bis zu dem Knallschotenbaum folgten, den er staunend umlief, als seine kurzsichtigen und leicht schielenden Augen verzaubert die umwerfende Aussicht auf das Dorf wahrnahmen. Im gleichen Augenblick wußte er, daß hier, an diesem Plätzchen der Erde, seine Eingebung auf ihn wartete. Er folgte dem Schotterweg, den Lorenzo angelegt hatte, und gelangte zum Hotel Watson, dessen ansprechender Name ihn in seinen Bann zog. Endlich hatte er seine Pilgerfahrt beendet und befand sich an den Ausläufern der Zivilisation. Hier, an diesem wunderbaren Ort, würde er seinen Roman fortsetzen können, mit dem er sich Einlaß in den PEN-Club erhoffte. Als er zu reden aufhörte, hatten weder Lorenzo noch Miss Daisy begriffen, um was für einen Club es sich handelte, doch aus Höflichkeit fragten sie nicht weiter danach, denn sie wollten nicht aufdringlich erscheinen.

Als Mr. Bowls, wie sie den Mann nannten, seine flüchtige Inspiration wiedererlangt hatte, schloß er sich mit ihr ein, um zu arbeiten. Ein ganz neues, mit nichts zu vergleichendes Geräusch durchbrach den dörflichen Alltag. Das Klappern der Schreibmaschine verscheuchte die Vögelchen, die gewöhnlich das Hotel überflogen. In den ersten Tagen stellten sich die Leute unter das Fenster, um es zu hören, allen voran die Kinder mit Eudora an der Spitze. Als sie den Lehrer fragten, was das für komische Laute seien, erklärte er ihnen, es handele sich um eine Maschine, die Buchstaben mache, woraus Eudora schloß, das Ding spucke glänzende Buchstaben aus Metall aus, die sich auf dem Boden des Hotelzimmers anhäuften, von wo der Schriftsteller sie Stück für Stück aufnahm, daraus besonders klingende Worte bildete und diese bald darauf aus unbekanntem Grunde verkaufte. Nach überaus komplizierten Überlegungen kam Eudora zu dem Schluß, daß der Schriftsteller einer ähnlichen Aufgabe nachging wie der Zambo, wenn dieser, mit einem Malerpinsel bewaffnet, das Ladenschild des Gemischtwarenhandels aufbesserte. Nur daß der Schreiberling für seine Arbeit eine Maschine benötigte und seine Buchstaben aus Metall waren, während der Zambo dazu gezwungen war, die Lettern mit einem leicht kahlen Pinsel nachzuziehen.

So verjagte das Klappern der Schreibmaschine die Vögel und zog die Menschen an.

Als die beschriebenen Seiten, genauer gesagt die verworfenen Entwürfe, schließlich aus dem Fenster zu fliegen begannen, eilte Eudora herbei, um sie aufzugreifen, und so verstand sie endlich, was eine Schreibmaschine war, obwohl sie von den Texten nicht allzuviel begriff. Sorgfältig sammelte sie die Blätter, um sie besonders aufmerksam zu lesen und etwas davon zu verstehen. So kam nach und nach das unvollständige Konzept eines Romans zusammen, der niemals veröffentlicht werden sollte. Eudora erfuhr nie, wie die Geschichte zwischen einer Jane und einem Spencer ausging, die an einem Ort unter der Erde spielte, wo unzählige armselige Kreaturen hausten, es an Luft zum Atmen fehlte, keiner dem anderen traute und die Menschen sich gegenseitig umbrachten, und wo sich alle Arten von Greueltaten abspielten. Mit den Jahren wurden die Liebenden älter und gingen immer noch aneinander vorbei, denn die Menschenmenge war dicht, und es gab stets eine großgewachsene Person, die sich vor die kleine Frau stellte, oder aber eine Tür, die sich fatalerweise im letzten Augenblick hinter oder vor dem Mann schloß. Einmal wären sie sich beinahe begegnet, und zwar an einem sehr düsteren, unheimlichen Ort. Dort lebten auch eine wunderschöne Frau mit Namen Rita Hayworth und ein Mann von sehr schlechtem Charakter mit Namen Humphrey Bogart. Der Nebel hinderte sie jedoch daran, sich zu begegnen, und das, obwohl sie nebeneinandersaßen.

Da sich alles in einer Stadt namens New York abspielte, schloß Eudora nach der Lektüre der aussortierten Blätter, es müsse sich um einen Ort handeln, an dem niemals die Sonne schien, um einen Platz auf dieser Erde, an dem nur irrsinnige, gequälte Menschen lebten, geradezu furchterregend. Hätte Eudoras Mutter geahnt, welchen Schrecken New York ihrer Tochter einjagte, sie hätte dem Mädchen sicher damit gedroht, es dorthin zu schicken, immer wenn es nicht gehorchte. Doch da Amanda nichts ahnte, entging Eudora einer Drohung, die ihr gewiß Alpträume bereitet hätte. Sie erfuhr nie, wie die Geschichte endete, noch entdeckte sie einen roten Faden. Die zerknüllten Entwürfe waren voller Textfehler, und nicht immer folgten Seiten aufeinander, die zusammengehörten. Zwischen den einzelnen Blättern tat sich ein Leerraum aus den Seiten auf, die dem Schreiberling gelungen schienen und die er unter dem Gewicht einer weißen Koralle auf seinem Arbeitstisch stapelte, damit die Brise sie nicht davonwehte.

Ein ganzer Monat verging. Während die Schreibmaschine unermüdlich klapperte, balancierte Miss Daisy Teller, Tassen und Bierflaschen von der Küche in das einzige bewohnte Zimmer des Hotels. Vielleicht hätte der Mann einen Schluß für seine Geschichte der aneinander Vorbeiirrenden gefunden, doch eines Tages war das Band seiner Schreibmaschine leer, und so erfuhr Eudora, warum die Liebenden langsam verblaßten, bis sie die gräuliche Farbe des Himmels über ihrer Stadt annahmen.

Unrasiert, mit zerzaustem Haar, schmutzig und schlechtriechend, in Schlafanzughosen, die ihm um sein hageres Hinterteil schlabberten, kam Mr. Bowls eines Tages aus seinem Zimmer, überquerte die Straße, eilte aufgebracht in Lorenzos Laden und verlangte sechs Rollen schwarz-rotes Schreibmaschinenband. Doch in Parima Bay waren derart ausgefallene Artikel nicht zu haben, und so erstand der Schriftsteller, nachdem er sich vor Verzweiflung die Haare gerauft hatte, ein Dutzend Bleistifte der Sorte, mit der die Kinder in der Schule schrieben. Eudora hatte nun große Mühe, die miserable Schrift des Autors zu entziffern, der die Worte übereinanderschrieb, ganze Teile miteinander verknüpfte, unleserliche, halbfertige Sätze verfaßte und geheimnisvolle Abkürzungen erfand. Schließlich wurde der Mann es müde, seinen Text von Hand zu schreiben. Während die Anansi ihre vierzehntägliche Überfahrt in die Stadt und zurück unternahm, beschloß er, die Wartezeit mit Bädern im Meer abzukürzen, die er mehr als nötig hatte. Er starrte nicht nur vor Schmutz, sondern war schon ganz bleich und grün im Gesicht und hatte nach all der Zeit, die er im Schatten zugebracht hatte, den Bezug zu den Dingen verloren.

Als endlich die Schreibmaschinenbänder eintrafen, hatte der Schriftsteller entdeckt, wie blau und warm das Karibische Meer und wie weiß und behaglich der Sand dort war, um wieviel heiterer, fröhlicher und sympathischer als Humphrey Bogart die Menschen von Parima Bay waren, und um wieviel aufregender als die Kurven der Rita Hayworth der Körper von Priscilla Taylor gebaut war. Zwischen Tauchvergnügen im

Meer, ausgedehnten Bädern in der tropischen Sonne, anregenden Schwätzchen an Lorenzos Bar, Unterhaltungen mit dem Lehrer und dem Rest der Gemeinde verliebte sich Mr. Frank Bowls unsterblich. Priscilla stritt häufig mit ihrer Mutter, denn sie verspürte keine Lust, im Haus, in der Küche oder im Hühnerstall zu helfen, noch irgendeine andere Arbeit zu tun, und verbrachte große Teile des Tages sitzend im Hausflur, wo sie ihre langen, roten Nägel pflegte und mit einem schimmernden, billigen Lack bemalte. Sie vertat ihre Zeit mit Spaziergängen und abendlichen Schwätzchen mit den Freundinnen ihres Alters. Auf diesen Ausflügen lernte sie auch Mr. Bowls kennen, der ihren dunklen Reizen sofort verfiel. Er verlor sein Herz so hoffnungslos an das Mädchen, daß er nicht einmal mehr die Kraft aufbrachte, sein Geklapper wieder aufzunehmen. Er fand es bald weitaus vergnüglicher, sich mit ihr in den Sand fallen zu lassen, als mit einer altersschwachen Schreibmaschine Papierbogen vollzuschreiben. Wie satt hatte er diesen literarischen Text, der in einer düsteren, schlecht durchlüfteten Umgebung spielte, ein geistesabwesendes und zerstreutes Paar zu Protagonisten hatte und eine Handlung, die er zu keinem Ende bringen konnte.

Der Schriftsteller wurde von grenzenloser Trägheit befallen und gab sein Projekt auf. Die Schreibmaschine setzte bald Schimmel an, ohne daß sich ihr Besitzer darum kümmerte, sie vor den salzigen Angriffen des Meeres zu bewahren. Sie wurde der Schule geschenkt, und nachdem der Lehrer sie gründlich in Benzin gebadet hatte, machte er sie wieder gängig. Eudora lernte auf der Schreibmaschine zu schreiben und stellte fest, daß man vom Dichten besser die Finger ließ, schließlich sah die Wirklichkeit immer anders aus.

Nach einer Weile blieb Priscillas Regel zum ersten Mal aus. Als auch die zweite Menstruation auf sich warten ließ und der Schriftsteller fürchtete, ihre Mama könne persönlich im Hotel Watson erscheinen und eine Begleichung der Rechnung fordern, ging er selbst zu ihr und bat um Priscillas Hand, allerdings nicht um sie zu heiraten, denn verheiratet war er schon, sondern um mit ihr das Leben zu teilen. Immerhin war er fest entschlossen, für immer in Parima Bay zu bleiben, so wohl fühlte er sich an diesem Ort. Priscillas Mama und Papa warfen ihn hochkant heraus, und sie wiesen mit lautem Geschrei und obszönen Beleidigungen auch ihrer Tochter die Tür, eine Sache, über die sich die Leute noch lange das Maul zerrissen.

Der Schriftsteller raffte darauf seine Habe zusammen, gab das Hotelzimmer auf und verlagerte seinen Wohnsitz auf die Anhöhe. Er vermachte Lorenzo die Papierseiten, aus denen die Originalfassung seines Romanes bestand. Der Händler wickelte kleinere Waren darin ein, Kerzen, Nägel und ähnliches. In Grunde wollte niemand das Machwerk lesen, mit Ausnahme von Eudora, die sich daranmachte, die fehlenden Seiten zu studieren, um zu sehen, ob sie es auf diese Weise vollenden könnte. Es wäre ihr beinahe gelungen, wenn man von dem fehlenden Schluß absah.

Aus Gründen, die keiner verstand, wählte das Paar die Spitze des Bergrückens, wo der Prediger und der Mörder aus Cauca gelebt hatten. Der Schriftsteller wußte nichts von der Geschichte, und niemand machte sich die Mühe, ihm davon zu erzählen. Als das Haus endlich fertig war, wurde es mit der Ankunft von Stella eingeweiht, die mit den Füßen zuerst auf diese Welt kam und weißer und bleicher war als jedes Wesen, das in Parima Bay je das Licht der Welt erblickt hatte. Die arme Priscilla erlebte eine so schmerzhafte und einsame Geburt, daß sie Stella haßte. Der Schriftsteller lehnte den Albino nicht ab, aber er war ein gleichgültiger Vater. Das seltsame Mädchen flößte ihm eine gewisse Abscheu ein, und da seine Beziehung zu Priscilla sich bereits zu verschlechtern begann, verlegte er sich ganz darauf, Spaziergänge in den Bergwald zu unternehmen. Auf seinen Erkundungen und Ausflügen gelangte er sogar bis zu der entlegenen Missionarsstation, wo Pater Vogel lebte. Schließlich verfiel er so sehr dem Zauber des Urwalds, daß er den Wunsch verspürte, dort mit Priscilla zu leben, die sich beharrlich weigerte, ihn zu begleiten.

In seiner Besessenheit für ein Leben in der Wildnis verschwand der Schriftsteller wochenlang im tiefsten Urwald und ließ seine Frau und seine Tochter allein zurück. Priscilla befand sich bald in einer äußerst mißlichen Lage, denn sie wußte weder wie noch wovon sie sich und das Kind ernähren sollte. Schließlich gab sie die Hütte auf dem Berghügel auf und kehrte zu ihren Eltern zurück, die sie wie eine verlorene Tochter aufnahmen. Stella hingegen hatte keinen sehr guten Empfang, denn ihre Großeltern betrachteten sie als lebendigen Beweis für Priscillas Kopflosigkeit, und obendrein als eine Strafe Gottes. Der Schriftsteller ließ sich nun völlig gehen. Er scherte sich nicht um seine Kleidung, die bald in einem unbeschreiblichen Zustand war. Als ihm das Geld ausging, schnitt er seine Hosen stets ein Stück ab, statt sich eine neue zuzulegen, bis nicht mehr viel davon übrig war, und weigerte sich, ein Hemd zu tragen. Schließlich forderte er seine Frau und seine Tochter zurück, doch Priscilla graute so vor dem armseligen Dasein an seiner Seite, daß sie bei ihren Eltern blieb und auf einen ihrer alten Verehrer wartete, der ihr Leben wieder in die richtige Bahn lenkte, was bald darauf geschah. Doch lehnte der Mann, mit dem sich Priscilla wenig später zusammentat, das Mädchen ab, und so brachte sie das Kind zu seinem leiblichen Vater und hieß ihn, sich um die Kleine zu kümmern. Beim Anblick dieser Bürde faßte der Betroffene den Entschluß, sich für immer in die Berge zu schlagen. Er überließ Stella in einem mit Kokosstroh ausgelegten Henkelkorb ihrem Schicksal und stellte sie vor Miss Emilys Tür, in der Hoffnung, die alte Jungfer werde sich glücklich schätzen, jemandem ihre Liebe zu schenken. Er täuschte sich nicht, dieser Mr. Bowls. Miss Emily hieß die kleine, weißliche Mulattin liebevoll in ihrem Haus willkommen und verstand beim Anblick des kleinen Wesens augenblicklich, daß ihr Plantintáh die Kreatur geschickt hatte.

Die Leute von Parima Bay meinten, es werde nicht lange dauern, bis der Schriftsteller wieder im Dorf sei, denn die Berge würden ihm schon den Rückweg weisen. Als jedoch die Zeit verging und einige Indios erzählten, ein verrückter Weißer habe sich eine Hütte an den unwegsamen Ufern eines wilden Flusses gebaut, prophezeiten eingefleischte Kenner des verhängnisvollen Urwaldzaubers, den Schriftsteller habe seine Vorsehung eingeholt. Sie nannten ihn den »Mann, den der Berg geschluckt hat« und gaben ihn als verloren auf, von dem man tatsächlich nichts mehr hörte, bis ihn die Berge wieder ausspuckten.

Kaum hatte Miss Emily Stellas ersten Schrei vernommen und die Kreatur nackt, vollgeschissen und vollgepinkelt vor ihrer Haustür erblickt, nahm sie das Wesen als ihre Tochter an. Sie wußte, wie alle im Dorf, daß der Albino von Mr. Bowls und Priscilla Taylor gezeugt worden war, und auch, daß letztere ersteren verlassen und ihm die Verantwortung für die Kleine überlassen hatte. Stella wußte zu jedem Zeitpunkt, daß Miss Emily nicht ihre Mutter war, und gewöhnte sich an die gelegentlichen Besuche, die ihr Priscilla Taylor machte, und auch an die nicht weniger seltenen Besuche, zu denen Miss Emily sie mitnahm, damit sie ihre Mutter sah. Diesen Besuchen zum Trotz unternahm Priscilla nicht den geringsten Versuch, das Mädchen zu sich zu holen, so beschäftigt war sie damit, jedes Jahr ein Kind zu gebären. Stella empfand nichts für ihre Mutter und hatte eine sehr distanzierte Beziehung zu ihren Halbgeschwistern. Sie hegte weder Groll, noch wurde sie von Neid geplagt, wenn sie ihre Brüder und Schwestern sah. An der Seite seiner Blutsverwandten hatte der Albino ein gewöhnliches und ödes Leben geführt, bei Miss Emily lernte das Mädchen wahre Gefühle kennen und machte außergewöhnliche Erfahrungen. Das Laster, dem sie schon in jungen Jahren verfiel, war der einzige Schwachpunkt in ihrem Leben, doch half es ihr dabei, schrecklichen und ausweglosen Situationen zu begegnen.

Stellas Nähe zu Miss Emily förderte auch ihre Freundschaft zu Eudora Scarlet. Stella sollte über das Schicksal von Eudora Scarlet wachen, was dieser von der Vorsehung bestimmt war, und zwar ohne daß sie es bemerkte. Von dem Tag, da der Albino vor Miss Emilys Tür seinem Schicksal überlassen worden war, empfand Eudora zärtliche Gefühle für die Kreatur, denn sie hatte keine Geschwister, und hegte und beschützte die Kleine wie ihr leibliches Schwesterchen. Mit den Jahren kehrte sich dieses Verhältnis um. Eudora, die Übung darin hatte, sich vor nichts und niemandem zu fürchten, störte sich nicht an der äußeren Erscheinung des Albinos, den Amanda Scarlet und ihr Mann für überaus häßlich hielten. Eudora vergnügte sich damit, die Kleine an- und auszuziehen, ihr etwas zu essen zu geben und sie mit Wiegenliedern in den Schlaf zu singen, als sei sie eine ganz besondere Puppe.

So wurde Stella unbemerkt und wie selbstverständlich zu einem festen Bestandteil in Eudoras Alltag, die das Kind in ihr einfaches, wohlgeordnetes Familienleben aufnahm. Der Jamaikaner und Amanda führten ihr Dasein im festen Fahrwasser täglich wiederkehrender Aufgaben fort. Die Harmonie ihrer Ehegemeinschaft beruhte auf einer eindeutigen Arbeitsteilung und auf dem gegenseitigen Respekt für die Verantwortlichkeiten des anderen. Er verließ jeden Morgen das Haus, mit Ausnahme der Samstage und Sonntage, um seiner Arbeit auf dem Feld nachzugehen, doch erst nachdem er ausgiebig gefrühstückt hatte. An Sonntagen spielte er Kricket, wenn das Wetter es erlaubte. Gelegentlich genehmigte er sich gegen Abend einen Drink, und wenn er einmal am Tresen in Lorenzos Bar erschien, dann um gesellschaftliche Kontakte zu pflegen oder Würfel zu spielen, ein Zeitvertreib, den er mit dem Zambo teilte. Nie hätte er nach dem Mittagessen gearbeitet, nicht einmal im Traum. Manchmal jätete er Unkraut im Garten oder reparierte etwas im Haus. An den Nachmittagen setzte er sich gerne in den Hausflur und widmete sich voll und ganz der Betrachtung der Sonnenuntergänge. In diesen geheiligten

Augenblicken durfte ihn niemand stören. »Er denkt an Jamaika«, flüsterte Amanda Scarlet bedeutungsvoll. Es waren Momente von unendlicher Friedlichkeit, in denen die Stille nur vom Auf und Ab der Wellen unterbrochen wurde. Das sanfte Abendlicht fiel in den Hausflur, um ihn mit Träumen, Erinnerungen und Sehnsüchten zu erfüllen. Es war eine Stunde, in der alle Kreaturen von einem unwirklichen Nebel umhüllt schienen. Ferne und gute Bekannte, Frauen und Männer, die Eudora nur mit Namen kannte, kamen auf den Ruf des Jamaikaners herbei, um seine Melancholie beim Anblick des untergehenden Lichtes zu teilen. Es waren Augenblicke von unendlicher Schönheit, die das Mädchen respektierte, bis zu dem Moment, wenn Amanda Scarlet die beiden zur abendlichen Makrelensuppe und einem Kokosdessert rief. Sie aßen schweigend ihr karges Mahl und legten sich bald darauf schlafen, um am nächsten Tag um fünf Uhr morgens wieder das gleiche Tagewerk zu beginnen.

In dieser Welt, die einen so festen Rhythmus hatte wie das Pendel einer Uhr, wuchs Eudora geliebt und beschützt heran. Doch sie war allein, denn sie hatte keinen Gesprächspartner, mit dem sie die Entdeckungen hätte teilen können, die ihr das Leben bot. Der Lehrer vermittelte ihr Wissen, doch er lehrte sie nichts über die Widersprüchlichkeiten des Daseins. Die anderen Schulkinder vergnügten sich unbeschwert und vertrieben sich die Zeit damit, neue Fertigkeiten beim Fischfang oder bei der Zerstörung von Vogelnestern zu entwickeln.

Miss Emily hätte Eudoras Vertraute sein können, aber seit eine Ahnung ihr eingab, daß die Phantasie ihrer Nichte an dem Tag verlorengegangen war, als der Präsident Parima Bay besucht hatte, verhielt sie sich dem Mädchen gegenüber zwar liebevoll, aber hütete sich vor Vertraulichkeiten. Miss Emily hatte sich mit Haut und Haaren der Aufgabe verschrieben, Stella heranzuziehen und in ihr die Neugier für die Dinge zu wecken, die nicht von dieser Welt waren. Sie schien mehr daran interessiert zu sein, die Vorstellungskraft der kleinen, farblosen

Mulattin mit Gespenstern und Erscheinungen anzureichern, als ihre Ohren den Ängsten ihrer Nichte zu öffnen. Ihre phantastischen Erzählungen waren jedoch keine ausreichende Antwort auf die bohrenden Fragen, die Eudora bewegten.

Während Eudora das Leben verstehen wollte und in diesem Drang ihr nachdenkliches und vernünftiges Wesen entwickelte, das bald in tausend Stücke zerspringen sollte, bis sie endlich die nötige Lebensreife erreichte, ging Lorenzo mit einer Idee schwanger, die ihm den Schlaf raubte: Miss Daisy auszulöschen. Er wollte sich seiner Frau entledigen und so den Weg für eine Heirat mit Eudora ebnen.

Diese Idee hatte sich auf ganz subtile und unmerkliche Weise in seine Gedankenwelt eingeschlichen, und zwar in kleinen Dosen, bis sie seine Vorstellung so nachhaltig vergiftete wie der Biß einer Schlange. Lorenzo hegte nicht die geringsten Gewissensbisse bei der Ausarbeitung seines Verbrechens. Sein Vorsatz, Eudora zu ignorieren, war gescheitert. Als er sah, wie sie heranreifte und sich langsam zu einer jungen Frau entwickelte, wuchsen seine Erregung und sein Verlangen in dem Maße, in dem die Brüste des Mädchens zu sprießen begannen, bis sie die Rundungen annahmen, die Amanda Scarlet in den besten Jahren ihrer Jugend ihr eigen genannt hatte. Für den Gemischtwarenhändler nahm diese Folter bald unerträgliche Formen an, und es verdarb ihm die Laune, wenn er das Mädchen auch nur von weitem sah. In Anbetracht der Unruhe, die der Anblick der jungen Frau in ihm hervorrief, wußte er nur einen überzeugenden Weg, der ihm sicher und machbar erschien, nämlich sie zu heiraten. Doch es half nichts: Er mußte sich gedulden, bis Eudora das richtige Alter erreicht hatte. Er rechnete sich aus, wie viele Jahre ihm bis dahin noch blieben, und schmiedete Pläne zur Vernichtung von Miss Daisy. Er hatte Zeit genug, sich auszudenken, wie er auf möglichst unauffällige Weise zum Witwer werden konnte. Mittel und Wege gab es viele, und sie waren alle sehr zuverlässig: ein Stück Seife vor der Badezimmertür, eine Spazierfahrt im Boot und ein kurzer Stoß. Wie dem auch sei, das Verschwinden von Miss Daisy hatte noch einen Vorteil. Es räumte nicht nur alle Hindernisse aus dem Weg, sondern machte ihn zum Alleinerben des Vermögens, das sie mit in die Ehe eingebracht hatte.

Miss Daisy, die nicht im geringsten ahnte, wie sehr ihr Leben in Gefahr war, machte das Hotel Watson zu einem florierenden Unternehmen. Es beherbergte Gäste aus der näheren Umgebung, hin und wieder auch einen Regierungsbeamten, der sich mit seiner Arbeit und vagen, undurchsichtigen Projekten nach Parima Bay zurückzog.

An dem Tag, als Eudora Scarlet ihr dreizehntes Lebensjahr vollendete, hatte Lorenzo sein Vorhaben zur Ermordung seiner Frau immer noch nicht in die Tat umgesetzt. Nicht, daß er es nicht versucht hätte, nein. Er heckte so manches aus, doch immer, wenn es an die Ausführung seiner Verbrechen ging, schreckte er aus Angst davor zurück, der Geist Plantintáhs könne an ihm Rache nehmen. Die Verzögerung bei der Durchsetzung seiner Mordpläne und die fraulichen Formen, die Eudora zur Schau stellte, verbitterten sein Wesen so sehr, daß sein Ruf als reizbarer, unwirscher Mensch bald bis an die äußersten Küstengebiete reichte.

Als die zweite Scarlet vor der Vollendung ihres vierzehnten Lebensjahres stand, verbrachten ihre Mutter und ihre Tante zwei ganze Tage damit, Kuchen und Konfitüren für das Fest zuzubereiten. Doch Eudoras Geburtstagsgäste wurden von dem Eintreffen zweier Indios im Dorf gestört, die aus den Bergen kamen und eine lange Stange geschultert hatten, an der eine Hängematte hing. Darin transportierten sie den ausgemergelten und malariabefallenen Körper des Schriftstellers, der am Ende auf so bedauerliche Weise die Berge verließ. Sie überbrachten ihn wieder der Zivilisation, damit er fern von den Hügeln und Flüssen starb und den Urwald nicht mit seiner Besessenheit vergiftete. Darauf meinte Priscilla Taylor, es sei ihre Pflicht, Stella ihrem Papa vorzustellen, und führte das Mädchen bis zu der Landungsbrücke, wo man den Kranken gerade an Bord der Anansi bringen wollte. Stella sollte sich ihr ganzes Leben an diesen Mann mit dem verfilzten Bart und den geröteten Augen erinnern, der sie voller Entsetzen aus einem ausgemergelten, skelettierten Gesicht anstarrte. Aus diesem Blick schloß Priscilla Taylor, daß der Vater seine Tochter wiedererkannt hatte. Stella stimmte ein lautes Geheul an und mußte schnell fortgebracht werden, denn der Kranke wurde plötzlich von schrecklichen Zuckungen erfaßt, und das war schließlich nichts für die Augen eines Kindes.

Der Schriftsteller starb, noch bevor er Puerto erreichte. Er verschied so einsam, wie er gekommen war, ohne daß jemand ihn beweinte, und ohne eine Lücke irgendwo auf dieser Welt zu hinterlassen. Mit seinem suchenden und vernebelten Blick nahm er Abschied vom Leben wie einer, der seine Umgebung nicht wiedererkennt, weil er seine Brille verloren hat.

Kurze Zeit darauf verließ auch Eudora das Dorf.

Der Lehrer spürte den Augenblick für seinen Rückzug kommen. Er war zu alt, um sich mit dummen und undisziplinierten Schülern herumzuschlagen, sein Körper war zu schwerfällig und sein Gedächtnis zu trügerisch geworden für dieses Amt. Doch er wollte um keinen Preis die Intelligenz des Mädchens am Sandstrand begraben sehen und suchte die Unterstützung Miss Emilys, in der er den besten Anwalt in dieser Sache fand. Sie bestanden so hartnäckig auf ihrer Absicht, daß sie schließlich ihren Willen durchsetzten. Der aufopfernde Pädagoge ahnte, daß die Fähigkeiten einer so glänzenden Schülerin aus Mangel an Gelegenheiten verkümmern würde. Er habe sie alles gelehrt, was er wußte, gab er Amanda gegenüber zu verstehen, sogar das Schreiben auf der Schreibmaschine, die der Schriftsteller zurückgelassen hatte. Doch nun sei er mit seiner Weisheit und seinen Büchern am Ende, Eudora kenne alles in- und auswendig, sogar den Roman und die Beschriftung auf den Campbell-Suppendosen.

Der Alte versuchte vergeblich, den Gemischtwarenhändler dazu zu bewegen, seinen Einfluß und seine Kontakte zur

Regierung in der Hauptstadt geltend zu machen, um dem Mädchen ein Stipendium zu verschaffen. Lorenzo, der bei dem Gedanken an Eudoras Fortgehen erschauerte, versprach wieder und wieder, sich einzusetzen, doch die Zeit verging, und er unternahm nichts. Da gab Amanda Scarlet von einem Tag auf den anderen den Bitten des Lehrers und der Beharrlichkeit des Jamaikaners nach, der sich anbot, die Kosten zu übernehmen, und sie beschloß, ihre einzige Tochter zu einer Verwandten nach Panama zu schicken. Von heute auf morgen nahm Eudora von ihren Freunden Abschied und verließ Parima Bay, vor den entgeisterten Augen Lorenzos, der, ohnmächtig vor Wut, das Glas mit Konfekt zerdepperte, als er davon erfuhr.

Er sah sie in Begleitung ihrer Mutter an die Mole gehen, mit erhobenem Kopf und aufrechtem Gang, sah, wie ihre stolzen Schultern und ihre Hinterbacken sich im Takt der Wellen bewegten. An diesem Tag hingen die Wolken tief, der schwarze Himmel im Norden brachte Regen und verhieß schlechtes Wetter. Lorenzo versuchte, das Boot unter diesem Vorwand an der Abfahrt zu hindern, doch der Kapitän meinte, es gehe kein Wind, und damit gingen Lorenzo die Argumente aus. Er sah sie an Bord der Anansi gehen und verfolgte das Schiff, bis es am Horizont kaum noch zu sehen war, sein Begehren mit sich nahm und ihn seinen Wutausbrüchen überließ.

In dieser Nacht beschloß er, die offenstehende Rechnung mit dem Geist Plantintáhs für immer zu begleichen, denn er war davon überzeugt, daß der Tote Eudoras Fortgehen ausgeheckt hatte, um seine Pläne zu stören und die junge Frau seinem Zugriff zu entziehen. So nahm er das Duell mit dem Verstorbenen auf dem Friedhof wieder auf.

Lorenzo verließ das Haus in Unterhosen, ohne sich um den starken Regen zu scheren, der wie Peitschenhiebe auf seine nackten Schultern klatschte. Er lief zum Strand und trotzte dem Sturm und der aufgebrachten See. Seine Absätze hinterließen deutliche Spuren auf seinem Weg zu der Grabstätte. Er achtete nicht auf Schlangen und das undurchsichtige Dunkel der Nacht, stolperte strauchelnd auf den Friedhof, griff nach den Schatten wie ein Blinder und rief: »Komm doch, Unglückseliger, komm, du Hurensohn von einem Neger, laß dich blicken, wenn du dich traust, damit dieses Spielchen ein Ende hat! Du wirst schon sehen, du Scheißnigger, daß man sich über Lorenzo Parima nicht lustig macht!« Er stolperte dahin und dorthin, drehte die Pflanzen mit der Schneide seiner Machete um und schrie gegen das Rauschen der Wellen an, denn er wollte seine Stimme hören und sich Mut machen.

Doch Lorenzo fand nicht, was er suchte, denn da war nichts. Er stieß gegen die Baumstämme und verletzte sich dabei wie ein Betrunkener, wurde von Hysterie ergriffen, sank auf die Knie und murmelte unzusammenhängendes Zeug, während der Himmel ganze Wasserstürze auf sein erhitztes Haupt ergoß.

Rasend vor Wut machte er sich daran, den Schlamm mit seinen bloßen Fäusten zu bearbeiten, beschwörte und beschimpfte den Toten und kratzte mit den Fingernägeln den Boden auf, als wolle er Alphaeus Robinson dem Erdreich entreißen. Das ohrenbetäubende Rauschen des Ozeans war nun so nahe gerückt, als wolle die Wasserflut ihn daran hindern, ein Sakrileg zu begehen. Aus dem Unwetter war ein Gewitter geworden, Blitze zuckten über den weiten Meeresspiegel und erleuchteten mit schlagartiger Helligkeit die Gestalt des Entfesselten. Inmitten eines dieser Leuchtfeuer erblickte er einen Schatten, der sich zwischen dem nahen Blattwerk bewegte. Ein zweiter Blitz erhellte die schwarze Silhouette von Plantintáh, der wenige Meter von ihm entfernt stand. Das grelle Zickzackband blitzte in einiger Entfernung wieder auf, doch der Geist wurde von seiner eigenen Leuchtkraft erhellt.

»Ich töte dich!« schrie Lorenzo ihm entgegen und vergaß, daß Plantintáh bereits tot war. Er drohte ihm mit erhobenen Fäusten, während dicke Tränen der Wut zusammen mit schlüpfrigen Regentropfen über sein durchnäßtes Gesicht liefen.

Plantintáh hingegen trug seine pudertrockenen Gabardinehosen, sein Seidenhemd und Lackschuhe. Seine Hände steckten in weißen Handschuhen, und seine Zähne blitzten in einem breiten Grinsen auf. Er schien offenbar gutgelaunt.

»Ich werde dich töten, Neger!« schrie Lorenzo wieder und forderte ihn heraus. Doch als der andere keine Anstalten machte, näherzukommen, stürzte er sich ihm mit gezückter Machete entgegen und schlitzte mit einem gezielten Hieb die Lendengegend des Gespenstes auf, das ihm leichtfüßig auswich und einige Hüpfer durch die Luft unternahm.

Die Verfolgung dauerte so lange, wie das Gewitter sein Unwesen trieb. Manchmal sprang Plantintáh behende auf die Äste der umstehenden Bäume und wollte von seinem Ausblick vor Lachen schier platzen.

Schläfrige Leguane, die der Lärm in ihrer Nachtruhe störte, krochen über die Baumstämme, und die Mapachen mit ihren larvenähnlichen Gesichtsmasken sahen dem eigenartigen Tanz des weißen Mannes am Fuß des Baumes zu.

Während sich der Regen und die Blitze aufs weite Meer verzogen, fiel Lorenzo, den die unergiebige Verfolgungsjagd bald erschöpfte, mit dem Gesicht auf den nassen Boden, die Backen lehmverschmiert. Erstickt brachte er ein Schluchzen hervor. Er weinte einige Sekunden lang, und als er seine Tränen trocknete und um sich blickte, war Plantintáh verschwunden, die Nacht war wieder von Stille erfüllt, und die Sterne glitzerten gelassen durch die aufbrechenden Wolken.

Er ging nach Hause, zog seine nassen Kleider vom Leib und warf sich ins Bett, ohne Rücksicht auf die schlafende Miss Daisy. Sie hatte von den Eskapaden ihres Ehemannes nichts bemerkt und glaubte, er habe einen Alptraum, als sie die Gluckser und erstickten Seufzer des Schlafenden vernahm, der sein Kopfkissen engumschlungen hielt.

Kaum war Eudora abgereist, schloß der Lehrer die Schule, hing behutsam das Gemälde der Viktoria ab, das nach all der Zeit gelitten hatte und von den Exkrementen der Insekten reichlich verschmutzt war, und nahm ein Boot, das mit Schildpatt an Bord von Jamaika nach Parima Bay gekommen war und seine Heimatinsel ansteuerte. Keiner in der Bucht erfuhr je, ob dem alten Schulmeister das Glück beschieden war, auf festem Boden zu sterben. Alle, die ihn aufbrechen sahen, sollten ihn jedoch für immer in Erinnerung behalten. Er sah so alt und gebrechlich aus, wie er auf seinem Gepäck saß und vorsichtig das Paket mit der Königin auf den Knien umschlungen hielt. So blieb die Schule ohne Lehrer für eine ganze Zeit geschlossen, als sei sie in Trauer.

Mit der Abreise des Lehrers stand das Zimmer in Miss Emilys Haus leer. Angesichts der Konkurrenz durch das Hotel hoffte die alte Jungfer nicht mehr auf einen angemessenen Gast. Doch sie wollte nicht Trübsal blasen und brachte die farblose Mulattin dort unter. Das Zimmer vermietete sie nicht wieder, und so erfuhren alle von ihrer Absicht, Stella möge sie bis zu ihrem Tod begleiten. Obwohl Stella damals noch ein Kind war, vertraute sie dem Mädchen alle ihre Geheimnisse und ihre Kontakte zum Jenseits an und bereitete sie auf die Rückkehr von Eudora und auf die heikle Aufgabe vor, die sie zu diesem Zeitpunkt würde übernehmen müssen.

An dem Tag, als Eudora Scarlet Parima Bay verließ, konnte man in der ganzen Bucht das feine Aroma von Nelken wahrnehmen, das bis an den Strand wehte und eine lange Wegstrecke hinter dem aufbrechenden Schiff seinen Duft verströmte, bis es in den unendlichen Weiten des Meeres verflog.

Stella führte lange Gespräche mit Miss Emily, obwohl die alte Frau schon nicht mehr von dieser Welt war. In den letzten Jahren, in denen die alte Jungfer noch aktiv am Leben teilnahm, entwickelte sie Eigenheiten. Sie kleidete sich in weite, lange Damenunterröcke und schlang grellbunte Tücher um den Kopf wie eine Negerin aus »Onkel Toms Hütte«, während alle übrigen Damen auf ihren Zugreisen Filzhüte zur Schau trugen. Die Dorfbewohner, die sich einst für die Riten der Pokomie begeistert hatten, waren bald ganz davon abgerückt, aus Angst vor der Verfolgung, die ihr Kult erfuhr. So sollte die erste Baptistenkirche, die in Parima Bay gebaut wurde, allen Getreuen dabei helfen, das spirituelle Feuer von einst wiederzufinden.

Doch Miss Emily bestand auf den alten Riten und schlug sich zusammen mit Stella bei Mondschein in die Berge. Sie hatte den Albino in den traditionellen Kult eingeweiht, und so warteten die beiden den nahenden Abend ab, bevor sie das Haus verließen. Sie nahmen in Tücher gewickelte Kultinstrumente wie Kürbisschalen, Stöcke, Blumen und Meeresmuscheln mit auf den Weg, die in einer bestimmten Anordnung auf ein Blatt gelegt wurden. Darauf begann Miss Emily ihre Litaneien anzustimmen, zuerst auf englisch und bald in unverständlichen Sprachen, die sogar ihr selbst fremd waren. Stella wiederholte sie dank ihrer außerordentlichen Sprachbegabung, ohne den Sinn zu verstehen. Sie wich Miss Emily nicht von der Seite und half der alten Frau, wenn sie zu Boden fiel und unter Zuckungen unzusammenhängendes Zeug stammelte, in Schweiß ausbrach und sich wenig züchtig zu winden begann. Stella sorgte dafür, daß sie dabei keinen Schaden nahm, brachte ihre Kleider wieder in Ordnung, wenn der sinnliche und mystische Anfall an Heftigkeit nachließ, und sie half ihr, in diese Welt zurückzukehren, wenn sie wieder zu Bewußtsein kam. Dann sammelte das Mädchen den ganzen Zubehör zusammen, während Miss Emily sich völlig erschöpft in ihrem verdreckten weißen Kleid mit den Schultern an einen Baum lehnte und ausruhte. Die beiden kehrten schweigend heim und sprachen bis zum nächsten Tag kein Wort mehr miteinander. Das erste Mal hatte die weißliche Mulattin die Worte wiederholt, die während der Anwandlung über Miss Emilys Lippen gekommen waren, um ihre Bedeutung zu verstehen. Doch Miss Emily war darauf sehr ärgerlich geworden und hatte ihr verboten, sie noch einmal auszusprechen.

Schon bald fügte sich Miss Emily in die Tatsache, daß es Stella nicht gelingen wollte, in Trance zu fallen. Sie verstand, daß das Mädchen in seinem Leben eine andere Aufgabe zu erfüllen hatte. Also gab sie um so eindringlicher die Anweisungen Plantintáhs weiter, der ihr einschärfte, sich um die Sicherheit Eudoras zu kümmern und Stella damit zu beauftragen, die junge Frau vor dem lauernden Dämon zu bewahren, der, soviel stand fest, für die beiden niemand anderes war als Lorenzo.

Miss Emily pflegte ihre Lektionen immer mit den Worten »Plantintáh sagt, daß ...« zu beginnen. Zum Beispiel schärfte sie Stella ein: »Plantintáh sagt, daß du immer in einiger Entfernung hinter ihr hergehen sollst, damit sie deine Anwesenheit nicht bemerkt.« Manchmal führte die alte Jungfer ihre Gespräche mit dem Bruder auch in Stellas Gegenwart, doch das Mädchen konnte die Antworten des Gegenübers nicht hören.

Zweimal bekam Stella den Geist zu Gesicht. Einmal sah sie Plantintáh an dem Tag, als Miss Emilys letzter Atemzug im Diesseits hängenblieb. Stella hatte das Haus in der Morgendämmerung verlassen, um den Sonnenaufgang zu begrüßen. Als sie heimkehrte, war die Haustür zugefallen, und sie versuchte vergeblich, sie zu öffnen. Stella hatte keine Erklärung dafür, aber es schien, als sei die Tür von innen verriegelt. Es war noch früh am Tag, und sie wollte Miss Emily nicht wecken, also setzte sie sich auf die Stufen der schmalen Treppe und wartete, bis die alte Frau aufgestanden war. Die Zeit verging, und plötzlich meinte sie, ein sanftes Säuseln zu hören, so, als dringe das Murmeln eines Bächleins aus dem Inneren des Hauses, und als die Sonne schon in aller Herrlichkeit über dem Horizont aufgegangen war und die Vögel in ein ausgelassenes und ohrenbetäubendes Gezwitscher ausbrachen, öffnete sich die Tür, und Stella sah einen stattlichen, hochgewachsenen Schwarzen mit sehnigem Körper heraustreten. Seine Nase war zierlich, seine Augenbrauen fein gezeichnet, und er trug sein Haar so kurz, daß man die Kopfhaut durch das dichte Kraushaar seines kleinen Kopfes schimmern sah. Seine warmherzigen, blauen Augen unter den leicht gesenkten Lidern sahen die kleine Mulattin freundlich an, und er entblößte eine perfekte Zahnreihe, als seine Lippen sich zu einem Lächeln formten: »Mach ihr Platz, sie kommt gleich herunter!«

Stella stand auf, und da kam Miss Emily langsam die verwitterten Treppenstufen herunter, verjüngt und strahlend, mit geöffnetem Haar, ihrem besten und bauschigsten Unterrock und einer halboffenen Bluse angetan, die ihre unverschämt festen Brüste freigab. Sie schritt wie eine Königin an Stella vorbei, strich ihr zärtlich über den Kopf und ging am Arm des jungen Mannes davon. Stella sah ihnen nach, die zu einem Spaziergang aufzubrechen schienen, und blickte bewundernd auf ihre schmale Taille und seine breiten Schultern. Da wurde sie gewahr, daß die beiden Gestalten gewissermaßen durchscheinend wurden und die großen, fransigen Blätter der Bananenstauden durch sie hindurch zu sehen waren. Als sie die beiden völlig aus den Augen verloren hatte, ging sie ins Haus und betrat Miss Emilys Zimmer. Auf dem Bett ruhte der Körper der Alten, so verblüht wie eh und je. Sie küßte ihre lauwarmen Hände, verlor sich in der Tiefe ihrer dunklen, geöffneten Augen und nahm wahr, daß die alte Frau den leicht angespannten Ausdruck von jemandem trug, der an Verstopfung leidet. Sie sprach die Liegende an, und als sie keine Antwort erhielt, setzte sie Amanda Scarlet davon in Kenntnis, daß ihre Schwägerin das Bewußtsein verloren hatte.

Sie unternahmen alles mögliche, um ihr den flüchtigen Geist wieder einzuhauchen, der sie mit ihrem Fleisch verbinden sollte, rieben ihren Körper mit Alkohol ein, um ihn anzuregen, machten ihr kalte Wasserkompressen, sangen ihr leise etwas vor, schrien ihr ins Ohr, wiegten sie in ihren Armen hin und her, stachen mit Nadeln in ihre Fußsohlen, liebkosten sie zärtlich und ohrfeigten sie heftig. Doch ihre Bemühungen waren vergeblich, und so setzten sie sich an ihr Bett und begannen vor lauter Ohnmacht zu weinen. Da erzählte ihnen Stella, daß sie gesehen habe, wie Plantintáh die Seele von Miss Emily mit sich geführt habe. Leider habe er dabei vergessen, auch ihren letzten Hauch mitzunehmen.

»Armer Plantintáh«, sagte Amanda Scarlet, »er muß sich sehr einsam gefühlt haben. Deshalb ist er gekommen, um sie zu holen.« Und sie fügte hinzu: »Er war immer ein bißchen zerstreut. Mach dir keine Gedanken, Stella. Wenn er seinen Fehler bemerkt, wird er ihren Lebenshauch einholen.«

Nachdem die Dinge so ihre Erklärung bekommen hatten, ließen Amanda und ihr Mann von ihren Belebungsversuchen ab und trugen Stella Taylor auf, die Bettlägerige zu ernähren, ihr eine Pfanne unters Becken zu schieben, sie vom Bauch auf den Rücken zu drehen, sie zu kämmen, anzuziehen und hinzusetzen. Der Albino übernahm die Aufgabe, ohne zu protestieren, ja, es bereitete dem Mädchen sogar Freude, denn von diesem Zeitpunkt an wurde seine Verständigung mit Miss Emily besser, kam spontan zustande und erfuhr keine Unterbrechungen. Es reichte, daß Stella ihr im Geiste eine Frage stellte, und schon erhielt sie auf dem gleichen Weg die Antwort. Sie gewöhnte sich bald daran, daß Fragen, die nicht augenblicklich beantwortet wurden, immer offenbleiben sollten. Zum Beispiel wurde sie nie über Plantintáhs Rückkehr aufgeklärt, der im übrigen seine Zerstreutheit nicht bemerkt zu haben schien.

Als die weißliche Mulattin von Sehnsüchten geplagt wurde und sie die tatkräftige Miss Emily von einst mit ihrer Stimme und ihren Bewegungen zu vermissen begann, schnappte sie sich das Bündel mit den Kultobjekten und machte sich in der Nacht auf den Weg zu der Lichtung, wo sie den Riten der Pokomie nachgegangen waren. Dort angelangt, brachte sie alles in die festgelegte Ordnung und begann zu tanzen und die Geister der Ahnen zu beschwören, in der Hoffnung, in Trance zu fallen. Doch ihr widerfuhr nie etwas Außergewöhnliches, noch sprudelten ihr andere Sprachen über die Lippen als jene, die sie im Zustand der Wachheit so leicht erlernte. Da Miss Emily ihr verboten hatte, ihre eigenen Worte nachzusprechen, rief Stella ihre Vorfahren in einer Sprache an, die ihr dem Anlaß angemessen schien, doch ihre Versuche fruchteten nicht, und sie mußte hinnehmen, daß das weiße Blut ihres Vaters sie daran hinderte, mit ihren afrikanischen Urahnen in Kontakt zu treten. Nachdem sie wieder und wieder scheiterte, packte sie Stöcke, Muscheln und Blumen ein und gab sich dem Trinken hin.

Stella wurde mit zehn Jahren zur Alkoholikerin. Zuerst trank sie die Neige aus den Gläsern, ganz gleich, ob es sich dabei um Rum oder Bier handelte. Bald darauf gaben ihr Lorenzos Stammkunden einen aus, um sie in den zahlreichen Fremdsprachen parlieren zu hören, die sie schon in zartem Alter beherrschte. Mit drei Jahren sprach sie korrekt Englisch und *Castellano*, im Alter von sieben konnte sie sich in den beiden wichtigsten Dialekten der Bergindios ausdrücken. Neun Jahre war sie alt, als sie die ersten wissenschaftlichen Begriffe erlernte. Damals ließ Miss Daisy den hinteren Teil des Warenlagers leerräumen. In dem Zimmer, das einst der Schmetterlingssammler bewohnt hatte, fanden sich die Hefte, die vor Jahren aus der Schule verschwunden waren. Auf den ersten Seiten standen Schulaufgaben, doch auf den folgenden Blättern tauchten wunderschöne Zeichnungen von Schmetterlingen auf, die mit ihren lateinischen Namen versehen waren. Die Hefte gelangten zusammen mit den schwarzeingebundenen, feuchten und eingerissenen Notizbüchern in Stellas Hände, denn Miss Daisy, die sich in gewisser Weise für den Krampfzustand von Miss Emily verantwortlich fühlte, überreichte sie Amanda in dem Versuch, alte Feindschaften zu beheben und sich mit ihr zu versöhnen.

Sie bat Amanda, die Funde für Eudora aufzubewahren, schließlich sei diese »der einzige Mensch im Dorf, der sich aufs Lesen verstehe«, so die wortwörtliche Aussage von Miss Daisy. Da jedoch Eudoras Rückkehr noch auf sich warten ließ, gab Amanda die Hefte an Stella weiter, mit der Empfehlung, sie zu lesen und aufzuheben.

So rief der Weißling bei seinen vergeblichen Appellen an die Ahnen, inmitten der bemalten Stöcke, getrockneten Blumen und Meeresmuscheln, in Wahrheit die schönsten Schmetterlingsarten der Erde auf, die mit den großen blauen Flügeln. Ihre beschwörenden Kadenzen muteten in der unwirklichen, nächtlichen Atmosphäre des tropischen Waldes wie Gregorianische Gesänge an:

Morpho cypris!
    Morpho amathonte
        Morpho granadiensis
        Morpho peleides limpida
        Morpho theseres aquarius
    Morpho peleides marinita
Morpho poliphemus catarina

Sie sang, und ein sanfter, silbriger Schein fiel von dem mittleren Pfahl vor ihre nackten Füße, die auf den Umrissen eines unsichtbaren Kreises tanzten. Die einzigen Beobachter der Szene waren die Schleiereulen, entsetzt darüber, daß diese eigentümliche Beschwörung die Schmetterlinge zu nächtlichen Unzeiten anlockte. Stella konnte die Insekten nie sehen, denn ihre Augen waren geschlossen, und so hielt sie ihren langsamen Flügelschlag für das Säuseln der Ahnen, verwechselte ihre Berührungen mit den Liebkosungen ihrer Großväter. Ein dichter Schwarm zartgliedriger Insekten mit blauen, schillernden Flügeln umflog den Albino und verdeckte seine Häßlichkeit vor den hellen Strahlen des Muttersterns, bis der Weißling vom Tanzen erschöpft war. Dann schwebten die schimärenhaften Schmetterlinge über die Mondstraße durch die perlmuttfarben schimmernden Bäume davon.

Kein menschliches Wesen wurde je Zeuge des Tanzes, den der Albino mit den Schmetterlingen vollführte. Die Jäger, die so kühn waren, sich den Geistern der Nacht zu stellen und die Fährte eines Ozelots oder einer Wildkatze aufzunehmen, verfolgten ihre Spur unweit des magischen Kreises, ohne etwas wahrzunehmen.

Als Stella endgültig davon abließ, ihre Ahnen anzurufen, und sich dem Trinken hingab, wuchs die Lichtung wieder zu, und dort, wo zuvor ein freier Platz gewesen war, standen bald große Urwaldbäume, Sangrillos, Bananenstauden, Sorosí, Sorrel und Heilkräuter. In der Mitte der Kultstätte, dort, wo der bemalte Pfahl gestanden hatte, erhob sich ein gewaltiger Baumriese, der vom Meer her aussah wie ein Dinosaurier, der Männchen machte. Er diente den Seefahrern viele Jahre lang als Leuchtturm, dank des seltsamen Lichtes, das seine Blätter nachts streuten.

Als Eudora vier Jahre nach ihrer Abreise zurückkehrte, hatte Parima Bay mit allen Zeitaltern der Menschheitsgeschichte Schritt gehalten. Der große Knallschotenbaum, der die Straßenführung versperrt hatte, war von einem Fachmann gefällt worden. Der Experte benötigte hierzu nicht mehr als eine Axt und eine Krummhaue und verwandelte den Baum in ein großes Boot für fünfzehn Passagiere. Die Piroge mit einem Motor der Marke Evinrude schaffte den Sprung aus der Steinzeit. Später wechselte das gleiche Boot ins Zeitalter der Außenbordmotoren der Marke Johnson, und bald darauf der Marke Suzuki, denn während die Motoren sehr hinfällig und nur von kurzer Haltbarkeit waren, besaß das Holz des Knallschotenbaumes ewiges Leben. Die Bronzezeit fand in der Bucht ihren Niederschlag in einem Klappstuhl aus Eisen, den Miss Daisy für den eigenen Bedarf kommen ließ. Und da das Feuer in den Öfen nun schon seit Urzeiten brannte und die Zeitalter durchlaufen waren, bereitete sich Parima Bay mit einiger Verspätung auf die Einkehr der Elektrizität vor. Es gab jedoch noch andere, die für kurze Zeit in jenem Nest verweilten, bevor Eudora zurückkehrte, und von weither oder aus dem Landesinneren den Weg an die Küste fanden.

Nachdem der Knallschotenbaum gefällt und damit die letzte Grenze aufgehoben war, wurde die Straßenplanung endlich fertiggestellt, denn die Regierung ließ nach Erdöl bohren. Wer weiß, wie lange Parima Bay anderenfalls in seiner Abgeschiedenheit verharrt hätte! Die Ingenieure behaupteten, ohne Maschinen nicht bohren zu können, und meinten, diese müßten auf einer Straße hergefahren werden. So sorgten bald Arbeiterkolonnen für einen Aufruhr, wie man ihn an diesem Ort noch nicht gesehen hatte: Randale und Trinkgelage führten dazu, daß sich die jungen Frauen, sobald der Abend kam, auf Geheiß ihrer Eltern zu Hause einschlossen, die fürchteten, ihre Töchter könnten unwiederbringlichen Schaden durch die Männer mit den Helmen und den schlechten Manieren nehmen. Die Ingenieure und ihre Arbeiter blieben ein paar Monate und bauten ihre Zelte schließlich wieder ab, da sie nicht fanden, was sie suchten. Das Öl, auf das sie stießen, war ganz von Meersalz durchzogen. Wohltätig hinterließen sie eine Straße, vermachten der Umgebung von Parima Bay eine stattliche Anzahl von Bohrlöchern und ein paar Kinder, die ihre Väter nie kennenlernen sollten.

Als die Weitgereiste wieder den Weg nach Hause fand, war Parima Bay durch eine lange, schlammbedeckte Straße voller Schlaglöcher mit der Außenwelt verbunden.

Auf ihr kehrte Eudora heim. Der erste Mensch, der von ihrer Rückkehr erfuhr, war keineswegs Lorenzo, wie man vermutet hätte. Er hielt sich gerade in Puerto auf und wußte nicht, daß sie mit einer Sportmaschine gelandet war und wenige Meter von dem Platz entfernt vorüberging, wo er gerade in Begleitung von Olga und einem Regierungsbeamten eine eisgekühlte Coca-Cola trank. Der erste Mensch, der von Eudoras Rückkehr nach Parima Bay erfuhr, war Stella. Miss Emily hatte die Heimkehr der jungen Frau vorausgeahnt und Stella gebeten, Eudora an der Straße zu erwarten, direkt gegenüber dem Kricketfeld, das in der Zwischenzeit ein Fußballplatz geworden war. Sie hatte dem Albino aufgetragen, das erste Auto anzuhalten, das die Strecke passierte. Schließlich kam ein Lastwagen vorbeigefahren, der Lebensmittel für den Gemischtwarenhandel geladen hatte. Im Führerhaus neben dem Fahrer saß eine junge Frau, die fröhlich zu rufen begann, als sie den Weißling erblickte, und den Wagen mit sichtlicher Freude anhalten ließ.

Die unverwechselbare weiße und häßliche Stella saß im Schatten einer hohen Espavel und sah die erwachsene Eudora Scarlet aus dem Lastauto steigen.

Verwundert betrachtete der Fahrer des Wagens den Albino mit der weißen Haut, bevor er seinen Fuß von der Bremse nahm, um seiner jungen Beifahrerin den Ausstieg zu ermöglichen. Er bat das weißliche Mädchen näherzukommen, damit er ihre Haare berühren könne, denn er war davon überzeugt, daß es ihm Glück brächte. Doch Stella hatte schon ähnliche Situationen erlebt, und so nahm sie nur den Koffer der Reisenden entgegen und bewegte sich auf das Haus von Amanda Scarlet zu.

Die erste Musik, die Eudora in Parima Bay zu hören bekam, wurde weder von einer Band noch von einer quarrenden Kokosraspel gespielt. Nein, es war ein Lied von Nat King Cole: »Meine Kleine, meine Kleine, du bist die Freude von Papa und Mama!« Das Radio plärrte so laut, daß auch die restliche Nachbarschaft in den Genuß des Liedes kam, das Eudora aus ihrem Elternhaus entgegenschlug. Es war, abgesehen von dem frischen Anstrich und den neuen Sitzmöbeln auf der Veranda, für Eudora das erste Zeichen dafür, daß ihr Stiefvater durch den Anbau von Kakao schließlich den ersehnten wirtschaftlichen Wohlstand erreicht hatte. Sie unterdrückte die freudige Erregung, endlich wieder zu Hause zu sein, und stieg die Stufen empor, während die schmalzige Stimme des Sängers das Geräusch ihrer Schritte schluckte.

Amanda Scarlet wußte, daß jemand das Haus betrat, denn die Holzbretter im Flur gerieten entzückt in Schwingungen, als Eudora ihre Füße darauf setzte. Sie drehte sich zerstreut dem Eingang zu und sah sich selbst, mit süßen achtzehn Jahren in der Blüte ihrer Schönheit, auf der Türschwelle unter dem Blumenvorhang stehen, als ihr Plantintáh gestanden hatte, daß sie die schönste Frau der Welt sei. Ganz in ihre

Selbstbetrachtung versunken, staunte sie nicht schlecht, als Eudora ihre Stimme hob, um sich Gehör zu verschaffen, und sagte: »Mama, ich bin es«, um mit wenig Feingefühl hinzuzufügen: »Du siehst müde aus.« Da wußte Amanda Scarlet, daß dieses junge und schöne Mädchen nicht sie selbst sein konnte und daß sie eine fette, aus den Fugen geratene alte Frau war. Stella sah, wie Mutter und Tochter sich umarmten und im Takt der Musik durch die Küche tanzten, und sie zog sich diskret zurück, um Miss Emily davon zu berichten, daß sie ihre erste Mission zum Schutz von Eudora in ihrem Sinne erfüllt hatte.

Eudora bemerkte, daß Stella dem Alkohol verfallen war, als sie mit ihr in den Gemischtwarenladen ging, um dort etwas von dem Konfekt aus ihrer Jugendzeit zu kaufen. Traurig mußte sie feststellen, daß das alte Bonbonglas verschwunden war. Stella lud sie auf ein Bier ein, als sie die Enttäuschung der jungen Frau bemerkte, und ließ sich selber eines kommen. Miss Daisy war so gerührt bei Eudoras Anblick, die sie an die junge Amanda erinnerte, daß sie die beiden einlud und erklärte, es handele sich um eine Aufmerksamkeit des Hauses.

In der ersten Zeit nach ihrer Rückkehr wollte sich Eudora um Stella und Miss Emily kümmern. Sie wohnte eine Weile im Häuschen der beiden. Doch mit der Zeit mußte sie feststellen, daß sie den Frauen mehr im Weg stand, als ihnen eine Hilfe zu sein. So übernachtete sie mal dort und mal bei ihren Eltern. In Wahrheit hatte Eudora in all den Jahren ihrer Abwesenheit eine gewisse Entwurzelung erfahren und eine Schwäche für das Nomadentum entwickelt. Sie vertrug keine Einengung und unternahm Streifzüge durch das ganze Dorf. Zusammen mit der weißlichen Mulattin stieg sie den Berghügel hinauf, wo sich einst so schreckliche Dinge zugetragen hatten und wo Stella das Licht der Welt erblickt hatte. Ein paar Bretter zeugten noch davon, daß hier das Haus gestanden hatte, alles andere war der unermeßlichen Gier der Bergwelt zum Opfer gefallen. Der Blick auf die Bucht war jedoch noch immer berauschend schön. Eudora bat ihren Stiefvater darum, an diesem Platz eine Bank aufzustellen, denn von dort wollte sie den Blick genießen, wenn sie traurig war.

Tatsächlich schien Eudora in leicht melancholischer Verfassung heimgekehrt zu sein, so als belaste sie etwas in ihrem tiefsten Inneren, das sie gleichgültig machte gegenüber ihrer Anziehungskraft auf andere Menschen. Bald darauf fand Stella heraus, daß es sich hierbei nicht um Melancholie, sondern einfach um Überdruß handelte. Wenige Tage nach ihrer Ankunft in Parima Bay küßten die jungen Männer Eudoras Spuren im Sand und folgten dem natürlichen Aroma ihres Körpers wie Hunde, die begierig Witterung aufgenommen hatten. Doch sie streifte sich ihren hautengen, meergrünen Badeanzug über und tauchte ins Wasser, ohne wahrzunehmen, welche Gelüste ihr Anblick weckte.

Als die abgetakelte, klapprige Anansi sich träge der Hafenmole näherte, entstieg Eudora gerade dem Meer. Die beiden Matrosen der Schiffsbesatzung und der Kapitän vergaßen ihre Ankertaue und sahen der jungen Frau zu, die aus dem Wasser kam. Die glühendheiße Sonne stand im Zenit, salzige Kristalle blitzten im Spiegel des Meeres auf und blendeten die Augen. Eudora Scarlet blieb am Strand stehen und drückte ihre nassen Haare aus. Ihr ganzer Körper glänzte, als sei er mit Kokosöl eingerieben. Der Kapitän, ein Schwarzer von mittlerer Statur, der Amanda gekannt hatte, als sie jung war, rief begeistert aus: »Ich wollte Amanda Scarlet schon immer mal nackt sehen. Gelobt sei der Herr, der mir heute diese Gnade zuteil werden ließ!«

»Du bist ja verrückt, Mann«, sagte einer der Matrosen. »Diese Frau ist nicht nackt, sie trägt einen Badeanzug, und außerdem ist das nicht Amanda Scarlet.«

»Es sieht aber so aus, als sei sie nackt und als sei sie es wirklich«, seufzte der Kapitän.

Der andere, der Amanda Scarlet nicht gekannt hatte, als sie noch jung war, stimmte verzückt zu.

Als Lorenzo, der Eudora Scarlet den Rücken zuwandte und nichts von alldem sah, sich schließlich unwillig umdrehte, um zu sehen, was hinter ihm vorging, war sie schon fort und hinterließ nichts als die Kommentare über ihre sagenhafte Schönheit.

Nachdem das alte Gefäß mit den Erinnerungen an ihre Kindheit zerstört war, hatte Eudora nichts mehr im Gemischtwarenladen verloren. Sie hielt sich jetzt nicht mehr in der näheren Umgebung des Geschäftes auf, und Lorenzo suchte krampfhaft nach Vorwänden, um sie zu besuchen, doch er fand keinen, denn im Grunde wagte er nicht, einen Fuß auf die Türschwelle des Jamaikaners zu setzen. Unter den fadenscheinigsten Entschuldigungen verließ er alle Augenblicke das Haus, um die Gegend auszuspähen, doch Eudora kehrte auf Stellas Rat hin nie wieder an den Ort zurück, an dem sie das Bad genommen hatte. Der Albino redete ihr dies überzeugend aus und sagte, das Meer sei nahe der Mole so stark verschmutzt, weil Lorenzo dort die Abfälle aus seiner Bar hineinkippe.

Furcht und Verlangen hielten Körper und Seele des Gemischtwarenhändlers gefangen. Von Unruhe gequält, streifte er wie in alten Zeiten um Amanda Scarlets Haus. Er lief den Strand auf und ab und hielt nach ihrem Körper Ausschau, meinte sie überall und nirgends zu sehen, und sah sie doch kein einziges Mal.

Die ahnungslose Miss Daisy brachte ihn eines Tages auf die Lösung: »Lorenzo, Amandas Tochter ist wieder da. Sie ist jetzt gut ausgebildet und will die Schule wieder aufmachen. Warum besorgst du ihr nicht einen Platz, wo sie als Lehrerin arbeiten kann? Dann hätten wir wieder eine öffentliche Schule, und die Eltern müßten nicht für den Unterricht ihrer Kinder bezahlen.«

Als ihm Miss Daisy die Lösung für sein Problem darlegte, fiel Lorenzo ein, daß er noch immer kein Witwer war. Er dachte darüber nach, daß er sich bald seiner Frau werde entledigen müssen, und sann auf Mittel und Wege, verwundert darüber, daß sein Verlangen nach Eudora in ihrer Abwesenheit nachgelassen hatte. Das bloße Wissen von ihrer Rückkehr ließ die alte Leidenschaft wieder auflodern, die Amanda in ihm geweckt hatte und die in Eudoras Kindheit neu aufgekeimt war. Sie brannte bis zur Unerträglichkeit in ihm, obwohl er Eudora seither nicht einmal gesehen noch Gelegenheit bekommen hatte, festzustellen, ob sein Traum wahr geworden war. Er mußte Miss Daisy jetzt so schnell wie möglich loswerden, um für sein ursprüngliches Vorhaben frei zu sein.

Die alten Ressentiments zwischen Miss Daisy und Amanda Scarlet waren bald behoben, als die erste der zweiten die Hefte des Schmetterlingssammlers überbrachte. Und die Frau des Gemischtwarenhändlers wurde herzlich empfangen, als sie Eudora im Auftrag ihres gerissenen Gatten den Vorschlag machte, eine staatliche Schule zu leiten.

Die Langeweile, die bis dahin auf Eudora Scarlet gelastet hatte, fiel mit einem Schlag von ihr ab. Begeistert und voller Tatendrang begleitete sie Miss Daisy, um mit Lorenzo zu sprechen, der vor Aufregung bebend auf sie wartete. Er hatte große Angst, sein Plan könne scheitern und sie werde sich weigern, in die Fußstapfen des alten Lehrers zu treten und eine Schule zu leiten, die vom Staat bezahlt wurde. Überrascht nahm er ihre Gestalt im Gegenlicht wahr, denn so bald hatte er nicht mit ihr gerechnet. Hätte nicht die Ladentheke zwischen ihnen gestanden, so wäre sicher vor Miss Daisys Augen etwas geschehen. Ein tiefer Schmerz durchzuckte das Herz des Verdammten, der sie begehrte, ohne Befriedigung zu finden. Amanda Scarlet war auferstanden, und damit begann alles von neuem. Doch diesmal würde er nicht erlauben, daß Alphaeus Robinson sich ihm in den Weg stellte. Er nahm seinen ganzen Willen zusammen, blickte zur Seite und behielt die Beherrschung.

»Die Lehrer, die hierherkamen, um zu unterrichten, verlangten viel Geld und blieben nicht lange«, sagte er und wußte, daß er diesmal Erfolg haben würde.

Amanda Scarlet schüttelte voller Bedenken den Kopf, als sie erfuhr, daß ihre Tochter die erste staatliche Lehrerin von Parima Bay werden sollte.

»Es stimmt, daß die Schule schlecht geführt wurde und die Lehrer kamen und gingen, aber es gefällt mir einfach nicht, nein ... Lorenzo Parima tut keinen Gefallen ohne Hintergedanken! Ja, er läßt sich alles teuer bezahlen! Ich muß es schließlich wissen ... Es gibt Dinge, Eudora Scarlet, von denen du nichts weißt, Wahrheiten, die du jetzt erfahren solltest.«

»Was für Wahrheiten?«

»Lorenzo Parima hat deinen Vater getötet.«

Und sie erzählte ihr die Geschichte, so wie sie ihr in Erinnerung war. Eudora hörte aufmerksam zu. Ihr richtiger Vater war eine Gestalt auf einer alten Fotografie, die in Puerto aufgenommen worden war. Auf dem Bild trug er ein Sakko und einen Hut, sein Gesicht war ein einziger dunkler Fleck, auf dem nur eine weiße Zahnreihe aufblitzte. Sie kannte ihn aus den Erzählungen ihrer Mutter und ihrer Tante und empfand nichts für diesen Unbekannten. Ihr wahrer Vater war der Mann, der sie erzogen hatte.

»Das wußte ich schon«, sagte sie mit ihrem gewohnten Gleichmut.

»Du wußtest es?«

»Das hier ist ein sehr kleines Dorf ... Es war ein Unfall. Alle sagen es. Lorenzo Parima hat keine Schuld. Das hätte jedem passieren können. Außerdem haben sich die Zeiten geändert, Mama. Wir müssen uns jetzt dem ganzen Land anpassen, Spanisch lernen und nicht weiter so leben wie mein Vater, der die ganze Zeit davon träumt, nach Jamaika zurückzukehren.«

In dieser Nacht bettete Amanda ihren Kopf auf die breite Brust ihres Mannes und ließ ihn wissen: »Eudora ist als Weiße zurückgekommen.«

»Überhaupt nicht«, tröstete er sie. »In einem Punkt hat sie recht: Ich werde nie nach Jamaika zurückkehren. Morgen streiche ich die Veranda in der Farbe der Dinge, die für immer vorüber sind: Lila.«

Während Lorenzo alle Dienstwege beschritt, um Eudoras Ernennung zu erwirken, wurde die Schule auf dem ehemaligen Gelände eröffnet und erhielt ein offizielles Lesebuch, das Lorenzo auf seine Kosten anschaffte. Die Tatsache, daß die Kinder von Parima Bay anhand dieses Buches buchstabieren lernten: »Mama bügelt, und Papa liest die Zeitung«, und dies zu Zeiten, in denen Zeitungen äußerst selten das Dorf erreichten, wog nicht so schwer wie die Tatsache, daß der Papa auf der Abbildung seine Zeitung im Licht einer elektrischen Lampe las und die Mama mit einem elektrischen Bügeleisen bügelte. In Parima Bay waren derartige Errungenschaften noch immer unbekannt. Noch schwerwiegender war jedoch nach Amanda Scarlets Urteil, die wehmütig an ihre alten Schulbücher dachte, daß die Mama und der Papa im Buch Weiße waren und daß es in all den Illustrationen nicht einen Schwarzen gab.

»Die schwarzen Kinder werden sich für ihre Eltern schämen«, sagte sie, woraufhin Eudora ihrer Mutter das Buch wegnahm, ihr aber insgeheim recht gab.

Die Lehrerin mußte sehr viel Geduld aufbringen, um zu erklären, was Elektrizität war, denn die meisten Kinder in Parima Bay kannten Strom nur aus dem Dynamo, der seine Energien den spärlichen Lampen im Hotel Watson und im Gemischtwarenladen spendete. In den Privathäusern erleuchteten immer noch Kerzen das nächtliche Dunkel. Eudora löste das Problem mit den weißen Eltern in den Textbüchern auf ihre Weise. Sie ließ die Kinder die Bilder mit brauner Farbe ausmalen. Mit dieser Aufgabe waren sie eine ganze Weile beschäftigt. Lorenzo merkte davon nichts, bis eines Tages ein Schulinspektor auftauchte und sich über mangelnden Respekt gegenüber dem offiziellen Lehrauftrag des Staates beschwerte.

Während Eudora nach ihren Unterrichtsstunden ausgedehnte Spaziergänge zu dem ehemaligen Kricketfeld unternahm, das inzwischen ein Fußballplatz geworden war, wo sie in Erinnerungen an ihre Kinderzeit schwelgte, als in der Schule noch das Bildnis der Königin Viktoria hing, führte der Albino lange und sorgenvolle Gespräche mit Miss Emily.

»You see, Miss Emily! Er hat sie überredet. Sie glaubt, er sei ein guter Mensch. Ich kann nichts tun. Wenn sie ihrer Mutter schon nicht glaubt, dann glaubt sie mir erst recht nicht.«

Stella saß mit ihrem mageren Hintern auf dem Bett, hielt die Augen geschlossen, um ihren Blick besser nach innen richten zu können, nahm die lauwarmen Hände von Miss Emily zwischen ihre eigenen und hörte ergriffen die Stimme, die ihr direkt ins Herz sprach: »Alles, was du mir erzählst, ist sehr traurig. Die Situation ist schwierig. Leider ist Plantintáh nach Afrika aufgebrochen in dem Glauben, alles würde sich mit Eudoras Abreise lösen. Er hofft dort auf seine Wiedergeburt. Du mußt jetzt alleine kämpfen.«

Stella wußte nicht, was sie tun sollte, und heftete sich an Eudoras Fersen, um jeden ihrer Schritte zu überwachen.

Als Eudora es müde war, das Küstengebiet zu durchkämmen, gab der Kramladenhändler den Bau eines richtigen Schulhauses aus purem Zement in Auftrag, das ein solides Blechdach tragen sollte. Unter dem bunten Völkchen, das sich in der näheren Umgebung von Parima Bay niedergelassen hatte, wählte er einen Spanier aus Grenada, einen weiteren aus Martinique, zwei Männer aus Bluefields und einen herumstreunenden Griechen, alles arme und bedürftige Leute, die nichts dagegen hatten, an einem Sonntagmorgen um zehn Uhr mit der Arbeit zu beginnen.

Eudora Scarlet, die ihre Mähne über dem Nacken zu einem dichten Haarbusch gefaßt hatte und mit einer orangefarbenen Bluse, weißen Hosen und goldenen Sandalen angetan war, maß die zukünftige Lehrstätte mit großen Schritten ab, während der Radioapparat des Jamaikaners das ganze Dorf mit den Kalypsen von Harry Belafonte erfüllte. Die Tagelöhner der Baukolonne, die dem Befehl des Zambo unterstanden, hielten ihre Spitzhacken und Stöcke gebannt in Händen und sahen der jungen Frau nach. Über der Betrachtung ihrer biegsamen Hinterbacken vergaßen sie ganz, wie entwurzelt und trübsinnig sie waren.

Stella Taylor sah dem Lauf der Ereignisse aus einiger Entfernung zu, unbemerkt und ohne Aufmerksamkeit zu erregen. Sie kreuzte die Finger und sprach das einzige Gebet in lateinischer Sprache, das sie kannte, das von den Schmetterlingen, in der Hoffnung, es möge etwas Gutes bewirken.

Mühelos entfernten sie die drei Holzpfähle auf dem Fußballfeld, als die Fußballspieler auftauchten. Sie trugen gewöhnliches Schuhwerk oder hatten ganz einfach nackte Füße und unterschieden sich weder durch Trikots noch sonstiges voneinander. Mit ihrem geflickten Ball erinnerten sie in nichts an das alte und elegante Team der Kricketspieler. Eudora, die in Schweiß gebadet war, ging entrüstet auf einen hochgewachsenen jungen Mann mit muskulösen Waden und feinen Fesseln zu, der die Gruppe anführte.

»Wer bist du, und was tust du hier?« schrie er, als ihn ungefähr zehn Schritte von Eudora trennten, die bei seinem Anblick in Gelächter ausbrach: »Tommí Fergusson, der größte Schwänzer der Klasse. Ich habe dich hier noch nicht gesehen.«

»Eudora Scarlet, die Lieblingsschülerin des alten, alten Lehrers! Es tut gut, dich wiederzusehen. Ich hoffe, daß du nicht eingebildet und hochnäsig zurückgekommen bist, denn ich hasse, ja, ich hasse eingebildete Frauen, die glauben, alles zu wissen.«

Seine ausladenden Hand- und Kopfbewegungen untermalten die überzogene Ablehnung eindrucksvoll, während er die junge Frau verstohlen musterte. Sie hingegen bewunderte insgeheim sein prachtvolles Lächeln und die harmonische Entfaltung seines Bizeps.

»Ich komme von der Landesgrenze. Ich habe da auf den Bananenfarmen von Panama gearbeitet, aber sie haben mir gekündigt. Und jetzt, jetzt erkläre du mir, warum, zum Teufel, du unser Fußballfeld zerstörst.«

Eudora versetzte ihm einen freundschaftlichen Stoß in den Rücken.

»Weil ich jetzt Lehrerin bin und hier eine riesengroße Schule bauen werde, und dazu brauche ich Platz«, sagte sie, und die beiden sahen sich an, erkannten sich wieder, wußten mit einem Mal wieder, wen sie vor sich hatten, nahmen den Geruch des anderen auf, gefielen sich gleich auf eine unvermeidliche und angenehme Weise und wußten, daß sie miteinander schlafen und sich gegenseitig ein wenig in Aufruhr versetzen würden.

Die Spieler des Teams, die schweigend darauf gewartet hatten, daß es zu Reibereien kommen würde, waren enttäuscht über den Verlauf der Dinge und forderten lautstark, die Pfähle sollten wieder aufgestellt werden. Stella verfolgte wachsam den Streit zwischen den jungen Männern. Auch die Arbeiter sahen der Auseinandersetzung neugierig zu, während Tommí verwirrt schwieg. Der Zambo machte sich auf die Suche nach Lorenzo, damit dieser in dem Streit vermitteln möge, und kehrte kurz darauf zurück. Er beruhigte die aufgebrachten Gemüter mit dem Versprechen, der Gemischtwarenhändler habe zugesagt, Ball, Fußballschuhe und Trikots zu finanzieren, wenn sie der zukünftigen Lehrerin keine Schwierigkeiten machten. Nach einigen Sekunden des Nachdenkens willigten die Mitglieder des Teams in das Geschäft ein, ließen Lorenzo ein paarmal hochleben, und Spitzhacken und Spaten konnten mit der Bearbeitung des feuchten Erdreichs fortfahren. Stella berichtete Miss Emily eilig, was sich zugetragen hatte, und hätte schwören können, daß ein Lächeln das Gesicht der Liegenden erhellte. In jedem Fall war es ein triumphierendes Lächeln, dachte Stella bei sich.

Die Fußballspieler hielten sich nicht an die Vereinbarung und verrückten ihr Tor ein paar Meter bis hin zur Mitte des Spielfeldes, während Eudoras und Tommís freundschaftliches Verhältnis aus Kindertagen in ausgelassene Neckereien unter den Kokospalmen ausartete und die beiden ungezwungen ihre verspielte und fröhliche Leidenschaft vor den Augen des ganzen Dorfes auslebten. Die Einwohner von Parima Bay betrachteten die neue Lehrerin mit Wohlwollen, die ihre Schule ohne einen Anflug von Arroganz aufbaute, ganz hingegeben an die Liebe zu einem der einfachsten jungen Männer der Gegend.

Als Lorenzo davon erfuhr, kannte seine Wut keine Grenzen, denn es war ihm einfach nicht in den Sinn gekommen, Eudora könne so bald nach ihrer Ankunft eine Liebschaft eingehen. Seine Erfahrung mit Amanda hatte ihn gelehrt, daß er mit einem stattlichen und attraktiven jungen Mann nicht mithalten konnte, der im Saft seiner Mannesjahre stand und ein festes Hinterteil und fürstliche Schultern vorweisen konnte. Wenn er es schon in jungen Jahren nicht vermocht hatte, den Rivalen auszustechen, um wieviel weniger jetzt, da seine Haare schütter wurden und sich die fehlende körperliche Ertüchtigung in einem Bauch abzeichnete, dessen unästhetische Röllchen den Mangel an Sport nicht leugnen konnten.

Allein der Gedanke an seine Gerissenheit, die ihm zu eigen war und die immer eine Waffe gewesen war im Kampf gegen starke Gegner, ließ Lorenzo den Tiefschlag überwinden, und er brachte seine ganze Durchtriebenheit ins Spiel, um die beiden jungen Leute für immer zu trennen.

Der Händler erkaufte sich die Sympathie des jungen Tommí und stattete die ganze Fußballmannschaft mit Trikots, vorschriftsmäßigen Bällen und einem Netz für das Tor aus. Er spendierte ihnen kostenlose Biere nach jedem Spiel, ließ den Namenszug »Parima Sporting Club« auf die Trikots sticken, organisierte Spiele gegen die benachbarten Dörfer, spendete die Trophäen auf eigene Kosten, ja, er tat schließlich so viel Gutes für das Team, daß Tommí ihm bald hinterherlief wie ein Rüde einer läufigen Hündin. Lorenzo wartete, bis ihm der junge Mann bedingungslos ergeben war, dann ließ er ihn kommen und teilte ihm mit: »Du bist ohne Arbeit, du kannst nichts und willst Eudora heiraten. Sie wird bald gutes Geld verdienen, als Lehrerin. Es ist nicht gut, wenn die Frau das Geld verdient und der Mann nicht genug zum Leben und zum Sterben hat. Da wird sie bald den Respekt vor dir verlieren. Du solltest erst einmal etwas lernen, wenn du sie halten willst. Ich brauche einen Assistenten, der sich in Puerto um meine Geschäfte kümmert. Du kannst eine Weile dort arbeiten, und wenn du genug für eine Heirat gespart hast, dann kannst du schon bald mit gefüllten Taschen zurückkommen und dein Geld mit dem Fischfang verdienen. Ich kenne Leute in Puerto, die dir helfen, ein Mann von Welt zu werden.«

Eine Woche nach dieser Unterredung gab Lorenzo Olga zu verstehen: »Kümmere dich um den Jungen. Ich möchte ihn nie wieder sehen.«

Tommí packte seine spärlichen Siebensachen und nahm auch sein Herz mit auf den Weg, in der Erwartung, mit vollen Taschen zurückzukehren und Eudora endlich gewachsen zu sein. Seine Dankbarkeit gegenüber dem Weißen, der ihm so großzügig die Hand reichte, war größer als seine Leidenschaft für die junge Frau, die ihn ziehen sah und sich wünschte, er möge bald zurückkehren. Er fuhr in dem Lastwagen fort, der die Lebensmittel für den Gemischtwarenhandel brachte, steckte den Kopf durch das Fensterchen im Führerhaus und verabschiedete sich mit lauten Rufen und Kußhänden. So behielt Eudora ihn in Erinnerung.

Olga machte ihre Arbeit gut und öffnete dem jungen Mann Augen und Sinne für die Vergnügungen am Spieltisch und für das schöne Leben. Unter dem Vorwand, ihn zu einem Mann von Welt zu machen, schulte sie seinen Sinn für schöne Kleidung, brachte ihm bei, das Geld mit vollen Händen und für Nichtigkeiten auszugeben. Nach einem Monat schlug Tommí, ganz im Bann des neuen Lebensgefühls, seinen Lohn, der ihm bald nicht mehr reichte, auf den Kopf. So behielt er Geld aus den Geschäften Lorenzos ein und bändelte mit einem weißen Mädchen an, in dem Glauben, es werde ihn gesellschaftlich weiterbringen. Das durchtriebene Stück handelte in Olgas Auftrag und lehrte ihn die Verschwendungssucht. Tommí kam in den Genuß all dessen, was er sich in keinster Weise erträumt hätte. Er gab den Gedanken nie auf, Geld auf die Seite zu legen, das er in der Spielhölle durch eine Glückssträhne zu gewinnen hoffte, wohin er geführt wurde wie ein Lamm zur Schlachtbank.

»Lorenzo ist der großzügigste Mensch der Welt«, trichterte ihm Olga ein, »und er hat mir gesagt, es komme ihm nur darauf an, daß du es im Leben zu etwas bringst.«

Als das geborgte Geld zu einer gehörigen Summe angewachsen war, trat Lorenzo auf den Plan, und nach einer schrecklichen Auseinandersetzung, in deren Verlauf Tommí versprach, für den Rest seines Lebens umsonst zu arbeiten, und Lorenzo ihm mit dem Gefängnis drohte, wenn er das geraubte Geld nicht zurückzahle, tauchte Olga in der Rolle des rettenden Engels auf. Sie überreichte Tommí ein Ticket für die Überfahrt in die Vereinigten Staaten, einen Ausweis und alle notwendigen Reisepapiere. Der junge Mann schrieb in seiner Verwirrung ein paar Zeilen an Eudora, gestand ihr alles und ging voller Verzweiflung an Bord des Schiffes. Eine Zeitlang trieb er sich in Florida herum, arbeitete als Kehrer am Flughafen von Miami, bis er sich schließlich mit ein paar schwarzen Puertorikanern, mit denen er Freundschaft geschlossen hatte, für den Vietnamkrieg mustern ließ.

Während Tommí dem Tod entgegenging, rieb sich Lorenzo die Hände. Alles war besser gelaufen, als er es sich vorgestellt hatte. Erleichtert gönnte er sich eine Ruhepause, bevor er zum nächsten Schlag ausholte: Miss Daisy auszulöschen. Dieses Detail fehlte noch zur Vollendung seines Planes, denn in allen anderen Dingen genoß er Eudoras ganzes Vertrauen. Tommís Verhalten hatte die junge Frau bestürzt und verletzt, und nachdem sie eine Zeitlang vergebens auf eine Nachricht von ihm gewartet hatte, glaubte sie, er habe sie vergessen, und weinte still vor sich hin, so leise und maßvoll wie an dem Tag, als sie das Geheimnis im Zimmer der Schmetterlinge gelüftet hatte. Mit der gleichen nüchternen Resignation wie einst gab sie auch Tommí für immer auf und bereitete sich auf das Amt als Lehrerin vor, das ihr der Gemischtwarenhändler höchstpersönlich verlieh. Ihre Zuneigung zu Lorenzo wuchs mit jedem Tag. Sie sah in ihm einen Mann, der alles vermochte und großzügig und besorgt um das Wohl der Gemeinschaft war. Was sie besonders für ihn einnahm, war, daß er nicht ein verletzendes Wort über Tommí verlauten ließ, der in ihren Augen ein richtiges Früchtchen war und sie alle beide hintergangen hatte.

Als Stella feststellen mußte, welch verhängnisvollen Lauf die Dinge nahmen, gab sie sich der Verzweiflung hin. Ihre Beziehung zu Miss Emily wurde immer schlechter, denn die Alte weigerte sich verärgert, das Gespräch mit ihr aufzunehmen. Der Albino verließ das Haus nur noch, um die Dinge zu beschaffen, die Miss Emily das Dasein erleichterten, und um die Reste aus den Gläsern zu trinken, die auf den Tischen in der Kantine herumstanden, bevor sie der Zambo besorgt einsammelte. Die farblose Mulattin fühlte sich machtlos und elend, denn sie hatte ihre Mission nicht erfüllt, und erzitterte vor Scham bei dem Gedanken an den Tag, an dem der schöne Plantintáh zurückkehren und ihre Niederlage bemerken würde. Manchmal glaubte sie, feuchte Flecken auf den Wangen der Liegenden zu sehen. Nach jedem Abstecher in die Bar kehrte Stella reuevoll heim, nahm die Hand der Alten und liebkoste jeden ihrer Finger, auf der Suche nach einem Rat, einer Orientierung, einer Lösung, nach etwas, das ihr die verlorengegangene Hoffnung wiedergab. Miss Emily war in eine Grabesstille verfallen, und Stella grauste davor, daß auch der letzte Lebenshauch der Greisin sich von einem Augenblick auf den anderen für immer davonmachen könnte und sie nie mehr erfahren würde, was zu tun sei, alleingelassen mit einer unlösbaren Aufgabe, die ihre Kräfte überstieg.

Sie suchte eine Eingebung im Kampf gegen die Macht des Höllenfürsten und kehrte zu der alten Lichtung im Urwald zurück, wo sich jetzt der riesige Baum in Form eines Dinosauriers erhob und alles von dichter Vegetation überwuchert war. Sie räumte die nähere Umgebung um den Baum frei und ließ die alten Riten der Miss Emily wieder aufleben. Verzweifelt beschwor sie die Schmetterlinge bei ihren lateinischen Namen und gab sich frenetischen nächtlichen Tänzen hin, bis sie erschöpft zu Boden sank. Manchmal glaubte sie, Stimmengemurmel zu hören, doch wenn sie aufmerksam lauschte, waren da nur Geräusche aus Radiogeräten oder ein entferntes Flugzeug, das den Nachthimmel durchkreuzte. Die dunklen Kräfte dieser Welt schienen sich an einen anderen Platz der Erde verflüchtigt zu haben. Die Energie, die der Albino damals deutlich wahrgenommen hatte, war zu einem dünnen Luftzug verkommen. Wo waren die Erdkräfte, diese kraftvollen Strömungen, die ihr erlaubt hatten, Plantintáh zu sehen und die Stimme von Miss Emily zu vernehmen? Stella kam es so vor, als habe sich die ganze Naturgewalt an einen anderen Ort auf dieser Erde verzogen und nur ein Abziehbild von sich hinterlassen.

Verzweifelt mußte sie mit ansehen, wie Lorenzo sich immer stärker in Eudoras Herz einnistete, wie er sich ihre Gefühle mit unlauteren Methoden erkaufte, und auf welch vollkommene Weise er sie täuschte.

Stella war davon überzeugt, daß sie jetzt ihren eigenen Kopf würde benutzen müssen, da sie weder Ratschläge erhielt noch wußte, wen sie um Hilfe bitten konnte. Sie kam zu dem Schluß, daß es nur eine Person gab, die Lorenzo daran hinderte, Eudora ganz in seine Macht zu bringen: Miss Daisy. Stella wurde bald klar, daß das Leben dieser Frau in Gefahr war, und machte sich an ihre Bewachung, nicht etwa weil ihr Miss Daisy so überaus sympathisch war, sondern um dieses Hindernis am Leben zu erhalten. Sie ließ sich nicht mehr bei den Trinkern blicken und widmete sich heimlich der Beobachtung des Gemischtwarenhändlers, spähte unbemerkt durch die Fenster und erkundete unauffällig all die Orte, an denen er regelmäßig verkehrte. Lorenzo sollte nie erfahren, warum Miss Daisy nicht auf der Seife ausrutschte, die er auf den Badezimmerboden legte und die Stella gleich entfernte. Noch erfuhr er, warum die blutdruckfördernden Kapseln keine Wirkung zeigten, die er in Miss Daisys Teeaufguß tat und die Stella im Hinterhof leerte, noch warum just an dem Tag, als er sich vornahm, seine Frau auf hoher See von Bord zu stoßen, der Schiffsmotor seinen Dienst versagte. Als jemand den Stuhl mit dem angesägten Bein auf den Kopf stellte, hegte Lorenzo keinen Zweifel mehr: Es mußte Plantintáh sein, der alle seine Versuche, Miss Daisy auszulöschen, zum Scheitern brachte. Wer sonst hätte seine Absichten erahnen können? Miss Emily lag leblos in ihrem Bett, war nicht mehr von dieser Welt und wußte nicht, was um sie her vorging. Nie wäre dem hinterhältigen Händler in den Sinn gekommen, daß die weißliche Mulattin für die Sabotage seiner bösen Absichten verantwortlich war.

Eine Weile ließ er seine ahnungslose Gattin in Frieden, die nichts bemerkt hatte und sich mit der gewohnten Leidenschaft ganz ihrem Hotel und ihren Gästen widmete. Mit den Jahren war sie aus der Form gegangen. Während Amanda Scarlet einfach nur fett geworden war, konnte sich Miss Daisy fast nicht mehr bewegen und verwaltete ihre Angelegenheiten von einem Stuhl aus. Sie pflegte ihre Stühle an den ausgefallensten Plätzen aufzustellen und hatte ihre Sitzgelegenheiten bei einem Schreiner in Auftrag gegeben, der ihnen die nötige Standfestigkeit verlieh, damit sie nicht unter ihrem Gewicht und ihren Ausmaßen zusammenbrachen. Sie keuchte bei jeder Bewegung wie ein Seelöwe an Land und führte unablässig die Hände zur Brust, als wolle sie ihren Herzmuskel von dem Fett entlasten, das ihn umschloß. Die Anstrengungen eines Arztes aus Puerto, den sie konsultierte, waren vergeblich: Sie brachte nie den nötigen Willen auf, eine Diät, geschweige denn Sport zu machen. Das Kokosöl hatte man ihr gänzlich vom Speiseplan gestrichen, doch sie konnte weder auf ihren täglichen Reis mit

Bohnen noch auf den köstlichen Schweinespeck der Tiere verzichten, die sie für die Hotelgäste schlachten ließ.

Der plötzliche Tod von Miss Daisy geschah auf zufällige, schicksalhafte Weise. Ja, man kann sagen, er kam überraschend, unerwartet und ohne ersichtlichen Grund oder den bösen Willen eines Dritten. Selbst Lorenzo war wie vor den Kopf geschlagen und vermutete sogar, Plantintáh habe seine Meinung geändert und bei der Durchsetzung seines Planes mitgewirkt. Er ging soweit, sich einzureden, der Geist habe Mitleid mit ihm bekommen angesichts von soviel Liebe, die er für seine Tochter empfand, und sich von einem Feind in einen Komplizen gewandelt. Schließlich ahnte Lorenzo als letzter, daß sich Plantintáh zur Zeit auf Reisen durch die Ebenen Afrikas befand.

Fest steht, daß Miss Daisy zu einem Zeitpunkt starb, als niemand damit rechnete, und selbst Lorenzo auf kaltem Fuß erwischte. Ein Pärchen von Rattenfängern war für ihren Tod verantwortlich. Es hatte die Tat weder beabsichtigt noch das Verscheiden der Gastwirtin gewünscht. Die beiden tauchten eines Tages auf, ohne daß man wußte, woher sie gekommen waren. Der Mann hörte auf den Spitznamen »Engelfurz«; die Frau war eine Weiße, die »Juana die Verrückte« genannt wurde, da sie Juana hieß und gänzlich übergeschnappt war.

Bevor das eigentümliche Paar in Parima Bay auftauchte, hatte Eudora bereits ihre kleine Schule für ihre Eleven eröffnet und hängte aus einem patriotischen Gefühl heraus das Abbild des Staatspräsidenten auf – ein rotblonder Mann, der beinahe so kleinwüchsig war wie das Männchen, das sie als Kind kennengelernt hatte. Sie richtete sein Bild ebenso aus wie einst das Gemälde der korpulenten Königin Viktoria. Die neuen Annehmlichkeiten bereiteten ihr sichtliches Vergnügen. Nur montags erlebte sie ihre Überraschungen, wenn ein abgedrifteter Fußball wieder einmal die Tafel zertrümmert oder sonstige Verwüstungen angerichtet hatte. Mit der Gemütsruhe, die sie sich in all den Jahren zugelegt hatte, pflegte sie dann zu seufzen und zu flüstern: »Da ist wohl nichts zu machen!«

An dem Tag, als Engelfurz und Juana die Verrückte in Parima Bay eintrafen, war Eudora bereits zu Hause. Sie kamen am Nachmittag eines trockenen, kühlen Novembertages. Der linke Arm des Mannes war vom Ellbogen bis zum Handgelenk bedeckt mit Armbanduhren. Die Frau hatte blondes Haar, war in ein weißes Tuch gehüllt und sah aus wie die Jungfrau Maria. Sie kamen über die Straße gelaufen und bewegten sich direkt auf den Gemischtwarenladen zu, als würden sie die Gegend kennen. Ein Schwarm kleiner Papageien, die sich in die Lüfte schwangen, um die Nacht nahe dem Meer zu verbringen, stimmte ein ohrenbetäubendes Kreischen an, als sie die flatternden Gewänder von Juana der Verrückten über die Bretter des Laufgangs schweben sahen.

Im Laden hielten sich gerade der Zambo, Miss Daisy und ein paar Stammkunden auf, die das Paar mit gehörigem Mißtrauen näherkommen sahen. Der Mann stellte sich mit seinem Spitznamen vor und machte sie dann mit seiner Begleiterin bekannt. Er sagte, sie seien ehrenhafte Leute, die sich ihren Lebensunterhalt als fahrende Künstler verdienten. Nachdem Engelfurz einen riesigen Teller mit Bohnen hinuntergeschlungen hatte, die mit nahrhaften Zwiebeln und Knoblauch abgeschmeckt worden waren, und sich dazu rohen Fisch mit Blumenkohlsalat im Eßzimmer des Hotels hatte servieren lassen, bat er um Unterkunft in der Herberge und führte an, er werde nicht mit Geld, sondern mit einem Theaterstück bezahlen. Miss Daisy hätte gerne die Polizei gerufen, doch es gab zu dieser Zeit noch keine Ordnungshüter in Parima Bay. Zu allem Überfluß war auch Lorenzo abwesend, der gerade in Puerto die chronischen Schäden der Anansi reparieren ließ. Der Zambo hielt es für weise, der Forderung nachzugeben, und schlug den beiden vor, die Nacht ohne Gegenleistung auf der Terrasse vor dem Gemischtwarenladen zu verbringen. Engelfurz aber sagte, dort werde er sich durch die Passatwinde eine

Erkältung holen, und seine Arbeit erlaube ihm nicht, krank zu werden, da er nicht sozialversichert sei. Während die Worte hin und her gingen, schnitt Juana die Verrückte Miss Daisy die merkwürdigsten Grimassen. Verdrießlich und verärgert stimmte die Wirtin schließlich zu, das Paar möge ein Zimmer im Hotel belegen, solange es keinen Aufruhr mache und keinen Unfug treibe.

Es folgte eine ruhige Sommernacht. Nichts geschah. Der Mond leuchtete hell und überzog die Wellen mit Silber. Überall herrschte friedliche Stille, nur ein sanftes Säuseln war aus dem benachbarten Wäldchen zu hören. Am nächsten Tag, als der Zambo und Miss Daisy schon wieder im Gemischtwarenladen arbeiteten, zogen die Fremden durchs Dorf, schlugen heftig auf einen Topf, den sie der Hotelküche entwendet hatten, und verkündeten, eine artistische Vorführung vor dem Laden zu geben. Unter den Neugierigen, die herbeikamen, um dem Spektakel beizuwohnen, war auch der Baptistenpfarrer, der dem Dorf seinen pastoralen Besuch abstattete und gerührt war über die engelhafte Erscheinung der Verrückten. All jene, die an diesem Morgen nicht zur Arbeit aufgebrochen waren, liefen vor den Augen des Zambo und von Miss Daisy zusammen, die nichts sehnlicher wünschten, als daß die Vagabunden so schnell wie möglich wieder des Weges zögen. Einige Hotelgäste hatten sich bereits über den penetranten Gestank nach Schwefel beschwert, der die ganze Nacht zu riechen war. Nachdem sie die Erlaubnis für ihre Darbietung bekommen hatte, schließlich blieb Miss Daisy nichts anderes übrig, gab sich Juana die Verrückte, in weißes Leinen gehüllt, einem makabren Tanz hin, der von einer seltsamen und nie gehörten Musik begleitet wurde: den Fürzen ihres Begleiters. Die Sache hätte lustig sein können, wäre da nicht der Gestank gewesen, der die gesamte Galerie verpestete und den die Meeresbrise nur unter großen Mühen vertreiben konnte. Die Leute lachten erst, dann wurden sie böse, und als es beinahe zu Gewalttätigkeiten gekommen wäre, lüftete Juana die Verrückte ihr Gewand und führte ihren Tanz ganz hüllenlos fort, entblößte ihren wunderschönen schlanken Leib, glatt und hellweiß wie Kokosfleisch, ihre hübschen Linien und perfekten Proportionen, während ihre blonden, offenen Haare wie Honig auf ihre Schultern fielen.

Angesichts dieses ungewöhnlichen Spektakels kehrte absolute Stille ein. Alle Blicke hefteten sich auf die nackte Frau, die ihren Körper so dicht vor den Augen der Zuschauer bog und wand, daß diese von der Magie des Augenblicks überwältigt waren und nicht bemerkten, wie Engelfurz den Moment geschickt nutzte, um die Schuhkiste im Laden zu plündern, in der sich das Ersparte befand. In all dem Trubel erlitt Miss Daisy ihren tödlichen Herzinfarkt, der Lorenzo freigeben sollte und von dem der Händler in diesem Augenblick nichts ahnte. Engelfurz, der einen Fang gemacht hatte, von dem er nicht einmal geträumt hätte – immerhin bewahrte die vertrauensselige Miss Daisy in der Kiste die Ersparnisse einer ganzen Woche auf, wohlwissend, daß nicht ein Bewohner der Bucht auch nur ein Brötchen stahl –, wollte sich heimlich aus dem Staub machen und ließ seine Begleiterin zurück, die den Betrug bemerkte und hinter ihm herlief, das ganze Dorfvolk auf den Fersen. Nachdem der Zauber von den Zuschauern gefallen war und sie in die Realität zurückkehrten, wußten sie nicht, ob sie sich zuerst auf die Verrückte werfen oder den Dieb fassen sollten.

Miss Daisy starb einsam. Sie war auf die Seite gefallen. Eine Hand hielt sie an die Brust gepreßt, die andere faßte just nach jenem Stuhlbein, das Lorenzo angesägt und das Stella entfernt hatte, und das sie, die Verstorbene, zu Lebzeiten hatte nageln und leimen lassen.

Die Begräbnisfeier fand in der Baptistenkirche statt, und der Pastor, der vor Scham umkam, weil er hinter der nackten Tänzerin hergelaufen war, statt sich um seine Schwester vor Gott zu kümmern, hielt eine lange Predigt, die durch Lorenzos Auftauchen unterbrochen wurde. Der Händler war nicht in seinen kühnsten Träumen auf die plötzliche Witwernschaft gefaßt, und sein Erstaunen und seine Überraschung waren so groß, daß es alle für den Ausdruck von Trauer hielten.

Engelfurz und Juana die Verrückte blieben zwei Tage in einem Fischernetz gefangen, bis die Polizei von Puerto erschien und die beiden mitnahm. Doch sie verbrachten nur kurze Zeit im Gefängnis. Lorenzo, der sich auf ewig zu Dank verpflichtet fühlte, schritt ein und ließ sie bald auf freien Fuß setzen. Er schickte ihnen Geld für eine Zugreise, mit dem Geheiß, sich auf und davon zu machen und nie wieder die atlantische Küste zu betreten.

Nachdem auch die letzte Hürde genommen war, ging der Witwer beherzt zum Überraschungsangriff über und überrumpelte sein Opfer.

»Heiratest du mich?«

»Einverstanden, aber ich will keine Kinder«, antwortete Eudora und dachte bei sich, daß die Liebe ein sehr unzuverlässiges Gefühl sei, auf das man nicht bauen konnte. Eine Ehe aus Interessensgründen, in der ihr Reichtum und Reife des Bräutigams gewiß waren, kam ihr mehr als gelegen für den Aufbau eines ruhigen, störungsfreien Lebens und würde ihr erlauben, ihren Aufgaben in der Schule nachzugehen.

Lorenzo konnte soviel Glück gar nicht fassen. In den Tagen, die auf Eudoras Jawort folgten, ging er keinen Schritt, ohne alle Augenblicke hinter sich zu schauen, ob Plantintáh nicht erscheine, um ihm einen Strich durch die Rechnung zu machen.

Für Stella war es ein schrecklicher Schlag. Sie versuchte vergeblich, mit Miss Emily in Verbindung zu treten, doch die schien in den dunkelsten und unzugänglichsten Abgründen der Erde verschwunden zu sein. Gehüllt in einen Mantel des Schweigens, hatte sie sogar aufgehört zu essen. Stella fürchtete, der letzte Hauch könne bereits von ihr gewichen sein, ohne daß jemand es bemerkt hatte, und sie vertraute Amanda Scarlet ihre Befürchtung an, die dem Albino zu verstehen gab, er möge sich nicht sorgen, da ihre Schwägerin noch atme und es sich sicher um eine vorübergehende Depression handele. Sie trug ihr auf, die Alte mit besonderer Liebe zu behandeln und ihre Zärtlichkeiten noch zu verdoppeln. Die farblose Mulattin hatte keine Schwierigkeiten damit, Miss Emily zu streicheln und ihr schöne Dinge zu sagen, denn sie flossen direkt aus ihrem Herzen. Doch als sie keine Antwort erhielt, überwältigte auch sie schließlich die Trauer über diese einseitige Unterhaltung. Um ihren Schmerz zu betäuben, ließ sie sich wieder häufiger in der Bar sehen und leerte dort die Gläser vor den Augen des Zambo, der sie mit einem Kopfschütteln gewähren ließ, untröstlich über das, was er mit ansah, aber machtlos, denn er ahnte, daß ein heimlicher Kummer am Herzen des Albino nagte. Sie hätte sich dem Zambo anvertrauen können, der das Mädchen in sein Herz geschlossen hatte und seine eigene, unauslöschliche Erfahrung mit den Dingen aus der anderen Welt gemacht hatte. Vielleicht hätte es ihr dabei geholfen, ihren Kontakt mit Miss Emily wiederherzustellen. Doch Stella war darin geübt, Geheimnisse für sich zu behalten, und außerdem flößte ihr der Zambo kein großes Vertrauen ein, denn er arbeitete für Lorenzo.

Amanda Scarlet, die mit der Eheschließung ihrer Tochter keineswegs einverstanden war, hörte sich erst die Argumente der jungen Frau an, dann fragte sie nach der Liebe, und Eudora antwortete mit einem Achselzucken.

»Wenn du nicht aus Liebe heiratest, wirst du dein ganzes Leben auf der Suche danach sein«, urteilte Amanda.

Resigniert fügte sie sich in das Unvermeidliche. Sie kannte den Eigensinn ihrer Tochter und dachte, das Studium und ihr Amt als Lehrerin seien ihr zu Kopf gestiegen und sie halte sich nun für das intelligenteste und gebildetste Geschöpf im ganzen Dorf.

Am gleichen Tag, als Lorenzo und Eudora ihre Verbindung vor einem Standesbeamten in Puerto amtlich machten, schien

Miss Emily wieder zu den Lebenden zurückzukehren. Stella weinte gerührt und setzte sich an ihr Bett, nahm ihre Hand wie gewöhnlich und erzählte ihr alles über den Tod von Miss Daisy, all die Dinge, die sie ihr hatte ersparen wollen. Mit geschlossenen Augen gestand sie ihr endlich das Schlimmste: »Miss Emily, wo warst du? Eudora heiratet heute, du weißt schon wen, und ich konnte sie nicht daran hindern.«

»Ich bin nach Afrika gegangen, um Plantintáh zu suchen«, sagte Miss Emily, »aber das ist ein so großer Platz, so riesig, daß es einem angst macht. Es leben so viele Menschen da, daß ich ihn einfach nicht finden konnte, darum bin ich zurückgekommen. Ich wollte ihn bitten, wieder zu uns zu kommen. Lorenzo Parimas Schlechtigkeit ist zu groß und übersteigt deine Kräfte. Nur er kann diesem Mann die Stirn bieten. Meine arme Kleine, du hast getan, was du tun konntest, und du hast es gut gemacht. Jetzt mußt du noch wachsamer und aufmerksamer sein, denn auf Eudora warten viele, große Gefahren.«

»Ich tue, was ich kann«, sagte Stella und wendete die Augen ab.

»Stella, sag mir die Wahrheit! Hast du wieder getrunken? Was für eine Schande! Betrunken kannst du nicht mal für dich selbst sorgen.«

Das Paar heiratete in Puerto. Der gefürchtete Plantintáh tauchte nicht auf, und so konnte die Zeremonie vor einem Standesbeamten abgehandelt werden, ohne daß irgend etwas den Lauf der Dinge gestört hätte. Alles verlief auf normalen Bahnen und zur Zufriedenheit aller, einschließlich des Abendessens, zu dem der Gouverneur nebst Gattin und einige Ratsherren geladen waren. Auch Olga erschien mit einem Geschenk. Sie war nicht eingeladen und ging bald darauf wieder, angesichts der Kälte, die ihr überall entgegenschlug. Keiner konnte sich das schwarze Telefon mit den goldenen Apparaturen erklären, das Eudora dem Paket entnahm. Lorenzo, der Olgas hinterhältige Anspielung auf seine erotischen Probleme sehr wohl verstand, zog seinen Kopf eilfertig aus der Schlinge und sagte, es handele sich um gute Vorboten, welche die baldige Einrichtung einer Telefonleitung in Parima Bay kundgaben.

Als die Brautleute ins Dorf zurückkehrten, trugen sie ihre Eheringe am Finger. Sie schien sehr zufrieden zu sein, er hingegen hatte entzündete Augen und sah erschöpft aus.

Der Hochzeitsnacht ging ein Fest voraus, auf dem das beste Gebräu reichlich floß und das feinste Fleisch aufgetischt wurde. Lorenzo ließ das schönste verfügbare Zimmer im besten Hotel von Puerto reservieren. Als er Eudora nackt sah, konnte er soviel Schönheit nicht ertragen und erlitt einen seiner unvermeidlichen Anfälle von Impotenz. Sie war voller Verständnis und sagte, sie seien wohl zu müde, so daß sie es für das beste halte, zu Bett zu gehen und zu schlafen. Sprach's, drückte ihm einen Kuß auf die Wange, wälzte sich auf die andere Betthälfte und schlief schnarchend ein. Das durchdringende Sägen seiner Angetrauten störte Lorenzo so sehr, daß er die ganze Nacht kein Auge zutat und von den widersprüchlichsten Gefühlen geplagt wurde. Auf der einen Seite führte seine unbefriedigte Lust dazu, daß er Eudora um so mehr begehrte, auf der anderen Seite wäre er am liebstem bei jedem Schnarcher, der ihrer hübschen Nase entwich, auf und davon gegangen. Wie war es möglich, daß eine so schöne Frau einen so unangenehmen Makel hatte, sagte er sich. Jetzt, da sie ihm gehörte, wußte er nicht, was er mit ihr anfangen sollte, ihren Körper liebkosen oder um getrennte Zimmer bitten? Am nächsten Morgen lag er, mit von der Schlaflosigkeit geröteten Augen, neben ihr, während sie, frisch wie ein nach Veilchen duftendes Heliotrop, sich der Sonne entgegenstreckte, zu allem bereit. Doch hinter seinem gescheiterten ersten Versuch lag eine schlaflose Nacht, und alle Bemühungen Eudoras, sein Feuer anzufachen, waren vergeblich.

Damals begann er sie zu hassen. Ihr Großmut und die Tatsache, daß sie ganz zu seiner Verfügung stand, hemmten seine angeschlagene Männlichkeit nur noch mehr. Er hätte sie gerne geschlagen, ihren Körper mit blauen Flecken versehen, sie zum

Bluten gebracht, ihre Zähne zertrümmert und ihr Lächeln zerstört. Doch statt dessen ließ er sich von seinem Unglück innerlich zerfressen und gab sich nach außen hin als der glücklichste Mann der Welt.

Er entwickelte auch Haß gegen sich selbst. Eine ganze Generation lang hatte er darauf gewartet, den Körper dieser Frau zu besitzen, nach dem er jetzt nur die Hand auszustrecken brauchte, und er war so kläglich gescheitert. In jener Nacht, in der Eudoras Schnarchen ihn nicht schlafen ließ, warf er sich die unangenehmsten Dinge an den Kopf. Er führte seine Anspannung auf die lange Wartezeit zurück, gab seinen schwachen Nerven die Schuld, die bis aufs äußerste und über so viele Jahre gefordert worden waren, und redete sich sogar ein, es könne an einem Gefühl der Reue liegen, das ihn nach Miss Daisys Ableben plagte. Vielleicht hätte er noch Zeit verstreichen lassen müssen und sich nicht Hals über Kopf in die Ehe stürzen, nach einer Witwernschaft von so kurzer Dauer. Sie kehrten mit der Anansi zurück, die der Kapitän mit bunten Papierbändern und Blumenzweigen geschmückt hatte. Als sie im Begriff waren, an Land zu gehen, und beinahe die Mole von Parima Bay erreicht hatten, sagte sich Lorenzo, daß er es sich nicht leisten konnte, die Leute im Dorf wissen zu lassen, wie es ihm ergangen war, und sich so zum Gespött und zum Gegenstand grausamer Sticheleien zu machen. Doch in dieser Nacht scheiterte er wieder, und auch in allen folgenden Nächten, bis er sich mit Ersatzbefriedigungen und Tricks begnügte, die Eudoras Unzufriedenheit und Unruhe nur steigerten.

Wer weiß, vielleicht steckte dahinter der Geist Plantintáhs oder eine Hexerei von Miss Emily, die seine Lage noch verschlimmerten. Bei diesem Gedanken erbebte er insgeheim vor Grauen und plante, zum Gegenschlag auszuholen, um dem bösen Fluch ein Ende zu bereiten. Doch bald kam er selbst darauf, daß Eudoras Schönheit an seinem Versagen schuld hatte und es in diesem Fall keine Abhilfe gab, schließlich hätte nur ihr Welken und der Verlust ihrer Schönheit das Problem gelöst, und dann wäre sie nicht mehr begehrenswert gewesen. Lorenzo steckte in einer Sackgasse, aus der es keinen Ausweg gab, und magerte mehr und mehr ab. Sein sauertöpfisches Wesen, das ihm in die Wiege gelegt worden war, verhärtete zusehends.

Eudora sträubte sich dagegen, die Zimmer zu bewohnen, die an den Laden angrenzten und einmal Miss Daisy gehört hatten. Ihr graute bei dem Gedanken an Hausarbeit. Sie zog es vor, ein Zimmer im Hotel zu belegen, und machte Lorenzo den Vorschlag, die Küche der Herberge zu verbessern, um die Gäste rundum zufriedenzustellen. In Wahrheit interessierte sich Eudora nicht für die Gäste. Was ihr entgegenkam, war das Hotelrestaurant, das sie vor der undankbaren Aufgabe bewahrte, kochen zu müssen. Sie vergeudete ihre Zeit auch nicht mit der Verwaltung der Herberge, die Lorenzo schließlich einem Angestellten übertrug. Der Händler erklärte sich mit ihren Vorschlägen einverstanden und schloß die Zimmer im hinteren Teil seines Ladens, die mit der Zeit in Kneipenräume umgewandelt wurden. Die Möbel, die der Verstorbenen gehört hatten, wurden an Bedürftige verteilt, doch niemand wollte den bronzenen Liegestuhl haben, und so wurde er ins Freie gestellt, wo er langsam verrottete und dem unvermeidlichen Rosten anheimfiel, ein Prozeß, den die Feuchtigkeit in der Luft und das Meersalz noch beschleunigten.

Die Lehrerin setzte ihren Unterricht fort, und so entwickelte sich die Schule unter ihrer Leitung und Disziplin zu einer ordentlichen Lehrstätte. Die Zeiten hatten sich geändert, und sie griff weder auf Stockschläge zurück, noch zog sie die Ohren ihrer Schüler lang. Wenn einer ihrer Eleven nicht lernen wollte und den Unterricht schwänzte, so war das seine Sache und die seiner Eltern. Sie trugen die Verantwortung dafür, lenkend einzugreifen und die schulischen Leistungen ihrer Kinder zu kontrollieren. Taten sie es nicht, so konnten sie sich auch nicht beschweren. Mit diesen Worten pflegte Eudora die Elternversammlungen zu beschließen, die sie einmal im Monat abhielt. Im übrigen war sie sehr beliebt, denn sie war freundlich, hilfsbereit und hatte alles gut organisiert. Man sah darüber hinweg, daß sie nicht kochen konnte und sich nicht darum kümmerte, die Aufsässigkeit der Kinder unter Kontrolle zu bringen.

Da ihr Wesen vom Kopf bestimmt wurde und sie nie aus einem spontanen Gefühl heraus handelte, begann sie geheime Liebschaften einzugehen, schlicht und ergreifend als Ersatz für die erotischen Behelfe, mit denen ihr unergiebiger Ehemann sie behelligte. Hätte er sich damit begnügt, mit ihr in heiliger Abstinenz zu leben, statt ihr die spärlichen Vergnügen im Bett zu bieten, zu denen ihm Olgas Huren Anregung gaben, vielleicht hätte Eudoras Erregung nie solche Ausmaße angenommen, vielleicht hätte ihr Fleisch nie einen solchen Appetit entwickelt, der bald ihren Alltag beherrschen sollte. Lorenzos Bemühungen dauerten ein Jahr lang an, dann gab er sich geschlagen. Eudoras nächtliches Schnarchen quälte ihn und raubte ihm den Schlaf, doch er wagte nie, um getrennte Zimmer zu bitten, aus Angst, sich lächerlich zu machen, und aus Furcht vor dem Gespött der Leute. Der Haß, den er für seine Frau empfand, überkam ihn nur nachts. Tagsüber war er ganz von der Verantwortung eingenommen, der gesetzmäßige Ehemann der schönsten Frau an der Küste zu sein, was seinem Besitzstreben schmeichelte, ihn mit Stolz erfüllte und beinahe so etwas wie Dankbarkeit empfinden ließ. Er spielte diese Rolle virtuos und gutgelaunt. Doch in der Nacht weckten ihre Schnarchlaute und ihr warmer, schöner Körper seine Mordgelüste.

Keiner ahnte auch nur im entferntesten, daß gerade Stella Taylor die ehebrecherischen Liebeleien der Lehrerin lenkte und deckte, denn keiner im Dorf hätte der weißsüchtigen Mulattin so etwas zugetraut. Eudora zettelte ihre erste Liebschaft mit einem nordamerikanischen Farbigen an. Er traf mit den ersten Blumenkindern ein, die bald in ganzen Schwärmen in Parima Bay einfallen sollten.

Die Hippies tauchten eines Tages mit ihrer spärlichen Habe auf und hielten sich bescheiden im Hintergrund. Ihre Zigeunerkleider, ihre indianischen Stirnbänder, ihre schlabbrigen Hosen, ihr verfilztes Haupthaar und der schreckliche Gestank, den sie aufgrund fehlender Körperpflege um sich verbreiteten, sorgten jedoch für Aufsehen. Sie richteten sich auf dem Platz ein, der den Fremden vorbehalten schien: auf dem Berggipfel. Wieder betrachteten die Bewohner der Bucht verwundert das Palmendach, das sich zwischen den Bäumen erhob, genau dort, wo keiner der Ihren jemals hätte leben wollen. Die Kommune bestand aus vier Frauen, fünf Kindern und drei Männern. Doch sie blieben nicht unter sich. Im Gegenteil, bald waren sie Stammkunden im Gemischtwarenladen, wo sie Kerzen und Reis im Tausch gegen ihre geknüpften Bänder erstanden und binnen kurzem dicke Freundschaft mit dem Zambo schlossen. Dieser hatte starkes Interesse an Heilpflanzen und gab tiefbefriedigt seine Kenntnisse zum besten. Sie waren Vegetarier und ernährten sich von Knollen und Wurzeln, Waldfrüchten, Kakaobeeren, Eß- und Kochbananen. Der erste Anbau, der rings um ihre Hütte aus dem Boden sprießte, waren blaublühende Marihuanapflanzen. Sie pflegten dieses Gewächs in großen Mengen in schlanken Zigaretten zu konsumieren, die von hauchdünnem, vergilbtem Papier umwickelt waren. Da der Jamaikaner die gleiche Leidenschaft teilte, suchte er ihre Gesellschaft, um mit ihnen Freundschaft zu schließen, denn er war interessiert daran, etwas über Äthiopien und die Rückkehr der Schwarzen nach Afrika zu erfahren, schließlich befand sich unter den Hippies auch ein Schwarzer. Über sein bevorzugtes Thema erfuhr er jedoch nichts, denn die Besucher der Bucht verstanden sich auf »peace and love« für alle Erdenbewohner gleichermaßen und interessierten sich mehr für Nepal und Indien als für jeden anderen Platz auf der Welt. Doch der Stiefvater von Eudora Scarlet erfuhr, daß endlich die Bibel des Predigers aufgetaucht war, zwar unvollständig, aber auf ganz zufällige und wundersame Weise, nämlich in einer Vertiefung zwischen zwei Vulkansteinen. So nahm der Jamaikaner die Angelegenheit als den letzten Willen des Afrikaners an und begnügte sich damit, in der Glut der Marihuanazigaretten brennen zu sehen, was von der Heiligen Schrift noch übrig war und zum Einwickeln der dünnen Stäbchen diente. Die Kommune bewies, daß sie bereit war, sich dem Leben der dörflichen Gemeinde anzupassen, ohne jemanden zu belästigen, noch die Hühner aufzuscheuchen. Es waren friedliche und ruhige Leute, sie wurden geduldet, und man brachte ihnen Sympathie entgegen, obwohl man einige ihrer Gewohnheiten kritisierte. Als die Mütter nämlich befragt wurden, wer der Vater ihrer Kinder sei, bekannten sie, daß jeder der drei Männer der Gruppe als der Erzeuger ihrer Sprößlinge in Frage käme.

Als die Hippies in der Bucht eintrafen, waren sie ganz blaß und abgemagert. Mit der Zeit nahmen sie eine schöne Bräune an, doch blieben sie dürr wie eh und je. Die Männer, so sagten die Frauen im Dorf, sahen alle aus wie Jesus, wenn sie langsam und gemächlich ein Bad im Meer nahmen, ein wahres Taufritual, das man in all seinen Details gesehen haben mußte.

Zu ihrer spärlichen Habe gehörte eine Gitarre, auf der sie die Musik von Jimi Hendrix, Balladen von Bob Dylan und aufreibende orientalische Monotonien spielten. Wenn die See still dalag und die schmachtenden orientalischen Weisen bis ins Dorf zu hören waren, überfiel alle Parimenser eine tiefe Schläfrigkeit, gegen die sie mit ihren Radiogeräten anzukämpfen versuchten, die Cumbias und Chachachas eines Senders aus Puerto schmetterten. Das Dorf war bald von einem so ohrenbetäubenden Lärm erfüllte, daß Lorenzo, der kein musikalisches Verständnis besaß und die Stille bevorzugte, in seinem Knallschoteneinbaum auf die hohe See flüchtete, um Frieden zu finden.

Eudora war gerade zwei Jahre verheiratet, als die Hippies auftauchten. Einige Tage bevor der fremde Schwarze in ihr Leben trat, hatte sie ein Erlebnis, das sie in eine tiefe Depression stürzte. Sie stand an der Mole und sah die alte Anansi im seichten Wasser dahintreiben, wenige Meter vom Anlegeplatz entfernt. Die Segel der altersschwachen Barkasse waren eingeholt und der Motor ausgestellt, als plötzlich das Krachen einbrechender Planken zu hören war und alle Anwesenden sahen, wie das Schiff voll Wasser lief, einen lauten Seufzer ausstieß und sanft im Meer versank, bis die Wellen über ihm zusammenschlugen. Lorenzo kam aus dem Laden gerannt, als er den Lärm hörte. Doch es war nichts mehr zu retten. Das Boot zu reparieren hatte keinen Sinn, denn mit dem Bau der Straße war es so gut wie überflüssig geworden und hatte zu viele Jahre auf dem Buckel, um noch eine Geldinvestition wert zu sein. So blieb die Anansi dort, wo sie wie ein altersschwacher Elefant auf den Grund gesunken war. Die Kinder tauchten, um zu sehen, wie sie langsam von Muscheln, Mollusken und Algen belagert wurde. Der Sand überflutete sie mit seinen mütterlichen Liebkosungen und hatte sie bald ganz verschlungen.

Dieses Schauspiel beeindruckte Eudora tief. Es war das dritte und letzte Mal in ihrem Leben, seit der Kindheitserfahrung mit den toten Schmetterlingen, daß etwas sie aus wahrhaftiger Verbitterung zum Weinen brachte. Sie ließ die Tränen über ihr Gesicht laufen, wo sie auf den Wangen zwei brennende Rinnsale hinterließen. In dieser Nacht konnte sie nicht schlafen und stahl sich heimlich aus dem Ehebett, um ziellos am Strand umherzuziehen. Es war zunehmender Mond, und die See lag schweigend da. Der knirschende Sand unter ihren Füßen war die einzige Begleitmusik ihrer Einsamkeit. Sie ging dahin und betrachtete die Schatten der Palmen, als sie auf die Gruppe von Hippies stieß, die nackt im Meer badeten. Die Blumenkinder hatten ihre pittoresken Kleider auf einen Baumstamm gelegt, balgten sich im Wasser wie kleine Kinder und kreischten vor Wonne und Vergnügen. Der Schwarze, der nichts als ein handgearbeitetes Stirnband trug, hatte die Hände in die Hüften gestemmt und sah ihnen vom Ufer aus lächelnd zu. Eudora blieb stehen und hielt den Atem an. Ihr Herz hüpfte vor Sehnsucht, denn er erinnerte sie an Tommí. Er spürte die fremde Anwesenheit und drehte sich sanft um. Erschreckt wich die Lehrerin ein paar Schritte zurück. Vom Meer aus riefen Stimmen sie bei ihrem Namen, was zu dieser Stunde und in diesem Augenblick einen ganz besonderen Klang hatte. Sie bereute ihre Kühnheit, machte auf dem Absatz kehrt und lief zurück. Dann kroch sie ebenso unbemerkt wieder ins Bett, wie sie davongeschlichen war, und Lorenzo schlief weiter, ohne etwas von der Sache wahrzunehmen.

In der folgenden Nacht ging ein Platzregen nieder. Eudora konnte nicht schlafen und lauschte dem vertrauten Klopfen der Regentropfen auf dem Dach. Ihre Augen waren geöffnet, und ihr Körper wurde von einem quälenden Verlangen geplagt. Die Tage verstrichen, ohne daß sie gewagt hätte, ihre Eskapade zu wiederholen. Als endlich Vollmond war, schlich sie wie eine Schlafwandlerin auf Zehenspitzen aus dem Bett, lief an den Strand und fühlte sich wie eine Jugendliche bei ihrem ersten Fehltritt. Sie hatte sich nicht getäuscht. Die Hippiekolonie nahm auch in dieser Nacht ihr schamloses Bad im Meer.

Die sanften Bewegungen der Körper unter Wasser waren der Beginn einer intensiven, ausgedehnten und langen Suche nach Liebe. Gewiß sollte Eudora nie mehr empfinden, was sie in dieser Nacht erlebte, denn es war ihre einzige Erfahrung mit der kollektiven Liebe. Als die anderen sie kommen sahen, riefen sie nach ihr, und sie folgte der Einladung, warf ihr Nachthemd auf den Sand und glitt saumselig in die sanften Wellen. Sie folgte der Fährte des Mondes, derselben silbrigen Spur, die einst in ihrer Vorstellung von einem Schwarm flatternder Schmetterlinge mit den Leibern weißer, blutüberströmter Frauen erfüllt gewesen war. Die anderen empfingen sie, als hätte sie immer zu ihnen gehört. Das Spiel glitschiger Hände, die auf ihrem Körper lustwandelten, lehrte sie feuchte Liebkosungen, die nicht einmal Tommí ihr beigebracht hatte und

Lorenzo nie hätte erfüllen können. Sie wußte nicht mehr, wann sie Sirene, wann Delphin war. Das anonyme Miteinander der Körper unter Wasser ließ sie in den Genuß der innigsten und geheimsten Lüste kommen. Perlendes Lachen an der Wasseroberfläche folgte auf das glucksende Murmeln der Fischwesen, die vergnügt untertauchten und bei ihrem Aufstieg salzige Luftblasen wie bunte Globen zerspringen ließen.

Daß der Vater des Kindes, das Eudora als Folge dieser ausgelassenen und ausgedehnten Liebesnacht empfangen sollte, der junge Schwarze war, bestätigte ihr nach angemessener Zeit die tiefdunkle Hautfarbe der Neugeborenen. Als Lorenzo von der Schwangerschaft seiner Frau erfuhr, holte er zum Schlag aus, aber er hielt mit geballter Faust inne, denn sie drohte nicht nur damit, zurückzuschlagen, sondern auch, nicht länger mit der Wahrheit hinterm Berg zu halten und seine Impotenz in alle vier Winde auszuposaunen. Er warf ihr ein »Verfluchte Niggerschlampe« an den Kopf, und sie antwortete mit »Schweinehund«. Es folgte ein kurzes Schweigen. Dann sagte er geschlagen: »Ich dachte, du wolltest keine Kinder.«

»Es war ein Unfall im Mondschein«, antwortete Eudora.

»Versprich mir, daß es das letzte Mal gewesen ist.«

»Einverstanden.«

Lange Zeit bevor die Kleine geboren wurde, machte sich der Schwarze davon. Ein Zwist spaltete die Hippiekommune, in der Streit bald Liebe und Frieden ersetzte, und ging in die Annalen von Parima Bay ein. Zwei Mitglieder der Gruppe waren in eine handfeste Schlägerei verwickelt und mußten von dem Jamaikaner getrennt werden, den zwei Frauen aus der Kommune um eilige Schlichtung baten. Als man die jungen Männer fragte, warum sie sich in die Haare bekommen hatten, bekannten sie, ganz einfach der Gesichter der anderen überdrüssig zu sein und es satt zu haben, ihre Frauen mit allen teilen zu müssen. Jeder wolle eine für sich, um wenigstens zu wissen, wer Vater welcher Kinder sei, denn bis zu diesem Moment gab es nur über die Herkunft jener Nachkommen keine Zweifel, die der Schwarze gezeugt hatte. Die auflodernde Eifersucht machte das Zusammenleben der Gruppe unmöglich, und so zog der Schwarze von dannen und nahm seine Kinder mit. Wenig später verließen auch die anderen Parima Bay, und es blieb nur ein Paar zurück. Eudora, die sich seit Tommís Fortgang an die Unzuverlässigkeit der Liebe gewöhnt hatte, nahm den Aufbruch ihres Liebhabers mit klagloser Gelassenheit hin.

Das Hippiepärchen blieb auf dem Hügel wohnen, bis Lorenzo, der fürchtete, es werde sich für immer dort niederlassen, die beiden ohne Umschweife von dort vertrieb und die Anhöhe zu seinem persönlichen Besitz erklärte. Bei soviel freiem Gelände fanden sie jedoch schnell einen neuen Platz in der näheren Umgebung und bestellten dort eine Farm. Mit der Zeit bekamen sie Kinder und lebten schließlich wie viele andere Paare am Ort von dem, was Meer und Land hergaben. Er ließ sich einen langen Zopf wachsen, der bald von frühzeitigen weißen Strähnen durchzogen war, sie hingegen behielt ihr glattes, braunes Haar, ihre Kleider mit den seltsamen Farben und den flatternden Tüchern und ihr ernstes, gotisches Gesicht. Der Wind, die Sonne und das Meer bräunten ihre weiße Haut und gruben feine Fältchen um ihre Augen, doch darüber hinaus blieben sie immer dem Alter der Unschuld verhaftet. Sie wurden nicht müde, jedem, der es hören wollte, ihre Lebensphilosophie zu predigen, und rieten dazu, besser Liebe zu machen als Krieg. Sie hielten ihre vegetarische Diät bei, ernährten sich nur von Grünzeug und frischen Sachen und aßen keine Schildkröteneier. Eines Tages brachte sie allein mit seiner Hilfe einen Sohn zur Welt. Die alte Marian Anderson wurde von Eifersucht geplagt, als sie erfuhr, daß ein Mann mit ihren Fertigkeiten Schritt hielt, und unkte, das Kind werde mit dem Steiß zuerst geboren. So saß sie auf der Lauer, in der Hoffnung, man werde sie zu Hilfe holen. Außerdem hatte sie noch nie der Geburt eines weißen Kindes beigewohnt und durfte sich diese Erfahrung auf keinen Fall entgehen lassen, bevor sie das Zeitliche segnete. Sie hatte sagen hören, daß die weißen Kinder ganz rot vor Scham zur Welt kämen, und wollte nun feststellen, ob es wirklich so war. Ihre Anwesenheit war nicht vonnöten, und doch konnte die beste Hebamme am Ort ihre Neugier befriedigen, denn die Eltern luden sie ein, das Kind zu baden, um es sich nicht mit ihr zu verderben.

»Er leuchtet wie ein schamroter Regenwurm«, stellte sie fest, als man ihr den kleinen Körper in die Hände legte. Jan, der zweite Sohn des Paares, war so blond und hellhäutig wie sein größeres Brüderchen Conrado, der das Licht der Welt erblickt hatte, als die Kommune noch glücklich auf dem Berggipfel die Lieder Bob Dylans angestimmt und voller Unschuld die heiligen Bibelseiten des Predigers dazu mißbraucht hatte, ihre Marihuanazigaretten darin einzuwickeln.

Marian Anderson sollte nie einen weißen Jungen ans Licht der Welt ziehen, doch sie war da, als Matilda, die diesen Namen nicht nach der heiligen Königin von England, sondern nach einem Musikstück von Harry Belafonte erhielt, in einer reibungslosen und schmerzfreien Geburt geboren wurde, dank unzähliger Aufgüsse mit Thymian und Vogelmiere, die der Gebärenden von der Hebamme verordnet wurden, um ihre Arbeit zu beschleunigen. Zum Entsetzen der alten Anderson spazierte Eudora drei Stunden später mit der Neugeborenen im Speisesaal des Hotels umher, statt die Kleine von den Fremden fernzuhalten und sie vor dem bösen Blick zu bewahren, und so sah die Alte sie freudig die Nachbarn grüßen, die herbeieilten, um sich von ihrem Erfolg zu überzeugen. Die dritte Scarlet, die ohne große Feierlichkeiten auf den Namen eines Kalypso getauft wurde, kam in einer Nacht zur Welt, als eisiges Schweigen zwischen ihren Eltern herrschte. Unter dem Vorwand, das kleine Mädchen störe seinen Schlaf, verzog sich Lorenzo in das entlegenste Zimmer des Hotels, wo er alleine schlief. Tagsüber flüchtete er wie auf eine Insel in den alten Gemischtwarenladen, verschanzte sich hinter dem urigen Tresen und starrte mit verlorenem Blick auf die altersschwache

Landungsbrücke und den dunklen Schatten der Anansi unter Wasser.

Die rohen Tische auf der Galerie hatten auf wundersame Weise dem Verfall der Zeit widerstanden und waren immer vollbesetzt mit Stammkunden sowie Bier- und Rumtrinkern. Es war auch Stellas bevorzugter Aufenthalt für ihre alkoholischen Raubzüge. Bald gesellten sich Touristen zu den Einheimischen, trudelten dort zu jeder Tageszeit ein und stillten ihren Durst, erschlagen von der Sonne und dem unverschämten Blau des Meeres. Die Fremden nahmen dort in offenkundigem Müßiggang Platz oder warteten darauf, daß das Telefon frei würde, vor dem immer eine lange Menschenschlange stand. Es war der Apparat, den Olga Lorenzo zur Hochzeit geschenkt hatte und für den er endlich eine Leitung bekommen hatte. Der Benutzer mußte zum Telefonieren in ein Holzhäuschen gehen, das sich im Ladeninneren befand und an einen Beichtstuhl erinnerte. Doch ging es in ihm lange nicht so diskret vor, denn die Verbindungen waren so schlecht, daß man in den Hörer schreien mußte, und die Tür war wegen der Hitze nicht zu schließen. All dies machte die Gespräche zu einer so öffentlichen Angelegenheit, daß selbst größte Geheimnisse, die bis dahin nur Eingeweihten bekannt waren, mit einem Schlag der Allgemeinheit preisgegeben wurden. Nach Matildas Geburt sorgte Lorenzo zu seiner Zerstreuung für einige Neuerungen im Laden. Er nahm die Eisenwaren aus dem Angebot, schließlich bezahlten die Leute seit dem Bau der Straße lieber eine Fahrt nach Puerto, wo sie Zement und Blechdosen zum halben Preis seiner Ware erstanden. Die Regale, die bisher den Nägeln, Blattsägen und ähnlichem vorbehalten waren, füllten sich nun mit T-Shirts, Plastiksandalen, Sonnenschutzmilch, Sonnenhüten und anderen Nichtigkeiten, die für seine neuen Kunden aus der Fremde bestimmt waren und mit denen er lange, ausgedehnte Schwätzchen hielt, um seinen Groll zu ersticken, der an seinem Herzen nagte.

Am selben Tag, als Matilda das Licht der Welt erblickte, erfuhr Stella Taylor von der Geburt des letzten Kindes, das ihre Mutter gebar und das sie auf den Namen Humphrey taufte, so wie sie das Mädchen, das diesem Kind vorausgegangen war, Rita genannt hatte. Sie war es einfach müde, sich immer neue Namen auszudenken, und so diente ihr eine vage Welle der Nostalgie als Anregung. An dem Tag, als Humphrey geboren wurde, der bald der Einfachheit halber Omfí gerufen wurde, setzte sich der Albino an Miss Emilys Lager und teilte ihr die Neuigkeit mit. Die Liegende hielt ihren suchenden Blick inne, der in unbekannten Gefilden umherzuschweifen schien, und Stella hörte sie sagen: »Die Piraten sind zurückgekommen.«

Da Miss Emily diesem Satz nichts mehr hinzufügte und sich wieder in unzugängliche Welten verzog, lief Stella gleich zu Amanda, die nicht zu Hause war, da sie gerade ihrer Tochter und ihrer Nichte Gesellschaft leistete. Der Jamaikaner war allein. Als er sich in seinem Lehnstuhl umdrehte, knarrten die alten Fußbodenbretter.

»Weißt du, was Piraten sind?« fragte Stella.

»O ja«, sagte er, »aber es gibt keine mehr. Es waren ziemlich schlechte Leute, schreckliche Menschen. Gott sei Dank sind sie verschwunden. Das ganze Meer, das du vor dir siehst, war einmal voller Piratenschiffe, die kamen und gingen. Sie raubten alles aus und verbreiteten Mord und Totschlag ... Sie kamen nach Jamaika, und sie verließen es wieder ... Totenköpfe schmückten ihre Fahnen, und sie überfielen Häfen und Frachter und machten auch vor Passagierschiffen nicht halt. Die Piraten kamen von überall her, aber die schlagkräftigsten waren die Engländer, die dem König von Spanien viel Arbeit machten. O ja, ich erinnere mich an viele Geschichten. Wenn du willst, erzähle ich sie dir, ich kenne nämlich eine Menge. Als ich ein kleiner Junge war, sagte man sich in Kingston ...«

»Danke, danke«, unterbrach ihn Stella und ging fort. Sie dachte bei sich, daß der Jamaikaner alt geworden war und daß sie den Gedanken von Miss Emily mißverstanden haben mußte, denn sie konnte keinen Zusammenhang zwischen Menschen von so grausamem Ruf und den beiden unschuldigen Neugeborenen erkennen. Als sie Amanda sah, die Matilda in ihren rundlichen Armen hin- und herschaukelte, kam sie schließlich wieder zur Ruhe. Das winzige Wesen öffnete die Augen, sah aufs Meer und legte die Stirn in Falten, als ihm die Sonne ins Gesicht schien.

Man hätte glauben mögen, daß Eudoras innere Unruhe durch die Geburt ihrer Tochter verschwinden würde, doch dem war nicht so. Matilda Scarlet konnte noch nicht laufen, da wurde ihre Mutter nachts von Nasenkatarrh und dem heftigen Zucken ihrer Gliedmaßen geplagt. Wie eine Getriebene verließ sie das Haus und streifte mit dem Kind auf den Armen über den Strand, unruhig und verwirrt durch ein Kitzeln in der Nase, einen veränderten Herzschlag und Blutkreislauf nebst großen, roten Flecken auf dem ganzen Körper. Stella war Eudoras Unwohlsein nicht entgangen, und sie hielt es für ihre Pflicht, sie zu bewachen. Lorenzo sollte ihre Streifzüge ebensowenig bemerken wie den nächtlichen Ausflug, der die kleine Matilda hervorgebracht hatte. In den ersten Nächten konnte Stella Eudora dabei beobachten, wie sie nackt badete und ihren Körper mit Algen abrieb, um den Juckreiz zu lindern, wahrscheinlich eine allergische Reaktion auf den Mangel an Liebe. Als der Albino die junge Frau neben einem schlanken Körper in den Sand sinken sah, den er nicht identifizieren konnte, weil eine dichte Wolke plötzlich das Mondlicht verdeckte, atmete er erleichtert auf. Tatsächlich waren Eudoras Flecken am nächsten Tag verschwunden, und ihre Nase hatte wieder ihre natürliche Färbung angenommen. Stella fand erst ein paar Tage später heraus, daß Eudoras Begleiter in Wahrheit eine junge, flachbusige Kanadierin mit empfindsamen braunen Augen und einem schwermütigen Lächeln war, die mit ihrem kurzgeschorenen Blondschopf wie eine Halbwüchsige aussah. Sie sprach ein fremdartiges Englisch und wollte nur eine Woche bleiben, doch sie blieb zwei Monate. Ein wenig befremdet, war Stella doch erleichtert und machte sich um die beiden jungen Frauen keine Sorgen, schließlich wäre Lorenzo nie in den Sinn gekommen, daß ein derartiger Ehebruch im Bereich des Möglichen lag. Manchmal folgte der Albino dem Liebespaar, doch bald wurde er es müde, all die ihm wohlbekannten Affen, Adler und Faultiere zu sehen, die der Kanadierin gutturale Schreie des Entzückens entlockten, sobald sie eines von den Tierchen erblickte.

Zum ersten Mal befand Stella, daß es Dinge gab, deretwegen es nicht lohnte, den Dornröschenschlaf von Miss Emily zu stören. Es gab nichts zu sagen über die erotischen Neigungen der Lehrerin von Parima Bay, und sie beschloß, so zu tun, als habe sie nichts gesehen.

Als die blonde Frau fortging, ohne es wirklich zu wollen, und bei ihrem Abschied reichlich Tränen vergoß, nicht so sehr wegen der Trennung von Eudora, sondern weil sie im kalten und unwirtlichen Alaska lebte, folgte für Stella eine aufreibende und gefährliche Zeit, in der sie alle Mühe hatte, die nachfolgenden Liebschaften Eudoras vor Lorenzo geheimzuhalten.

Ihre Arbeit bestand darin, vor der Hoteltür Wache zu schieben und zum lieben Gott zu beten, er möge sich um die kleine Matilda kümmern, während ihre Mutter sich auf der Suche nach Liebeleien am Sandstrand die Zeit vertrieb. Stella ging dieser Aufgabe mit größter Vorsicht nach, um ja nicht aufzufallen. Zu allem Überfluß schien die wollüstige Eudora keinerlei feste Vorzüge zu haben und fühlte sich offenbar sowohl von ihrem als auch vom anderen Geschlecht angezogen. Lorenzo verdächtigte seine Frau des Ehebruchs und folgte ihr manchmal, um sie in flagranti zu ertappen, gebeutelt von den widersprüchlichsten Emotionen, die zwischen Haß, Eifersucht und dem Wunsch wechselten, mit eigenen Augen zu sehen, was er nicht haben konnte.

Stellas Aufsichtspflicht begann dann, wenn sie bei ihrem Schützling das Niesen und die ersten Symptome der Allergie wahrnahm, eindeutige Zeichen dafür, daß Eudora mit Matilda auf dem Rücken ihre nächtlichen Streifzüge aufnehmen würde. Manchmal begeisterte sich die Lehrerin für den einen oder anderen Touristen, junge und reifere Männer oder Frauen, die immer wieder auf der Suche nach schwarzer Liebe ins Dorf kamen, um die kalten, weißen Nächte in ihren Heimatländern zu vergessen. Doch es gelang der weißlichen Mulattin nie, vorherzusagen, wem Eudora den Vorzug geben würde, denn die Auswahl der jungen Frau gehorchte geheimnisvollen Gesetzen und hatte weder mit dem Geschlecht noch der körperlichen Erscheinung der Erwählten zu tun. Es konnte eine Mundfalte sein, ein gewisser Blick oder ein besonderes Lächeln, irgendeine zufällige Eigenheit. Ihre Liebschaften dauerten so lange wie der Aufenthalt der Besucher und brachten ihr eine Zeitlang den inneren Frieden zurück. Doch bald kehrten die Symptome ihrer seltsamen Krankheit wieder, und die Geschichten begannen sich in regelmäßigen Abständen zu wiederholen, was Stella das Gefühl gab, das Ganze folge einer traurigen Routine.

Bei seiner steten Wacht über Eudoras Sicherheit entwickelte der Albino erstaunliche Fertigkeiten, wenn es darum ging, Lorenzo an der Nase herumzuführen. Wenn der Gehörnte aufstand und sein Zimmer verließ, in dem er allein die Nacht verbracht hatte, um an der Türe seiner Frau zu lauschen und festzustellen, ob ihr Schnarchen zu hören war, und er sich schließlich verwirrt und schlaftrunken auf ihre Fährte machte, rieb sich Stella in ihrem Versteck hinter einer üppigen Topfpalme die verschlafenen Augen und folgte ihm unauffällig, um herauszufinden, ob er den gleichen Weg nahm, den auch Eudora eingeschlagen hatte. Obwohl die Sache aufgrund der fortgeschrittenen Stunde etwas lästig war, hatte sie doch ihren Zauber. Sobald Lorenzo die richtige Richtung einnahm, ahmte Stella das Schreien eines Säuglings nach, um ihn in die entgegengesetzte Richtung zu locken, was immer zum Erfolg führte. Wie ein Schlafwandler folgte er dem Geschrei, bis es nachließ und er, enttäuscht über seine mißglückte Suche nach dem Schuldigen, unter Flüchen und Selbstvorwürfen ins Hotel zurückkehrte.

Olga war es, die ihn über sein unglückseliges Eheleben hinwegtröstete.

»Laß deine Frau in Frieden«, sagte sie, »und mach dir eine schöne Zeit mit meinen Mädchen.«

Da Lorenzo einen Ersatz für die Anansi nicht als lohnenswert ansah, kaufte er für seine häufigen Besuche in Puerto ein Auto mit Allradantrieb. Mit diesem Vehikel konnte er sich ganz nach Belieben fortbewegen und mal Olgas Bordell, mal dem Friseur, der ihm die Haare und den Schnurrbart stutzte, mal dem Regierungsbüro einen Besuch abstatten.

Stella reiste nur einmal in ihrem Leben über die Grenzen ihres Landes hinaus. Sie hätte dies schon vorher tun können, doch wahrscheinlich hätte Miss Emily das Mädchen nie dazu aufgefordert, wäre da nicht etwas geschehen, das Parima Bay bis auf die Grundfeste erschütterte und Eudora fast in den Selbstmord trieb.

Die Schuldige, die den Stein ins Rollen brachte, war Stella. Sie hatte ihre Aufsichtspflicht vernachlässigt, weil sie auf Sauftour gegangen war und eine Handvoll Fremder mit der kurzen Geschichte von Parima Bay unterhielt. Es regnete an diesem Abend, und Stella war sicher, Eudora würde das Haus nicht verlassen, um sich keine Erkältung zu fangen. Doch der Regenguß war bald vorüber und wich einer wunderschönen Mondnacht. Lorenzo, der nicht schlafen konnte, verspürte Lust auf einen Spaziergang am Strand. Das letzte, woran er dachte, waren die Seitensprünge seiner Frau, als er beinahe mit der Nase auf sie stieß, die sich gerade auf das beste vergnügte und mit einem brasilianischen Theologen auf dem feuchten Sand ihr Liebesspiel trieb. Neben ihnen schlief Matilda einen tiefen Schlaf, zugedeckt mit einem weißen Tuch wie ein kleines Paket, das jemand im Mondschein dort vergessen hatte.

Das Schlimmste an der ganzen Sache war, daß Lorenzo, der seiner Frau durch Zufall auf die Schliche gekommen war, still und heimlich den Rückzug antrat, um nicht aufzufallen. So nahmen weder Eudora noch der Theologe wahr, daß sie der Leibhaftige gesehen hatte. Lorenzo Parimas Wut war unbeschreiblich. Einen Verdacht zu hegen war eine Sache. Etwas anderes war es, mit eigenen Augen und zum Greifen nah der Ehefrau dabei zuzusehen, wie sie ihren herrlichen Körper den Liebkosungen eines Fremden hingab, dessen Tonsur der Späher aus seinem Blickwinkel für eine beginnende Kahlheit hielt. Lorenzo unterdrückte das verwirrende Verlangen, sie mit Messerhieben zu zerstückeln, und verspürte gleichzeitig den dunklen und nicht eingestandenen Trieb, sich dem Duo hinzuzugesellen, vielleicht um die Körper der beiden zu besitzen und zu mißhandeln. So schlich er von dannen wie ein Mörder nach vollbrachter Tat.

Er mußte seine ganze Willenskraft aufbringen, niemanden wissen zu lassen, daß er von den Seitensprüngen seiner Frau erfahren hatte und einen düsteren Racheplan schmiedete, den er sogleich in die Tat umsetzte. Nicht einmal Stella, die, benommen von einem Kater und ihren feuchtfröhlichen Vergnügungen, von der Mittagssonne geweckt wurde, ahnte, was Lorenzo mit eigenen Augen gesehen hatte. Sie konnte keinerlei Veränderung in der unfreundlichen Haltung erkennen, die der Gemischtwarenhändler ihr gegenüber wie gewöhnlich an den Tag legte.

Der Theologe ging fort, wie alle Liebhaber Eudoras fortgingen, nachdem er eine wichtige Lebenserfahrung in Parima Bay gemacht hatte. Er verließ diesen Ort, noch überzeugter von der Existenz Gottes und seiner allmächtigen Allwissenheit als zuvor, und wünschte sich inständig, irgendein berühmter und hellsichtiger Papst möge eines Tages das priesterliche Zölibat für überholt erklären. Da er ein moderner Theologe war, glaubte er nicht an Satan. Ein verhängnisvoller Fehler, wie sich herausstellen sollte, schließlich war der Teufel los und bewegte sich mit machtvollen Schritten über die Bretter des Gemischtwarenladens.

Eudora sah ihn ziehen, wie sie so viele hatte ziehen sehen, die keine Lücke in ihrem Leben hinterließen. Weder sie noch sonst jemand ahnte, daß Lorenzo, angestachelt von seiner aufgestauten und wachsenden Wut, zu seinem härtesten Schlag ausholen sollte. Er ließ seinen Jeep im Hotelhof stehen, was er gelegentlich tat, um Benzin zu sparen, und bestieg hastig den Transporter, den auch der brasilianische Tonsurträger benutzte. Eudora und Stella erfuhren erst von der Sache, als er seinen Vergeltungsplan bereits vollzogen hatte. Als die beiden Frauen Lorenzos Intrigenspiel bemerkten, war es zu spät. Es bedurfte keiner großen Einsichten, um zu verstehen, daß der Gemischtwarenhändler etwas Einschneidendes gesehen haben mußte, um eine solche Gemeinheit zu begehen. So schlecht seine Absichten auch für gewöhnlich waren, diesmal mußte ihn der Leibhaftige geritten haben, so böse war die Rache, die er nahm. Das Werkzeug seines Hinterhaltes war gänzlich ahnungslos und sollte nie erfahren, daß es dazu benutzt worden war, Eudora den größten Schmerz ihres Lebens zuzufügen.

An einem Tag wie viele andere gab Eudora Unterricht in ihrer Klasse, als ein weißer Mann vom Schlag der Bergmenschen aus dem Hinterland die Schule betrat. Auf eine gewisse Weise sah er dem jungen Lorenzo ähnlich. Er trug den gleichen Schnurrbart, hatte die gleichen dichten, dunklen und strohigen Haare, und seine furchtsamen Augen standen ebenso dicht beieinander. Als Abelardo Brenes zu reden begann, sagte sich Eudora, daß wohl alle Menschen aus dem Hochland etwas besaßen, das sie in den Augen der Schwarzen gleich erscheinen ließ. Der Typ war sehr schüchtern und sprach mit leiser Stimme, ein deutliches Anzeichen dafür, daß es ihm an Selbstvertrauen fehlte. Er hielt ihr einen Umschlag hin, der den Briefkopf der Regierung trug und den Eudora langsam in Stücke riß, denn sie ahnte, daß er eine schlechte Nachricht enthielt. In der Tat wurde sie mit diesem Schreiben in knappen Sätzen darüber aufgeklärt, daß ihre Stelle in der Schule von Parima Bay durch Abelardo Brenes ersetzt werden sollte und sie, wenn sie es wünscht, an eine Schule im nördlichen Teil des Landes versetzt werden könne.

Eudora besaß den Mut und die Festigkeit, den Unglücksboten in die hinterste Ecke der Klasse zu verweisen, wo er seine bescheidene Habe abstellen konnte. Sie schickte die verwirrten Kinder nach Hause und brach den Unterricht ab. Dann streifte sie wie eine Schlafwandlerin durch das Dorf und warf sich mit ihren wunderschönen, vor Schreck geweiteten und tränenlosen Augen in Amandas Arme, die keine Erklärung für das ungewöhnliche Verhalten ihrer Tochter hatte, bis sie von der Sache erfuhr. Der neue Lehrer richtete sich mit seiner spärlichen Habe in der Ecke der Schule ein, die Eudora ihm angewiesen hatte, und lebte fortan dort, um Mietausgaben zu sparen, denn er fürchtete, sein Aufenthalt an diesem so primitiven Ort werde nicht von langer Dauer sein. Eudora warf sich auf ihr Bett, stumm und niedergeschlagen.

Amanda Scarlet und der Jamaikaner zerbrachen sich den Kopf darüber, was hinter dem Unglück ihrer Tochter stehen könne, doch sie fanden keine Erklärung. Das ganze Dorf bedauerte den Vorfall, denn die Lehrerin war eine von ihnen, und die Kinder lernten bei ihr, die Geschichte ihrer Eltern zu respektieren. Abelardo Brenes hingegen wußte nichts über die lokalen Gepflogenheiten, außerdem war er ein fremder Weißer.

Die erste Unterrichtsstunde des Neuankömmlings war ein völliges Desaster. Er hatte noch nie so viele schwarze Kinder auf einmal gesehen, noch war er jemals von so vielen Augen gemustert worden. Und, was das Schlimmste war, es gab keine Sprache, in der er sich mit ihnen verständigen konnte, denn die Schüler verstanden nur schlecht und recht Spanisch, und Abelardo sprach kein Wort Englisch.

Während Eudora das Bett hütete und von einer tiefen Melancholie befallen wurde, sorgte Amanda für ihre kleine Enkelin. Stella ging wieder ihren alten Gewohnheiten nach und ließ sich von den Fremden in der Bar freihalten, um ihre Gewissensbisse zu ertränken. Sie kehrte erst am späten Abend heim, um nicht von Miss Emily ertappt zu werden.

Auch der Albino fühlte sich schwer getroffen. Die weißsüchtige Mulattin zählte zwei und zwei zusammen und begriff bald, was sich in der Nacht ereignet haben mochte, in der sie getrunken hatte und ihrer Aufgabe nicht nachgekommen war. Aus Angst vor den schrecklichen Folgen ihrer Nachlässigkeit suchte sie weinend Miss Emily auf und bat um Verzeihung, bereit, die Schelte der Greisin anzuhören. Miss Emily strafte Stella nicht, allerdings erteilte sie ihr eine Lektion, die ihr dabei helfen sollte, Lorenzos Pläne zu durchkreuzen und Eudora aus der tiefen Niedergeschlagenheit zu reißen, in welche die junge Frau durch die Rache des Gehörnten gestürzt worden war.

Nach einigen Tagen des Schweigens faßte sich die farblose Mulattin ein Herz und erzählte der Bettlägerigen, was geschehen war. Sie berichtete von Eudoras Entlassung aus der Schule und der Ankunft des weißen Lehrers mit der wächsernen Haut und den ängstlichen Augen, sie erzählte ihr, daß eine schwere Depression Eudora ans Bett fessele, seit ihr der Lebensinhalt genommen sei, und daß sie von diesem Tag an ihre kleine Tochter in dem Wunsch, sich selbst zu vergessen, ganz und gar vernachlässige, als Miss Emily sie plötzlich in barschem Befehlston aufforderte zu tanzen: »Tanz«, stieß sie aus, »los, tanz da, in der Mitte des Zimmers, und halte dich nicht zurück.«

Die überraschte Stella gehorchte lustlos. Sie tanzte auf so begrenztem Raum, daß sie alle Augenblicke gegen das Bett von Miss Emily und die Zimmerwände stieß, was nicht gerade schön anzusehen war.

»Nicht mal betrunken«, rutschte ihr heraus, worauf Miss Emily unerbittlich befahl: »Mach die Augen zu und tanze!«

Zweimal schlug der Albino mit dem gleichen Bein gegen das harte Bettgestell und dachte bei sich, daß die Angelegenheit alles andere als spaßig war. Doch sie gehorchte und drehte sich mit geschlossenen Augen im Walzertakt, ein Rhythmus, von dem sie sich weniger Verletzungen versprach.

»Tanz, dreh dich, tanze«, beharrte Miss Emily, »los, dreh dich, schneller, viel schneller!«

Völlig benommen kam Stella der Aufforderung nach, preßte die Lider fest zusammen, um nicht versucht zu sein, sie zu öffnen, und wechselte stolpernd und strauchelnd ihre Drehrichtung. Sie spürte Krämpfe die Waden heraufkriechen, ihre Knie wurden weich und wackelig, ihr Herz schlug heftig, die Schläfen klopften, und sie war bald in Schweiß gebadet. Miss Emily lenkte den Körper der Tanzenden mit genauen Anweisungen, so daß Stellas Bewegungen bald nichts mehr von einem zivilisierten und artigen Walzer hatten. Nach und nach fiel die Müdigkeit von ihr ab, die Nadelstiche ließen nach, ihr Herzschlag ging in einen normalen Rhythmus über, und auf den Zustand unbeschreiblicher Beklemmung folgte die angenehme Wahrnehmung von Stimmen, Musik und Gelächter. Sie öffnete die Augen und fand sich auf der Straße einer unbekannten Stadt wieder, die rechts und links von einfachen, flachen Holzhäusern in fröhlichen bunten Farben gesäumt war, aus denen schwarzhäutige Menschen kamen. Sie konnte nichts Außergewöhnliches an ihnen entdecken, abgesehen von ihren ausgefallenen Kleidern und den pittoresken Tüchern, die sie um ihre Köpfe geschlungen hatten. Nichts machte einen gewalttätigen Eindruck, noch schien es besonders förmlich zuzugehen an diesem Ort, doch Stella bekam Angst, als sie bemerkte, daß Miss Emily verschwunden war und sie ganz allein, mitten in einer Menschenmenge, auf einer staubigen, lichtdurchfluteten Straße stand. Erschreckt machte sie kehrt und bog in eine Straße ein, wo sie auf einen Menschenauflauf stieß. Die Leute drängten sich um ein Trommlerduo und einen hochgewachsenen Mulatten, der sich wie besessen vor den Anwesenden in Trance tanzte, während sie ihn gegen den Uhrzeigersinn umkreisten. Der entfesselte Tänzer ließ sich von seinen Emotionen treiben, gab sich provozierend und machte hohe Sprünge. Stella betrachtete sein entrücktes Gesicht und seine wilde Erscheinung. Zwei Tänzer bewegten sich auf den Mulatten zu und schlugen mit dicken Holzknüppeln heftig auf ihn ein, was er nicht zu spüren schien. Eine fettleibige Schwarze von feierlichem und edlem Gebahren, die ganz in Weiß gekleidet war, lockte Stella von der Gesellschaft fort. Sie rief »komm, komm« und geleitete die weißliche Mulattin zu einer Art Prozession, die von einer Greisin mit zerfurchtem Gesicht angeführt wurde. Die Alte, deren Brüste vom Stillen erschlafft, deren Becken von zahlreichen Geburten gesunken und deren Bauch von unzähligen Schwangerschaften aus der Form geraten waren, tanzte mit vollendeten, würdevollen Bewegungen eine erotische Allegorie auf den Akt der Fortpflanzung, in eindeutiger Ehrerbietung an die Große Mutter Natur. Darauf nahm die Matrone mit den üppigen und ausladenden Formen Stella bei der Hand, ließ ihre breiten Hinterbacken sinnlich und majestätisch kreisen und lud das Mädchen ein, es ihr nachzutun. Der ausgemergelte Körper des Albino machte vielleicht eine lächerliche Figur bei dem Versuch, es den feierlichen Fortbewegungen der Farbigen gleichzutun, aber er tat, was er konnte, und gab sich große Mühe, mit den anderen Teilnehmern wettzueifern, die hinter der Alten hermarschierten, in die Hände klatschten und einen monotonen und hypnotisierenden Gesang anstimmten. Stella wußte nicht mehr, wann sie in ihrem Hinterteil die Vibration der Erde, den Lauf der unterirdischen Flüsse, die ganze Energie verspürte, die aus den Venen des Erdbodens in ihren Körper strömte. All ihre Bemühungen waren überflüssig. Ihre Brüste und Pobacken gehorchten jetzt einem Befehl, der von unten zu ihr drang und sie ganz gegen ihren Willen tanzen hieß.

Die Greisin ging in gemäßigtere Tanzbewegungen über, bis sich die Kolonne hinter ihr zu einer geordneten Gefolgschaft sammelte. Darauf zogen sie mit einer großen weißen Fahne an der Spitze durch die Straße, angeführt von Zelebranten, die ein gemaltes Bild trugen, auf dem eine weiße Taube und ein schwarzes Huhn auf einer Weltkugel zu sehen waren. Die Gruppe stimmte einen liturgischen Gesang auf die Götter der Feste und Zerstreuungen an und lud sie ein, herunterzukommen und sich mit all jenen zu vergnügen, die dem Klang der Trommeln gehorchten. Und wieder war es die fettleibige Frau, die Stella majestätisch und feierlich gebot, sich der Prozession anzuschließen. Bald darauf löste sich der Zug auf, bildete einen Kreis und nahm Stella in seine Mitte. Eine geheimnisvolle Eingebung ließ das Mädchen einen Flußlauf tanzen, seine Biegungen, Nebenläufe und Quellen nachempfinden und mit seinen Gesten die veränderte Gestalt des Wassers, seine Wellen und Strömungen darstellen. Es imitierte Wasser, das fließt und stillsteht, wusch sich in einem Quell und teilte sein Haar in zwei Wellen, tanzte einen Wasserfall, eine Undine, eine Sirene, betrachtete sich im kristallklaren Spiegel eines Baches und genoß lustvoll und frei die Wonnen der Schöpfung.

Darauf gab ihr eine innere Stimme zu verstehen, daß sie von einem Geist beseelt sei, der Wege öffne und versperre und der keine Mißachtung dulde, da sein unruhiges und aufsässiges Wesen jedem das Leben zur Hölle mache, der ihn nicht respektierte. Stella, die diese spaßige Gottheit verkörperte, gebärdete sich jetzt wie ein wollüstiger, widerborstiger Halbwüchsiger, verzog ihr Gesicht zu Grimassen und absurden Fratzen, riß einem Zuschauer den Sonnenhut aus der Hand, zog einen anderen an den Haaren und beschloß ihre Darstellung völlig erschöpft mit einem herausfordernden, spitzbübischen Tanz, wobei sie eine Hand auf den Unterleib, die andere auf den Hintern preßte.

Je mehr Zeit verging, desto weniger wußte Stella, ob sie tatsächlich an jenem Ort gewesen war, in dem die Zeiten sich verwischt hatten, denn ihr Erlebnis ähnelte in vielem dem Zustand der Trunkenheit. Vielleicht war sie nicht betrunken gewesen, sondern durch die Drehungen ihres Körpers in einen Rausch geraten, vielleicht war aber auch der Alkohol der Auslöser ihres Deliriums. Ganz gleich, was es war, als sie wieder zu Bewußtsein kam und sich der Länge nach auf Miss Emilys Bett wiederfand, brach ihr der kalte Schweiß aus, und sie verspürte starke Übelkeit. Nachdem sie einen Zitronengrastee mit Ingwer und einen Aufguß aus Preiselbeeren genommen hatte, um ihr aufgebrachtes Herz zu besänftigen, wurde sie ruhiger und bat die alte Jungfer, das Geheimnis dieses letzten Tanzes zu offenbaren, den sie nicht in vollem Umfang verstanden hatte.

Doch sie erhielt keine Antwort und entnahm dem Schweigen, daß sie auf eigene Faust verstehen mußte, was es mit ihrer Erfahrung auf sich hatte, um daraus eine Lehre zu ziehen.

Stella nahm den Tanz des schalkhaften Gottes als Anregung und machte sich einen Heidenspaß daraus, Lorenzo das Leben mit Albereien und Anspielungen unmöglich zu machen. Sie zog ihn vor aller Augen ins Lächerliche, so wie Miss Emily es schon vor vielen Jahren getan hatte. Da es dem Händler an Humor fehlte, verstand er oftmals nicht den Grund für das Gelächter, das Stellas Komödiantentum bei den anderen auslöste, wenn sie sein verbittertes und schlechtgelauntes Gesicht nachäffte. Doch dann erlaubte sich Stella einen weitaus übleren Scherz, der Eudora endlich helfen sollte, sich von ihrem harten Schlag zu erholen. Der Plan, den die weißliche Mulattin ausheckte, schlug zwei Fliegen mit einer Klappe: Er ließ Eudora ihre Melancholie vergessen und heilte die junge Frau für immer von ihrem Nasenkatarrh und den Allergien.

Eudora verbrachte eine ganze Woche im Bett, aufgelöst in Tränen und Verzweiflung. Sie erhielt nur von ihrer Mutter und von Stella Besuch und wollte niemanden sehen, nicht einmal das Sonnenlicht, das sie mit drei Bettlaken vor dem Fenster aus ihrem Zimmer verbannte. Der Außenseiter Stella hatte im Laufe der Jahre einen Scharfblick dafür entwickelt, wie man in der harten Männerwelt überlebte. Sie wußte, daß nur ein ebenso harter Gegenschlag Eudora die erforderliche Kraft wiedergeben würde, ihr Leben zu meistern, und brachte die junge Frau darauf, wie sie schnell und so wirkungsvoll als möglich

Lorenzo treffen könnte. Als Eudora Scarlet den Vorschlag der Mulattin hörte, brach sie in schallendes Gelächter aus, erhob sich von ihrem Lager und begab sich ohne Umschweife in die Schule. Alle, die sie das Hotel Watson verlassen sahen, wunderten sich über ihren selbstsicheren Gang.

Abelardo Brenes, der an keinem Tag dieser Woche geschlafen hatte, weil es ihm unmöglich war, seinen Unterricht zu erteilen, und weil er die Schönheit der abgesetzten Lehrerin in schmerzhafter Erinnerung hatte, sah sie wie eine Königin über die Schwelle schreiten, entschlossen, die Krone auf ihr Haupt zu setzen.

»Ich bin gekommen«, sagte sie, »um dir zu zeigen, wie diese Schule funktioniert und wie du die Dinge hier auf die Reihe bekommst.«

Von diesem Tag an half sie dem Lehrer Brenes täglich dabei, den Unterricht zu geben, den er nicht hatte erteilen können. So bekam die Schule von Parima Bay zwei Lehrer, die sich darüber hinaus hervorragend miteinander verstanden.

Als Lorenzo eines Tages an der Schule vorbeiging, mußte er feststellen, daß seine Frau mit dem neuen Lehrer schlief. Was sein Mißtrauen geweckt hatte war, daß Eudora weiterhin ihren Unterricht erteilte, ohne sich um ihren Lohn zu scheren. Er überraschte die beiden schlafend auf einer Matratze in einer Ecke des Klassenzimmers. Nach dieser unangenehmen Entdeckung meinte Lorenzo in jeder windstillen Nacht von seinem entfernten Hotelzimmer aus die fröhlichen Laute der Lustbarkeit zu hören, die den Klassenraum erfüllten, wenn die Schüler nicht anwesend waren.

Wahrscheinlich zog er eine Absetzung des Lehrers in Erwägung, aber ein voreiliger Antrag hätte ungelegenes Interesse an der Sache geweckt. Er fürchtete sich davor, jemand könne seine Machenschaften entdecken und ihn zum Stadtgespräch machen, und so übte er sich in Geduld.

Es war der erste große Sieg, den Stella davontrug. Sie hatte es der praktischen Anwendung des Tanzes zu verdanken, den sie erlernt hatte. Wer weiß, wie viele Schlachten der Albino noch gewonnen hätte, doch die farblose Mulattin drehte sich mit ihrem Hang zum Trinken selbst einen Strick. Getrieben von ihrem unlöschbaren Durst, machte sie den verhängnisvollen Fehler, ihren Tanz einer Gruppe von Touristen vorzuführen, um sie, im Tausch gegen ein paar Dollar, zu unterhalten. Die schalkhafte Gottheit strafte Stella für diese Mißachtung und den Mangel an Respekt mit Vergessen und tilgte für immer die Choreographie seiner Schritte und Mimik aus ihrer Erinnerung. Auf diese Weise verlor Stella eine so wirkungsvolle Beschwörung, die ihr später bei der Austreibung der bösen Geister aus dem ruhigen Dorfleben gute Dienste hätte leisten können.

Das unglückselige Vorgehen des Albino ereignete sich zu einer Zeit, als Matilda schon in die Fußstapfen der beiden Scarlets getreten war und ihrer Mutter und Großmutter so sehr ähnelte wie die Tautropfen, die jeden Morgen auf den Blättern der Bromelien in Amandas Garten glänzten. Das väterliche Erbe sorgte jedoch dafür, daß sie größer war als andere Kinder ihres Alters, und sie versprach ihre Mutter und ihre Großmutter an Körpergröße bei weitem zu übertreffen. Auch ihr Knochenbau schien derber und kräftiger zu sein und verlieh ihr eine androgyne Note. Lediglich die unzähligen Zöpfchen mit den bunten Bändern und Kugeln an den Spitzen und die vollendete Zartheit ihrer Züge ließen den weiblichen Anteil überwiegen.

Scarlet Nummer drei vollendete ihr fünftes Lebensjahr genau an dem Tag, als der erste Mensch auf dem Mond landen sollte. Dieses Ereignis und die außergewöhnlichen Erwartungen, die sich daran knüpften, als alle einige Tage lang gebannt das Wunder verfolgten, ließen Matildas Geburtstag beinahe in Vergessenheit geraten. Das ganze Dorf versammelte sich an der alten Anlegestelle, dort, wo die schläfrigen Boote und ihre ebenso trägen Besitzer die Nachmittage im Schatten der dichten Mandelbäume verbrachten, und tauschte die unterschiedlichsten Eindrücke aus.

Der Alltag der Dorfbewohner sollte noch mehr durcheinander geraten. Amanda Scarlet wurde von einer seltsamen Unruhe ergriffen, und statt es ihrem Mann gleichzutun und den Berichten über Armstrongs legendäre Schritte auf dem Mond im Radio zu lauschen, ließ sie das Jahrhundertereignis ungeachtet und streifte über den alten Friedhof. Dort suchte sie im kühlen Schatten des dichten Blattwerks Schutz vor der sengenden Sonne, die zu dieser Stunde mit eifersüchtigem Feuer darüber strahlte, daß ihr der Mond nicht die Schau stahl. Amanda kam das alles wie ein schreckliches Vergehen an der göttlichen Schöpfung vor. Sie mußte an den Turm von Babel denken und sagte sich, Gott werde soviel Hochmut strafen und große Schrecken auf der Erde verbreiten. Der düsteren Gedanken nicht genug, gelang es ihr nicht, Plantintáhs Grab zu finden. Gestrüpp hatte alles überwuchert, und nichts wies auf eine Grabstätte hin. Als sie dem Jamaikaner wenig später berichtete, die Ruhestätte ihrer ersten Liebe sei vom Urwald geschluckt worden, wurde er sehr traurig. Doch als sie ihm von ihren Befürchtungen erzählte, Gott werde sich an den Menschen rächen, weil diese die Unberührtheit des Mondes verletzt hatten, lachte er lauthals, und es wurde ihr wieder leichter ums Herz.

Eudora und Abelardo Brenes ließen die Kinder zusammenkommen und erklärten ihnen, daß der Mond weder aus Käse sei noch so klein, wie er von der Erde aus erscheine. Miss Emily gab Stella zu verstehen, daß in ihren Augen alles ein grober Schwindel sei, mit dem Ziel, die Öffentlichkeit zu beeindrucken, denn soviel Kühnheit, sich mit Windgeschwindigkeit durch den Weltraum zu bewegen, besäße nicht einmal Plantintáh, obwohl er ein hochrangiges Gespenst sei! Stella hingegen konnte es nicht erwarten, die Nacht kommen zu sehen, um sich mit eigenen Augen davon zu überzeugen, ob der Mond seit diesem ungewöhnlichen Besuch eine Veränderung erfahren hatte. Was sie nicht ahnte war, daß sich bei vollem Tageslicht ein anderes, weitaus größeres Wunder ereignen sollte.

Matilda ihrerseits erwartete einen Kuchen mit Kerzchen darauf, den aber keiner für sie gebacken hatte. Als die Großmutter ihr erklärte, die Menschen hätten die Kühnheit und den Mangel an Respekt besessen, den Mond mit ihren Füßen zu betreten, bemerkte sie mit ihrer ernsten und gefaßten Stimme: »Du meinst Astronauten.«

»Woher hast du dieses Wort?« fragte Amanda und bekam eine Gänsehaut, denn es klang in ihren Ohren wie eine Ausgeburt des Teufels. Sie wußte allerdings nicht, wie sie ihrer Enkelin erklären sollte, daß der Einfall der Menschen auf dem Mond ihre Seele so sehr schmerzte, daß sie darüber ihren Geburtstag vergessen hatte.

Matilda wollte nicht zugeben, daß sie die Gespräche zwischen ihrer Mutter und dem Lehrer belauscht hatte, und flüchtete schnell in Richtung Hotel. Doch sie suchte Eudora dort vergeblich und setzte ihren Lauf ziellos fort, bis sie just in dem Augenblick das Haus von Miss Emily erreichte, als ein hochgewachsener Schwarzer über den Hinterhof auf sie zukam. Sein Gesicht trug den Ausdruck eines vorzeitig gereiften jungen Menschen, der schon viel erlebt hat. Er war mit altmodischen Gabardinehosen, Hosenträgern und einem Filzhut auf dem kurzgeschorenen Haar angetan, seine durchscheinende Gestalt vor der Bananenpflanzung wurde von einem breiten, blitzweißen Lächeln und einem Leuchten seiner klaren Augen erhellt. Er schien so leichtfüßig zu schweben wie die Wäsche, die auf der Leine flatterte.

»Du mußt meine Enkelin sein«, rief der Unbekannte aus und ging in die Hocke, um sie besser ansehen zu können. »Natürlich, du mußt meine Enkelin sein! So sah deine Großmutter aus, wenn wir uns auf die Suche nach Schildkröteneiern machten«, fügte er wehmütig hinzu. »Doch sie war nie so elegant gekleidet«, setzte er nach und berührte mit den

Fingerspitzen den Saum von Matildas himmlischem Kleid, das eine sanfte Brise leicht kräuselte.

»Es gibt keine Schildkröten mehr«, stellte die Kleine mit der gewohnten Ernsthaftigkeit fest.

»Keine Eidechsen, keine Affen, keine Hundseulen ... Diesem Dorf ist nichts geblieben, ich weiß.«

»Doch, wir haben ein Telefon«, bemerkte Matilda.

»Im Gemischtwarenladen, nehme ich an ... Sag, meine Hübsche, wie heißt du?«

»Matilda Scarlet.«

»Das paßt sehr gut«, bemerkte der schöne Unbekannte. »Seeeeehr gut, Ehrenwort. Aber sag mir, Matilda«, und er kam so nahe, daß sie glaubte, die feuchte Lagune seiner Augen könne ihre Nasenspitze nässen, »wer ist dein Papa?«

Das Mädchen konnte nicht mehr antworten, denn ein erstickter Schrei kam aus Miss Emilys Haus. Stella Taylor, die an die enge Treppe getreten war, hatte die wundersame Rückkehr Plantintáhs bemerkt. Eine nicht sehr triumphale Rückkehr, soviel stand allerdings fest.

»Alphaeus Robinson«, murmelte der Albino, »komm herein und schau nach ihr, sie hat sieben lange Jahre auf dich gewartet.«

Er stieg die Treppe hinauf und zog den Hut vom Kopf. Als er an Stella vorüberging, streifte der schwache Duft von Nelken ihre Nase. Diskret stieg Stella die Stufen hinab, nahm Matilda bei der Hand und entfernte sich mit ihr, um den Geschwistern Gelegenheit zu geben, sich auszusprechen. Es war das einzige Mal, daß Matilda in den Genuß kam, ihren wirklichen Großvater zu sehen und zu sprechen. Niemand sollte je erfahren, was Miss Emily zu Plantintáh sagte, an jenem Nachmittag, als die Menschen zum ersten Mal die Mondoberfläche betraten. Es ist anzunehmen, daß sie ihm nichts verschwieg von all dem, was der Familie widerfahren war, nicht einmal die Sache mit Eudora. Über seine Worte, seine Kommentare, seine erste Reaktion auf Lorenzos Heirat mit seiner Tochter kann man nicht einmal Vermutungen anstellen. Als aber in dieser Nacht das ganze Dorf ans Meeresufer pilgerte, um zu sehen, ob die menschliche Spezies Spuren und Stapfen auf dem Mond hinterlassen hatte, geschah etwas höchst Seltsames im Gemischtwarenladen, das sich niemand erklären konnte, um so weniger, als keiner ein verdächtiges Geräusch gehört hatte. Alles, was zuvor in den Ständen gewesen war, lag in einem unbeschreiblichen Durcheinander auf dem Boden, so als habe eine riesige und rachlustige Hand die Regale leergefegt. Das Telefon war zerstört, und die Techniker, die Tage später das Chaos zu ordnen suchten, erklärten, jemand habe die Kabel des Telegraphenmastes mit Stumpf und Stiel ausgerissen.

Lorenzo verbrachte darauf eine Nacht in Angst und Schrecken. Die ganze Zeit wurden seine Ohren von den Klängen des Kalypso gemartert, mit dem Amanda ihn abgewiesen hatte. Vergeblich warf er sich in seinem Bett von einer Seite auf die andere und durchwühlte seine Laken. Es wollte ihm nicht gelingen, das unerträgliche Rasseln der Kokosraspel noch den aufreibenden Trommelwirbel der mit Nägeln gefüllten Fässer zu überhören. Die erste Morgendämmerung erhellte seinen zusammengekauerten Leib und die Hände, mit denen er sich die Ohren zuhielt. Der Schmerz in seinem gepeinigten Kopf ließ erst nach, als der durchdringende Rhythmus langsam und allmählich abebbte, und verschwand schließlich ganz, als er in Puerto eintraf und sich wohlversehrt in Begleitung Olgas in den hinteren Räumen von »Penelopes Buchhandel« wiederfand. Die Frau hörte seine Geschichte mit einem amüsierten Lächeln an.

»Das ist dein schlechtes Gewissen«, bemerkte sie nüchtern. »Verlasse diesen verhexten Ort, an dem du den Verstand verlierst, ein für allemal.«

So verbrachte der Besitzer des Gemischtwarenladens die Jahre, in denen er Parima Bay den Rücken kehrte, an der Seite der Hure Olga.

Sobald Plantintáh seinen Zorn an den Telefonkabeln ausgelassen und Lorenzo die ganze Nacht hindurch gequält hatte, erlitt er einen Schwächeanfall, denn diese Kraftanstrengung überstieg bei weitem seine Energien. Stella erfuhr davon, da Miss Emily ihr besorgt mitteilte, ihr Bruder habe durch seine Reise nach Afrika einen großen Kräfteverschleiß erfahren, denn dieser Kontinent habe ihm viele Illusionen geraubt, und er habe dort schwierige Situationen erlebt, ohne die geeignete Form für seine Wiedergeburt zu finden. Schließlich hätten die Afrikaner den Kontakt zu den ursprünglichen Energien der Erde verloren und große Entbehrungen erleiden müssen, und so hätten Krankheiten, Kriege und Hunger sie ihrer Wurzeln beraubt und aus ihren Häusern vertrieben und sie wie unruhige Seelen über den unendlichen Kontinent gescheucht. Plantintáh hatte die Bewohner ganzer Dörfer bei ihren Wanderungen über die Landesgrenzen hinaus begleitet und voller Entsetzen mit ansehen müssen, wie der Tod mit seiner unersättlichen Sense erbarmungslos gewütet habe, woraufhin er von Äthiopien nach Südafrika, von Angola nach Algerien geflüchtet sei, und dabei Senegal, Guinea, Kamerun, Kenia, Tansania und Namibia durchlaufen habe, und zwar von Norden nach Süden und von Osten nach Westen, bis hin zur Elfenbeinküste. Dann habe er einen Aufenthalt auf den Kapverden und der Insel San Tomé gemacht, um zur Besinnung zu kommen, dort, wo Jahrhunderte zuvor seine wirklichen Urväter mit schweren Eisenketten um den Hals an Bord der Sklavenschiffe gegangen waren. Er pilgerte unter all den Kreaturen, die mehr recht als schlecht weiterlebten, umherirrende Skelette, Kinder mit aufgeblähten Bäuchen und Streichholzbeinen, die wie Greise aussahen, Frauen mit Augen, die aus den Höhlen traten, und die knochige Gestalten gegen ihre ausgemergelten, schlaffen Brüste preßten, aus denen schon lange keine Milch mehr floß. Plantintáh war zurückgekehrt, wenn man so etwas von einem Geist behaupten konnte, und er trug das ganze Leid eines Kontinents auf seinen Schultern.

»Afrika ist ein Alptraum«, gab er Miss Emily zu verstehen, »eine große und tiefe Enttäuschung.«

»Mein armer Bruder«, vertraute die alte Jungfer Stella an, »ich glaube, sein Licht wird bald verlöschen ...«

»Vielleicht erholt er sich hier, nimmt eine Ruhepause und tankt Sonne und Meeresluft in der Nähe seiner Familie«, schlug der Albino vor.

»Wenn ein Geist seine Kraft verliert, dann ist es für immer. Die Geistwesen ermatten, wenn sie die Lieblosigkeit der Lebenden erfahren und sie selbst nicht mehr geliebt werden. Plantintáh war zu lange abwesend und hat vergessen, sich bei Amanda in Erinnerung zu rufen. Sie konnte nicht mal mehr sein Grab finden.«

»Sie hat Wichtigeres zu tun in diesem Leben«, entschuldigte Stella sie.

Der Albino sollte Plantintáh nie wiedersehen. Miss Emily erklärte dem weißsüchtigen Mädchen, daß der Geist seine knappen Energien aufspare, um noch so lange wie nur möglich nützlich zu sein. Genau so, wie man es mit den Radiobatterien macht, erläuterte die Alte, damit Stella verstand, was sie meinte. Zu Plantintáhs Entkräftung kam noch seine Sorge um Matilda. Miss Emily versuchte, ihn damit zu beruhigen, daß das Mädchen noch seine Großeltern, seine Mutter und Stella habe. Plantintáh hörte ihr mit gerunzelter Stirn zu, verzog den schönen Mund zu einer mürrischen Miene und verbarg sein Leid unter den Lidern. Er war nicht sehr überzeugt von dem, was Miss Emily ihm sagte, aber er verspürte nicht das Bedürfnis, ihr zu widersprechen. Seine Uhr war abgelaufen. Der Arme wurde von Tag zu Tag durchscheinender. Nicht einmal Lorenzos Abwesenheit konnte ihn trösten.

Nur Eudora zog Nutzen aus ihrer neuen Situation. Sie festigte ihre Beziehung zu Abelardo Brenes und schien endlich den ruhigen Hafen der Liebe gefunden zu haben. Mit ihm teilte die Lehrerin, ohne Lohn, Schule und Bett. Ganz Parima Bay wußte von ihrer Liebschaft, doch man rechtfertigte die Sache mit einem unerschütterlichen Argument: »Ihr Mann hat sich aus dem Staub gemacht und sie allein gelassen, dann ist es nur recht, daß sie sich einen Begleiter sucht«, sagten die Fischer, zogen ihre Netze aus dem Wasser und beneideten den Lehrer darum, die schönste Frau der Gegend zu besitzen.

Eudora war glücklich und ging ganz darin auf, Unterricht zu erteilen und Abelardo Brenes zu lieben.

Lorenzo hingegen war nicht sehr zufrieden mit seinem Leben in Puerto, doch der Teufel hat das Glück, das den Engeln nicht beschieden ist. Er war nicht in Parima Bay, als die Kakaoplantagen von einer großen Plage befallen wurden, die in kurzer Zeit alles vernichtete. Woher diese Krankheit gekommen war, wußte niemand genau. Es wurde viel behauptet zu jener Zeit, als die mörderische Spore die Plantagenbesitzer in den Ruin trieb, die alle Hebel in Bewegung setzten, um der Pest ein Ende zu bereiten, doch ohne Erfolg. Vergeblich fällte man die Bäume, die Schatten gaben, damit die Sonnenstrahlen überall hinreichten. Man verbrannte Blätter und schnitt kranke Äste ab. Im Schweiße ihres Angesichts mühten sich Männer, Frauen und Kinder vergeblich, das Übel aufzuhalten, und mußten mit ansehen, wie die Beeren die kränkelnde Farbe der Fäulnis annahmen und sich die ansteckende Pest auf viele Hektar Land ausbreitete.

Man holte die Meinungen der Fachleute ein und importierte Pflanzen einer widerstandsfähigeren Gattung, von der es hieß, sie sei immun. Man nahm Bankkredite auf, um all die Kakaoplantagen auszuräuchern, die noch nicht befallen waren. Doch die unsichtbare Spore folgte ihrem zerstörerischen Kurs, ohne daß die Menschen und die Wissenschaft sie aufhalten konnten.

Und da ein Übel selten allein kommt, sank auch der Kakaopreis auf dem Weltmarkt, bis er die Produktionskosten unterlief.

Dann kam die Stunde der Wahrheit, als die Anleihen bezahlt werden mußten und die Banken keinen Aufschub duldeten. Den Parimensern blieb keine Wahl: Sie mußten ihre befallenen Pflanzungen verkaufen. Das war der Zeitpunkt, als Lorenzo in Olgas Schreibwarenladen ein Büro eröffnete, in dem er die verarmten Schwarzen empfing, die der Zambo in der ehrlichen Absicht zu ihm schickte, er möge ihnen helfen. Lorenzo, dem es in die Wiege gelegt worden war, sich jederzeit den Löwenanteil zu sichern, zahlte Tiefpreise für die heruntergekommenen Höfe, die nichts mehr abwarfen und keine landwirtschaftliche Zukunft, doch eine exzellente Lage hatten, und die sich ganz vorzüglich zu touristischen Zwecken eigneten. Auf diese Weise riß sich der Kramladenhändler in kurzer Zeit das Land mit dem schönsten Blick aufs Meer unter den Nagel. Anfangs wußte er nicht einmal, was er damit anstellen würde, und folgte ganz einfach seinem untrüglichen Spürsinn, der ihm auftrug, zu kaufen. Die Kakaopflanzer verließen sein Büro mit traurigem Blick, das Päckchen Scheine in der Hand, unentschlossen und ohne eine Vorstellung davon, was sie damit anfangen konnten. Nach und nach wurde das Geld aus dem Verkauf der Länder für Fahrräder und Transistorradios, Kleider und andere unbedeutende Nichtigkeiten ausgegeben.

Lorenzo hingegen ließ sich von seinen unfehlbaren Vorahnungen leiten und schloß einen Vertrag mit einem arbeitslosen Vermesser, den er damit beauftragte, Pläne über den erworbenen Grund und Boden zu erstellen. Die Leute von Parima Bay gewöhnten sich bald an den Anblick des Typen mit den verschlagenen Schweinsaugen, der mit einem Theodoliten im Gepäck und in Begleitung einer rundlichen Frau erschien, und über den man sich erzählte, er habe seine rechtlich angetraute Gattin verlassen. Der Vermesser arbeitete für Lorenzo, bis auch er entdeckte, wie leicht es in dieser Gegend war, zu Geld zu kommen. Er widmete sich der Bodenspekulation, wurde reich und eröffnete ein Restaurant. Damit wurde er zum ersten ernstzunehmenden Konkurrenten des Kramladenbesitzers.

»Du solltest dem Gespenst dankbar sein, das dich angeblich aus diesem Dorf vertrieben hat«, sagte Olga zu Lorenzo, während sie Austern und einen weißen, importierten Wein zu sich nahm. »Da hast du ins Schwarze gespielt, mit deiner Frau hast du auch einen Fehlgriff getan, aber sieh mal, wie gut die Dinge laufen, seit du hier bist!«

Als die Kakaopflanzer eines Tages erwachten und ohne Land und Geld dastanden, begriffen sie, warum ihnen der Gemischtwarenhändler die von der Pest befallenen Farmen abgekauft hatte. Aber es war schon zu spät, um einen Wiederkauf zu erwägen. Die Quadratmeterpreise waren um das Zehnfache gestiegen und kletterten weiter in die Höhe, je mehr Nordamerikaner und Europäer ein Fleckchen von diesem Paradies ergatterten, von dem sie ihr ganzes Leben geträumt hatten, einige in der Absicht, Häuser darauf zu bauen, um sich auszuruhen, andere, um ihr Geld mit dem Tourismus zu verdienen.

Bald griff die Gewinnsucht in Parima Bay um sich, ohne daß der afrikanische Prediger dagewesen wäre, sie zu bekämpfen.

Die Parimenser haßten Lorenzo, weil er sich an ihrem Unglück und ihrer Verzweiflung bereichert hatte. Allerdings konnte niemand dem Händler seinen Abscheu ins Gesicht schreien, denn er versteckte sich hinter seinen Anwälten. Statt dessen schwappte die Welle der Abneigung, die eigentlich seinem Chef galt, über den Zambo, war er doch anwesend und für alle sichtbar. So mieden ihn bald alle, die ihn einst geliebt und geschätzt hatten. Unverdiente Zielscheibe ihrer Wut, wurde der Zambo ständig mißmutiger und ungeselliger. Aus einem Gefühl der Dankbarkeit heraus folgte er immer noch den Anweisungen, die Lorenzo ihm per Telefon erteilte, immerhin hatte dieser ihm Arbeit gegeben, als er, nach dem Biß durch eine Klapperschlange und dem vorübergehenden Aufenthalt im Jenseits, heimatlos und ziellos zu den Lebenden zurückgekehrt war. Er, der einmal so gesellig und bei allen beliebt gewesen war, wurde vor das Scherbengericht geführt und als eine Folge der allseitigen Ablehnung mit bitterer Einsamkeit bestraft.

Lorenzo wußte die Jahre in Puerto an Olgas Seite zu nutzen. Dank seines gesunden Menschenverstandes und seines bemerkenswerten Pragmatismus investierte er die Einkünfte aus dem Kauf und Verkauf der Ländereien in Geschäfte von größerer Tragweite und erwarb mit dem angehäuften Vermögen ein großes Boot, einen Schleppkahn und zwei Container für den Transport von Rindfleisch nach Panama. Ein anderer hätte seinen Spaß daran gehabt, das Geld in Schauobjekte und Vergnügungen zu stecken, nicht so Lorenzo. Er hatte seinen alten Geiz behalten und auch seinen Lebensstil von einst nicht verändert. Zum Ärger Olgas, die ihm beständig wegen seiner Knauserei in den Ohren lag, häufte er sein Geld auf dem Bankkonto an und so war der einzige Luxus, den er sich in all den Jahren erlaubte, ein Eckzahn aus Gold, der ihm einen höchst vampirhaften Ausdruck verlieh.

Matilda

Eines Tages begann der Zambo damit, Stella Piratengeschichten zu erzählen. Es machte ihm das Schweigen erträglicher, mit dem ihn die Leute im Dorf straften, denn sie hielten ihn für das Werkzeug, das Lorenzo dazu benutzte, ihnen Grund und Boden abzukaufen. Der Zambo zog die farblose Mulattin auf seine Seite, um jemanden zu haben, mit dem er sprechen konnte und der ihm Gesellschaft leistete, nicht weil sie ihn als Frau interessierte. Er bestach sie stillschweigend und drückte ein Auge zu, wenn sie ihn um etwas zu trinken bat und ihre Getränke nicht zahlte. Stella akzeptierte dankbar die neue Wende in ihren Beziehungen und hielt sich auch nach Geschäftsschluß noch in der Bar auf, um mit ihm ein Schwätzchen zu halten, eine Zeit, zu der der Zambo gewöhnlich den Laden, mit Ausnahme der Samstage, schloß. Anfangs schwieg Stella voller Argwohn und Mißtrauen, denn der schlechte Ruf Lorenzos stand zwischen ihnen. Sie fürchtete, hinter der Großzügigkeit des Zambo könne sein Chef stehen, der etwas über Miss Emily und Eudora erfahren wolle. Doch bald merkte sie, daß sein Verhalten gar nichts mit Lorenzo, sondern vielmehr mit seiner Einsamkeit zu tun hatte, und spürte, daß ihm mehr daran gelegen war, gehört zu werden als zuzuhören. Zwischen den beiden entstand eine feste Beziehung, und sie ähnelte sehr dem Verhältnis zweier Schiffbrüchiger, die es auf dieselbe Insel verschlagen hat. Sie verstand, daß seine ganze vereinsamte Existenz um den Gemischtwarenladen und die Bar kreiste und daß er keinen Platz hatte, wohin er hätte gehen können.

Stella verfügte über größere Bewegungsfreiheit, seit Plantintáhs Geist zurückgekehrt und Lorenzo aus Parima Bay fortgegangen war. Sie konnte sich nicht erinnern, jemals so viel Zeit für sich gehabt zu haben. Tagsüber kümmerte sie sich um Miss Emilys Belange, die das Gespenst nicht befriedigen konnte. Hin und wieder stattete sie ihrer Mutter Priscilla einen kurzen und belanglosen Besuch ab, die nie eine besondere Zuneigung zu ihrer Tochter verspürt hatte, und auch ihre Geschwister begegneten ihr mit der Gleichgültigkeit, mit der man einen sehr entfernten Verwandten begrüßt. Manchmal widmete sich Stella auch mit Leib und Seele der Aufgabe, Matilda zu hüten. Wenn sie das Mädchen schließlich seiner Mutter oder Großmutter anvertraute, beschloß sie ihr Tagewerk in der Bar. Der Zambo hatte sich daran gewöhnt, daß sie jeden Abend kam. Erst wenn die Kunden gegangen waren, bat sie um ein freies Getränk. Es gab auch Tage, an denen ihr besonderes Glück winkte und der Zambo ob der Geduld, mit der sie seine Geschichten gehört hatte, aus einer besonderen Spendierlaune die leeren Flaschen gegen volle tauschte.

Gewöhnlich schnappte sich der Zambo einen Besen, nachdem er die Ladentüre geschlossen hatte, und gab sich ans Saubermachen, während Stella still und langsam vor sich hintrank. Sobald er die Tische gereinigt hatte und die Stühle wieder in Reih und Glied standen, machte er Kassensturz, rückte hier und da ein paar Gegenstände zurecht und setzte sich schließlich der weißlichen Mulattin gegenüber, sah ihr beim Trinken zu und wählte ein neutrales Gesprächsthema. Manchmal versuchte Stella ihn dazu zu bewegen, von seiner Kindheit zu erzählen, aber das einzige, was der Zambo zugab, war, daß er an der Küste Honduras' geboren worden war, doch nie ließ er mehr über seine Vergangenheit durchblicken, jene Zeit, die vor Parima Bay lag. Auch sie wahrte ihre Geheimnisse und erzählte ihm nur das, was nicht unmittelbar mit Miss Emily und Eudora Scarlet zu tun hatte, den Wesen, die sie am meisten auf dieser Welt liebte. In stillschweigender Übereinkunft schlossen sie den Namen Lorenzo aus ihren Gesprächen aus.

Nur einmal im Verlauf all der Schwätzchen, die ihnen ihr Gegenüber offenbarten, wagte Stella einen Vorstoß. Als der Alkohol ihr die Scheu genommen hatte, fragte sie ihn: »Stimmt es, daß du schon tot warst und wieder ins Leben zurückgekehrt bist?«

Er hängte darauf den Lappen, den er immer in Händen hielt, auf eine Stuhllehne, fixierte einen unsichtbaren Punkt, als wolle er die Erinnerung daran zurückholen, dachte an den Kräuterheiler und erzählte mit denselben Worten und denselben Pausen wie immer, auf welche Weise er erfahren hatte, daß ihn eine giftige Schlange gebissen hatte, und davon, wie er von einem guten und weisen Menschen geheilt worden war, der sein Geheimnis mit ins Grab genommen hatte.

»Es gab damals im Hof einen Garten mit Heilpflanzen. Heute findet man kaum noch *man to man, strong back, kidney bush* oder *spanish needle*«, meinte er melancholisch. »Der Heiler bekämpfte Schwellungen mit zarten Mangoblättern und Ohrenschmerzen mit Hühnerfett. Wenn es jemand an den Nerven hatte, bereitete er einen Tee aus den Kernen der Bitterorange oder aus Nervenwein. Mit Gürteltierfett kurierte er die Bronchitis, die Rheumatiker bestrich er mit dem Fett der ausgewachsenen Boa. Wenn jemand von einer Mückenlarve befallen war, klebte er ein Papier über den Einstich, das mit der Milch der Brotbaumfrucht bestrichen war, und wenn der Wurm zum Luftholen nach oben kam, konnte er ihn leicht greifen und herausziehen.«

»Warst du damals sehr glücklich?« wiederholte Stella ihre Frage, denn sie wußte, daß er sich gerne an den Kräuterheiler zurückerinnerte.

Der Zambo gab darauf keine direkte Antwort, aber er pflegte dann von der Milch der Papaya zur Behandlung schmerzender Backenzähne und von Petroleum mit Zucker gegen Schnittwunden zu sprechen.

»Wenn du dich schlecht fühlst, weil du zuviel getrunken hast«, riet er höflich, »dann ist Eisenkraut oder *mozote* das beste, was es gibt. Und wenn du zugenommen hast, mußt du Löwenzahn zu dir nehmen. Hast du Halsschmerzen oder Bauchweh, verschafft dir Ingwer Erleichterung.«

»Ich glaube«, sinnierte Stella mit der Flasche in der Hand und dem Gläschen an den Lippen, »daß es den Leuten damals besser ging. Ich sage dir, die Zeiten waren damals nicht so schlecht wie heute. Erzähl doch mal, wie die Menschen früher waren.«

»Die Menschen waren immer und zu allen Zeiten gleich. Es ist einfach eine Frage des Platzes und der Gelegenheiten.«

»Wie meinst du das mit den Gelegenheiten«, fragte der Albino nach, der die Antwort schon in- und auswendig kannte, aber der es mochte, wenn der Zambo zu seinen weitschweifenden Erklärungen ausholte.

»Früher gab es weniger Gelegenheiten, etwas Schlechtes zu tun, weil die Häuser weiter auseinanderlagen und die Schlechtigkeit auf den Hinterhöfen bleiben mußte ... Aber es gab böse Menschen, die gab es ...«

Und dann erzählte der Zambo von dem Neger aus Cauca, und, um dem Bösen entgegenzuwirken, gleich darauf von der Güte des Afrikaners. Stella hörte sich seine Geschichten tiefbefriedigt an, so aufmerksam, als höre sie alles zum ersten Mal. Dann hakte sie sich immer wieder an dem Punkt ein, der sie am meisten interessierte: »Nun gut, aber sag mal, wie ist es denn da im Jenseits? Was hast du da gesehen, als dich die Schlange gebissen hatte? Ich«, bekannte sie und zuckte unruhig mit den Lidern, »ich war auch schon dort; es gibt da keine Weißen, nur jede Menge Schwarze, die alle tanzen ...«

»Tanzen?« wunderte sich der Zambo und sah sie ungläubig an. »Ich habe niemanden dort tanzen sehen, im Jenseits. Ich hab überhaupt keine Menschen da gesehen. Das ist ein so verlassener und leergefegter Ort, da sieht man noch nicht mal einen Leguan ... Es sieht da aus wie die ewige Abenddämmerung in den stickigen Bergen, ja, heiß ist es da, und alles reicht weiter als das Auge und ist von roten Wolken und letzten Ruhestätten überzogen ...«

Wenn der Zambo »Ruhestätten« sagte, dann wußten beide, daß es sinnlos gewesen wäre, weiter zu beharren, denn er hatte über seine Erfahrung im Jenseits nichts mehr zu sagen. Entweder gab es da nichts mehr, oder er wollte es nicht erzählen, was auf das gleiche hinauslief. Stella konnte ihm nicht ein Wort mehr darüber entlocken. So starrte der Albino aufmerksam in die Flüssigkeit seines Getränkes, als würden dort winzige Segelschiffe schwimmen, und wartete unter dem schwankenden Licht der von Fliegendreck verklebten Glühbirne geduldig darauf, daß der Zambo mit der Erzählung seiner Piratengeschichten begann, um das Schweigen zu brechen. Wenn er seine Geschichten, die der Albino nie zu unterbrechen wagte, beendet hatte, seufzte der Zambo, griff wieder nach dem Lappen, sah sie schuldbewußt an, als wolle er sie um Verzeihung bitten, nahm ihr sanft die leere Flasche weg und sagte: »Geh schlafen, Stella, geh schon.« Dann löschte er das Licht, schloß die Ladentür, und beide schlugen nach erfüllter Mission verschiedene Richtungen ein, er mit der gewohnten Verschwiegenheit und dem langsamen Schritt eines Menschen, der nicht genau weiß, wohin er gehen soll, und sie strauchelnd und stolpernd. So nahm jeder seine Geheimnisse und seine Einsamkeit mit sich.

Der Zambo war es auch, der Stella erzählte, die Delphine seien in Wahrheit reumütige Piraten, die als Sühne für ihre großen und schrecklichen Untaten die Matrosen auf hoher See begleiteten. Er verriet allerdings nicht, woher er seine Geschichten bezog und wer sie ihm erzählt hatte. Vielleicht hatte er sie in seiner Heimat in Mosquitia gehört, von wo auch die Piratenschiffe seiner Erzählungen aufgebrochen waren. So übervoll er mit diesen Abenteuergeschichten war, so wortkarg war er, wenn es darum ging, etwas über seine Kindheit in Cabo Camarón zu erzählen, obwohl er seinen Geburtsort nie leugnete. Stella konnte feststellen, daß seine Geschichten der Wahrheit entsprachen, als sie den Jamaikaner zu Rate zog, der ebenfalls eine große Vorliebe für diese Art von Abenteuern hegte. Der hünenhafte, häßliche Schwarze lauschte wohlgefällig ihren Schilderungen und reicherte die Erzählungen des Zambo noch mit Geschichten an, die er in seiner Kindheit und Jugend in Kingston gehört hatte. Stella lief bald von einem zum anderen und trug die Geschichten hin und her, bis der Jamaikaner begierig darauf war, die Erzählungen des Zambo aus erster Hand zu hören, was Stella den ganzen Spaß an der Sache verdarb, wagte sie doch nicht, in Gegenwart von Matildas Großvater Alkohol zu trinken, der sich bald nach Geschäftsschluß in der Bar einfand. So kam es, daß die weißliche Mulattin von Freibeutern und Korsaren reden hörte, die von Port Royal, der Hauptstadt der Piraterie, ausströmten, einer Stadt, in der es von britischen Verbrechern und unverbesserlichen Prostituierten nur so wimmelte und die zu den lasterhaftesten Plätzen in der ganzen Welt gehörte, bis Gottes Zorn sie im Ozean versenkte, ein ebenso verdientes Ende, wie es auch Sodom und Gomorrha widerfahren war. Sie lauschte ihnen andächtig, um ihre Sucht zu verdrängen, und wurde so von diesen Geschichten gefesselt, daß sie ihren Durst beinahe vergessen hätte. Das monotone Geräusch der Wellen, die draußen in tiefster Nacht auf den Strand schlugen, trug dazu bei, die Heldentaten eines Morgan und eines Mansfield wieder auferstehen zu lassen. Alles war mit einem Mal so wirklich, daß der Albino meinte, den schrecklichen Blaubart, einen grausamen Frauenschänder, in die Kantine von Parima Bay einfallen zu sehen. Sie glaubte, das Hämmern seines Holzbeins auf dem Boden zu hören, und zu sehen, wie er Rum aus der Flasche trank, sah seine Haare, die er wie eine Fünfzehnjährige frisiert hatte, und die schwarze Klappe, die er über dem Auge trug, meinte, das geöffnete Hemd über der behaarten Brust und den Säbel an seiner Seite zu sehen, und blickte erschreckt in die runden, starren Augen eines grünen Papageis mit rotem Häubchen, der mit schiefgelegtem Köpfchen von seiner Schulter auf sie herabsah. Dies waren die unterhaltsamsten Stunden im Leben der farblosen Mulattin, und nicht einmal später, als sie Gelegenheit bekam, fernzusehen und ins Kino zu gehen, hatte sie soviel Spaß wie zu dieser Zeit.

Der Zambo und der Jamaikaner tauschten ihre Kenntnisse über Fregatten, Kutter, Karavellen, Feluken, Postdampfer, Briggs und Schoner aus und fachsimpelten über die Wasser der Karibik, von St. Kitts bis New Providence, von Barlovento bis zu den Bahamas. Sie landeten auf der Schildkröteninsel, wo die französischen Seeräuber die englischen Korsaren erwartet hatten, um ihnen die Beute zu entreißen, die diese ihrerseits einer Flotte spanischer Galeonen geraubt hatten. Gebannt hörte Stella die Schilderungen über Kanonen, Arkebusen und Lanzetten, Worte, die in ihren Ohren wie Beschwörungen klangen. Sie schloß, daß es sich dabei um Waffen handeln mußte, ohne zu wissen, wie sie aussahen oder wie sie funktionierten, und bewunderte die weitreichenden Kenntnisse, die so einfache Leute über diese Materie zum besten gaben.

»Die Piraten sind sicher auch hier eingefallen ... Vielleicht haben sie ja irgendwo einen Schatz vergraben ... Glaubst du, daß es stimmt, daß sie eine ...«, hub der Jamaikaner an und senkte die Stimme, zog die Schultern hoch, schürzte seine dicken Lippen noch mehr und rollte mit den runden Augen, »... daß sie eine große Kette gesehen haben, die unter einem Felsen versteckt ist, gegenüber von der Insel, die vor dem Haus der Simpsons liegt? Glaubst du an diese Geschichte, die sich die Leute hier erzählen?«

Der Zambo dachte unter seinen halbgeschlossenen, schrägen Augenlidern eine ganze Weile nach, und dann meinte er vorsichtig: »Man kann dran glauben oder nicht ... Jedenfalls erzählt man sich das ... Doch es heißt auch, daß man die Kette schon nicht mehr sehen kann, weil sie von Sand bedeckt ist, und daß man sie erst freigraben muß und daß an ihrem Ende ein großes Faß befestigt ist, und zwar unter dem Felsen, um genau zu sein. Das Problem ist, den Felsen beiseite zu schaffen.«

Das Gespräch kam immer wieder auf den vergrabenen Schatz zurück, der sich ganz in der Nähe des Gemischtwarenladens befinden sollte. Stella beobachtete den Zambo und den Jamaikaner oft, wie sie den Strand abliefen und ins Meer tauchten, wenn die See still und glasklar dalag, und immer kamen sie mit enttäuschten Gesichtern nach oben. Stella wagte sogar einen Vorstoß bei Miss Emily und bat die Greisin, sie möge Plantintáh fragen, wo sich die Steinkette unter dem Felsen befinde, doch sie erhielt einen Rüffel zur Antwort.

»Einen Geist belästigt man nicht mit solchen Nichtigkeiten!«

Stella schob ein paar Tage im hinteren Teil von Miss Emilys Haus Wache, dort, wo Plantintáh erschienen war, und hoffte, ihn zu sehen und höchstpersönlich zu befragen, doch er ließ sich nie blicken und bestätigte, was Miss Emily schon gesagt hatte: Wenn die Kräfte der Geister nachließen, sparten sie ihre Energien für ganz besondere Momente auf.

Mit der Zeit ließen der Zambo und der Jamaikaner davon ab, sich gegenseitig ihre Geschichten zu erzählen, denn als Lorenzo nach Parima Bay zurückkehrte, wurden die Zusammenkünfte, bei denen man in der Erinnerung an Heilkräuter und in Piratenabenteuern schwelgte, für immer gestrichen.

Stellas erstaunliches Gedächtnis vergaß nicht ein Komma dieser Erzählungen, und sie gab sie an Matilda weiter. So erhielt sie ihren Zauber und sorgte für Zerstreuung in den Stunden der Langeweile, wenn sie die gesunde Milch der grünen Kokosnüsse tranken, die vorzeitig auf den Sandstrand fielen.

Sie erfanden Spiele, in denen sie Schätze suchten und leere, mit Süßigkeiten gefüllte Thunfischbüchsen an leicht zugänglichen Plätzen vergruben, bis die Kleine eines Tages Eudoras Ehering stibitzte und sich so viel Mühe gab, ein geeignetes Versteck zu finden, daß er nie wieder auftauchte. Sie hatte großes Glück, daß Eudora ihn nie trug, schließlich erinnerte er sie an unangenehme Dinge, und so hatte sein Verschwinden keine Folgen.

Es waren die glücklichsten Jahre im Leben der Stella Taylor, wenn sie über den Strand lief und sich hinter einer Helikonie versteckte, verfolgt von einer fröhlichen, ausgelassenen Matilda, die im Verein mit ihren unzertrennlichen Freunden spitze Schreie ausstieß, mit einem dünnen Ästchen wie mit einem Piratenschwert vor ihrer Nase herumfuchtelte und sie zwang, sich zu ergeben.

Sicher hatte Amanda Scarlet Plantintáh nicht kommen hören. Nicht ein Knarren, nicht ein Wippen der Holzbretter verriet seine Anwesenheit, nur der Blumenvorhang, der die Küche von den anderen Zimmern des Hauses trennte, erzitterte leicht, eine Bewegung, die sie auch nicht bemerkte, denn sie wandte ihm den Rücken zu und war dabei, die schmutzigen Teller vom Mittagstisch zu spülen. Sein Blick ruhte auf dem undurchdringlichen Fettmantel, der ihre Schönheit wie die Muschel einer Molluske umgab, und er verstand gerührt, daß Amanda vor fremden Augen, die nicht die seinen waren, die wunderbaren Umrisse ihres unglaublichen Körpers, die dunklen Kuppeln ihrer Brüste, die schlanke, endlose Linie ihrer strammen Schenkel und die Festigkeit ihrer aufsässigen Hinterbacken nicht preisgegeben hatte. Plantintáh, der soviel Treue gewahr wurde, und dies ungeachtet all der Jahre, die verstrichen waren, war so ergriffen, daß er beinahe in Tränen ausgebrochen wäre. Doch er behielt die Fassung, denn noch war seine Stunde nicht gekommen. Mit unendlicher Zärtlichkeit liebkoste er die ausufernden Wülste, die der einschnürenden Unterwäsche entkommen waren, und suchte unter der haltlosen Fettschicht nach den jugendlichen Brüsten, bis er sie gefunden hatte. Amanda strich sich ahnungslos mit einer Hand über den Rücken, in dem Glauben, eine Mücke habe sie belästigt, und fuhr bald mit ihrer Plackerei zwischen den Töpfen und Putzlappen fort.

Er packte sie aus wie ein prachtvolles Präsent, das fest umhüllt war von mehreren Lagen Karton und Papier, und befreite sie von ihrer Verkleidung, bis sie so rank und schlank vor ihm stand, wie sie einst gewesen war. Bewundernd betrachtete er ihren langen Hals und die gleiche stolze Haltung ihrer Schultern, die er vor mehr als dreißig Jahren liebkost hatte, als sie sich so leidenschaftlich liebten, daß die Pfosten ihres Pfahlhauses große Mühe hatten, standzuhalten und nicht einzubrechen. Er konnte der Versuchung nicht widerstehen und beugte sich vor, um in ihren Nacken zu beißen, genau dort, wo die widerspenstigen Haare, die kaum zu bändigen waren, wie absichtlich einen Spalt Haut freigaben.

Amanda hielt wie erstarrt in ihrer Arbeit inne, ihre eingeseiften Hände blieben unbeweglich in der Höhe, der Wasserstrahl prasselte ungestört auf den Kessel, und es war nichts als das aufgeregte Plätschern eines verspielten Wasserfalls zu hören. Die Reiskörner, die sich auf dem Grund des Topfes gefangen hatten, schwärmten an die Oberfläche und sprangen zwischen dem Seifenschaum umher. Ohne sich umzudrehen, richtete Amanda ihren fetten, gebeugten Leib auf, stützte ihre Hände auf den Rand des Spülbeckens, reckte den Kopf und wagte einen vorsichtigen und behutsamen Blick aus den Augenwinkeln, als wolle sie das Wunder nicht durch eine ungelenke Bewegung vertreiben. Langsam, mit angehaltenem Atem, drehte sie ihren ganzen Körper herum, doch da war nichts als das leichte Beben des geblümten Stoffes, den eine Brise von der Türe her bewegt hatte. Ungehalten starrte sie auf das unruhige Muster der Blumen, die auf den Vorhang gedruckt waren.

»Bist du es? Du warst das!« sagte sie ungläubig.

Plantintáh Alphaeus Robinson litt unendlich unter ihrer Enttäuschung. Er antwortete ihr: »Ja, ich bin es«, aber sie konnte ihn nicht hören. Bedrückt strich sie mit der Hand über ihre Stirn und hinterließ einen weißen Schaumklecks in ihren Haaren, die am Ansatz immer noch dunkel waren. Sie stieß einen Seufzer aus, kehrte dem Vorhang den Rücken zu und tauchte die Hände in das Seifenwasser.

Da wußte Plantintáh, daß es nur eine Möglichkeit gab, ihre Aufmerksamkeit noch einmal zu erlangen: Sie mußte ihn sehen. Obwohl ihn dies seine Existenz als Geistwesen kosten würde, wiederholte er den Biß in ihren Nacken und unternahm dabei eine übermenschliche Anstrengung, um all seine Energie zu sammeln, die ihm geblieben war. Und da sah sie ihn, wie er dastand, hier, mitten in der Küche, in der sie so oft Katz und Maus gespielt hatten und hintereinander hergelaufen waren, bis sie vor Liebe auf dem Boden vergingen. Da stand er in den gleichen Gabardinehosen und dem Seidenhemd, das er auf dem Fest in Monky Point getragen hatte, die blauen Augen in seinem schwarzen Gesicht, und er sah sie an, unendlich liebevoll, tieftraurig, so voller Kummer und Zärtlichkeit, daß sie die Kraft nicht fand, das Wort »Plantintáh« zu beenden, das sie begonnen hatte. Sie hielt inmitten des Wortes inne, um ihn besser betrachten zu können, ihn zu genießen und aus der Erinnerung der Zeichnung seiner Lippen und dem Schwung seiner kraftvollen Unterarme nachzugehen. Und sie sahen sich an und sagten sich Dinge, die sie in all den Jahren nicht gesagt hatten, und all das, was sie in ihrer Sehnsucht sich hatten sagen wollen, und ließen nicht ab voneinander, während er, wie eine erlöschende Kerze seine letzten, lichtvollen Energien verbrauchte und nach und nach transparent wurde, immer durchscheinender und flüchtiger, bis er, in einen Luftstrom aufgelöst, in die Haare von Amanda Scarlet blies und verwehte.

Sie hatte noch nicht die Hand erhoben, um sich die Tränen abzuwischen, die ihr über die Wangen liefen, als ein schwarzer Hahn zur Tür hereinkam, und da wußte sie im selben Augenblick, daß es der Geist Plantintáhs war, der in dem Tier wohnte, zurückgeworfen auf seine einfachste Gestalt. So jagte sie ihn nicht fort, wie sie es mit den Hennen und den Küken der Nachbarschaft tat, die sich in ihren Hof verirrten, sondern ließ ihm seinen freien Lauf und duldete, daß er ganz nach Belieben die unsichtbaren Körner aufpickte, die auf dem Boden lagen.

Zusammen mit dem schwarzen Hahn kamen die Spieler. Sie stiegen eines Tages aus einem olivgrünen, kleinen Bus, der vor dem Berg der Vergeßlichen hielt. Ein Landvermesser hatte sie auf ihrer Fahrt begleitet, der sich die Abwesenheit Lorenzos zunutze machte und das Gelände verkaufte, als sei es sein Eigentum. Die Fremden blieben und rangierten hin und her, als suchten sie einen Bezugspunkt, betrachteten aufmerksam einen Plan, den sie in ihrer Mitte aufschlugen und mit dem Finger nachvollzogen, als wollten sie sichergehen, daß der Ort auch wirklich der rechteckigen Zeichnung auf dem Papier entsprach. Der Landvermesser lief hierhin und dorthin, die Fremden auf den Fersen, und steckte die äußeren Punkte derselben Anhöhe ab, auf der schon der predigende Afrikaner gelebt und die Kaimane vergessen hatte, dort, wo sich der Missionar niederließ und die Existenz der Schwarzen vergaß, wo der Neger aus Cauca hauste, ohne der Liebe zu gedenken, eben jenes Fleckchen Erde, auf dem der Schriftsteller sein Manuskript aus den Augen verlor wie die Hippies das Leben in der Kommune, und schließlich Matildas leiblicher Vater seinen Samen vergaß, ohne ihn je wahrgenommen zu haben. Von all diesen Gedächtnisschwachen, die auf dem Gipfel des Berges gelebt hatten, war keiner so in den Wolken wie die Neuankömmlinge. Man brauchte nur ihre zerstreuten Mienen zu sehen, mit denen sie gedankenverloren in der Gegend umhersahen, und selbst ein oberflächlicher Betrachter hätte wahrgenommen, daß sie nicht von dieser Welt waren.

Die Spieler, zwei Männer und zwei Frauen, die ihre Lebensmitte gerade überschritten hatten, zogen einen Klapptisch aus ihrem Wagen, sie trugen ihn so feierlich den Bergpfad hinauf, als handele es sich um die Bundeslade, und begannen gleich darauf, Bridge zu spielen, fernab jeder Realität, die nichts mit ihren kleinen Slams aus Coeur, Pik und aus drei Trümpfen zu tun hatte, und vergaßen schlichtweg, den Rest ihrer Habe, ein Campingzelt mitsamt Zubehör, nachzuholen. Endlich, als sie im spärlichen Tageslicht nicht einmal mehr ihre Zehenspitzen erkennen konnten, machten sie sich daran, ihr Nachtlager vorzubereiten. Mit der Zeit bauten sie sich ein einfaches Häuschen just an jenem Platz, an dem zuvor die anderen Behausungen gestanden hatten, und scherten sich nicht einen Deut um die zu Kalk gewordenen menschlichen Knochen der ermordeten Frauen, die zwischen den Spaten der Arbeiter zum Vorschein kamen. Voll und ganz davon in Anspruch genommen, ihren Tisch und ihre Spielkarten an den Strand zu verlegen, wo sie sich unter einem großen, schattigen Baum einrichteten, frönten sie den ganzen Tag ihrer Spielleidenschaft. Keiner erfuhr je, ob der Bau des Hauses zu ihrer Zufriedenheit ausgefallen war, denn der Schreiner, der es gezimmert hatte, erhielt die vereinbarte Geldsumme ohne den geringsten Kommentar von seiten der neuen Besitzer.

Während die Spieler in ihr Bridgespiel am Strand vertieft waren, wetteiferten Matilda, Jan und Conrado, die Kinder der Hippies, und Stellas jüngster Bruder Omfí darum, wer von ihnen diese Besessenen mit seiner Belästigung aus ihrer Versunkenheit reißen könnte. Doch keines der Kinder hatte das Glück, einen Rüffel, eine mißbilligende Miene oder einen vorwurfsvollen Blick zu ergattern. Vollkommen verzaubert von den verschlungenen Pfaden des Spielerglücks, dessen rätselhafte Zeichen sie zu verstehen suchten, waren die Spieler so hermetisch abgeschlossen von der Außenwelt, als säßen sie unter einer großen Kristallkugel und ignorierten alles, was sich fernab ihres mit einem grünen Filzteppich bedeckten Spieltisches ereignete. Die aufdringlichen Kinder hätten den Tisch schon umstoßen müssen, aber dazu fehlte ihnen der Mut. Man konnte den Spielern in die Ohren schreien, ihnen häßliche Grimassen schneiden und die Zunge weit herausstrecken, sie nahmen es nicht wahr. Und wenn die Welt untergegangen wäre, so hätte sie dies nicht von ihrer Konzentration auf das Spiel abgelenkt.

Diese Menschen waren nicht von Neugier getrieben. Ganz im Gegenteil pflegten sie sich mit ihrem zerstreuten Lächeln unter die Einheimischen und die Touristen zu mischen und zeigten an nichts und niemandem besonderes Interesse. Sie schienen die lärmende Welt um sich herum nicht wahrzunehmen, die für sie nicht über die vier Ecken ihres Spieltischs hinausging. Wenn die Nacht kam, ohne daß die rauchende Runde ihr Spiel beenden konnte, und es ging starker Wind, so erhoben sich die Spieler seufzend, nicht ohne zuvor gewissenhaft ihre Aufzeichnungen in ein kleines Notizheft einzutragen. Ging keine Meeresbrise, so stellten sie salbungsvoll und sorfältig auf jede Tischecke eine brennende Kerze. Wer zur frühen Abendstunde am Strand spazierenging, nahm jenes seltsame Schauspiel der vier Gestalten wahr, die geistesabwesend einer geheimnisvollen Geißel frönten, einer Art schwarzen Messe, die alle Schnüffler in die Flucht zu schlagen schien. Für einen scharfsinnigen Beobachter wie Stella hingegen verbargen die vier Bridgespieler hinter ihrem Spieleifer eine heimliche Furcht vor den unergründlichen und unvorhersehbaren Wegen, die das Leben zu schreiben pflegte. Das Spiel mit all seinen Kniffen bedeutete eine unfehlbare Beschwörung, ein Dreh, das Schicksal durch die intelligente Handhabung der bedruckten, rechteckigen Kärtchen zu überlisten. Für sie waren die weißen Deckelchen Instrumente, mit deren Hilfe man die Unwägbarkeiten der Existenz auszutreiben vermochte. Stella bedauerte die Spieler ein wenig, denn sie ahnte, daß es ihnen an der Fähigkeit zu überleben fehlte, mit der die Menschen gewöhnlich ausgestattet sind.

Manchmal verließen sie jedoch ihren Spieltisch, um so unvermeidliche Dinge wie ihr Geschäft zu verrichten oder im Gemischtwarenladen Zigaretten zu kaufen. Der erste Anlaß hieß sie entlegene Orte im dichten Gestrüpp der Kokosplantagen aufsuchen und eine Rolle weißes Toilettenpapier mitnehmen, die zu diesem Zweck auf ihrem Tisch stand; sodann entleerten sie sich in der Hocke und gaben ihre bleichen Hinterbacken blutrünstigen Moskitos und gefährlichen Schlangen preis. Der zweite Anlaß, der sie in den Gemischtwarenladen lockte, hieß sie ein paar freundliche, friedfertige Worte mit den Leuten aus dem Dorf wechseln, gehaltloses Geplauder, das ihnen den Ruf eintrug, gutmütig und vertrauenswürdig zu sein. Manchmal sprangen sie ohne Badekleider ins Meer, und die Schwarzen, die so taten, als seien sie über dieses mangelnde Schamgefühl empört, hatten ihre heimliche Freude daran, den verheerenden Verfall zu begutachten, mit dem das Alter die weiße Rasse strafte. Sie besahen sich verstohlen die schlaffen Schenkel, die kraftlosen Unterarme und den unvermeidlichen Fall der Hinterbacken und Bäuche, die durch ihre milchige und gallertartige Blässe insbesondere an jenen Stellen in Mitleidenschaft gezogen waren, wo die Kleidung den Körper vor der wohltuenden Wirkung des Sonnenlichtes abschirmte.

Matilda und ihre Freunde verloren bald das Interesse an den Bridgespielern, denn der schwarze Hahn forderte jetzt ihre Aufmerksamkeit und wurde ihnen zum liebsten Spielgefährten bei ihren ausgelassenen Streichen. Die Freundschaft nahm ihren Anfang im Hinterhof der Miss Emily, wo das Mädchen dem Tier begegnet war und mit ihm nachspielen wollte, was sie bei den Nachbarn gesehen hatte, die ihren Hühnern die Gurgel umdrehten. Entgegen allen Erwartungen leistete der Hahn keinen Widerstand, noch stimmte er lautes Gegacker an, sondern verharrte still in den kindlichen Händen, sanft seinem Schicksal ergeben, vielleicht, weil die zarten Kräfte der Kleinen das Manöver in ein erträgliches Kitzeln verwandelten.

Stella bekam einen gehörigen Schrecken, als sie den schwarzen Hahn zum ersten Mal in Amanda Scarlets Haus erblickte, denn sie wußte, daß der Diebstahl der Hennen der Ermordung Alphaeus Plantintáh Robinsons zum Vorwand gedient hatte und die Familie Scarlet seither kein Federvieh in ihren vier Wänden duldete. Der Albino sah, wie der Hahn Miss Emilys Zimmer betrat, den Hals reckte und das Gefieder plusterte, um sich daraufhin zu den Füßen des Bettes niederzulassen, als sei dies sein rechtmäßiger Platz, den er zu beschützen gedachte, seinen wachsamen Äuglein nach zu urteilen. Stella versuchte, ihn mit dem Besen zu verscheuchen, aber das kleine Tier blieb hartnäckig und bezog halsstarrig seine gewohnte Stellung. Sie gab auf und bemerkte bald, daß es schon nach sechs Uhr abends war, eine ungewöhnliche Stunde für Federvieh, das sich zu dieser Uhrzeit zum Schlafen in die Hühnerställe zurückzuziehen pflegte. Beunruhigt beobachtete Stella die Reaktionen von Miss Emily, die ihr jedoch keine Botschaft zukommen ließ und seelenruhig unter dem Schutz des Hahnes zu ihren Füßen weiterschlief. Aus Angst vor einem unbedachten Schritt beschloß Stella, auf ein Zeichen zu warten, und als der schwarze Hahn drei Tage lang um die gleiche Uhrzeit eintraf, sie keine Hinweise von Plantintáh erhielt und Miss Emily sich scheinbar gelassen und genüßlich in einen tiefverborgenen Abgrund sinken ließ, hegte sie den Verdacht, der Hahn könnte mit Plantintáhs Geist auf eine geheimnisvolle Weise verbunden sein, die sich ihr noch nicht eröffnet hatte und die sie auch nicht verstand, und sie beschloß, seine Anwesenheit zu respektieren. Miss Emily gab sich sanft dieser Aufsicht hin, und dem wachsamen Blick des seltsamen Besuchers nach zu urteilen, ahnte der Albino, daß der schwarze Hahn den letzten Atemzug der Bettlägerigen abpassen sollte.

Fest steht, daß das kleine Federvieh die Nächte zubrachte, ohne einmal mit den Lidern seiner wachsamen Äuglein zu schlagen, und er am Tage in der Küche von Amanda Scarlet weilte oder mitunter vor oder hinter Matilda durch die Straßen stolzierte. Auch der Zambo ahnte, daß es mit diesem Hahn eine besondere Bewandtnis hatte, und erlaubte ihm daher, alle Winkel des Gemischtwarenhandels zu durchstreifen, einschließlich des Warenlagers, ein Ort, den zu betreten gewöhnlichen Sterblichen untersagt war.

Der schwarze Hahn spielte eine herausragende Rolle bei den Piratenspielen der Kinder. Mit seiner schwarzen Augenklappe, die Omfí ihm über ein Auge gezogen hatte, warf er sich unter lautem Gezeter auf unsichtbare und friedliche Mitmenschen, gefolgt von den Kindern, die ihren eigenen Erfindungsgeist mit großer Begeisterung feierten.

Stella hatte ihnen die Geschichte von Anny Bonny und Mary Read vorgelesen, den beiden Piratenfrauen, die in Begleitung des schönen Rackham die Wasser der Karibik durchkreuzten. So stand es wenigstens in einem Buch, das Abelardo Brenes dem Jamaikaner schenkte, als er erfuhr, daß dieser ein Liebhaber des Genres war, und so nahm der Lehrer die Gelegenheit wahr, einen guten Eindruck zu hinterlassen und sich bei Eudoras Familie einzuschmeicheln. Diese Geschichte fesselte die Kinder mehr als alle anderen. Mit großen Holzsäbeln bewaffnet, sprangen Matilda und Conrado, mit Jan und Omfí im Schlepptau, die Treppenstufen hinauf und machten einen Satz über das hohe Geländer der Veranda. Dabei sangen sie ein Lied, das sie sich und ihrem Spiel auf den Leib geschrieben hatten und in dem die beiden Freibeuterinnen zusammen mit dem schönen Rackham die Meere besegelten, alle drei auf dem Vorschiff standen und die Segel dem Wind preisgaben, einer der Piraten in den Mastkorb stieg, um den Horizont auszuspähen, während sich ihre Silhouetten gegen das Blau des Himmels abhoben und sich die drei, mit seltsam gespreizten Beinen, dem Auf und Ab der Wellen hingaben, um das Gleichgewicht zu halten, den Wind in ihren langen Haaren spielen ließen, der an ihnen zerrte und sie einem ungewissen Schicksal und grenzenlosen Abenteuern entgegentrieb. Willfährig ließ sich der Zambo überfallen und übergab die Kriegsbeute, die stets aus leckerem Konfekt bestand, nicht ohne spöttisch anzufragen, ob der schwarze Hahn denn der arme Rackham sei, dem das große Glück beschieden sei, zwei Frauen zu begleiten. Matilda und Conrado, die vorgaben, Anny Bonny und Mary Read zu sein, kämpften wacker gegen den Zambo, damit dieser ihnen wieder und wieder Karamellen, Schokolade und Konfekt aushändigte. Dann zogen sie sich zurück, genossen die Früchte ihres Beutezuges und spielten, sie seien auf einer gewissen Insel mit Namen Swan gefangen, auf der alle Piraten über die Maßen Rum getrunken hatten, so nachzulesen in dem Buch, das Abelardo Brenes dem Jamaikaner vermacht hatte. Manchmal verlangten sie ein drittes Mal nach den Süßwaren, und wenn sie sich daran satt gegessen hatten, zogen sie singend von dannen, während der Zambo ihren Verzehr auf einem Zettelchen vermerkte, um seinem Chef eine klare Abrechnung vorzulegen.

»... und sie wurden gefangengenommen und nach Jamaika gebracht ...«

»... wo man sie erhängen wollte ...«

»... aber sie konnten dem Galgen entkommen ...«

»... und Anny Bonny starb an Malaria ...«

»... nicht so der arme Rackham, der an einem Galgen sein Ende fand ...«

Und zum Schluß stimmten alle drei im Chor an: »Und sie waren so schlecht, und sie waren so tapfer, und sie starben in ihren Betten und hinterließen einen Schatz, die Piraten, doch bis heute kennt keiner seinen Platz ...«

Die Kinder versuchten auch die Bridgespieler zu überfallen, doch da diese so taten, als hätten sie nichts bemerkt, ließ Matilda zur Rettung der Piratenehre den Feldstecher verschwinden, mit dem die Spieler in ihren seltenen Spielpausen die Vögelchen zu bewundern pflegten. Der Gleichmut der Opfer enttäuschte die Angreiferin, doch gleich darauf spielte sie die Verfolgte und rannte davon, Conrado und die anderen auf den Fersen, bis sie den Friedhof erreichte, den die Dorfgemeinde sich selbst überließ, ihre Kriegsbeute in einem Loch versteckte und gleich einen Stein darauf legte, ohne zu ahnen, daß unter diesem Erdreich die Überreste desjenigen lagen, der zu Lebzeiten ihr leiblicher Großvater gewesen war.

Dann zog sie mit ihren Freunden von dannen, beruhigt und zufrieden darüber, daß niemand ihr Versteck entdecken würde, schließlich waren die Toten in Vergessenheit geraten und bekamen keinen Besuch.

Neben den Piratenspielen gingen sie auch weniger gewalttätigen Zerstreuungen nach, in denen der Jamaikaner eine Hauptrolle spielte, der jetzt häufig auf der Veranda seines Hauses saß, denn er hatte es am Herzen. Sie hockten sich zu seinen Füßen hin und lauschten seinen Bibelgeschichten, von denen die Tötungen des Herodes zu seinen liebsten Episoden gehörte.

»Und dann«, der Großvater sperrte seinen Mund weit auf und rollte mit den Augen, um seinem Vortrag eine dramatischere Note zu geben, »gelangte der Heeresführer, der auf den Namen Singo hörte und ein schrecklicher Menschenfresser war, an das Haus und sagte: ›Frau! Gibt es hier Kinder? Welches ist das jüngste? Wie alt ist es? Ah, es ist zwei Jahre alt! Bring es her!‹ Und so zogen sie durch das Land und töteten Tausende von Kindern ...«

Der Regen klopfte auf das Blechdach, und es herrschte einen Augenblick Schweigen, währenddessen die Kinder versuchten, den ganzen Schrecken des Gehörten zu verdauen, und dann bat Matilda ihn um die Geschichten von Brüderchen Spinne, jenem Helden, dem schon Lorenzo den Namen für sein Schiff, die Anansi, entliehen hatte. Der Jamaikaner lächelte, rückte sich behaglich zurecht, ließ seine großen, arbeitsamen Hände auf dem Schoß ruhen und begann: »Es herrschte große Hungersnot, als Brüderchen Spinne die Mama von Brüderchen Hai verspeiste und dieser in seinem großen Gram gelobte, sich zu rächen. So beauftragte er einen jungen Mann damit, in das Dorf zu gehen und dort die Eingeweide eines Ochsen gratis feilzubieten, und da Brüderchen Spinne sehr gierig und gefräßig war, kam er gleich angelaufen und wollte die Innereien verspeisen. Da fing Brüderchen Hai den Vielfraß ein und sperrte ihn hinter Schloß und Riegel. Doch Brüderchen Spinne war schon immer sehr verschlagen gewesen, und so konnte es niemand mit ihm aufnehmen. Er bat den anderen, er möge ihn hinaus auf die Latrine lassen, wo er sich gleich zwischen dem Papier versteckte, das dort zur Säuberung des Hinterteiles lag, und Brüderchen Hai suchte nach ihm, doch je mehr er suchte, um so weniger fand er die Spinne ... Wenn ihr glaubt, daß ich euch Märchen erzähle, dann geht mal bei der Latrine nachsehen und guckt, ob ihr Brüderchen Spinne in einer Ecke findet, ha, ha, ha«, schloß der Jamaikaner seine Erzählung und kam schier um vor Lachen über die entsetzten Gesichter seiner Zuhörer.

Der schwarze Hahn, der sich zu ihnen gesellt hatte, schien der Geschichte höchst aufmerksam zu folgen. Am Tage spielte er mit den Kindern, nachts gluckte er zu Miss Emilys Füßen und brütete den Tod aus.

Lorenzo traf gelegentlich am späten Nachmittag in Parima Bay ein, um noch am gleichen Tag wieder aufzubrechen. Er blieb nie zum Schlafen dort und hätte um keine Macht der Welt eine Nacht im Hotel verbracht. Der schwarze Hahn ging ihm aus dem Weg, und so ahnte er nicht im geringsten von seiner Anwesenheit. Nachdem er seinen Wagen an einer Ecke des Gemischtwarenhandels geparkt hatte, schloß er sich im Laden ein und stellte dem Zambo seine Rechnungen aus, wechselte das Nötigste an Worten mit Eudora und verließ darauf schleunigst und übereilt das Dorf. Immer wenn er am Haus des Landvermessers vorbeifuhr, hob er drohend die Faust und versprach, ihn anzuzeigen, weil dieser den Berg der Vergeßlichen verkauft hatte, doch in der ersten Kurve hatte er die Sache schon vergessen, denn er hatte wichtigere Aufgaben zu lösen.

Die Leute im Dorf schienen ihn nicht zu brauchen. Er hingegen brauchte sie schon. Ohne besonderen Grund oder Anlaß ließ er sich hin und wieder blicken. Diese Jahre bedeuteten eine große Erleichterung für Eudora.

Matilda sah ihn kommen und gehen, ohne sich nach seinen Liebkosungen und seiner Aufmerksamkeit zu sehnen, schließlich hatte sie dergleichen von diesem Mann nie erfahren, den sie für ihren Vater hielt. Das Mädchen war an Entbehrungen gewöhnt, nicht nur an die Abwesenheit Lorenzos, sondern auch an die seiner Mutter, die mit der Schule und dem Lehrer sehr beschäftigt war. Sicherheit, Liebe und Zärtlichkeiten bekam sie von ihren Großeltern. Während der Jamaikaner gemächlich in einem Schaukelstuhl schaukelte, den er von einem fahrenden Händler erstanden hatte, wie sie jetzt häufiger im Dorf anzutreffen waren, saß Amanda vor der Nähmaschine, die ihr Plantintáh einst geschenkt hatte, und nähte darauf die Kleidchen, die Matilda mit der Zeit nicht mehr anziehen wollte, da sie ihrem Typ nicht entsprachen. Das alte Stück aus Gußeisen war dem Meeressalz und dem Zahn der Zeit noch nicht zum Opfer gefallen. Amanda hütete ihr mechanisches Kunstwerk, das ihr so dienlich war, wie sie ihre einzige Enkeltochter hütete. Das Mädchen liebte es, ihrer Großmutter dabei zuzusehen, wie sie liebevoll die inneren und äußeren Teile, die so schwarz und glänzend waren wie ihre Haut, mit dem Öl aus einem kleinen, dünnhalsigen Fläschchen einschmierte. Es war ein Vergnügen, sie dabei zu beobachten, wie sie mit einem Flanelltuch über den Markennamen und die bronzenen Zierleisten der Maschine fuhr, um sie im Schein der Kerze zum Leuchten zu bringen, die sie immer anzündete, wenn sie sich abends noch an die Arbeit gab. Doch was Matilda am meisten gefiel war, ihre Großmutter in ihre Arbeit vertieft zu sehen, wenn ihre Füße das Pedal bedienten, das ebenso massiv war wie ihre Beine.

Lieber sah sie ihre Großmutter die Maschine handhaben, als den schwarzen Händen dabei zuzusehen, wie sie flink über Organza und Organdy fuhren und geschickt die Spitzen und Rüschen kräuselten, mit denen die unzähligen Aufschläge und Schleifchen die Säume der Sonntagskleidchen verzierten. Es waren die Kleider einer Prinzessin, die Matilda anzog, wenn sie Amanda zu ihrem Kult begleitete, dem diese seit der Zeit huldigte, da der Baptistenpfarrer das Dorf beehrt hatte. In jenen Tagen herrschte Frieden im Haus der alten Leute. Wenn

Amandas Maschine ruhte, war das rhythmische Hin und Her des Schaukelstuhls zu hören, auf dem der Jamaikaner seine Nachmittage zubrachte und die Kinder mit seinen Erzählungen und Abenteuergeschichten über das unbesiegbare Brüderchen Spinne unterhielt.

Lorenzos Leben in Puerto spielte sich zwischen den Huren Olgas und seinen knappen und kümmerlichen Konversationen mit dieser Frau ab. Es verging an den Schreibtischen seiner Rechtsanwälte, bei seinen Geschäften als Fleischexporteur und bei feuchtfröhlichen Runden, an denen er stets mit einer Flasche Coca-Cola teilnahm, getreu seiner abstinenten Haltung gegenüber allen alkoholischen Getränken. Um die Fahrten seiner Container vollends zu nutzen, betrieb er schließlich noch den Import von Elektrogeräten und umging die Steuern im Tausch gegen gewisse Gefälligkeiten, die sich die Angestellten der Hafenbürokratie nur zu gerne in die eigene Tasche steckten. Doch nichts belebte seine eintönige Existenz so sehr wie die Freigabe der neuen Straße, die den Hafen mit der Hauptstadt verband und mit der das endgültige Ende der Zugverbindung eingeläutet wurde. Die Bahn mit ihren Holzbänken, das lästige Gerüttel, das die Hinterteile der Zuggäste mitleidlos traktiert hatte, war damit überflüssig geworden und fiel der Verwahrlosung anheim. Lorenzo, den der Fortschritt optimistisch stimmte und beflügelte, organisierte zusammen mit Olga eine Reise, die gewissermaßen als Einweihung der Strecke gedacht war, schließlich war es das zweite Mal, daß er in die Hauptstadt zurückkehrte, seit er dort den Zug in Richtung auf das Karibische Meer genommen hatte. Olga, die daran gewöhnt war, von Jahr zu Jahr im In- und Ausland ihre Einkäufe zu tätigen, begleitete ihn und freute sich darüber, daß sie diesmal nicht die Kosten zu tragen hatte. Sie setzte sich neben Lorenzo und beobachtete ihn vergnügt, der wie ein kleiner Junge den neu gestalteten Landstrich genoß und dem ein wenig schwindlig wurde von der kurvigen Straßenführung. Als sie in der Stadt eintrafen, ließ seine Freude keineswegs nach. Er hatte die Demütigungen vergessen, die er dort einst erdulden mußte, atmete wollüstig die Abgase der Autos ein, bewunderte die neuen Gebäude und die Schaufenster und nahm verächtlich an sich wahr, daß ihm die alte Unsicherheit des hinterwäldlerischen Bauern treu geblieben war, die er stets beim Überqueren der Straßen verspürt hatte. Im Grunde war er trotz all der Jahre, die vergangen waren, und ungeachtet des Vermögens, das er ansammeln konnte, ein einfacher Bursche geblieben. Wenn er an seine Heimat dachte, ergriff ihn ein überraschendes Heimweh und weckte sein Verlangen, die Verwandten wiederzusehen. Er überließ Olga den Jeep, damit sie ihre Einkäufe bequem erledigen konnte, und beschloß, seine Familie aufzusuchen. Ein altes, klappriges Fahrzeug, das den Fortschritt nicht kennengelernt hatte, führte ihn ächzend und in Begleitung blonder, rotwangiger Geschöpfe über steinige, lehmige Straßen in die Gefilde seiner Kindheit, dorthin, wo sich nach oben die Berge streckten und steile Abhänge ins Tal fielen. Es kam ihm so vor, als tauche die Welt plötzlich in einheitliche Farben und Stimmungen, und er mußte sich eingestehen, daß diese Gegend die fröhliche, bunte Farbenpracht von Parima Bay vermissen ließ. Auf diesen Straßen seiner Kindheit hatten sich die Dinge nicht groß verändert, er erkannte ein paar Häuser, Hügel, Koppeln und die ewige Holzkirche mit ihren gotischen Fensterbögen wieder. Die frische Bergluft und die beschauliche Vegetation dieser Landschaft versetzten ihn in die Welt seiner allerersten Lebensjahre. Doch er fand die Stelle nicht wieder, an der er aussteigen mußte, und fragte den Fahrer, der ihm den Weg wies, befremdet darüber, daß ein so gutgekleideter Herr sich in dieses abgelegene Fleckchen Erde voller Kühe, Kaffeestauden und Koppeln begab. Er konnte sich nicht erinnern, unter seinen Fahrgästen jemals einen Krawattenträger befördert zu haben. Frauen mit hohen Absätzen, das ja, aber Männer mit Krawatten, niemals.

Lorenzos Elternhaus stand noch am selben Platz wie eh und je. Im Hintergrund erhoben sich die gräulichen Berge, das grüne und friedliche Tal, die Stacheldrahtzäune, die düstere und geheimnisvolle Kaffeeplantagen voneinander abgrenzten, die richtige Umgebung für Legenden und Schreckensmärchen. Die Hunde schlugen an, doch sie kamen nicht näher. Die verwitterten, von Sonne und Regen geschwärzten Holzbretter des Hauses, dem ein Lagerschuppen mit Lehmboden für alle Sorten von Getreide und Landgeräte vorgelagert war, zeigten alle Zeichen des Verfalls und der Armut.

Lorenzo beglückwünschte sich insgeheim, von hier fortgegangen zu sein, stieß ein paar laute Rufe aus und umlief das Haus, um durch die Küchentür zu treten. Das ferne Muhen einer Kuh gab ihm Antwort, ein Hund bellte, ein Unglücksvogel sang sein Lied, und dann sah er von der Bergschlucht her, in der er als Kind das Wasser in Blechkanistern aus dem Bach geholt hatte, einen Mann mit einem stark verschmutzten Leinenhut zögernd auf sich zukommen. Er hatte seine Mühe, in diesem von der Zeit gezeichneten Gesicht seinen älteren Bruder wiederzuerkennen, den die Arbeit auf dem Feld gegerbt und gebeugt hatte, dem einige Zähne fehlten und der ihn begrüßte, ohne ihn wiederzuerkennen, gebannt von der Erscheinung dieses Mannes, den er für eine hochstehende Persönlichkeit aus der Stadt hielt. Nachdem alle Unklarheiten beseitigt waren, umarmten sich die beiden Männer mit vorgetäuschter Herzlichkeit. Lorenzo ging in die Küche, wo eine schlampige, alte Frau sich abrackerte, die ihn zuvor durch die Ritzen in der Hauswand erspäht hatte. Sie boten ihm eine Tasse mit gezuckertem Wasser an, das er ablehnte, denn es erinnerte ihn an Plantintáhs »Schokosahne«, und hörte sich an, was in der Zeit seiner Abwesenheit mit seiner Familie geschehen war. Seine Mutter war gestorben, und sein Vater lebte in einem Armenhaus; wo, das konnte der Bruder ihm nicht sagen, denn seit seiner Einweisung und seiner Übergabe in fremde Hände war sehr viel Zeit verstrichen. Die Spur der anderen Brüder hatte sich im Norden oder aber im Süden des Landes verloren, wer wußte das schon. Die Schwestern waren in der näheren Umgebung geblieben und hatten

Männer aus der Gegend geheiratet. Der älteste Bruder, der fürchtete, Lorenzo könne mit seinem Besuch seinen Anteil an den Ländereien fordern, versuchte ihm den Aufenthalt so unbehaglich wie nur möglich zu machen, damit er rasch seiner Wege ziehen möge. Lorenzo seinerseits war darum bemüht, seinen Reichtum zu verbergen, und bereute bereits, so teure Kleider auf dem Leib zu tragen, die seinen Wohlstand verrieten. Seine Krawatte machte den gesellschaftlichen Unterschied zwischen ihm und den Besitzern dieser verrußten Küche allzu deutlich. Er sprach von einem kleinen Handel, der es ihm erlaube, ein bescheidenes Dasein zu fristen. Als sie ihn fragten, ob er verheiratet sei, trachtete er sehr danach, ihnen nichts über Eudoras Hautfarbe zu verraten, für die er sich plötzlich schämte. Doch er konnte nicht verhindern, daß sie von seinem Leben unter Schwarzen erfuhren.

»Ich weiß nicht, wie man mit so häßlichen und schweinischen Menschen unter einem Dach leben kann«, bemerkte seine Schwägerin, eine Frau, die von der schweren Arbeit gebeugt war. Ihre Haare waren ergraut, und ihre Haut war gegerbt wie Sandpapier. »Ich würde vor Angst umkommen«, fügte sie hinzu.

Der Bruder lachte.

»Mach dir nichts draus«, sagte er lächelnd und zeigte seine Zahnlücken. »Diese Frau weiß es nicht besser.«

Lorenzo stieg die Schamröte ins Gesicht, denn er war sich sicher, daß sein Bruder der gleichen Ansicht war, doch nichts dergleichen sagte.

Als er ging und den Knoten seiner Krawatte lockerte, überfiel ihn eine heftige Sehnsucht nach dem Meer. Die Stille und Enge der Bergwelt hatte ihn erdrückt und ihm die Luft zum Atmen genommen. In der festen Überzeugung, daß er in den Tälern seiner Heimat nichts verloren hatte, bedrängte er Olga, gleich heimzukehren, weil er ein wichtiges Geschäft tätigen müsse. Damit hatte er ein weiteres Kapitel seiner Geschichte zum Abschluß gebracht. Ihn zog es an die Küste.

An diesem Abend nahm er Olga bei der Hand, nachdem er sich von den Strapazen der Reise erholt hatte, zog Bilanz über all die Jahre, die sie einander kannten, hob ihre Fähigkeiten hervor, ging geflissentlich über ihr Alter hinweg und bat sie um ihre Hand, denn schließlich war es doch besser, so dachte er, anstelle von Eudora eine Hure an der Hand zu haben, die es ihm gratis machte. Olga zeigte sich höchst angetan von diesem Vorschlag, doch klärte sie ihn darüber auf, daß sie zur vollständigen Legalisierung ihrer Verbindung zunächst sich würden scheiden lassen müssen, da auch sie einen Ehemann aus ihrer Jugendzeit habe, der sich noch irgendwo herumtreibe. Wenn er Wert darauf lege, könne sie entsprechende Dokumente besorgen, die ihren Status als ledige Frau belegten, doch hierzu seien gekaufte Unterschriften, gefälschte Stempel und allerlei Ausgaben für Gebühren notwendig, kurz, es erfordere die finanzielle Unterstützung Lorenzos und die Hilfe seiner einflußreichen Freunde. Nachdem Lorenzo sie angehört hatte, nahm er von seinem sentimentalen Anflug Abstand und beschloß, die Dinge besser zu belassen, wie sie waren. Schließlich gebot einem schon der gesunde Menschenverstand, das Gehabte beizubehalten.

Er gab den Gedanken an eine Heirat mit Olga auf, um sich einer Sache zuzuwenden, die ihm auf den Nägeln brannte: der Verkauf von Monky Point, für das er Kaufinteressenten hatte: den alten Schauspieler Marlon Brando und eine belgische Hotelkette. Die Eltern von Miss Daisy waren schon lange tot, und er wollte sich ein für allemal dieses Ortes und seiner schlechten Geister entledigen, die seine Seele seit jenem Tag beherrschten, an dem er Amanda Scarlet kennengelernt hatte.

Gerne hätte er vermieden, sich höchstpersönlich an diesen Ort der schlechten Erinnerungen zu begeben, doch er konnte sich letztlich nicht der Verpflichtung entziehen, die interessierten Käufer zu begleiten. Der Vertreter von Marlon Brando wurde nicht vorstellig, doch der Mittelsmann der belgischen Hotelkette hatte es eilig. Eines Tages stach Lorenzo von

Puerto aus heimlich mit dem Schiff in See, ohne in Parima Bay haltzumachen und jemandem von seinem Vorhaben zu erzählen, am wenigsten Eudora, die ihm womöglich Steine in den Weg gelegt und seinen Plan zum Scheitern gebracht hätte, nur um ihn zu ärgern. Seine Vorsicht war indessen überflüssig, denn seine Frau hatte nicht das geringste Interesse an seinen geschäftlichen Transaktionen, und hätte sie von seinem Plan erfahren, so hätte sie nichts in der Welt an einen so entlegenen, einsamen und schwerzugänglichen Flecken gelockt. Ihr genügte die Gesellschaft von Abelardo Brenes bei Tag und in der Nacht.

Lorenzo fand Monky Point verlassen vor. Niemand wohnte hier, mit Ausnahme eines armen Mannes, Vater von fünfzehn Kindern, der von zu Hause fortgelaufen war aus Angst vor der schweren Bürde, die seine zahlreichen Nachkommen ihm auferlegten, und wie ein Eremit vom Fischfang, vom Trinken und seiner vogelfreien Einsamkeit lebte.

Es war Lorenzos erste Fahrt nach Monky Point seit jenem Tag, als sie die Anansi eingeweiht hatten, die damals noch ein schlankes, wendiges und schnelles Segelschiff war, und die frischverheiratete Amanda zusammen mit Plantintáh zweideutige Kalypsen gesungen und letzterer mit seiner Geschichte vom Truthahngeier, der von einem rassistischen Barbesitzer vertrieben wurde, seine Zuhörer zu Tränen gerührt hatte. Lorenzo versuchte die Gespenster der Vergangenheit zu verdrängen und begleitete den Vertreter der Hotelkette auf diese ereignislose Überfahrt. Der belgische Mittelsmann kam aus seiner Verzauberung nicht mehr heraus, bis sie vor dem großen Brotfruchtbaum an Land gingen.

Sie erwartete ein endloser Strand von wilder Schönheit, der in jungfräulicher Verlassenheit vor ihnen lag. Hin und wieder sahen sie einen Reiher, ein paar Pelikane und erspähten auf der Spitze einer Sanddüne die Hütte des fruchtbaren Einsiedlers, sonst gab es hier nur Meer und Urwald. Von der Existenz des großen Hauses, in dem einst das Orchester mit seinen aus Eßtellern improvisierten Instrumenten Rhythmen und Begeisterung verbreitet hatte, war nichts als der riesige Baum geblieben, der den alten Aufgang zur Veranda versperrte und von wildem Gestrüpp überwuchert war. Der flüchtige Eremit hatte sich der brauchbaren Utensilien bemächtigt und daraus eine pittoreske Hütte aus verschiedenfarbigen Brettern gebaut, die er ohne Sinn und Verstand vernagelt hatte und die wie ein Wartturm schon von hoher See aus zu erkennen war.

Dem Belgier, der sich nur unter großen Schwierigkeiten mit Lorenzo verständigen konnte, da es ihn einige Mühe kostete, das regional gefärbte Englisch des Verkäufers zu verstehen, verschlug es beim Anblick dieses herrlichen Fleckchens Erde die Sprache, und er geriet ins Stammeln, weil ihm die passenden Worte fehlten. Ein Eiland, das just dem schönsten Strand gegenüberlag und mit diesem durch einen unsichtbaren Pfad aus dicken Steinbrocken verbunden war, der von kleineren und größeren Meeresströmungen überspielt wurde, weckte in ihm sofort die Vision einer spektakulären, in Mondlicht getauchten Sommernachtsbar, zu der man einen Zugang schaffen würde, der die natürliche Straße durch einen funktionellen Betonsteig ersetzte. Der Belgier träumte laut in seiner Sprache, doch Lorenzo schenkte ihm keine Beachtung und richtete seinen unruhigen Blick just auf jene Stelle, an der einmal das große Haus von Mr. Watson gestanden haben mußte. Es schien ihm, als könne jeden Augenblick Amanda mit ihren hohen Hinterbacken und ihrem Schwanenhals aus dem Urwalddickicht hervorbrechen und mit ihren langen Beinen auf dem Sandstrand tanzen. Der Belgier mußte seine Frage über den Takt der Gezeiten zum dritten Mal wiederholen, denn Lorenzo war in die Vergangenheit abgetaucht.

»Ich weiß es nicht«, antwortete er und dachte, daß er mit den Jahren zu weich geworden war. »Hier kann man das nie vorhersagen, dieses Meer hat seine Tücken und ist unberechenbar.«

Als sie wieder an Bord des Schiffes waren, schloß er den Handel ab, doch die Aussicht auf eine beachtliche Aufstockung seines Bankkontos erzeugte nicht das gewohnte Hochgefühl. Eine nie zuvor empfundene Kälte und das vage Gefühl von Verlassenheit und Trauer ergriff Besitz von ihm, und er war gezwungen, den windstillsten Ort der Barkasse aufzusuchen, auf der Flucht vor dem Sonnenlicht. Als er mit der Hand über seinen Kopf strich, um seine gewohnte Härte zurückzugewinnen, blieb ein Büschel Haare in seinen Fingern zurück. Es war nicht mehr zu übersehen, daß er Haupthaar verlor und es keine Lotion gab, die seine Kahlheit aufhalten konnte.

Er verbrachte einige Tage niedergeschlagen von den unerwarteten Erinnerungen an die Vergangenheit, ohne daß Olga den Grund seiner Abwesenheit herausfand. Diese Versunkenheit schlug um in Empörung, als der Zambo ihn eines Tages aufsuchte und ihm mitteilte, ein Chinese habe in Parima Bay einen Kramladen mit Alkoholausschank eröffnet. Seine Entrüstung wurde noch durch die Tatsache verstärkt, daß dieser dreiste Eindringling die Kühnheit besessen hatte, ihm auf seinem höchsteigenen Gebiet Konkurrenz zu machen, in einem Dorf, das er selbst aus dem Boden gestampft hatte und in dem alles ihm gehörte. So erklärte er dem Fremden den Krieg und begann mit einem legalen Feldzug zu seiner Vertreibung. Doch keine seiner Maßnahmen zeigte den gewünschten Erfolg, denn der Chinese hatte dafür gesorgt, daß alle seine Papiere in Ordnung waren, und Lorenzo mußte sich darein fügen, daß ein Orientale aus seinem Grund und Boden Nutzen zog. Er dachte daran, den Gemischtwarenhandel zu schließen, der alles in allem nicht einmal einen Bruchteil des Gewinns aus seinen anderen Aktivitäten abwarf. Olga bestärkte ihn in der Absicht, ein so gewöhnliches Geschäft mit derart niedrigen Einkünften und von so deprimierendem Anblick aufzugeben. Er stand kurz davor, sich zu entschließen, als ihn der Zambo wieder aufsuchte und ihm erzählte, der Chinese habe ihm die Kundschaft des Gemischtwarenhandels mit einem zirkusreifen Zauber abspenstig gemacht, einem einfachen Rechenbrett, und da verstand Lorenzo, daß ihm der Gemischtwarenladen unendlich viel bedeutete. Er wurde von einer zärtlichen Rührung über die von den Termiten zerfressenen Wände ergriffen, über die verrosteten Nägel und die groben Standregale von der Art, wie man sie heutzutage gar nicht mehr fertigte, und überdachte seinen Standpunkt.

»Ich kehre nach Parima Bay zurück!«

»Du bist ja verrückt!« schrie Olga ihm verärgert und ungehalten entgegen. »Du weißt nicht, was du willst! Du bist ja übergeschnappt, rettungslos übergeschnappt!«

Lorenzos Versuche, den Chinesen zu vertreiben, scheiterten, doch es gelang ihm, zu verhindern, daß dieser die Erlaubnis für den Ausschank von Bier und Schnaps erhielt, und er vergewisserte sich, daß, solange nicht ganz Parima Bay über Telefonverbindungen für alle Bewohner der Bucht verfügte, dem Chinesen jedes Anrecht auf einen eigenen Apparat versagt wurde. Auf diese Weise bewahrte Lorenzo den besonderen Status seiner Kantine und seines Kommunikationswesens.

Nach diesem unglückseligen Erfolg begriff er, daß der Gemischtwarenladen nichts mit dem Geld zu tun hatte, das er hineinsteckte oder das der Handel abwarf. Seine Schwäche für diese alte Hütte aus angefressenem Holz, die so viele Jahre der salzgetränkten Feuchtigkeit widerstanden hatte, hieß ihn verkünden: »Laß doch den Chinesen seine Kerzen verkaufen! Unser Ding ist das nicht. Wir werden einen Tanzsaal einrichten, in dem das Volk sich vergnügen kann. Dann werden wir ja sehen, ob die Leute kommen!«

Und mit einem Faustschlag auf den unterschriebenen Kaufvertrag von Monky Point fügte er hinzu: »Möge das Gespenst hingehen, wo der Pfeffer wächst! Mich bringt keiner von meinen Besitztümern weg!«

Lorenzo kehrte nach Parima Bay zurück. Er ließ sein Gepäck überführen und hinterließ eine wutschnaubende Olga.

Er wußte, daß sie sich an seiner Seite wohlgefühlt hatte, denn seine Gegenwart hatte ihr ein Stückchen Achtbarkeit wiedergegeben. Doch er scherte sich nicht um die Verärgerung der Frau, zog in den Gemischtwarenladen ein und ließ sich eines der alten Zimmer wieder herrichten, das er ehedem mit Miss Daisy bewohnt hatte und das unmittelbar neben dem Zimmer des Zambo gelegen war, schließlich plagten ihn immer noch heimliche Ängste und die Furcht vor den namenlosen Dingen. Zur eigenen Sicherheit beschäftigte er zwei uniformierte Polizisten, die eine Waffe am Gürtel trugen, und ließ in der Nähe des Gemischtwarenladens ein Gefängnis bauen. Der Kerker bestand aus einem kleinen Verlies von ein mal zwei Metern, war aus Beton, hatte Eisenstäbe und ein Blechdach und stand fernab von jedem Schattenwurf, womit den zukünftigen Gefangenen eingeheizt und ihre Widerstandskraft gebrochen werden sollte.

Als Lorenzo nach Parima Bay zurückkehrte, war Matilda bereits ein junges Mädchen, das sich Bänder und Zöpfchen abgeschnitten hatte, seine Haare sehr kurz trug und sich weigerte, die Kleidchen aus Organdy anzuziehen, die ihre Großmutter in alberner Hartnäckigkeit für ihre Enkelin auf der Maschine nähte. Matilda ging sehr rauhen Beschäftigungen nach, trug immer zerschlissene Hosen und abgetragene Hemden. Ihr schmales Hinterteil und die flache Brust erinnerten in nichts an die Rundungen, welche die Frauen ihrer Familie in diesem Alter schon vorzuweisen hatten. Ihre ausgeprägten Muskeln und die paar Zentimeter, um die sie Conrado und Omfí überragte, verrieten ihr väterliches Erde, denn ihr Körper hatte keinerlei Ähnlichkeit mit dem ihrer Mutter oder ihrer Großmutter. Sowenig wie Eudora das wilde und leidenschaftliche Herz ihrer Mutter geerbt hatte, sowenig besaß Matilda die herausragenden geistigen Fähigkeiten ihrer Mutter. Sie war eine schlechte Schülerin, zeigte keine Lust am Lernen, gab wenig auf Gefühlsduseleien und Zärtlichkeiten, ihre Spiele waren eher die eines Jungen, und da sie sich weigerte, mit Puppen zu spielen, hatte sie keine Freundinnen. Sie spielte gerne Fußball, und wenn es darauf ankam, sich einzusetzen, so tat sie es ohne Rücksicht auf Verluste und stellte sich dabei geschickt an. Es war nutzlos, in ihr nach Spuren von Eudora oder Amanda zu suchen, die weder körperlich noch charakterlich Niederschlag gefunden hatten. Doch ihr Gesicht, ihre zarte Nase, der edle Schwung ihrer starken Lippen, die Schlankheit ihres Halses, ihre leicht schrägen Augen und die Eleganz ihrer Stirn waren Markenzeichen der Produktionsstätte Scarlet, darin stimmte das ganze Dorf überein. Die Nachbarn waren Nutznießer der seltenen Gelegenheiten, in denen sie die drei Frauen zusammen auftreten sahen: Sie sahen dasselbe Gesicht im Spiegel verschiedener Zeiten. Amandas Schönheit war unter einem Mantel aus Fett verschwunden, doch die reife Eudora stand auf der Schwelle zu jenem bevorzugten Alter, das einige Frauen in ihrer ganzen jugendlichen Schönheit zeigt, und denen man sehr nahe kommen muß, um ihr wahres Alter zu erahnen.

Die erste Begegnung zwischen Matilda und Lorenzo, seit dieser endgültig ins Dorf zurückgekehrt war, fiel auf beiden Seiten ohne besondere Überraschungen aus. Er gewöhnte sich daran, sie bei ihren gelegentlichen Besuchen als ein unvermeidliches Übel zu betrachten, und sie verspürte keinerlei Interesse an diesem weißen, kahlköpfigen Fettwanst, den alle als ihren leiblichen Vater anerkannten. Lorenzo, der seine Augen nicht weiter auf diesem eckigen, wenig weiblichen Wesen ruhen ließ, mißfiel Matildas nachlässige Erscheinung, die ihn in nichts an die aufsehenerregende Schönheit der heranreifenden Eudora erinnerte.

Er schimpfte auf das ganze Dorf, das ihm den An- und Verkauf der kranken Kakaoplantagen nicht verzeihen wollte, und beschloß, die Bewohner von Parima Bay mit einer Demonstration seiner Macht in die Knie zu zwingen. Sein Projekt von einem Ballsaal war ohne elektrisches Licht nicht in die Tat umzusetzen. Wie wollte er die Tanzfläche erleuchten? Wie die Musikinstrumente einrichten? Die schwächlichen Energien des Dynamos reichten nicht aus, um so viele Elemente zu versorgen. Er scheute keine Mühen, um zu beweisen, daß er stets erreichte, was er sich vornahm, und setzte alles daran, eine öffentliche Beleuchtung einzurichten. Doch nicht einmal er hatte vorher die Rechnung über all die Kosten aufgemacht, die er in Amtswege und Handgelder, in Bittschriften, Drohbriefe und Forderungen stecken mußte. Schließlich tauchten eines Tages die Telegraphenmasten im Dorf auf, hochnäsig, arrogant und ungastlich ragten sie bald aus der jungfräulichen Erde, in die man tiefe Löcher grub, um sie hineinzustecken. Es haftete ihnen etwas Unheimliches an, denn sie erinnerten an Galgen und Kreuze, wie sie die Bahnlinie und die Dorfstraßen säumten, schmale Säulen, die nichts trugen. Nach und nach gewöhnten sich die Parimenser an ihren Anblick, so wie sie sich an die Männer mit den Helmen und Uniformen gewöhnten, die ihre endlosen Kabelrollen von einem zum anderen Mast zogen, arbeitswütigen, doch zerstreuten Spinnen gleich, die ihre langen Fäden in Längsrichtung spannten, weil ihnen der Originalbauplan ihres Netzes verlorengegangen war.

Wie schon anläßlich der Einweihung der Verkehrslinie, so wurde auch der triumphale Einzug der Elektrizität im Dorf mit hitzigen, regierungstreuen Reden und einer lärmenden Blaskapelle untermalt, die durch mächtige Verstärker dröhnte. Sie sollten von diesem historischen Augenblick an das Nachtleben von Parima Bay beherrschen. Die lautmalerischen Geräte wurden mit einer Aufnahme der Nationalhymne eingeweiht und durchbrachen triumphierend die nächtliche Stille, während die Lichter mit einem Schlag das Dunkel erhellten.

In diesem berauschenden Augenblick ging ein Raunen durch die Kehlen der Dorfbewohner, die vor lauter Verzückung vergaßen, welch übles Spiel mit ihnen getrieben worden war, und die über die taghellen Straßen staunten, die weder Mondlicht noch Handlaternen benötigten. Die Hunde, ein paar Mischlinge, die ein und derselben Linie einer gelockten, langohrigen Kurzhaarrasse entstammten, zogen den Schwanz ein, als sie die Folgen des Fortschritts auf ihr tägliches Dasein erkannten. Die Haustiere von Parima Bay sollten recht behalten. Mit der Zeit veränderte sich das freiheitliche und sorglose Nachtleben in der Bucht durch den Wachdienst der Polizisten, die Gaunern auf der Spur waren, und sie büßten ihr natürliches Recht ein, nachts nach Belieben durchs Dorf zu spazieren, wurden auf grausame Art gefesselt und eingesperrt, damit sie nie wieder nachts ihre Häuser verließen, wo man ihnen befahl, Gerätschaften zu bewachen, die ihnen bis zu diesem Zeitpunkt fremd gewesen waren. Nicht nur die Hunde verloren ihre Freiheit und ihren Frieden. Auch die Parimenser büßten ihre Nachtruhe ein, und bald hielten Vorhängeschlösser und Riegel Einzug im Dorf.

Stella, die unter dem Einfluß unzähliger Mengen Tabak und Alkohol eine rauhe Stimme bekommen hatte, mahnte alle Dorfbewohner, die leergefegten nächtlichen Straßen wahrzunehmen, von denen bereits die Nachttiere mit ihren empfindlichen Augen verschwunden waren und den Rückzug in die Dunkelheit der Berge angetreten hatten. Doch niemand hörte auf sie, denn alle waren im wahrsten Sinne des Wortes geblendet von der neuen Errungenschaft. Mit der Zeit verließen auch die Tagtiere, die nachts nicht in den Schlaf fanden, das Dorf. Parima Bay verlor an Zauber, was es an Fortschrittlichkeit gewann.

Lorenzo, der überglücklich war, baute eine Art Tanzschuppen zwischen Gefängnis und Gemischtwarenladen, genau wie er es geplant hatte. Er sollte recht behalten: Das Lokal mit Blick aufs Meer hatte durchschlagenden Erfolg. Es wurde zur Hauptattraktion für die Bewohner der Bucht und die Touristen, die sich, mit durchschlagendem Erfolg, inmitten dieses Tumultes nach ihren Bädern im Meer und in der Sonne betäubten. Lorenzo ließ Tische und Stühle um die kleine Tanzfläche gruppieren und in angemessener Höhe Kabel mit bunten

Glühbirnen aufhängen. Während der Woche wurde das Lokal zu einer Bar, denn nur wenige waren daran interessiert, nach einem harten Arbeitstag zu tanzen. Doch an den Samstagen erfüllte der Tanzspektakel das ganze Dorf mit seinem Lärm und übertönte selbst die frommen Gesänge der getreuen Anhänger zahlreicher christlicher Sekten an den Herrn, ihren Schöpfer. Der unruhestiftende Tanzsalon, der von den Zeugen Jehovas und den Evangelischen das »Nest des Luzifer« getauft wurde und eigentlich auf den Namen »Zur wilden Palme« hörte, überlebte jedoch alle Gebete und Schließungsgesuche dank der einflußreichen Beziehungen seines Besitzers, seines Stammpublikums und der Touristen, die diesen Ort wie geschaffen fanden, sich über die Monotonie ihres Lebens hinwegzutrösten.

Eudora war zuerst mit der Einkehr der Elektrizität einverstanden, denn sie glaubte, es würde ihr erlauben, die Hausarbeiten ihrer Schüler bis in die späten Abendstunden zu lesen und zu korrigieren. Doch wenige Tage später entdeckte sie einen Scheinwerfer, den die Elektrizitätsgesellschaft auf Bitten Lorenzos just vor der Schule angebracht hatte, und betrachtete die Angelegenheit als eine böswillige Perversion. Lorenzo rechtfertigte das Ganze mit dem Argument, wenn die Kinder schon die Zukunft des Landes darstellten, dann solle man ihnen auch gut heimleuchten. Die Kinder interessierten sich allerdings herzlich wenig für diese Art der Erleuchtung, die ihren ungastlichen Lichtkegel über die kleine Schule warf, waren sie doch schon seit Stunden zu Hause, wenn der Scheinwerfer anging.

Der Leuchtkörper brachte die Liebschaft zwischen Eudora und Abelardo Brenes ans Licht, denn die Holzwände der Schule hatten viele Risse und erlaubten Neugierigen, nach Lust und Laune den Liebesspielen zuzusehen, die Abelardo und die Lehrerin außerhalb der Schulstunden betrieben, und zwar in der kleinen Ecke, in der ersterer sein Lager aufgeschlagen hatte. Vor allem die jungen Burschen, die ihre ersten Lehrstunden in Sachen »Geheimnisse des Lebens« nahmen, bekamen durch diese Gucklöcher die Gelegenheit zu einem praktischen Kurs in Anatomie und Fortpflanzung der Spezies.

Die Lehrer versuchten mit einem Laken den oberen Teil der Wände abzudecken, wo das bösartige Scheinwerferlicht eindrang und seinen theatralischen Schein auf die beiden warf, doch die Kinder machten sich einen Spaß daraus, die Abdeckung herunterzuziehen. Eudora wollte einen Schreiner kommen lassen, der die ungelegenen Öffnungen für immer schließen sollte, doch Lorenzo war dagegen und führte abstruseste Notwendigkeiten wie eine bessere Luftzirkulation und Gesundheitsvorsorge in der Schule an. Die impertinenten Lichtstrahlen verschafften sich Nacht für Nacht Zugang zu dem Lager, auf dem die beiden Lehrer der Liebe frönten, ohne auf den gnädigen Schutz der dunklen Nacht hoffen zu dürfen. Bald bemerkte der verärgerte und gestörte Abelardo Brenes in diesem erbarmungslosen Straßenlicht kleine Unvollkommenheiten an Eudora, die sich mit den Jahren eingeschlichen hatten. Mit einem Mal sah er winzige Falten, erschlaffte Muskeln, hängende Hinterbacken und Brüste, die nun ans Licht kamen.

Die langjährige Erfahrung, die Eudora mit der Vergänglichkeit der Liebe gesammelt hatte, ließ sie ahnen, daß die schönste und längste Zeit der Zärtlichkeiten in ihrem Leben dem Ende zuging, und sie begann, sich auf diesen endgültigen Abschied vorzubereiten, obwohl sie insgeheim hoffte, dieser Augenblick möge noch lange auf sich warten lassen und sanft und schmerzlos sein. Sie versuchte ihre Liebe zu retten und schlug Abelardo vor, das Lager in der Schule durch eine Baumwollmatratze auf dem Sandstrand zu tauschen, lobte die Vorteile der Liebe in der freien Natur, das Rauschen der Wellen und das Säuseln der Palmen. Doch er weigerte sich unter dem Vorwand, er wolle keine Kokosnuß auf den Kopf bekommen oder sich einem plötzlichen Platzregen aussetzen, der ihm das Hinterteil näßte, fuhr in kategorischer Ablehnung fort, diese waghalsigen Spielereien seien eher der verrückten Jugend vorbehalten und nicht etwa zwei erwachsenen Personen mit akademischen Titeln, und so weiter. Eudora lauschte seinem langatmigen Exkurs über die Würde des Erziehers und bestand nicht weiter auf ihrem Vorschlag, denn sie kannte nur zu gut die halbherzigen Begründungen, die angeführt wurden, wenn das Herz aufhört zu sprechen. Sie unterdrückte ein letztes Aufbäumen ihrer Wollust und ihrer Seele, fügte sich in die Entbehrung und bereitete sich auf den endgültigen Abschied vor. Ihre Aufmerksamkeit galt nun ganz der Kundschaft des Hotels, der sich schon Miss Daisy vor vielen Jahren gewidmet hatte. Die Herberge hatte nicht mehr für alle Sommergäste Platz, die in Parima Bay eintrafen, und so beschloß Eudora, es zu vergrößern und zu renovieren, um ihre traurige Wartezeit abzukürzen. Aber sie hatte die Rechnung ohne Lorenzo gemacht, der sich aus seinem alten Groll heraus weigerte, Verbesserungen vorzunehmen. Eudora machte sich jedoch auf eigene Faust daran, die Löcher in den Wänden zu schließen, die Spanner dort gebohrt hatten, um die Intimitäten in den Nachbarzimmern auszuspionieren, und ging, mit einem Eimer Kitt bewaffnet, geduldig alle Wände ab, bis sie die letzten schamlosen Guckfenster gefunden und versiegelt hatte.

Eines Tages traf die Polizei auf Monky Point ein, um den Eremit aus seiner Hütte zu vertreiben, der in seinem einträchtigen Inseldasein nichts von dem Verkauf seines Refugiums erfahren hatte. Er sah die Wasserpatrouille von Puerto näherkommen und rannte ihr entgegen, glücklich darüber, daß er sein Schweigen brechen und bald über die Ereignisse in der Welt plaudern könnte. Als er den Grund für ihr Kommen erfuhr, weigerte er sich standhaft, das kleine Paradies zu verlassen, in das er vor seiner familiären Problematik geflohen war, und wollte um keinen Preis wieder das beängstigende Zusammenleben im Kreis seiner Familie versuchen, die sich zu diesem Zeitpunkt bereits um eine beachtliche Zahl an Enkeln vergrößert hatte. Die Polizisten erhörten sein Flehen nicht und zerstörten kurzerhand das Häuschen, das er sich aus den

Resten der Villa Watson gezimmert hatte. Die Bretter wurden auf einem Scheiterhaufen gesammelt und verbrannten vor den Augen des Mannes, der sie einmal liebevoll ausgewählt, vor der Verwitterung gerettet und ihre Lebensdauer verlängert hatte. Zufrieden zogen die öffentlichen Ordnungshüter von dannen, schließlich hatten sie ihre Pflicht erfüllt. Der Einsiedler, der sich weigerte, zu Frau und Kindern zurückzukehren, zog es jedoch vor, sich von den Haien fressen zu lassen, statt seine unterhaltsame und glückliche Einsamkeit aufzugeben. Er setzte seine letzte Schnapsflasche an den Hals, trank sich Mut an und stach mit seinem Ruderboot aufs hohe Meer, wo er sich in einem beispiellosen Akt sauberer und großartiger Selbsttötung in die Fluten warf und weder Fußspuren noch Lücken hinterließ.

Und so erhob sich auf Monky Point bald die belgische Hotelkette, die alle hierzu erforderlichen Genehmigungen und Legalisationen erhielt, ohne mit Widrigkeiten wie betrunkenen, zerlumpten und einsiedlerischen Negern kämpfen zu müssen, die zivilisierte Menschen in die Flucht geschlagen hätten. Sie ragte wie ein Auswuchs aus Beton aus der unberührten grünen, dichten Vegetation. Ihr aufsehenerregender, rechteckiger Swimmingpool war von Wiesen und kleinen Palmen in Blumenkübeln gesäumt, mit Süßwasser gefüllt, und seinen Boden zierten Oktopusse und Tintenfische aus Mosaiksteinen.

Die Veränderungen, die sich in der Vergangenheit langsam und beinah unmerklich vollzogen hatten, brachen nun so überraschend über die Parimenser herein, daß sie kaum Zeit fanden, die erste Neuerung zu verdauen, und schon widerfuhr ihnen eine zweite und dritte. Die Welt hatte sich so schnell zu drehen begonnen wie eine verrückt gewordene Orange, die eine gedankenlose Gottheit zu ihrer höchsteigenen Zerstreuung leichtfertig in Drehung versetzt hatte.

Einige Haushalte blieben den Wachskerzen und den Petroleumlampen treu. Doch die meisten Wände und Hinterhöfe verloren ihre natürliche Nacktheit, und ein Kabelwirrwarr verschandelte die Landschaft. Mit dem elektrischen Licht und den elektrischen Bügeleisen hielt auch der Fernseher seinen Einzug in der Bucht, der meist an dem belebtesten Platz im Haus aufgestellt wurde, in der Nähe des Eßzimmertisches. Die Plauderstündchen der Fischer in den frühen Morgenstunden und am späten Nachmittag wurden immer kürzer aufgrund dieses neuerrungenen kleinen Bildschirms, der sowohl Untätige als auch Arbeitsame in seinen Bann zog.

Bald nahm ganz Parima Bay im Sitzen an den Verrücktheiten der großen weiten Welt teil, und jeder Bewohner der Bucht war in Kürze in der Lage, die neuesten Nachrichten über Ereignisse jenseits der Landesgrenzen, ja sogar jenseits des Atlantiks zu erfahren. Zwischen den Werbespots über Käseküngelchen und Zahnpasten nahmen die niederschmetternden Bilder von unbekannten Kriegen, hungernden Kindern, Katastrophen und schlimmeren Mordtaten als jenen, die der Neger aus Cauca begangen hatte, bald Einzug in jedes Haus und schienen so unwirklich, daß sie niemand ernst nahm. Ja, mehr noch verriet das breite Lächeln des Erzählenden, der sich mit seinem Nachbarn über die Schreckgespenster in fernen Teilen des Planeten austauschte, daß er äußerst zufrieden war, nichts mit so grausamen Dingen zu tun zu haben. Aus Gründen, die dem Jamaikaner nicht vollends einleuchten wollten – er brauchte Monate, bis er sich dazu durchringen konnte, in seinem Haus elektrischen Strom einzurichten –, war es offensichtlich, daß die Nachrichten aus dem Radio und den Zeitungen für die Parimenser eine größere Glaubwürdigkeit besaßen als die aus dem Fernseher, die gerade durch die bildliche Untermalung an Realität einbüßten, obwohl sie eigentlich das Gegenteil bewirken sollten. Was auf eine seltsame Weise als wirklich empfunden wurde, waren die Herz-und-Schmerz-Seifenopern, die alle Welt treu und andächtig verfolgte.

In Miss Emilys Haus pflegte Stella stets den Docht ihrer Wachskerze anzuzünden, wenn der schwarze Hahn pünktlich wie immer um sechs Uhr abends ins Zimmer trat, sein Gefieder aufplusterte und an seinem gewohnten Platz Stellung bezog. Die alte Jungfer hatte endgültig den Bezug zu dieser Welt verloren und glich einer schwarzen, ausgedienten Barke, die auf ihrer weißen Bettstatt darauf wartete, endlich die Anker zu lichten. Der Albino hatte jede Hoffnung darauf verloren, ihren Aufenthalt im Diesseits hinauszögern zu können. Stella weinte heimlich, wenn sie an die einsame und leere Zukunft dachte, die sie erwartete, denn auch Matilda hatte sich immer mehr von ihr entfernt, in dem Maße, in dem ihre flachen, asexuellen Brüste zu knospen begannen.

Das Mädchen ließ sich nicht mehr bei ihr blicken und hatte die Piratenspiele aufgegeben, mit denen sie sich einst vergnügt hatten, und auch der schwarze Hahn litt unter dieser Ablehnung. Matilda hatte jetzt eine andere Art des Zeitvertreibs entdeckt. Ihr waren keine Freunde geblieben. Conrado und sein jüngerer Bruder Jan hatten sich in einer Landwirtschaftsschule in einem nahegelegenen, schattigen Bergdorf eingeschrieben. Die beiden Jungen hatten die Schönheit ihrer Eltern geerbt, blond und sonnengebräunt wie die Haselnüsse in einem Wäldchen bei Caperucita Roja. Die alten Hippies, die friedliche Landwirte geworden waren, hatten ihr Auskommen dank der Herstellung von hausgemachter Schokolade, die bei den Besuchern von Parima Bay großen Anklang fand, schließlich hatten diese es satt, die umweltvergifteten Lebensmittel ihrer Industrieländer zu konsumieren. Die beiden alterten mit Anmut und erfreuten sich allerbester Gesundheit. Sie waren immer noch schön, gertenschlank, und blieben ihrem urtümlichen und einfachen Lebensstil treu, mit dem sie das Leben der Eingeborenen und Fremden versüßten. Die kleinen, in durchsichtiges Papier gewickelten Täfelchen wurden im Kramladen des Chinesen feilgeboten. Der Gemischtwarenladen hatte sie nicht im Angebot, denn Lorenzo weigerte sich aufgrund einer vagen Abneigung, die er den beiden Alten und vor allem Conrado gegenüber empfand. Die Erziehung der beiden Kinder, der jede Form von

Autoritätsmißbrauch fremd war und die statt dessen von Toleranz und einem Quentchen Anarchie geprägt war, in der es keine Prügelstrafen und Rüffel, wenige Einschränkungen und reichliche Freiheiten gab, hatte sich ohne Zweifel in den beiden Jungen niedergeschlagen. Sie waren Träumer, neigten zu Faulheit und nahmen ihr sanftes, nachgiebiges Naturell nur zu bereitwillig an. Conrado war bereits ein junger Mann, als er sich weigerte, zu studieren, und statt dessen mit Matilda und Omfí auf der Suche nach Langusten umherstreifte, während sein Bruder lernte, wie man ein Schwein richtig ernährte und verhinderte, daß die Muttersau sich unachtsamerweise auf eines ihrer zarten Ferkel legte und es erdrückte.

Vor den erstaunten Augen der Alten, die ebensowenig wie der Jamaikaner und Amanda Scarlet verstanden, mit welch schwindelerregendem Tempo sich die Zeiten änderten, beschlagnahmte die Polizei eines Tages siebzehn Säcke mit Marihuanablättern, nachdem sie in einer aufwendigen Aktion die nähere Umgebung quadratmeterweise durchkämmt hatte. Da es den Ordnungshütern an einem geeigneteren Platz fehlte, verbrannten sie die beschlagnahmten Pflanzen im Schulhof, und zwar an einem Sonntagmorgen, an dem kein Unterricht gegeben wurde. Der Rauch verbreitete sich im ganzen Dorf, erfüllte bald das Hotel Watson und jedes Haus. Zu dem Gesang von Bob Marley, der von irgendwoher erklang, verschaffte sich der seltene und teure Weihrauch Zugang zu den sieben Eremitagen, und die ahnungslosen Baptisten, Katholiken, Evangelischen, Zeugen Jehovas, Lutheraner und Anglikaner (einschließlich der Bahai, Harekrishnas und anderer orientalischer Sekten, die keinen Tempel besaßen) wußten nicht, welchem Umstand sie die Erfahrung vollkommener mystischer Entrückung verdankten. Alle Dorfbewohner, so berichteten selbst die Polizisten, lobpreisten den Herrn an diesem Tag mit größerer Verklärung als die heilige Teresa.

Omfí, Stellas jüngster Bruder, war der erste Besucher des Kerkers, den Lorenzo hatte bauen lassen. Er hatte einer alten und überdrehten Holländerin das Fahrrad gestohlen, die ihn daraufhin anzeigte. Der Junge hatte seine wohlüberlegten Gründe für seine Tat, doch als er sie den Polizeibeamten zu erläutern versuchte, beschlossen diese, nachdem sie zunächst in hemmungsloses Gelächter ausgebrochen waren, daß seine Begründungen zwar gut und schön seien, jedoch für einen Straferlaß nicht ausreichten. Die Holländerin, eine betagte Frau, die immer in Rot gekleidet war und kaum, daß sie einen Fuß in das Dorf gesetzt hatte, auch schon ein Haus anmietete, pflegte durch das Dorf zu laufen und mit lauter Stimme zu verkünden, daß sie eine Büchse Dosenmilch zwischen den Beinen trage und jeder Junge unter fünfzehn Jahren dazu eingeladen sei, davon zu kosten. Omfí war der erste, der diesem verlockenden Angebot erlag, doch statt der versprochenen Büchsenmilch stieß er auf eine schlechtriechende Möse, und als er sich über diesen Betrug beschwerte, wurde er in so übler Manier vor die Tür gesetzt, daß er wutschnaubend gelobte, auf eigene Faust Rache zu nehmen, und den Drahtesel der betrügerischen Holländerin in seinen Besitz brachte, der an der Hauswand lehnte. Diese ausführliche Erklärung machte Omfí den beiden Polizisten, als sie kamen, um ihn zu verhaften und das Fahrrad zu beschlagnahmen, doch es half ihm nicht das Mindeste. Die beiden verständigen Uniformierten gaben ihm recht und meinten, daß, wenn es nach dem Recht ginge, die Holländerin hinter Schloß und Riegel gehöre, schließlich habe sie junge, unschuldige Männer mit falschen Versprechungen bezirzt. Doch könnten sie leider nichts machen, da ein derartiges Delikt in den gängigen Gesetzestexten nicht geschrieben stehe, zu denen einfacher Diebstahl und versuchter Totschlag gehörten. Omfí mußte zwei Tage im Knast verbringen. Seine Freunde brachten ihm reichlich frische Kokosmilch, damit er nicht an Entwässerung zugrunde ging, denn es herrschte eine höllische Hitze in dem Verlies. Nachdem Omfí den Friedhof umsonst gereinigt hatte, eine Strafe, die ihm von seiten der Justiz auferlegt wurde, kam er wieder frei. Doch kurze Zeit darauf schickte ihn seine Mutter Priscilla zu einer Verwandten, verärgert über die Entwicklung, die ihr Sohn nahm, und hieß ihn sein Geld am Hafen verdienen. Der Junge kehrte so oft heim, wie er konnte, denn er war unzufrieden mit den Regeln, die ihm seine Verwandte und die Arbeit auferlegten. Wenn er nach Hause kam und die Freunde endlich wieder vollzählig waren, ließen sie keine Gelegenheit aus, sich in großem Stil zu vergnügen.

Parima Bay hatte sich in eine Zufluchtstätte für Unangepaßte, Nonkonformisten und Abenteuerlustige verwandelt. Aus den entlegensten Flecken dieser Erde kamen seltsame Sonderlinge angereist und suchten in diesem sonnigen Schlupfwinkel ihre Störungen auszukurieren, die sie in ihren keimfreien Kulturen erfuhren und die ihre Seelen umgekrempelt hatten. Eine weitere Einwanderungswelle von Exoten gab es zu den Jahreszeiten, wenn in der nördlichen Hemisphäre der Winter einkehrte, und ebbte ab, sobald dort wieder Sommer war.

Matilda, Conrado, Jan und Omfí standen damals auf der Schwelle zum Erwachsensein. Die Jugendlichen, die glaubten, die Welt bestehe nur aus einem Kommen und Gehen von Menschen mit auffälligen Angewohnheiten, flüchteten unter das Wasser, wo es still und ruhig, geordnet und gelassen zuging. Ihr liebster Zeitvertreib war die Jagd auf Langusten. Matilda hatte ein besonderes Geschick entwickelt, die Verstecke der Schalentiere zwischen den Felsen aufzuspüren, sie mit einem festen Griff zu packen und aus dem Wasser zu ziehen. Mit ihrer Tauchermaske aus einem Auge und ihren Schwimmflossen an den Füßen sah sie wie eine seltene Meereskreatur aus. Sie liebte es, nachts zu tauchen und sich auf die Suche nach ihren Opfern zu machen, bewaffnet mit einer leistungsstarken Handlaterne, mit der sie ihre Beute blendete, um sie leichter fangen zu können. Die armen Langusten, die in langer und mühseliger Wanderschaft aus dem Norden hierher gekommen waren, ahnten wohl kaum, daß ihre außerordentliche Anstrengung in den Fischkörben der professionellen Fischer und den dunklen Händen von Matilda Scarlet enden würde.

Amanda war über den wenig weiblichen und so gar nicht häuslichen Zeitvertreib ihrer Enkelin entsetzt und gab das Schneidern der Organdykleider bald endgültig auf. So sammelten sich die ungenutzten Schimmelfänger in Matildas Kleiderschrank, wo sich Wanzen und Kakerlaken an ihnen gütlich taten. Amandas lange Hingabe an die Liebe hatte sie in Verzicht und Verständnis geübt, und so ließ sie von den Kleidern ab und kaufte in Puerto Schnittmuster für Hosen und Hemden. Ihre alte Maschine mußte nun die feinen Spitzen und Rüschen für immer vergessen und den Umgang mit grober Baumwolle und hartem Wollgewebe erlernen.

Zu der Zeit, da sich all diese Dinge ereigneten, erkaltete die Liebe des Abelardo Brenes für immer. Er bat um seine Versetzung und beschloß, in die Täler seiner Heimat zurückzukehren.

»Du gehst also fort?« sagte Eudora.

»Ja«, antwortete er.

»Weil du mich nicht mehr liebst?« fragte sie.

»Nein«, log er. »Ich liebe dich noch, aber dieses Klima erschöpft mich. Es wird Zeit, daß ich eine Weile bei meinen Leuten lebe. Ich werde bald zurückkommen.«

Lügner, dachte Eudora und stellte keine Fragen mehr. Sie sah ihn aufmerksam an, so wie man ein vollendetes Werk betrachtet, von dessen Ergebnis man nicht gänzlich überzeugt ist. Nachdem sie ihn eingehend betrachtet hatte, kam sie schnell zu der Feststellung, daß Abelardo Brenes nicht mehr das verängstigte Geschöpf mit dem spärlichen Bärtchen war, das eines Tages gekommen war, um ihren Platz in der Schule einzunehmen. Er hatte jetzt einen dichten Haarwuchs und war korpulent, sah sie geradeheraus und selbstbewußt an und hatte sich als ein patenter Pädagoge entpuppt. Eudora war stolz auf ihr Werk, denn sie war es gewesen, die ihm die Angst genommen, ihn in seinem Beruf angeleitet, ihn den Umgang mit Kindern gelehrt und das Schönste ihres Körpers geschenkt hatte. Und damit er nicht sagen konnte, er habe diesen Ort weniger zivilisiert verlassen als bei seinem Eintreffen, sah man von all den vorgenannten Dingen ab und davon, daß sie ihm am Tage ihre scharfe Intelligenz und in der Nacht ihre sagenhafte Schönheit darbrachte, hatte sie ihn nicht nur das britische Englisch in Wort und Schrift, sondern auch den regionalen Dialekt gelehrt. Abelardo Brenes hatte also keinen Grund zur Klage. Er ging nicht nur als ein zweisprachiger Lehrer, aus ihm war ein Mann geworden! Doch er gab ihr einen zerstreuten Kuß auf die Wange, die, so fürchtete er insgeheim, bald einen Ton blasser sein würde, und stieg einfach in den Bus, ohne sich zu bedanken, noch Lebwohl zu sagen. Sie sollte nie wieder etwas von ihm und seinem Lebenswerk hören.

Eudora litt schrecklich, trotz all der Jahre, die sie gelehrt hatten, die Löcher in den Wänden zu stopfen, doch sie tröstete sich schnell mit ihrer langjährigen Überzeugung, daß die Liebe vergänglich und unberechenbar war. Um nicht dem Kummer zu erliegen und im Nichtstun zu verharren – Brenes wurde durch eine farbige Lehrerin ersetzt, die wenig später aus Puerto eintraf und die Eudoras Hilfe nicht brauchte, da sie schon viele Jahre Erfahrungen bei der Arbeit mit kleinen schwarzen Kindern hatte sammeln können –, machte sie einen privaten Kindergarten auf. Eudora tat alles, um Abelardo zu vergessen, stürzte sich in die schreckliche und aufreibende Arbeit mit den kleinen Kindern fremder Leute, die sich absprachen, um alle zur gleichen Zeit zu urinieren und zu scheißen, und erkundigte sich halbherzig und zerstreut danach, was ihre Tochter so trieb.

Matilda ging ihrem Schicksal entgegen, denn ihre körperliche Erscheinung und ihr Wesen weckten die unterschiedlichsten Gefühle, doch keinesfalls das Bedürfnis, sie zu beschützen. Von September bis Februar durchkämmte sie den Meeresgrund zwischen den Felsen und folgte der Fährte ihrer Opfer, die, auf der Flucht vor den Fischreusen, direkt in ihre Hände fielen. Die Fischer, die das Mädchen zuerst für einen übermütigen Knaben hielten, folgten jetzt mit den wachsamen Blicken brünstiger Böcke den kleinen Brüsten, die spitz in den Himmel ragten, wenn sie in ihrer Kluft ins Meer tauchte. Sie besahen sich das Mädchen von dem kleinen Park am Ufer aus, wo sie, im Schatten der hohen Mandelbäume von der morgendlichen Mühsal ausruhten, sich träge auf die Kielseite ihrer Boote setzten und rauchend ihre Entwicklung zur Frau kommentierten. Keiner von ihnen hätte jedoch gewagt, der jungen Frau diese wenig gesitteten Anspielungen ins Gesicht zu sagen, denn ihre hochgewachsene Gestalt und ihre ausgeprägten Muskeln ließen jede Frechheit im Keim ersticken.

Lorenzos Erwachen beim Anblick von Matilda geschah auf unfreiwillige Weise. Wenn er seine ahnungslosen Augen über ihren Mädchenkörper schweifen ließ, konnte ihn das nicht aus der Ruhe bringen, denn nichts an diesen langen Gliedmaßen, die jede Rundung vermissen ließen, erinnerte ihn an den Körper einer Frau. Doch eines Tages unterhielt er sich mit den Fischern im Mandelbaumhain, als sie wie ein bewaffneter Aal im Taucheranzug dem Wasser entstieg und er den unglückseligen Einfall hatte, ihr Gesicht zu betrachten, nachdem sie die Tauchermaske vom Kopf gezogen hatte. Was er da unter dem Glas und dem Gummianzug, unter den kurzgeschorenen Haaren erblickte, war das nasse Gesicht Amandas, wenn er sie bei ihren Waschungen im Fluß beobachtet hatte, und es trug den Ausdruck Eudoras, wenn sie vom Unterricht heimgekehrt war. Sie spürte seinen Blick und nutzte die Gelegenheit, ihm drei fette Langusten feilzubieten, die sie an den Fühlern hielt, während die Schalentiere langsam und angstvoll ihre Scheren bewegten, als ahnten sie, daß sie bald eines schrecklichen Todes im kochenden Wasser eines Topfes sterben würden. Er war so gerührt, daß er seinen eigenen Mangel an Attraktivität und seine lächerliche Erscheinung vergaß, seine spindeldürren Beine, die ohne jede Anmut aus seiner altmodischen Hose eines angelsächsischen Touristen hervorsahen, seinen Wanst, der über den Gürtel hing, seinen kahlen Schädel, seine gerötete Haut, seine verschlagenen Augen, in denen die Tränen standen, und seinen ergrauten Schnurrbart. Hier stand ein- und dieselbe Frau, als sei keine Zeit vergangen, wie ein ewiges Geschenk der Natur, das für ihn immer unerreichbar sein würde. Um sie hatte sich sein ganzes Leben gedreht, und sie würde ihn auch weiterhin beherrschen.

Erschrocken lehnte er die Langusten ab, machte auf dem Absatz kehrt und lief bis zur Tanzbar »Zur wilden Palme«, die zu dieser mittäglichen Stunde wie leergefegt war. Er legte eine gellende Musik auf, um den ärgerlichen Kalypso zum Schweigen zu bringen, der ihn erneut mit einem Refrain quälte und wieder und wieder mit der wohlklingenden, bösen Stimme Plantintáhs ins Ohr raunte: »Lorenzo Parima verliebt sich immer in die gleiche Frau, die gleiche Frau, die gleiche Frau ...« Die vergangenen Strophen kannte er schon, doch welche verfluchten Verse würde er noch anstimmen? Er entkorkte eine Flasche Mineralwasser, warf drei Eiswürfel und ein Scheibchen saure Limette ins Glas, griff sich einen der Stühle, die umgedreht auf den Tischen standen, setzte sich und begann mit der Beklemmung eines Abstinenzlers zu trinken, der nicht weiß, wie er dem Unheil entfliehen soll.

Während Lorenzo sein Glas leertrank, trug der schwarze Hahn am gleichen Nachmittag noch den letzten Hauch von Miss Emily davon, und als habe es der Tod eilig gehabt und Zeit und Mühen sparen wollen, verstarb auch der Jamaikaner in seinem Schaukelstuhl.

Stella ahnte, daß die Greisin von dieser Welt gehen würde, denn sie hörte ihren erstickten, schweren Atem und sah ihre schweißgetränkte Stirn. Sie hatte eine Hand auf die Brust gelegt, und ihre verkrampften Finger mühten sich vergeblich, etwas von dort zu entfernen, das sie zu erdrücken schien. In dieser Haltung verbrachte sie den Rest des Tages, und der Albino wartete an ihrer Seite darauf, daß sie Linderung erfahren oder sterben möge. Amanda kam, um nach ihr zu sehen, und blieb lange bei ihr sitzen. Sie suchte vergeblich in den von der Krankheit zerfallenen Gesichtszügen ein Zeichen zu entdecken, das ihr ein Wiedererkennen bedeutete, eine Erinnerung an die gemeinsamen Erfahrungen ihrer Jugendzeit. Amanda war schon fort, als der Hahn hereintrat, pünktlich wie immer um sechs Uhr abends, doch diesmal plusterte er nicht sein Gefieder, seine Haltung war ernst und angespannt, und statt sich wie gewöhnlich am Fuß des Bettes einzurichten, sprang er auf die eingefallene Brust der alten Jungfer, wo er eine ganze Weile zubrachte und den Schnabel auf ihren Lippen ruhen ließ. Miss Emily, die ihre Augen geschlossen hielt, hob eine Hand und ließ sie auf sein Gefieder sinken. Es herrschte einen Augenblick lang vollkommene Ruhe, dann entfuhr ihr ein unfreiwilliger Schluckauf, der aus dem tiefsten Inneren ihrer Eingeweide aufstieß, worauf der Hahn ein triumphierendes Kikeriki hören ließ, vom Bett sprang und durch die geöffnete Türe auf den Hof stolzierte, in Begleitung von Miss Emilys Seele, die diesmal für immer durch die Bananenstauden davonschwebte, die Plantintáh einst gesät hatte.

Sie begruben Miss Emily auf dem Gemeindefriedhof. Ihre tote Hülle war so schwerelos, daß der Sarg, in dem sie fortgetragen wurde, von einem Mann gehoben werden konnte.

Im gleichen Augenblick, als der gefiederte Vogel seinen siegreichen Schrei ausstieß und die Erlösung der Miss Emily feierte, öffnete der friedlich schlummernde Jamaikaner die Augen, der bis dahin mit seinen Füßen den Schaukelstuhl in einen gemächlichen Takt versetzt hatte, erstaunt darüber, zu dieser Tageszeit einen Hahnenschrei zu vernehmen. Sowohl Amanda als auch Stella schlossen später, daß dies den Tod bewogen haben mochte, auch ihn mit sich zu nehmen, denn möglicherweise war seine Stunde noch gar nicht gekommen. Doch als er dem Hahnenschrei seine Aufmerksamkeit lieh und eine Erklärung hierfür suchte, ergriff der Tod, hinterlistig und verschlagen, wie er war, die Gelegenheit und führte auch ihn gleich mit sich fort. Das Gutachten des Gerichtsmediziners, der aus Puerto eintraf, um die Toten zu untersuchen, fiel weniger umfangreich aus: Miss Emily war den Erstickungstod gestorben und der Jamaikaner einem Herzinfarkt erlegen. Fest steht jedoch, daß letzterer einen Ausdruck des Erstaunens auf dem Gesicht trug. Mit dieser Miene der Verwunderung fand ihn Amanda, die wenige Augenblicke später eintraf, um ihm zu sagen, daß der Abendtisch gedeckt sei. Die Arme hatte noch nicht begriffen, daß sie zum zweitenmal Witwe geworden war, als Stella Sekunden später die Stufen der Veranda heraufkam, um ihr mitzuteilen, daß Miss Emily von ihnen gegangen war und endlich ihren letzten Atemzug getan hatte. Der doppelte Schlag streckte Amanda so nieder, daß ihre Tränen erst viele Tage später liefen.

Lorenzo wußte zu diesem Zeitpunkt noch nichts vom Tod der Miss Emily und des Jamaikaners, denn er war damit beschäftigt, alle Stühle von den Tischen der »Wilden Palme« herunterzunehmen und mit seiner lärmenden Aktivität die Beklemmung zu überspielen, die ihm seine neue und dritte Verliebtheit in eine Scarlet bereitete. Er ließ sich auch nicht bei den Hinterbliebenen blicken, als ihn der Zambo am nächsten Tag von den Ereignissen in Kenntnis setzte. Er sprach Amanda kein Beileid aus. Er suchte nicht einmal nach einer Entschuldigung oder Ausrede. Statt dessen tat er das einzige, was er in Momenten der Verunsicherung zu tun pflegte: Er nahm Reißaus, begab sich nach Puerto und bat in »Penelopes Buchhandel« um Asyl. Zerstreut trat er die Reise an und wäre beinahe mit einem Lastwagen zusammengestoßen, der runde Baumstämme transportierte. Flüchtig ging ihm der Gedanke an den Export von Holz durch den Kopf, schließlich verkaufte es sich zu guten Preisen. Dann wieder dachte er, zum Teufel mit allem, und rief sich Matildas Gesicht zurück, das ihm so wohlbekannt und vertraut war. Es hatte ihn so schmerzhaft an Amandas Gesicht in jener düsteren Nacht in Monky Point erinnert, als ein Verlangen in ihm erwacht war, das unvergänglich schien.

Olga verpackte gerade genußvoll ein Päckchen mit Papier und Bleistiften für einen Kunden und lächelte, als sie ihn kommen sah. Sie kannte die verschiedenen Facetten in Lorenzos Gesicht und ahnte, daß sich hinter diesem Ausdruck schreckliche Beklemmung verbarg. Diese Frau, dachte Lorenzo bei sich, die mir beständig mit dem Gemischtwarenladen in den Ohren liegt, was macht sie denn? Hat sie es nötig, die Kunden in ihrem Buchladen zu bedienen? Olga, die in seinen Augen las, was er gerade gedacht hatte, witterte mit dem feinen Spürsinn einer Jagdhündin, daß er sich in einem Zustand höchster Verletzlichkeit befand. Sie überließ den Papierverkauf einem Angestellten und gab sich mit Leib und Seele daran, Lorenzos Bedürfnisse zu befriedigen, die in diesem Augenblick sentimentaler Natur waren. Mit den Jahren hatte Olga ihn so tiefgründig kennengelernt, daß sie in jeder seiner noch so unbedeutenden Gesten wie in einem offenen Buch las. Sie erhielt keine Antwort auf ihre Fragen. Er reagierte nicht auf die alten Tricks, die einst so gute Erfolge gezeigt hatten. Als sie sein Schweigen satt war, redete sie von Geschäften, das letzte Hilfsmittel, wenn ihn gar nichts mehr aus seiner Erstarrung zu reißen schien.

»Ich habe ein tolles Angebot bekommen, du wirst begeistert sein!« sagte sie und strich sich den hautengen Rock glatt, der ihre Beine betonte, die einzige Partie ihres Körpers, die dem Zahn der Zeit widerstanden hatte und sich immer noch fest und wohlgeformt präsentierte. »Es ist eine delikate Sache, Vertrauenssache sozusagen, aber es wirft eine Menge ab, sag ich dir. Ein faszinierendes Geschäft!«

Sie schwieg jetzt und wartete seine Reaktion ab. Sie saßen in Olgas privaten Gemächern zwischen Buchladen und Bordell, die sie hübsch möbliert hatte. Sie erhob sich und legte eine von honigsüßen Geigen und Ray Conniff triefende Musik auf. Und während die Einwohner von Parima Bay damit beschäftigt waren, die frisch Verstorbenen zu begraben, ließ Lorenzo Olgas Angebot auf sich wirken: »Ein bombensicheres

Geschäft, du mußt nur deinen Container ausleihen, in dem du das Fleisch nach Panama exportierst, damit er auf dem Rückweg die Pakete mitbringt. Es gibt vier Geschäftspartner in der Hauptstadt: zwei Abgeordnete, ein Unternehmer und ein Minister, von denen ich die Namen nicht erfahren habe, denn sie werden streng geheimgehalten. Sie zahlen dir, was du willst. Und jemand von hier, den du kennst, wird sich um den Anteil der Ware kümmern, der uns zusteht, wenn sie im Hafen eintrifft und ausläuft. Es ist für alles vorgesorgt, um absolute Sicherheit zu gewähren. Eine Organisation, die keine Fehler macht.«

»Ich würde mich mal darum kümmern, ob der Gouverneur auch seine Hände im Spiel hat«, murmelte Lorenzo und unternahm eine Anstrengung, sich für die Angelegenheit zu interessieren.

»Aber er ist es doch, er und kein anderer, von dem ich die ganze Zeit rede. Die Idee, deine Container zu benutzen, stammt von ihm. Er selbst war es, der mir geraten hat, dir in der Sache auf den Zahn zu fühlen. Unter der Ware ... unter dem Boden des Containers, liegen die Päckchen mit Kokain. Es gibt kein Risiko, Lorenzo. Du mußt nur den Transport in die Wege leiten, den Rest besorgen die anderen. Es ist nicht gefährlich. Du mußt nur sagen, ob und wann, und das Geld in Empfang nehmen.«

Die Überzeugungskraft Olgas und die aufregende Vorstellung vom Handel mit Drogen ließen Lorenzo vorübergehend sein Elend vergessen. An diesem Abend lud Olga den Gouverneur zu sich. In der diskreten Abgeschiedenheit der rückwärtigen Ladenräume sollten die beiden Männer über alles reden.

Während Lorenzo und der Gouverneur die Einzelheiten ihres Geschäftes besprachen, wurde den Toten von Parima Bay in der gleichen Nacht noch die letzte Ehre erwiesen, wie es der Tradition entsprach. Erfahrene Hände stopften alle Körperöffnungen der Leichen, und bevor sie die Verstorbenen in ihre besten Gewänder kleideten, stäubten sie die Toten mit Kalk ein und besprühten sie großzügig mit Kölnischwasser. Wenn Miss Emily beinahe schon zu ihren Lebzeiten in Vergessenheit geraten war, war der Jamaikaner in jedem Parimenser lebendig. Er glänzte in seinem schönsten Hemd, und Miss Emily trug ein blütenweißes Tuch um ihr totenbleiches und glückliches Gesicht. Sie plazierten die Toten auf Brettern, die sie zu Tischen ausgelegt hatten, und stellten unter jeden Leichnam ein Schälchen mit Kaffee. Matilda wurde in der Luft aufgehängt und von einer Hand zur anderen über ihren toten Adoptivgroßvater gereicht, damit der Tote sie nicht mit sich nehmen sollte. Sie zogen ihre Gebetbücher hervor, und nachdem sie ihre Psalmen angestimmt hatten, gab es reichlich zu essen, zu trinken und jede Menge Zerstreuungen.

Amandas Haus war für all diese Menschen zu klein. Die kleine Veranda drohte herunterzubrechen, und da das Wetter schön war, verteilten sich die Trauergäste im Garten. Nur Amanda weinte. Wenn der Auftakt schon fröhlich und festlich ausgefallen war, so wurde er noch von den »nine nights« übertroffen: Sie tranken, aßen, spielten Domino und Balimbo, erzählten sich viele Geschichten von Brüderchen Spinne, stimmten einen denkwürdigen Jubel an und feierten das Hinübergehen des Jamaikaners und Miss Emilys in eine weitaus bessere Welt. Und endlich sprang der schwarze Hahn auf Amandas Schoß, von dem er nicht mehr wich und ihr beim Weinen und der Erinnerung an die besten Momente ihres Lebens an der Seite eines herzensguten Mannes half, wie sie ihn nie mehr finden würde. Der Hahn und die Witwe nahmen auf dem verlassenen Stuhl des Toten Platz, und seiner Gewohnheit folgend, hingen sie mit einem leichten Schaukeln den Strahlen der Abendsonne nach, die langsam gen Westen unterging und die Reflexe auf dem Wasser mit sich führte. Dieses Bild sollte den Parimensern bald ein alltäglicher Anblick werden: die fette Negerin, die ihren verlorenen Blick auf den Horizont gerichtet hatte und sanft den Schaukelstuhl bewegte, und der unsterbliche Hahn auf ihren watteweichen

Schenkeln. Amanda, die davon überzeugt war, daß ihr Begleiter in Jamaika wiederauferstehen würde, fügte sich in ihre neue Situation, nachdem der allererste Schmerz vergangen war. Stella bot sich an, in ihrem Haus zu leben. Der Albino und die tröstliche Anwesenheit des Hahnes sollten ihre Einsamkeit lindern, in der sie den Rest ihrer Tage zubrachte.

Matilda brachte das Hinscheiden ihrer Tante nicht aus der Fassung, denn ihr blieben nicht viele Erinnerungen an die Tote, und sie hatte schon lange mit ihrem Ableben gerechnet. Doch der endgültige Verzicht auf ihren Adoptivgroßvater war ein harter Schlag für das Mädchen, schließlich verdankte sie ihm die einzige männliche Zuwendung, die sie in seiner Familie erfahren hatte. In den folgenden Tagen, in denen Amanda die schwere Aufgabe zu meistern versuchte, ohne ihren Ehemann zu leben, und darüber ihre Enkelin vergaß, stürzte sich Matilda in ein Abenteuer, um ihren Schmerz zu vergessen, nutzte Lorenzos Abwesenheit und schnappte sich den alten Einbaum aus dem Stamm der Knallschote, die der Schriftsteller einst umlaufen hatte. Sie setzte den leistungsstarken Motor in Gang und machte mutterseelenallein eine Spazierfahrt hinaus aufs Meer. Die grenzenlose Weite des Ozeans lehrte sie besser als alles andere, den Leerraum zu begreifen. Matilda wuchs auf dieser Reise, reifte zwischen den Wellen der aufgebrachten See, alleine mit sich und dem Meer. Der Wind, die Sonne und das Wasser geißelten ihre Haut dafür, daß sie noch am Leben war. Der Großvater und die Spinne Anansi begleiteten sie an Grenzen ihres Seins, die zu erreichen sie nie für möglich gehalten hatte, und sie spielte ein gefährliches Spiel zwischen den Flossen der Haie, den Mantarochen und den hochspringenden Delphinen. Sie kehrte erschöpft heim, die Tränen mit Salz vermischt und das Herz um eine Last erleichtert, und war erfüllt von einer neuen und starken Zärtlichkeit für ihre Großmutter.

Lorenzo, der vor Matilda die Flucht ergriffen und sich hinter dem Steuer seines Wagens verschanzt hatte, trat feste das Gaspedal und setzte die Scheibenwischer in Gang, obwohl die

Sonne schien, denn er wollte sein Spiegelbild in der Scheibe verscheuchen. Es war eine ermüdende Reise. Eine schreckliche Straße führte ihn zum Buchhandel Olgas, er fühlte sich ausgepumpt und hätte am liebsten losgeheult. Nachdem Olga ihn mit dem aufregenden Vorschlag von einem neuen Geschäft abgelenkt hatte und der Gouverneur nach Abklärung aller Einzelheiten gegangen war, erlaubte sich Lorenzo, hingerissen von soviel Vertraulichkeiten, einen Moment der Schwäche und tat etwas, was er sonst nie getan hätte: Er erzählte Olga von seiner seltsamen Leidenschaft. Allerdings verschwieg er, daß Matilda nicht seine Tochter war, denn ihm hätte es eine größere Schande bedeutet, einzugestehen, daß er ein Gehörnter war, als eine inzestuöse Liebe zu beichten.

»Ich habe nie verstanden, warum ein so reicher Mann, der sein Geld nicht mal mehr zählen kann, sich in diesem unglückseligen Nest vergräbt und sich mit einer so billigen, verwitterten Bretterbude abgibt, die nur durch ein Wunder noch nicht zusammengebrochen ist. Wenn der Laden so wichtig ist, warum stößt du ihn dann nicht ab und baust statt dessen etwas Angemesseneres? Geld genug hast du ja ... Aber nein, dazu hast du keine Lust, du magst es, im Dreck zu leben. Du bist ein Geizhals, Lorenzo, ein unverbesserlicher Geizhals ...«

»Ich rede nicht vom Gemischtwarenladen«, sagte Lorenzo mißmutig. »Und auch nicht von Geld.«

»Jetzt, wo du kein Land mehr zu verkaufen brauchst, ist der Moment gekommen, den Rubel auszugeben und zu genießen, den Saft aus den Früchten zu ziehen, denn das Leben ist kurz ... Ja, du mußt es ausgeben, und zwar mit vollen Händen, auf Reisen und in großen Häusern, Spielkasinos und weiß der Teufel wo! Verflucht sei die Lust auf deine Tochter, die dich plötzlich überkommen hat. Du könntest Frauen haben, so viele du willst, Tausende, junge und alte!«

Lorenzo schwieg jetzt und ließ sie reden. Olga hatte recht. Doch sie würde niemals verstehen, was ihm der Gemischtwarenhandel bedeutete. Er liebte diesen alten, von der salzigen

Luft verwitterten Holzverhau, diese verrosteten Nägel, dieses oxidierte Blech. Es rührte ihn an, warum, wußte er selbst nicht. Vielleicht, weil er mit dieser Leidenschaft geboren war und sie ihm das Gefühl gab, unsterblich zu sein. Doch er schämte sich seiner Gefühle und gab keine Antwort.

»Wenn es für einen Mann nicht möglich ist, mit der eigenen Tochter ins Bett zu gehen«, tröstete ihn Olga, als sie sah, wie niedergeschlagen er war, »dann gibt es immer noch die Möglichkeit, es mit anderen Mädchen in ihrem Alter zu tun. Das wird dir deine Ruhe wiedergeben. Ich kann sie dir besorgen. Bis zu zehn Stück, Neunjährige, Zehnjährige!« rief sie begeistert aus bei dem Gedanken daran, blutjunge Mädchen zu beschäftigen, die noch nicht menstruiert hatten. Wer weiß, vielleicht wurden aus den jungen Hüpfern später sanfte und gefügige Schülerinnen. »Doch das wird dich eine Stange Geld kosten, schließlich riskiere ich meine Haut.«

Lorenzo gab zerstreut nach, willigte ein aus Bequemlichkeit, denn Olga würde sein Verlangen nie begreifen, das älter war als Matilda selbst, alt und unübertragbar, nicht austauschbar. Dieses Begehren war einzigartig und kam aus einem Teil seiner selbst, der so dunkel war wie die Haut der Scarlet-Frauen.

Er sagte ja, doch wolle er Zwölf- oder Dreizehnjährige, keine Jüngeren. Nicht älter als siebzehn.

Dann kehrte er so unglücklich ins Dorf zurück, wie er von dort aufgebrochen war, magisch angezogen von einer Kraft, von der es kein Entrinnen gab.

Olga gab sich die größte Mühe, ihr Versprechen einzulösen. Sie unternahm erste Schritte zur Verfolgung ihrer Ziele und hielt sich bald wie zufällig vor den Eingängen öffentlicher Schulen auf, um zu sehen, ob sie dort nicht eine schöne und arme Studentin erblickte, und nachdem sie einige fruchtlose Versuche unternommen und vorsichtig ihre Fühler ausgestreckt hatte, konnte sie eine junge Schwarze in einer verschmutzten und geflickten Schuluniform locken, der sie versprach, sie werde mehr Geld verdienen, als sie ausgeben könne.

»Du wirst es nicht bereuen«, sagte ihr die Perverse, »denn der Herr, vom dem ich dir erzählt habe, will nur die Hitze deines Körpers spüren, und du wirst sehen, daß er unfähig ist, dir auch nur ein Haar zu krümmen.«

Mit dieser Neuigkeit überraschte sie Lorenzo, als er nach Puerto zurückkehrte. Sie sagte ihm auch, daß der Kokainschmuggel in den Containern schon gut angelaufen sei. In dieser Nacht, als ihn die Hure zu dem zitternden Kind brachte, das seine mangelnde Unverfrorenheit und Erfahrung in diesen Dingen zu verbergen suchte, glaubte er tatsächlich, in ihm das heißersehnte Heilmittel für seine Besessenheit gefunden zu haben.

Olga stellte ihnen ein Zimmer in ihren privaten Gemächern bereit, damit sie ganz ungestört waren, und dort versuchte Lorenzo herauszufinden, wie er dem jungen Ding vor seinen Augen die Angst nehmen könnte, doch es fiel ihm nichts Besseres ein, als zu sagen: »Ich werde dich nicht fressen, zieh deine Kleider aus.«

»Kann ich die Kleider nicht anlassen?«

Als sie den Mut nicht aufbrachte, ihr Blüschen zu öffnen, fingerte er mit ungeschickten Händen an Ösen und Knöpfen herum und mußte sich geschlagen geben. Er stieß einen Fluch aus, setzte sie auf seine Knie, und als er sich endlich durch alle Hindernisse gearbeitet hatte, kam ihm der schlanke und knospende Jungmädchenkörper wie eine wundersame und zerbrechliche Erscheinung vor, für die er mit stummen Tränen dankte. Das Mädchen ertrug den schrecklichen Augenblick, als er sie streichelte, und schloß die Augen, um nicht das Gesicht dieses Alten zu sehen, der sie befummelte, während ihm zwischen ihren Brustansätzen der zähe Geifer aus dem offenen Mund tropfte. Lorenzo begnügte sich mit dem unbefriedigenden Betatschen ihres pubertierenden Körpers, denn so, wie es Olga prophezeit hatte, war er nicht in der Lage,

Maßnahmen von größerer Tragweite zu ergreifen. Als das Schulmädchen in seiner zerschlissenen Uniform davonzog und die Scheine in einem Buch über die Landesgeschichte versteckte, spürte er, daß die Schülerin ein wenig zur Beschwichtigung seiner Beklemmung beigetragen hatte, und er nahm sich vor, diese Erfahrung zu wiederholen. So geschah es auch, doch nach einigen Nachmittagen, die er damit zubrachte, den Körper der jungen Schwarzen zu liebkosen, bekam er Lust auf Abwechslung und bat um neues Frischfleisch.

Diese Laune Lorenzos brachte Olga ans Laufen. Sie dehnte ihre Jagd nun auf alle Schulen der Stadt aus, bis sie eines Tages ein Abendgymnasium entdeckte, in dem sie auf ein ganzes Nest junger Mädchen aus armen Familien stieß, die abends lernen mußten, weil sie am Tag arbeiteten. Ein ganzes Jahr lang versiegte die Quelle nicht, aus der Olga unbegrenzt schöpfte, ohne daß Lorenzo es gemerkt hätte, der wie benommen war von den glatten und dunklen Schenkeln, zwischen die er gierig seine Finger steckte, weil er nichts anderes einzuführen hatte. Nur einmal gab es einen Warnschuß, als die Eltern eines der Mädchen ihre Tochter mit hochhackigen roten Schuhen erwischten und beim Anblick der nagelneuen Stöckel Verdacht schöpften. Unter Schlägen gestand das Kind alles, und es gab eine Anzeige gegen Olga und Lorenzo, doch die beiden konnten sich gut aus der Affäre ziehen. Lorenzo leugnete, was ihm vorgeworfen wurde, verlangte nach Zeugen und ließ seine Kontakte zu Regierungskreisen spielen. Dank jener einflußreichen Kräfte, für die es weder eine Vergewaltigung noch den Verlust der Jungfernschaft des Mädchens aus einer armen, unbedeutenden Familie von Farbigen gab, das, so urteilte der Gouverneur, darüber hinaus unverschämt kurze Röcke trug, wurde die Sache bald zum Stadtgespräch und hatte eine Entschädigung der ohnmächtigen Eltern zur Folge.

Nach diesem Zwischenfall gab Olga ihre Jagd auf, denn sie fürchtete, andere Anzeigen könnten das Problem verschärfen, doch Lorenzo ließ seiner Lüsternheit weiterhin freien Lauf.

Die Sache hatte sich bereits herumgesprochen, und die Mädchen kamen in Scharen, freiwillig und auf eigene Verantwortung, in Olgas Buchhandel, unter dem Vorwand, Schulbücher und Schulhefte kaufen zu wollen. Der Gouverneur riet Lorenzo, er möge sich nicht wieder von perversen kleinen Mädchen in Miniröcken verführen lassen, prophezeite ihm einen Herzstillstand und versetzte ihm spaßeshalber einen derben Klaps auf die Schultern.

So fand der Trost ein Ende, der Lorenzo Matilda hatte vergessen lassen, und eine neue Folter begann ihn zu quälen: die Eifersucht. Schon am frühen Morgen pflegte Matilda mit Conrado in einem Boot herauszufahren und erst gegen Abend heimzukehren.

Als Lorenzo ins Dorf zurückkehrte, nachdem er noch schmutzigere Geschäfte zum Abschluß gebracht hatte als die, die er für gewöhnlich tätigte, entdeckte er den Diebstahl seines Bootes, doch er hatte nicht den Mut, Matilda gegenüberzutreten. Lieber spielte er den Ahnungslosen, um nicht noch mehr von seiner Autorität einzubüßen. Weder damals noch später konnte er ihr eine Laune abschlagen, denn seine Verliebtheit ging mit einer schrecklichen Angst einher, so daß er ihr widerstandslos dabei zusah, wie sie sich freimütig seines Bootes bemächtigte. Er tauchte in ein Wechselbad der Gefühle, und so sehr ihn die zarten Gesichtszüge des Mädchens verzauberten, so sehr schreckte ihn ihr Körper einer olympischen Läuferin. Hin- und hergerissen zwischen den widersprüchlichsten Emotionen, suchte er ihre Gegenwart ebenso, wie er sie mied, tat so, als begegne er ihr zufällig, und nahm vor ihr Reißaus, ohne zu wissen, wie er sie behandeln sollte, denn seine angenommene Vaterschaft machte die Sache noch verwirrender. Die abschreckenden Erfahrungen früherer Zeiten hatten ihn gelehrt, daß es sinnlos war, gegen dieses Verlangen anzukämpfen. Doch seither waren viele Jahre vergangen, und die Zeit hatte seine Muskeln und seine Willenskraft geschwächt.

Matilda machte ihre Entdeckung wenige Monate nach dem Tod des Generals, zu einer Zeit, als die Panamaer das Verscheiden ihres stärksten Mannes beweinten, der es als einziger gewagt hatte, den Kaimanen im Kanal die Zunge herauszustrecken.

Vor Lorenzos ohnmächtigen Augen machte das Mädchen nun freien Gebrauch von der Barkasse, und bald kam es zwischen den beiden zu einem stillschweigenden Übereinkommen, nach dem das Wassergefährt in den Besitz der jungen Frau überging. Dieser Pakt verfestigte sich noch nach einem Unfall, der schwere Folgen hätte haben können, aber glimpflich ausging, wenn man von dem unwiderbringlichen Verlust des Motors absah. Es geschah an einem stürmischen Seetag, als die jungen Männer sich ein Vergnügen daraus machten, auf den Wellen zu reiten. Ein starker Aufprall auf das Wasser lockerte den Motor, der mit seinen dicken Schrauben in der Bordwand verankert war, und er sank auf den Meeresboden, ohne daß einer der Taucher, die Lorenzo wenig später beauftragte, ihn jemals wiederfand. Das Boot drehte sich bei und wurde von einer Strömung aufs hohe Meer gerissen, und als niemand mehr an eine Rettung glaubte, kam zufällig eine der kleinen Luxusjachten am Unglücksort vorbei, in denen die belgische Hotelkette ihre Gäste nach Monky Point übersetzte, und die Schiffbrüchigen wurden durch diese glückliche Begebenheit bis zur Anlegestelle in Parima Bay abgeschleppt. Lorenzo war sehr verärgert, zum einen über den Verlust des Motors und zum anderen über das viele Geld, das ihm die Belgier für diesen Freundschaftsdienst abknöpften. Er schrie Eudora ins Gesicht, daß ihre Tochter ein unverantwortliches Geschöpf sei und er ihr nicht mehr erlauben werde, mit einem Gefährt in See zu stechen, das seinem Besitz unterstehe.

Während Eudora und Lorenzo sich stritten und anschrien, nahm Matilda in einiger Entfernung von diesem Konfliktherd Platz und wartete geduldig das Ergebnis der Auseinandersetzung ab. Der Streit ging zu ihren Gunsten aus, denn Eudora, die von dem Abenteuergeist ihrer Tochter hellauf begeistert war, ergriff so heftig für sie Partei, daß Lorenzo einen neuen Motor kaufte und dem Zambo auftrug, er möge Matilda das Benzin geben, um das sie ihn bitten werde.

Der neue Motor regte die Freunde zu unbeschreiblich waghalsigen Manövern an. Manches Mal fuhren sie nach Puerto und nahmen dort Omfí und andere an Bord, mit denen sie bis nach Monky Point schippten und sich über das Kommen und Gehen der Hotelgäste lustig machten. Einmal hatten sie im Swimmingpool baden wollen, doch sie wurden hinausgeworfen, bis auf Conrado und seinen Bruder, schließlich waren Neger dort nur unter dem Hotelpersonal zugelassen. Also blieben sie am Strand und mokierten sich über die Fremden, die den kleinen Jachten mit einem Ausdruck verblödeter Verzückung entstiegen.

Doch nicht immer brachen die Freunde gemeinsam auf. Wenn Omfí sich in Puerto aufhielt, Jan in der Schule war und Conrado sich als Touristenführer ein paar Dollar verdiente, stach Matilda allein in See. Bei einem dieser Abstecher, als sie sich freimütig den Meeresströmungen hingab und träge über die Bordwand beugte, um einem Schwarm Stöcker zuzusehen, die im Kiel des Bootes ihre Seiltänzerkunststückchen vollführten, erblickte sie ein seltsames, rechteckiges Ding, das silbern glänzte und allein auf dem Wasser zu treiben schien. Als sie näherkam, fand sie heraus, daß es sich um einen großen metallischen Behälter handelte, der auf einem flachen Fährschiff transportiert wurde. Die Fähre wurde von einem langen Seil gezogen, das sich am Horizont verlor. Dort war es möglicherweise an einen Schleppkahn angebunden, der großen Abstand hielt, um Unfälle bei hohem Seegang zu vermeiden.

Matilda war entzückt über ihre Entdeckung und gab sich daran, fernab von den Blicken des Kahnführers, den Inhalt des geheimnisvollen Behälters herauszufinden, der aus dem Süden zu kommen schien. Nachdem sie sich vergewissert hatte, daß kein menschliches Wesen an Bord der Fähre war, verankerte sie ihr Boot, sprang auf das Deck und schnüffelte nach Herzenslust herum. Doch sie fand nichts, mit dem sie den schweren Verschluß hätte aufbrechen können, nicht einmal mit dem Bootswerkzeug, so geschickt sie sich auch anstellte und soviel Kraft sie auch darauf verwandte. So machte sie kehrt, ohne ihre Neugier befriedigt zu haben, mit von den vergeblichen Mühen zerschundenen Händen, ging im Dorf an Land und erzählte Conrado von ihrem überraschenden Abenteuer auf dem stillen, menschenleeren Ozean.

Die Freunde fanden die Sache mit dem Container faszinierend, und sie beneideten das Mädchen um ihre Entdeckung, schließlich waren sie mit allzu alltäglichen, wenig abenteuerlichen Aktivitäten beschäftigt. Conrado bedauerte es, nicht dabeigewesen zu sein, aber genau an diesem Tag hatte er sich verpflichtet, zwei Schweizer auf eine Bergtour zu begleiten, weil er sich davon ein gutes Trinkgeld versprach.

»Das nächste Mal komme ich mit«, sagte er entschlossen.

An diesem Wochenende traf Omfí in einem aufsehenerregenden Hemd in Parima Bay ein, das mit bunten Palmen und Badenden in Tangas bedruckt war. Seine Haare waren zu meisterlichen Zöpfchen geflochten, was ihn den Lohn einer ganzen Woche gekostet hatte, ein Kunstwerk, für dessen Fertigstellung eine Fachkraft fünf Stunden brauchte. Sonnengläser, die er auf der Straße erstanden hatte, eine falsche Goldkette und zwei imitierte Brillantringe zeugten von seinem neuen Reichtum. Stella sah ihn mit einem Köfferchen aus Kunstleder dem Bus entsteigen und freute sich über sein neues Outfit. Omfí begrüßte seine Mutter und suchte wenig später schon die Gesellschaft der Freunde. Als er von Matildas Begegnung mit dem metallenen Behälter erfuhr, lächelte er so wohlgefällig wie ein Mann von Welt, der gut informiert ist.

»Das sind Container, Mann. Sie kommen und gehen zwischen Puerto und Panama, Mann. Ich weiß es genau, weil es am Hafen ein Büro gibt, das die Sache deichselt und das kontrolliert, was rausgeht und was reinkommt. Sie werden mit was beladen und kommen mit was anderem zurück ... Schätze, da geht Ware für jede Menge Dollar übers Wasser.«

Die jungen Leute schwiegen und versuchten sich vorzustellen, was für eine Ware sich in dem metallischen Kasten verstecken mochte. Jan machte einen schüchternen Vorstoß: »Fernseher und so was?«

»Genau.«

»Ich hätte Lust darauf, diesen Container zu überfallen und den ganzen Inhalt ins Wasser zu werfen.«

»Matilda«, Conrado lächelte verständnisvoll, »möchtest du vielleicht wieder Anny Bony und Mary Read spielen? Wir sind schon erwachsen. Ich glaube, diesmal handelt es sich nicht um die Bonbons in Papas Laden, sondern um was viel Gefährlicheres.«

Omfí fand die Idee richtig gut, aber nicht um die Ware ins Meer zu werfen, sondern um sie für gutes Geld zu verkaufen.

»Es gibt überhaupt keine Gefahr bei der Sache«, sagte er. »Keiner wird uns anzeigen, weil ihnen das nichts bringt. Diese Container transportieren zur Hälfte heiße Ware. Ich weiß das, weil ich am Hafen so was hab verlauten hören.«

»Ihr holt das Zeug aus dem Container, und ich verkauf's. Das einfachste Ding von der Welt, Mann!«

Sie schwiegen und spielten in Gedanken alle Möglichkeiten durch, wie sie ihren Spaß an der Sache haben könnten. Dann sprachen sie angeregt über die Gefahr, erwischt zu werden, und kamen zu dem Schluß, daß ihnen keiner auf die Schliche kommen konnte. Der Schlepper war zu weit entfernt. Von dort konnte niemand sehen, was sich auf dem flachen Kahn abspielte.

Ebenso aufgewühlt wie in Kindertagen, als sie den Gemischtwarenladen überfallen hatten, um den Zambo zur Herausgabe von Konfekt zu zwingen, vereinbarten die drei, die nächste Überfahrt des Floßes abzuwarten. Omfí setzte sie telefonisch vom Kommen und Gehen der Container in Kenntnis. Er tat es gerne, doch gab er zu, daß er lieber einen aktiveren Part in der Sache übernommen hätte, und bedauerte, nicht an der aufregendsten Phase der Operation teilnehmen zu können, die in dem Überfall auf hoher See bestand, wo der Tanz todbringender Haie und aufbrausender Wellen das Salz und Pfeffer dieses Abenteuers bedeuteten.

Stella bemerkte, daß die Gespräche der jungen Leute einen verstohlenen Charakter angenommen hatten und sie plötzlich verstummten, wenn sie näherkam, sich entfernten und geheime Zusammenkünfte trafen, und sie versuchte die Gründe für dieses Verhalten herauszufinden. Aber sie hatte seit langem ihre Autorität über Matilda verloren, und ihre Bemühungen waren vergeblich. Als die weißliche Mulattin sich dieser Tatsache bewußt wurde, beharrte sie nicht weiter darauf, und die Sache geriet in Vergessenheit. Überdies hatte sie in diesen Tagen alle Hände voll damit zu tun, einen Nordamerikaner davon abzuhalten, den Kindern für jeden lebenden Schmetterling, den sie ihm brachten, fünf Dollar anzubieten. Die Jagd des Gringos hatte das Projekt eines beheizten Insektariums mit tropischen Schmetterlingen zum Hintergrund, das natürlich in den Vereinigten Staaten entstehen sollte. Stella gab ihren Kampf nicht auf und redete mit jedem Kind und jedem Erwachsenen, um zu verhindern, daß die schönsten Schmetterlinge von Parima Bay ein grausames Exil erfuhren. Sie war so beschäftigt mit ihrer Überzeugungskampagne, daß sie das Interesse an den Geheimnissen Matildas und ihrer Freunde verlor.

In dieser Zeit nahmen auch Stellas Probleme mit Lorenzo ihren Anfang. Er hatte sie aus dem Tanzsaal hinausgeworfen, und Eudora mußte sich für sie verwenden. Eines Tages war er zu der Meinung gelangt, daß ihre Anwesenheit das Ansehen der »Wilden Palme« schädigte, und setzte sie vor die Tür: »Ich will dich hier nicht mehr sehen, versoffener Albino«, hatte er gesagt.

»Lorenzo, was fällt dir ein?« ergriff Eudora Partei für das Mädchen, als sie davon erfuhr, und sprach in tiefstem Dialekt, um der Sache die Wichtigkeit zu nehmen. »Stella unterhält die Touristen und belästigt niemanden. Laß sie in Ruhe.«

Die farblose Mulattin machte sich darauf gekränkt und verletzt zu einem billigen Lokal auf, das jemand am Strand unweit der »Wilden Palme« hochgezogen hatte, und Lorenzo konnte zusehen, wie sich die Touristen um sie scharten und sein Tanzsaal sich leerte. Ihm blieb keine andere Wahl, als seine Selbstgefälligkeit hinunterzuschlucken und sie darum zu bitten, zurückzukehren, ohne zu verstehen, warum Stella eine solche Anziehung auf die Menschen ausübte.

Amanda schüttelte den Kopf, wenn sie von Stellas Problemen erfuhr. Sie sah den Albino kaum, denn wenn Stella nach Hause kam, um zu Bett zu gehen, hatte sie schon einige Stunden Schlaf des Gerechten hinter sich. Der schwarze Hahn, der immer wachte, steckte seinen Schnabel unter das Gefieder und sah die Heimkehrende mit fragenden Augen an, wenn sie gegen die Wände torkelte. Amanda litt und schämte sich für das haltlose Leben des Albino. Eudora brachte ihr Verständnis entgegen, doch sie tat ihr leid, denn sie begriff, daß Stella ihre wundervollen Geschichten aus dem Boden der Flaschen und der Neige der Gläser bezog. Der Albino bezahlte mit seiner Gesundheit ein Talent, das ihm in die Wiege gelegt worden war.

Im Zusammenleben von Stella und Amanda gab es gemeinsame Verpflichtungen und freie Zeit, in der jede sich in ihr persönliches Refugium zurückzog. Amanda dämmerte schläfrig den Sonnenuntergängen entgegen, den schwarzen Hahn auf dem Schoß, während Stella die Geschichten von Parima Bay erzählte. Seit sie, im Tausch gegen ein paar Bierflaschen, den heiligen Tanz des schalkhaften Gottes verkauft hatte, war es ihr immer schlechter ergangen. Das einzige, was sie nie zu Markte trug, war ihr ausgemergelter Leib. Sie hatte es zwar in Augenblicken der Verzweiflung versucht, als sie der Drang nach Alkohol zu jeder nur denkbaren Untat getrieben hätte, aber statt des erwarteten Geldes bezog sie eine ordentliche

Tracht Prügel, denn der Kerl, der an ihr interessiert war, war fuchsteufelswild geworden, als er sie nackt sah, und versicherte, daß er schließlich kein Perverser sei, der es mit pubertierenden Mädchen treibe, und er schlug sie grün und blau, um ihr die Unmoral für immer auszutreiben. Nach dieser traumatischen Erfahrung fügte sich Stella in ihre Jungfräulichkeit, so wie sie es gelernt hatte, mit einem nie gestillten Durst zu leben. Der Zambo, der Stellas offensichtlichen Verfall kummervoll mit ansah, wurde es müde, ihr Ratschläge zu erteilen, und so war sie ihrem Schicksal überlassen. Ihre Sonderheiten gehörten bald ebenso zu den Attraktionen im Dorf, wie der Schatten der gesunkenen Anansi ein fester Bestandteil des Unterwasserlebens in der Bucht war. Doch sowenig wie eine Erdumwälzung die Anansi wieder an die Wasseroberfläche zu befördern vermochte, so gab es nichts, weder in dieser noch in einer anderen Welt, das Stella Taylor, die einzige Chronistin der Geschichte von Parima Bay, von ihrem Laster befreit hätte.

Die alte Beziehung zwischen Stella und Eudora, als der Albino sich um die junge Frau gekümmert hatte und diese es geschehen ließ, hatte sich umgekehrt, und nun war es Eudora, die ihr in der Hotelküche Muschelsuppen kochen ließ, um ihr den Kater auszutreiben, der oft weit über Mittag andauerte.

So waren alle Erwachsenen vollauf mit ihren eigenen Angelegenheiten beschäftigt, und Matilda und ihre Freunde konnten ungestört ihr Piratenabenteuer planen.

»Ich nehm ein paar Kanister Benzin mit«, sagte sie eines Tages zum Zambo, als sie den Gemischtwarenhandel betrat. »Und dann will ich noch drei Dosen Büchsenmilch, eine große Kiste mit Sodawasser, drei Tüten Pommes frites, ein halbes Kilo Käse, drei Literflaschen Coca-Cola und eine Handvoll Mentholbonbons.«

»Willst du vielleicht nach Miami?« gab dieser scherzhaft zurück.

»Nein, Zambo, ich gehe nirgendwo hin. Ich fahre nur aufs Meer, Haie fischen«, entgegnete sie lachend.

»Vorsicht, Mädchen, treib's nicht zu weit.«

Matilda machte einen Abstecher ins Warenlager und nutzte die Gelegenheit, dort einen Schweißbrenner mitgehen zu lassen, ohne daß der Zambo sie dabei ertappte.

Der Zambo sah ihr nach, wie sie mit ihrem ständigen Begleiter, dem Sohn der Hippies, davonging, und wunderte sich über ihre plötzliche gute Laune und den Scherz, denn für gewöhnlich war sie so ernst und nüchtern. Von vorne sieht sie aus wie ihre Großmutter und ihre Mutter, dachte er, aber von hinten sieht sie aus wie ein Junge. Wessen Tochter ist sie nur? Eines steht fest: Lorenzo ist bestimmt nicht ihr Vater, und der Lehrer kommt nicht in Frage.

Was der Zambo nicht wußte, ja, was niemand im Dorf wußte war, daß das schwache, flackernde Leuchten, das in der vorhergehenden Nacht über den alten Friedhof gefallen war und das einige für die Lichter der Verstorbenen hielten, in Wahrheit die Lampe des alten Handscheinwerfers war, mit dem die jungen Leute den Feldstecher suchten, den Matilda Jahre zuvor den Bridgespielern gestohlen hatte, als sie noch ein Kind mit Zöpfchen und Schleifchen in Organdykleidchen gewesen war. Sie verbrachten Stunden damit, das Versteck wiederzufinden, doch ohne Erfolg, und als es schließlich sehr spät war, gaben sie auf und warteten auf das Tageslicht, um ihre Suche fortzusetzen.

Der alte, verlassene Friedhof mit seinem undurchdringlichen Gestrüpp war kaum zugänglich. Überall hatte sich Vergessen breitgemacht, und Crotons mit ihren krausen, vielfarbigen Blättern wucherten unbekümmert inmitten eines unbeschreiblichen Wirrwarrs aus zudringlichen Pflanzen. Hier war jeder Bezugspunkt verlorengegangen und die Aussicht gering, etwas wiederzufinden. Sie kämmten sich einen ganzen Tag lang durch das Urwalddickicht, auch auf die Gefahr hin, von einer Schlange gebissen zu werden, und verloren jede Orientierung. Erst bei einfallender Dämmerung stießen sie auf den Stein, der von Flechten überzogen war und den Eingang zu einem Raubameisenbau verdeckte. Der schwarze Hahn beobachtete sie aus nächster Nähe mit seinen unruhigen Äuglein und legte den Kopf von einer Seite auf die andere, mit einem Ausdruck offensichtlicher Verärgerung.

Sie wollten sich gerade daranmachen, den Stein wegzuschaffen, als sie Amanda Scarlets Rufe vom Meer her vernahmen, die nach dem Hahn rief. Sie sahen sie mit ihren riesigen, wogenden Brüsten näherkommen. In Schweiß gebadet, setzte sie ihre gallertartigen Hinterbacken in Bewegung, öffnete den Mund, um nach der Luft zu schnappen, die nicht durch ihre Nase strömen konnte.

»Ach, Liebster, wie verrückt von dir, hierher zu kommen«, sagte sie atemlos.

Der Hahn ließ es geschehen, als sie ihre Arme ausstreckte und ihn gegen ihren Leib drückte. Die jungen Leute sahen, wie sie ihn mit Küssen bedeckte und mit Liebkosungen überschüttete und sich so gedankenverloren und glückselig mit ihrem Tierchen davonmachte, daß sie es nicht einmal wunderte, ihre Enkelin mitsamt ihren Freunden an diesem gottverlassenen, ungastlichen Ort anzutreffen.

»Ich glaube, sie hat uns nicht mal gesehen«, murmelte Matilda.

»Warum liebt deine Großmutter diesen Hahn, wo sie in ihrem Haus doch keine Hennen sehen will?« kratzte sich Conrado ratlos die langen, blonden Haare, der sich mehr über Amandas Gebaren als über den schwarzen Hahn wunderte. »Sie trägt ihn immer auf dem Arm, als sei er ein Plüschtier. Und sterben tut er auch nicht!«

»Das stimmt. Sie läßt ihn den ganzen Tag auf ihren Knien sitzen wie ein kleines Hündchen oder ein Baby«, sinnierte Matilda über das sonderbare Verhalten ihrer Großmutter, »sicher fühlt sie sich sehr einsam, seit mein Großvater gestorben ist.«

»Das war nicht dein Großvater. Die Leute sagen, dein richtiger Großvater ist bei einem Unfall von deinem Papa getötet worden, und sie sagen auch, daß die, die Dopis sehen können, ihn auf diesem Friedhof haben herumspazieren sehen, und zwar nachts, und daß er ein weißes Hemd und ...«

»Sei nicht blöd, Conrado, laß uns arbeiten und diesen Stein wegschieben.«

»Darunter ist ein Ameisenhügel.«

Sie brauchten nicht zu graben. Unter dem Stein lag ein in Plastik gehülltes Paket, über das wildgewordene Ameisen schwärmten. Es war verdreckt und zerrissen. Hüpfend und tanzend erwehrten sie sich der Bisse der tapferen Insekten, fluchten und fuchtelten, bis es ihnen gelang, die Ferngläser hervorzuziehen. Sie legten den Stein wieder vor den Eingang, um dem Ameisenbau seinen Frieden wiederzuschenken, dann gingen sie an den Strand, um den Zustand ihres Fundes zu untersuchen. Sie setzten sich in einen Kreis, enthüllten das Paket und begutachteten die Linsen. Eine war völlig von Pilzen zerfressen, aber die andere sah heil aus, und man konnte deutlich durch das kristallklare Glas hindurchsehen.

»Laßt uns mal sehen, was da vor sich geht ...« Matilda preßte ein Auge vor das erhaltene Glas, kniff das andere zu und spähte über das Meer. »Da kommt ein Boot, und da sitzt Ronni drin, er kratzt sich an den Eiern, wahrscheinlich denkt er, ihn sieht keiner ...«

Sie reichte das Fernglas an Conrado weiter, und dieser bestätigte, daß es sich wirklich um Ronnis Barkasse handelte und dieser höchstpersönlich an Bord saß.

»Das kaputte Glas stört nur, wir lassen besser nur die Seite frei, mit der wir was anfangen können.«

Geschickt gaben sie sich an die Arbeit, bis sie das Fernglas in ein Fernrohr verwandelt hatten.

Am nächsten Tag versteckte Jan seine Bücher und seine Uniform und stach zusammen mit seinem Bruder und Matilda in Lorenzos Boot in See.

Sie hatten soviel Benzin und Lebensmittel an Bord, daß es bis nach San Andrés gereicht hätte, und nahmen nordwestlichen Kurs, dorthin, wo nach den Angaben, die ihnen Omfí beschafft hatte, der Schleppkahn aufgetaucht war. Vorsichtig hielten sie angemessenen Abstand, um nicht von dem Schiffsführer gesehen zu werden. So trieben sie ein paar Stunden lang in fieberhafter Erwartung auf hoher See und hatten den Motor ausgestellt, um ihren Kurs zu korrigieren. Zu ihrer Unterhaltung und zur Rechtfertigung ihres Abstechers aufs hohe Meer fischten sie bunte Sackbrassen, nahmen sie aus, warfen sie gleich wieder über Bord und machten sich einen Spaß daraus, die Barrakudas herbeischwimmen zu sehen. Von Zeit zu Zeit warfen sie einen Blick durch das Fernrohr, um zu überprüfen, ob das Ziel ihrer Reise nicht schon aufgetaucht war.

Jan war es, der »Boot in Sicht« ertönen ließ. Und tatsächlich: Ungefähr eine halbe Seemeile entfernt sahen sie einen kleinen Punkt näherkommen, und wenig später konnten sie noch einen weiteren, größeren Punkt ausmachen, die Fähre, die den Container schleppte. Sie versuchten ihre aufkeimende Abenteuerlust herunterzuspielen und taten so, als seien sie vollauf mit Fischen beschäftigt, immerhin war es ja möglich, daß sich der Kapitän des Schleppkahns ebenfalls der Technik bediente, um zu sehen, was in der Ferne vor sich ging. Sie ließen ihn einige Entfernung zu ihrem Boot nehmen. Als er beinahe nicht mehr zu sehen war, näherten sie sich vorsichtig und hielten den größtmöglichen Abstand zu der Fähre, bis sie sicher waren, daß niemand anders als die gleichgültigen Augen des stummen Meeres sie beobachteten, dann warfen sie Anker. Nachdem sie gewissenhaft ausgekundschaftet hatten, ob sich nicht ein unliebsamer Zeuge an Deck des Kutters befand, machten sie sich ans Entern und balancierten keck im Kiel der Fähre, um Meereswesen und andere Kreaturen des weiten Ozeans herauszufordern. Dann machten sie den Kutter fest und kletterten leichtfüßig auf seine Ladefläche, denn die See war ruhig wie eine Tasse Olivenöl. Mit Hilfe des Schweißbrenners gelang es ihnen nach einigen Schwierigkeiten, die schweren Eisengürtel zu durchtrennen, in die kabbalistische Zahlen eingraviert waren.

Ein neugieriger Delphin sprang aus dem Wasser hoch, um zu sehen, was dort geschah, und unterbrach kurz ihre Arbeit, als er wieder eintauchte.

Die Riegel gaben nach. Von drinnen schlug ihnen eisige Luft entgegen, und als sie sich hineinlehnten, erblickten sie seltsam geformte rosige und tiefgefrorene Gestalten. Es brauchte eine Weile, bis sie herausfanden, um was es sich handelte.

»Es ist Rindfleisch!« rief Matilda enttäuscht aus, und die drei sahen sich verdattert an.

»Omfí hat uns hochgenommen.«

Mutlos warfen sie noch einen letzten Blick auf die zerteilten Viecher. Dann stiegen sie schweigend in ihr Boot. Matilda warf den Motor so vorsichtig an, wie es nur eben ging, und ohne ein Wort zu wechseln, nahmen sie Kurs auf den Strand und kehrten an der Küste entlang zurück. Die Euphorie war verflogen. Erst gegen Abend erreichten sie die Anlegestelle gegenüber dem Gemischtwarenladen.

Der Zambo erhielt eine wunderschöne bunte Sackbrasse als Geschenk, denn sie wollten die wahren Absichten ihres Abstechers geheimhalten.

Als Omfí ihnen am Wochenende in einem riesigen T-Shirt, das mit der Fahne der Vereinigten Staaten bedruckt war, seine Aufwartung machte, klärte sich alles auf. Was sie in dem Container vorgefunden hatten, war das für den Export vorgesehene Fleisch. Es war den Versuch wert, meinte er, um ihr Vertrauen zu gewinnen, aber besser sei es, die Rückkehr desselben Containers abzuwarten, der die importierte Ware mit sich führe. Sie könnten beruhigt sein, er habe nichts von einem Überfall oder von Sachbeschädigung gehört. Am Hafen wisse man von nichts.

»Ich hab's euch doch schon gesagt, hier will keiner die Aufmerksamkeit der Polizei auf sich lenken. Ich brauche meinen Anteil. Das, was ihr aus der Sache rausholt. Ich will Geld. Ich werde mich mit einer Surfschule selbständig machen. Ich bin es leid, wie ein Neger zu arbeiten.«

»Du bist ein Neger.«

»Ja, aber sie sollen mich nicht mehr so behandeln.«

»Wenn du uns früh genug Bescheid sagst und wir was Wertvolles finden und alles gut geht, dann wirst du genug haben, um deine Schule aufzuziehen.«

Beim zweiten Anlauf verhinderte ein seltsamer Nebel ihre Sicht auf den Schleppkahn und seine geladene Fracht. Die dichte Suppe erinnerte eher an einen undurchdringlichen Vorhang aus Rauchschwaden, und danach roch sie auch. Der folgende Tag zeigte sich schmutzig und verhangen. An diesem frühen Morgen traten die Leute aus ihren Häusern und stellten fest, daß die Luft um sie herum völlig lichtundurchlässig war. Sie schmeckten einen bitteren, sauren Geschmack auf den Lippen. Die Vögel sangen nicht, und einige Küken waren über Nacht eingegangen.

Die tiefhängende, schwere Nebeldecke bewegte sich auf das Meer zu und überzog die ganze Bucht, schluckte Häuser, Menschen, Bäume und Sträucher. Das Dorf veränderte sein Gesicht. Getaucht in klebrige Luftmassen, die die Beschaffenheit von Bohneneintopf hatten, sahen die Gesichter der Schwarzen wie Gespenster aus, die sich jeden Augenblick verflüchtigen wollten. Besorgte und lachende Gesichter tauchten wie Erscheinungen plötzlich aus dem Nebel hervor, wenige Meter voneinander entfernt, und während der eine darauf wartete, die übrige Gestalt des befreundeten oder benachbarten Gegenübers möge vollends aus den Schwaden treten, schluckte die dichte Suppe ihn ganz und überzog alles wieder mit einem einheitlichen grauen Schleier. Bekanntes und Vertrautes erschien mit einem Schlag wie ein Aufzug phantastischer, irrealer Wesen.

Einige waren der Ansicht, die herrschende Dunkelheit sei das erste Zeichen für den bevorstehenden Weltuntergang, und so liefen viele in die Gottestempel, wo man die aufgebrachten Stimmen der Gläubigen hören konnte, die fieberhaft Gebete heruntersagten, um zwischen den Gerechten und den Gehorsamen auserwählt zu werden.

Der Zambo und Stella, die vor dem Gemischtwarenladen standen und die beide eine namenlose Beklemmung verspürten, starrten auf das unsichtbare Meer, weil sie hofften, dort einen Sonnenstrahl zu erhaschen, der den Kamm einer Welle erhellte. Nur ein etwas dunklerer Streifen am Horizont verriet den Palmensaum am Strandufer.

»Jemand verbrennt Abfälle auf hoher See«, sagte der Zambo, witterte angestrengt in die Luft und glitt mit der Zunge über die Lippen, um den Säuregehalt des Nebels zu überprüfen. »Jemand verbrennt Abfälle auf hoher See«, wiederholte er tonlos.

Die Fischer wagten sich nicht aufs Meer, und da keiner der Schüler zum Unterricht erschien, begleitete Jan seinen Bruder und Matilda auf ihrer Suche nach dem Container. Die drei gingen am Strand an Bord, ohne von einem menschlichen Wesen gesehen zu werden. Sie ruderten hinaus, um sich nicht durch Motorenlärm zu verraten, und warfen das Boot erst in einiger Entfernung zum Ufer an. Doch Stella und der Zambo hörten das Geräusch und rätselten, wer wohl so unvernünftig sein mochte, sich an diesem nebelverhangenen Tag aufs hohe Meer zu wagen, das nur Unheil versprach.

Die jungen Leute waren erst ein Stückchen gefahren, da merkten sie, daß die verbleibende Luft, statt aufzuklären, immer undurchdringlicher wurde und ihnen bald das Atmen schwerfiel. Jan warnte sie, daß der Landstrich nicht mehr zu sehen sei und auch der Horizont verschwunden sei, und begann zu wimmern. Alles war mit einer einheitlichen und eintönigen Farbe überzogen, und bald konnte man nicht einmal mehr die eigenen Hände sehen. Matilda stellte den Motor ab und verspürte vielleicht zum ersten Mal in ihrem Leben so etwas wie Angst. Der alte Einbaum aus dem Stamm der Knallschote kam vom Kurs ab und war nun der Willkür der Meeresströmungen überlassen.

In diesem Augenblick erhielt Lorenzo einen Anruf, den er entgegennahm, nachdem er sorgfältig die Tür der Telefonkabine verschlossen hatte. Unnötigerweise sprach er mit gedämpfter Stimme, denn der Gemischtwarenladen war leer, wenn man von Stella und dem Zambo absah, die in der Tür standen. Durch das große Schweigen hindurch, das die unsichtbaren Wellen noch undurchlässiger machten, hörte der Albino die verhaltene, verärgerte Stimme Lorenzos, der »ohne Rücksicht auf Verluste« sagte, und gleich darauf das vertraute Geräusch eines Hörers, der in die Gabel gehängt wurde.

Auf die Gefahr hin, die Orientierung zu verlieren, verließ Eudora das Hotel und bewegte sich tastend auf ihr Elternhaus zu. Sie ließ sich von Häuserwänden, Bäumen, Wegen und bekannten Pfaden leiten und gelangte schließlich an die Treppenstufen, die sie dorthin führten, wo Amanda Scarlet mit dem Hahn auf dem Schoß in ihrem Schaukelstuhl saß.

»Geht es dir gut?« Eudora näherte sich ihrer Mutter und setzte sich zu ihren Füßen, ohne sie zu berühren, noch zu küssen. Seit langem schon kam die Beziehung zwischen Mutter und Tochter ohne Äußerlichkeiten aus, wie es zwischen Menschen geschieht, die sich ihre Zuneigung nicht mehr versichern müssen, weil sie dieses Gefühl verinnerlicht haben und als selbstverständlich voraussetzen.

»Weißt du, was das ist?« Die beunruhigte Amanda ließ ihre fette Hand auf dem Gefieder ihres Maskottchens ruhen. »Das Radio hat nichts darüber gebracht.«

»Das wird ein Feuer auf dem Meer sein. Vielleicht verbrennen sie dort gefährliche Abfälle. Und wenn sie es ohne Erlaubnis tun, dann werden wir nie etwas davon erfahren.«

»Wo ist Matilda?«

»Bei ihren Freunden, nehme ich an.«

»Eudora, du kümmerst dich nicht um deine Tochter.«

»Mama, heutzutage können die Mädchen für sich selbst sorgen.«

Die drei Freunde in dem Boot waren dicht zusammengerückt und sprachen nur flüsternd. Sie wußten, daß sie auf den Ozean herausgetrieben oder an einen fremden Strand gespült werden konnten. Die lange, schwerbeladene Piroge schaukelte auf kleinen Wellen. Sie konnten nichts tun, jedes Manöver hätte sie möglicherweise nur noch weiter von der Küste entfernt. Im Vertrauen auf ein wohlwollendes Meer, und um ihre Angst zu vertreiben, stellten sie ihre eigenen Spekulationen über das eigenartige Phänomen an. Es war so seltsam, ohne Kurs über das Wasser zu treiben, eingetaucht in einen namenlosen, weißen Nebel, der die Dichte von Milch und die Farbe von Rauch hatte. Unter diesem Himmel aus eingeweichtem Weißbrot war ihnen die Kühnheit verlorengegangen, mit der sie gewöhnlich gefährlichen Situationen begegneten. Sie faßten sich bei den Händen und hofften auf einen Ausgang, der das Unheil von ihnen abwenden möge. Das stille Meer machte es ihnen unmöglich, herauszufinden, wohin der Einbaum aus Knallschotenholz trieb, der sich selbst und der eigenen Willkür überlassen war. Monströse Wesen schienen die Luft zu bevölkern, die nahtlos in Wasser überging, und sie fürchteten sich davor, jeden Augenblick ein Schiff vor ihnen auftauchen zu sehen, das unausweichlich mit ihnen zusammengestoßen wäre. Als ihr Boot auf den Strand auflief, glaubten sie, auf eine Sandbank gestoßen zu sein, und wagten nicht, an Land zu gehen, bis Matilda mit zusammengekniffenen Augen mühsam den Schatten einer Palme ausmachen konnte.

Es waren sechs Stunden vergangen, seit sie Parima Bay verlassen hatten, und sie brauchten noch einmal so viel Zeit für den Rückweg. Die Meeresströmung trieb das Boot in die Nähe von Monky Point. Sie ließen es wohlverwahrt am Strand zurück und machten sich auf den langen und unwegsamen Heimweg über rauhe Felsen und Schlammlöcher. Hinzu kam die Dunkelheit der Nacht, die schwärzer war als alle Nächte zuvor.

Im Dorf herrschte große Bestürzung über ihr Verschwinden, schließlich hatte sich niemand auf ihre Suche machen können. Alle waren noch wach, als sie, erschöpft von den Strapazen, heimkehrten. Es war das erste und letzte Mal, daß

Eudora ernsthaft mit ihrer Tochter stritt und ihr untersagte, noch einmal das Boot zu benutzen. Sie forderte Lorenzo auf, den Motor auszubauen und zu verstecken. Doch Lorenzo, der sich an ihrer Angst weidete, tat genau das Gegenteil dessen, was er getan hatte, als die jungen Leute den Motor verloren hatten. Er verteidigte Matildas Anrecht darauf, so oft mit dem Boot zu fahren, wie es ihr beliebte.

Amanda Scarlet weinte bitterlich, als sie feststellen mußte, daß die Liebe es nicht vermochte, Einfluß auf die Erziehung zu nehmen.

»Sei doch nicht altmodisch, Großmutter«, warf Matilda Amandas Vorwürfen entgegen. »Wir hatten eben Pech, das ist alles.«

Mit der zweiten Morgendämmerung machte sich der Nebel davon, ohne daß man je erfuhr, woher er gekommen war. Die Sonne begann wieder zu scheinen, und ihre hellen Strahlen vertrieben den Schrecken und die Ahnungen aus den Herzen der Parimenser.

Eine leere und zerbrochene Muschel, die träge Meereszungen geleckt hatten, war das schicksalhafte Etwas, das Matilda von einer Jungfrau zur Frau machte. Wer weiß, wie lange diese unbewohnte Muschel schon der Willkür der Meeresströmungen und den gefährlichen Launen der See ausgesetzt war! Jetzt ruhte sie auf dem nassen Sand des Strandes wie ein Opfer, das sein Schicksal nicht abzuwenden vermag, während das Wasser sich zurückzog und sie ihrem Los überantwortete, ein kleines, lästiges Hindernis, welches das Meer mit großer Macht aus seinem tiefsten Inneren ausgestoßen hatte. Eine Fügung hatte die große Muschel mit rosafarbenen Lippen und perlmuttfarbener Innenwand eines Stückchens beraubt, und durch diese Lücke konnte man die feine Festigkeit ihres bloßgelegten Innenlebens erahnen.

Am Vortag hatten ein sintflutartiger Regen und Donnergetöse die Küste heimgesucht, die am Tag darauf von leichten, frischen Platzregen abgelöst wurden und sich mit den Sonnenstrahlen freundschaftlich den Dienst teilten.

Wenn der Regen auf die Dächer von Parima Bay niederprasselte, was an dreihundert Tagen im Jahr geschah, wollte Matilda Scarlet schier verzweifeln, denn dann konnte sie das Haus nicht verlassen, und ihre Großmutter oder ihre Mutter mußten mit vereinten Kräften verhindern, daß ihr nach Frischluft dürstender Geist nicht doch ein Schlupfloch fand und Erkältungen und Lungenentzündungen herausforderte. Wenn der Regen nicht allzu heftig niederging, konnte man sie beim Baden im Meer beobachten, oder man sah sie kurze Abstecher mit dem hundertjährigen Knallschoteneinbaum unternehmen. Manchmal wartete sie das Ende der Platzregen ab und setzte sich derweil auf eine der Bänke bei der Anlegestelle vor dem Gemischtwarenladen. Was für ein seltsames Mädchen, dachte der Zambo, wenn er sie dort erblickte, die Ellbogen auf den Tisch gestützt und die langen Arme ineinander verschränkt, während die Hände ihre Wangen stützten und sich ihr wunderschönes Profil gegen die Umrisse der Palmen am Strand abzeichnete. Unter dem sanften Regenvorhang, der dieses Naturschauspiel in eine gräuliche Melancholie tauchte, schien der reglose Rumpf Matildas wie geschaffen als Vorlage zu einem Gemälde, dachte der Zambo.

Bisweilen ging Lorenzo auf das Mädchen zu in der Absicht, ihre Nähe zu suchen, doch er wußte nie, was er zu ihr sagen sollte. Sie erschien ihm so fern mit ihren Gedanken, so seltsam, fremd und so stark, daß er nie die geeigneten Worte fand, um ein Gespräch anzufangen. Nie fragte sich Lorenzo, welche Meinung sich diese junge Frau von ihm gemacht haben mochte, die glaubte, seine Tochter zu sein. Die Antwort hätte ihn sicher überrascht. Matilda hielt Lorenzo schlichtweg für einen alten Langweiler, einen faden, knauserigen Kerl mit überholten Ansichten und wenig Phantasie. Da Lorenzo jedoch nicht im entferntesten ahnte, Gegenstand eines Generationenkonfliktes zu sein, deutete er die abweisenden Blicke, mit denen sie seine Vorstöße zu einem Gespräch abzuschmettern pflegte, als ein unergründliches Mysterium. Doch er war jetzt alt und damit verletzlicher geworden, und so hatte seine Begierde Ausmaße angenommen, die über bloße Leidenschaft hinausgingen. Sein Verlangen hatte sich in etwas verwandelt, das ein anderer als Zärtlichkeit angesehen hätte. Doch er konnte dieses Gefühl nicht in Worte fassen, denn es fand in seiner Welt keinen Platz.

Hinterhältig, wie er war, suchte er nach angemessenen Vorwänden, gab vor, Rechnungen oder Bittgesuche zu schreiben, setzte sich ihr gegenüber und berührte ihre Knie schüchtern mit seinen ungelenken und verschämten Knien. Matilda verstand nie die libidinösen Absichten, die sich hinter dieser Reibung versteckten, und hätte es ihr einer zu erklären versucht, sie hätte ihn vielleicht gar nicht verstanden.

Lorenzo war von seiner alten, verzweifelten Leidenschaft gepackt worden und nahm wie ein Hund ihre Witterung auf. Er folgte ihr mit den Augen und gab die heimliche Hoffnung auf besonders günstige Umstände nicht auf, die ihm eines Tages eine hingegebene Matilda in die Hände spielen würden, ohne daß es dazu großer Anstrengungen von seiner Seite bedurfte. Er dachte nicht an brutale Besitzergreifung, wie er sie sich bei Amanda und Eudora erträumt hatte. Im Geiste genoß er einzig und allein den Gedanken daran, ihren Körper mit seinen ungelenken, befleckten Altmännerhänden abzufahren. Oder aber er setzte sie in seiner Vorstellung auf seinen Schoß, um das Gewicht ihrer festen Hinterbacken auf seinen schlaffen Schenkeln zu spüren. Oder ihr liebliches Gesicht schwebte ihm vor, wie er es mit seiner Zunge und seiner Spucke näßte und den Speichel darauf wie ein seniler, alter Knacker ableckte. Mit derart angeregtem Appetit schlich er unter jedem beliebigen Vorwand hinter ihr her, um den Anblick zu genießen, wenn sie ins Meer stieg und das Wasser ihre schimmernden Bikinihosen umspülte, sie die Langusten fest in ihren Händen hielt und sich ihre knabenhaften Brustansätze mit aller Festigkeit unter dem durchnäßten T-Shirt abzeichneten.

Er war darauf verfallen, sie »Mammy« zu rufen, wie der Zambo, der damit dem lokalen Sprachgebrauch folgte. Der Gemischtwarenhändler fand in diesem »Mammy« einen sicheren und vertrauten Ton, einen Gaumenschmaus, ein subtiles Gurren, das ihm intime Nähe vorgaukelte. Er bemerkte nicht, daß ein Anflug von Schwäche in dem wüsten Ödland seiner Gefühlswelt zu sprießen begann. Seine Gefühlswirren waren von plötzlich wechselnden Launen gekennzeichnet, Anfällen von Bitterkeit, die er nicht deuten konnte, cholerischen Anwandlungen, die wie bösartige Geschwüre aufbrachen. Und so wechselten Nächte, in denen er sein Kopfkissen mit Tränen der Senilität näßte, mit Wutanfällen gegen jene, die sich ihm in den Weg zu stellen wagten. Die Folter der Eifersucht raubte ihm das letzte bißchen Schlaf, das ihm im Laufe der Jahre geblieben war. Wenn er sie in Begleitung von Omfí und Conrado erblickte, durchfuhr ihn ein jäher Schreck. Vor allem Conrado mit seinem langen blonden Haar, seinen dunklen Augen und seiner honigfarbenen Haut. Conrado, der vom Kopf bis zu den Füßen gebräunt war, so wie Matildas Haut an schwarzes Ebenholz erinnerte! Vielleicht lag es an seiner vegetarischen Ernährung, daß alles, was an ihr derbe Kraft war, bei ihm weich und zartgliedrig wirkte. Am unerträglichsten war Lorenzo jedoch, daß die jungen Leute sich ganz offensichtlich liebten und keiner von beiden davon wußte. Hinter dieser Unschuld verbarg sich die schlimmste Kränkung, die Lorenzo in seinem Leben erfahren hatte, schlimmer als die Zurückweisung Amandas, schlimmer als der Spott, mit dem Plantintáhs Geist ihn peinigte. Mehr als alles in der Welt fürchtete er den Augenblick, der in Matildas Herz und in ihrem Körper die Sinnlichkeit wecken würde.

Dem Zambo waren Lorenzos plötzliche Stimmungswechsel nicht entgangen, wenn dieser das Mädchen in Begleitung des Blumenkindes sah. Die beiden steckten immer zusammen, und sie schien eine tiefe Freundschaft zu verbinden. Auch der Zambo hatte wahrgenommen, daß sich das Paar auf der

Schwelle zum Erwachsenwerden befand und die Unschuld bald hinter sich lassen sollte. Allerdings beunruhigte ihn diese Tatsache nicht, schließlich hatte er sich mehr über Matildas Spätentwicklung gewundert, eine Seltenheit in Parima Bay, wo die jungen Mädchen in zartem Alter Liebschaften eingingen.

Stella hingegen, die ähnliche Beobachtungen gemacht hatte und die Liebe nur durch die Erfahrung anderer kennengelernt hatte, wünschte sich, das Liebesleben Matildas möge nicht die Umwege nehmen, die ihre Mutter auf diesem Gebiet gegangen war. Ihr war aufgefallen, daß die Verbindung der beiden jungen Leute Lorenzos Eifersucht geweckt hatte, und sie bedrückte die Furcht vor den Schlechtigkeiten, die der Händler gegen den Jungen zu unternehmen imstande war. Sie wog die Angelegenheit nach allen Seiten ab und schloß, daß es keinen Grund gab, der Mutter oder der Großmutter noch mehr Kopfschmerzen zu bereiten und ihnen von diesen Befürchtungen zu erzählen. Stella beruhigte sich selbst damit, daß Lorenzo ein alter Tattergreis war und über keinerlei Attraktivität verfügte, Matilda ihn darüber hinaus für ihren Vater hielt und das Mädchen stark genug war, ihn mit einem Finger abzuwehren, sollte seine Verrücktheit ihn dazu hinreißen, über das Erlaubte hinauszugehen. Sie hielt Conrado für den einzigen, der sich wirklich in Gefahr befand, doch dann würde sie, Stella, da sein, um zu verhindern, daß etwas Schlechtes geschah.

Matilda spürte, daß Lorenzo eine starke Abneigung gegen Conrado hegte, doch sie hielt es für die besitzergreifende Haltung eines albernen Vaters und ignorierte ihn. Sie bewegte sich auf dem Wasser und zu Land mit demselben Freiheitsgeist, der allen Scarlet-Frauen zu eigen war, ohne auch nur einen Gedanken an die Perversionen der menschlichen Seele zu verlieren. Ihre Kraft lag in ihrer Unschuld, sie genügte sich selbst, und wenn sie nicht das Bedürfnis verspürte, Conrado näherzukommen, so deshalb, weil sie immer zusammen waren.

Auch Eudora blieb die Liebe zwischen den beiden jungen Leuten nicht verborgen, obwohl sie ganz und gar aufging in der Sorge um die internationalen Sprößlinge ihres Kindergartens. Allerdings hatte sich die Sache bald in ganz Parima Bay herumgesprochen, und der Junge wurde Zielscheibe schmutziger und abgeschmackter Spötteleien, die ihm die Zornesröte in sein gebräuntes Gesicht trieben. Die Höflicheren unter diesen Spaßvögeln machten wildeste Anspielungen auf Matildas Muskulatur und warnten Conrado vor einer allzu leidenschaftlichen Umarmung.

»Diese Frau wird dir die Rippen brechen ... Vorsicht, Junge, Vorsicht!« riefen ihm die Fischer zu und vertrieben sich auf diese Weise die Mußestunden und die Sorge um die wachsende Fischarmut des Meeres.

Während Conrado diese Witze über sich ergehen ließ, hing Matilda, die ahnungslos war und nichts wußte von den Neckereien, die auf sie abzielten, in den ersten toten Stunden des Nachmittags ihren Gedanken an den nächsten Überfall auf die Fähre nach und bekannte insgeheim, daß es ihr gefallen hätte, nach Art von Anny Bonny und Mary Read eine Totenkopffahne auf ihrem Boot zu hissen. Ein wenig bekümmert hatte sie Conrados Versuchen zugesehen, sich mit Lorenzo zu versöhnen, was dem jungen Mann nichts als wütende Blicke und Beleidigungen eingetragen hatte. Der Junge hatte darauf seine Bemühungen um Sympathie noch verstärkt, so als brauche er Lorenzos Einwilligung, um Matilda lieben zu können. Diese Haltung hatte Lorenzo nur weiter gegen ihn aufgebracht, der die Gelegenheit nutzte, seine Ablehnung offen zur Schau zu stellen und alles unternahm, um ihn lächerlich zu machen und zu verletzen.

Doch nicht nur Stella, auch Amanda bereitete Lorenzos Anspannung Angst und Sorge. Ihr war nicht entgangen, daß der Dämon wieder diesen perversen Mörder ihres ersten Mannes mit seinen krankhaften Begierden beschlichen hatte. Sie wachte über den lauernden Lorenzo, und da sie sich nicht damit begnügte, selbst in der Umgebung des Gemischtwarenladens aufzukreuzen, beauftragte sie den Hahn mit der Überwachung.

Am gleichen Tag, als Omfí morgens in Parima Bay anrief und den Freunden das genaue Datum und die Uhrzeiten mitteilte, zu denen der Schlepper mit den Containern Panama verlassen würde, und er annähernd abschätzte, wieviel Zeit die Fracht auf hoher See benötigte, um in die Nähe der Bucht zu gelangen, hielt Lorenzo hinter der Ladentheke ein Schwätzchen mit seinem Thunfisch- und Sardinenhändler, mit Haut und Haar seinen ewigen Gelüsten ausgeliefert, während die ahnungslose Matilda auf das Ende des Regens wartete, und der schwarze Hahn unsichtbare Maiskörner auf dem roten, gebohnerten Ladenboden aufpickte. In diesem Augenblick kam Conrado herein und setzte sich neben das Mädchen. Während der Zambo noch in die Betrachtung des harmonischen Zusammenspiels ihrer Profile versunken war und das Paar seine mais- und melassefarbenen Köpfe zusammensteckte und sich ganz offensichtlich höchst vertrauliche Dinge ins Ohr flüsterte, wurde Lorenzo von einem heftigen Wutanfall gepackt. Was er nicht wissen konnte war, daß die beiden jungen Leute einen Aktionsplan ausheckten, in dem Liebesgeflüster keinen Platz hatte. Als wolle die Sonne auch an den Vertraulichkeiten zwischen Matilda und Conrado teilhaben, schaute sie mit aller Wärme hinter einer Wolke hervor und vergrämte den Regen. Die beiden jungen Leute sprangen mit einem Freudenschrei hoch und rannten mit großen Sprüngen an den Strand.

Lorenzo, den Eifersucht quälte, machte sich daran, ihnen nachzusetzen, um zu verhindern, daß sie sich in den Krümmungen eines Crique oder im undurchdringlichen Ufergestrüpp versteckten, ohne sich darum zu scheren, daß er seinen Dosenlieferanten stehenließ, der gerade das neue Etikett einer alten Sardinenmarke über den grünen Klee lobte. In diesem Augenblick trat ganz unerwartet der schwarze Hahn herein, der so gehetzt schien, als sei der Besen einer wutentbrannten Negerin hinter ihm her, obwohl ihm in Wahrheit niemand folgte, nicht einmal Amanda. Das aufgebrachte Federvieh, das mit gespreiztem Gefieder einen Heidenlärm anstimmte und seine Kikeriki in alle vier Himmelsrichtungen ertönen ließ, flog auf die hohen Ladenregale und stieß die Aluminiumtöpfe herunter, die mit ohrenbetäubendem Scheppern wie Alarmglocken zu Boden gingen, während der Urheber dieses Durcheinanders seine Flügel zwischen der Ware spreizte, als habe er in diesem Leben kein anderes Bestreben, als auf den Regalen für gründliche Ordnung zu sorgen, von denen es Konsumartikel und Heerscharen von Kakerlaken und Ratten regnete, die er mit Flügelschlägen verscheuchte. Der Zambo mühte sich vergeblich, ihn unter dem schallenden Gelächter des Dosenlieferanten und einiger Bürger dieser Gemeinde einzufangen, die all jene Bestände zu Boden gehen sahen, die zu erwerben sie so viele Mühen kostete. Alle machten sich an die Verfolgung des Federviehs, das unbeirrt seinen enthemmten Tanz auf den hohen Regalbrettern fortsetzte, bis der Gemischtwarenladen schließlich aussah wie eine Wildwestbar nach einer handfesten Schlägerei zwischen Cowboys rivalisierender Banden. Lebensmittel teilten sich ihr demütigendes Dasein auf dem Boden mit Plastiksandaletten und Radiobatterien. Lorenzo, den der Überraschungsangriff des Hahnes daran hinderte, Matilda nachzusetzen, wurde beim Anblick dieses Chaos von Verblüffung, Bestürzung und dem unguten Gefühl befallen, daß der Urheber dieses Durcheinanders die gleiche Tat vor Jahren schon einmal begangen hatte, und erstarrte überwältigt, als er die Beziehung zwischen dem Hahn und dem Geist Plantintáhs erkannte. Völlige Hilflosigkeit ließ ihn bewegungslos zusehen, wie einige Kunden des Gemischtwarenladens das allgemeine Chaos nutzten, um sich ein paar Tüten dehydrierter Milch, einige Kisten mit Keksen und Päckchen mit Kaffee unter den Nagel zu reißen und in Windeseile glückselig das Weite suchten, die unerwartete Beute unter dem Arm.

Als beinahe nichts mehr auf den Regalbrettern stand und sich auf dem Boden des Kramladens die beliebten Konsumartikel kunterbunt stapelten, als der Hahn sein letztes, triumphierendes Kikeriki ausstieß, sein Gefieder freudig aufplusterte, den Hals reckte, den Kamm aufrichtete und sich stolz in die Brust warf, hatten Matilda und Conrado schon die Muschel aufgelesen und darum gestritten, wer als erster seine Lippen an diese rosa Reliquie aus dem Meer halten durfte, die aussah wie die Vulva einer Frau, um auszuprobieren, ob man ihr, obwohl sie kaputt war, jenen sonoren Ton entlocken konnte, mit dem man einst die im Urwald Verirrten gerufen hatte.

Jenes spielerische Gerangel um den Besitz der großen Molluske – die Berührung der Hände und Schenkel, das Reiben der Beine aneinander, die Verzettelung der Arme, begleitet von Keuchen und verhaltenem Kichern, jener Kampf, Körper an Körper, die Sonne, die sie zwang, die Augen zusammenzukneifen, das Straucheln und Ringen im Sand –, all dies löste die letzten Fesseln ihrer aufkeimenden Sinnlichkeit und ließ sie, ungeschickt und linkisch, einen Anfang wagen, der bald kühner und verrückter wurde und sie spielerisch immer neue Beglückungen ausprobieren hieß, ganz neue Wonnen, die das Licht der Sonne keineswegs stillte, sondern ihnen noch brennenderen Durst machte als den von Schiffbrüchigen, die Meerwasser getrunken hatten. Sorglos und vergnügt gingen sie Wege, auf denen Lust und Schmerz eins wurden, miteinander abwechselten und unerwartete Gestalt annahmen. Als sie erschöpft voneinander ließen, ihnen das Lachen ausging und sie von einer beunruhigenden Glückseligkeit ergriffen wurden, als sie sich endlich in die Augen sehen konnten, um in den Pupillen des anderen zu verstehen, welche Ungeheuerlichkeit sie gerade erfahren hatten, behielten sie die Muschel als ein Beweisstück für den Quell unerschöpflicher Beglückung, der allen Körpern innewohnt.

An diesem Tag verlor Matilda einen Teil ihrer Unschuld in Conrados sanften und zärtlichen Armen. Der andere Teil, der mit Abenteuern und Mutproben zu tun hatte, verging von selbst, ohne daß sie es hätte verhindern können. Die Erfahrung der Liebe ließ sie so weich werden, daß sie nichts anderes mehr wollte, als neben ihrem Geliebten zu sitzen und die

Sonnenstrahlen zu beobachten, die mit einfallender Dämmerung langsam ins Meer tauchten. Sie hatten das Gefühl, die ganze Welt gehöre nur ihnen, wenn sie ineinander verschlungen dasaßen, ihre Köpfe zusammensteckten, der blonde Haarschopf mit dem schwarzen Kraushaar verschmolz und sie eine unbekannte Melancholie erfuhren, die sie mit tiefer und bewegender Stille erfüllte. Ihr Eintritt in die Welt der Erwachsenen ging mit einer unbedarften Traurigkeit einher und bescherte ihnen nie dagewesene Empfindungen. Nie hatte sie das Meer so aufgewühlt, und nie zuvor hatten sie erfahren, wie warm und wohlig der Sand sein konnte. Auf ihren Rauschzustand folgte der Wunsch, zu reden, sich etwas mitzuteilen. Ohne genau zu wissen, was sie Conrado sagen wollte, murmelte Matilda: »Ich habe keine Lust mehr auf dieses dumme Piratenspiel.«

»Ich auch nicht. Laß uns Omfí anrufen und ihm sagen, daß es nicht geht.«

Sie gingen zum Gemischtwarenladen und fanden die Tür verschlossen. Dahinter war der Zambo eifrig darum bemüht, die letzten Spuren des Desasters zu beseitigen, das der Hahn angerichtet hatte, der auf und davon war, zusammen mit dem Sardinenlieferanten und Lorenzo, dem vollends die Lust darauf vergangen war, den beiden jungen Leuten nachzustellen. Das Paar hatte Mühe, sein vages schlechtes Gewissen vor dem Zambo zu verbergen, bot diesem seine Hilfe an, und so war nach einer halben Stunde wieder der ursprüngliche Zustand des Lagers hergestellt.

Der Zambo war immer noch zu beschäftigt, um seine Aufmerksamkeit auf Angelegenheiten zu lenken, die nicht direkt mit der Reinigung des Lokals zu tun hatten, doch erzählte er Stella später, daß er Matilda am Telefon hatte sagen hören: »Es wird nichts aus der Jagd«, und gesehen hatte, wie sie die Gabel ganz dicht an den Mund führte.

Mehr wußte er nicht zu berichten. Was er nicht hören konnte, war Omfís Antwort, doch er ahnte, daß sie sich stritten.

Matilda hängte ein und verließ die Telefonkabine mit gerunzelter Stirn. Conrado folgte ihr nach draußen. Der Zambo kam näher, um die Ladentür richtig zu öffnen, und als sie glaubten, sie seien unbeobachtet, sah er, wie Conrado den Arm um ihre Hüfte legte.

Hoffentlich merkt Lorenzo nichts, sonst bringt er ihn um, dachte der Zambo und ließ die Kundschaft hinein, die draußen gewartet hatte.

Am Mittwoch darauf stachen Matilda und Conrado gegen Mittag mit dem Knallschoteneinbaum in See, unter einer unbarmherzigen Sonne und bei höllischer Hitze. Niemand schenkte ihnen Aufmerksamkeit.

Nur ein alter Fischer, der nicht mehr aufs Meer hinausfuhr, weil ihm die Kraft fehlte, den Fischen unter Wasser nachzujagen, sah sie aufbrechen. Während er sich eine Zigarette anzündete und mit der hohlen Hand die Flamme vor der Meeresbrise schützte, war das Boot schon verschwunden. Eine ausgelassene Wolke hatte es geschluckt, die sich einen Spaß daraus machte, die ausgefallensten Formen anzunehmen, und sie schlug den Kaprizen des Windes ein Schnäppchen, der sich vergeblich mühte, sie zu verwehen. Sie fragten später den Fischer, wie, wo und wann genau die jungen Leute aufgebrochen seien, und er wiederholte wieder und wieder, während er die vom Zigarettenrauch brennenden Augen zusammenkniff, daß sie das alte Knallschotenboot vom Sand ins Wasser gestoßen hatten und zuerst der Junge und dann das Mädchen hineingesprungen sei, das sich das Knie gestoßen und geflucht habe. Dann schwieg der Mann, schüttelte den Kopf, blies ein Rauchwölkchen in den Himmel und fügte hinzu, daß er seiner Sache nicht mehr so sicher sei und ihn sein Gedächtnis manchmal trüge, daß möglicherweise sie als erste ins Boot gestiegen sei und dann erst der Junge, doch eines könne er mit Gewißheit sagen, nämlich daß sich die beiden so schnell entfernt hatten, daß er sie bald nicht mehr sehen konnte, und daß seine Haare im Wind geflogen seien und sie das Ruder geführt habe.

Der Zambo erzählte, daß sie ihn um große Mengen Benzin und ein paar Lebensmittel gebeten hatten. Stella und Eudora klammerten sich verzweifelt an den Gedanken, das Paar habe sich auf die Suche nach einem Ort gemacht, an dem sie sich ungestört lieben konnten.

Amanda Scarlet guckte sich die Augen aus dem Kopf, um zu sehen, was ihrer Enkelin dort draußen widerfahren sein mochte. Lorenzo, den das kalte Grauen packte, weil er schon wußte, was in den Gewässern geschehen war, in denen es keine Zeugen für dieses Drama gab, verfluchte den Gouverneur und seine eigenen, perversen Beweggründe, die ihn veranlaßt hatten, den schrecklichen Befehl auszusprechen. Er ließ das Meer durchkämmen und steckte sein ganzes Vermögen ins Wasser in der vagen Hoffnung, sie möge lebend gefunden werden. Er beauftragte Boote und Taucher mit der Suche, an der er persönlich teilnahm, entsetzt darüber, daß diese seltsame und infame Verschwörung des Schicksals auf eine so abrupte Weise beendet hatte, was ihn beinahe siebenmal sieben Jahre seines Lebens gekostet hatte. Wie erschlagen starrte er in diesen Tagen in die Wassermassen, die das Geheimnis einer unerklärlichen Leidenschaft bargen. In seiner verwirrten Vorstellung nahm der Schatten Matildas in den unerschöpflichen Tiefen des Meeres Gestalt an. Er meinte, unter dem durchscheinenden Blau zwischen Felsen und Korallen ihren wunderschönen Kopf zu erblicken, die Lippen von den Fischen zerfressen, und wartete darauf, daß die Langusten und die fleischfressenden Kreaturen auch ihre glatte, schwarze Haut verschlingen würden. Er sah den blanken, von Salzwasser gebleichten Schädel des Mädchens vor sich, der sich langsam, aber sicher in ein Refugium für Quallen verwandelte und in dessen Augenhöhlen Seeanemonen nisteten, und sah Seepferdchen und Seesterne zwischen ihren starken Zähnen hindurchschweben.

Als eines der Suchboote endlich in internationalen Gewässern auf das Wrack des alten Knallschoteneinbaums stieß, der von einer schrecklichen Krafteinwirkung zerstört worden war, die nur Lorenzo kannte, die er jedoch nicht preisgab, weil er weder sich selbst noch seine Geschäftspartner verraten wollte, mußte Amanda Scarlet annehmen, daß ihre Enkelin nie wiederkehren würde, und sie riß sich unter schrecklichen Schmerzensschreien erbarmungslos die Haare aus, wobei ihr niemand Einhalt gebieten konnte. Eudora mühte sich vergeblich um Tränen der Erleichterung und klammerte sich an Stella, als hinge von ihr die Rückkehr ihrer Tochter ab. Der schwarze Hahn alterte von einem Tag auf den anderen, und weiße, welke Federn verwandelten sein luftiges Schwanzgefieder in einen farblosen und traurigen Busch.

Omfí, der den Schleppkahn und die Fähre mit ihrer wohlbehaltenen Fracht am Kai von Puerto einlaufen sah, lange bevor die Reste des Einbaums aufgetaucht waren, rief im Gemischtwarenladen an und erfuhr durch den Zambo, daß seine Freunde verschollen waren. Ihn packte eine unbestimmte Angst, in den einsamen Gewässern der Tiefsee könne sich etwas Schreckliches zugetragen haben, und spitzte seine Ohren, um etwas von dem Gerede am Hafen mitzubekommen. Was er zu hören bekam, entsetzte ihn zutiefst: Ohne zu wissen, wer für den Überfall verantwortlich war, hatte Lorenzo Parima aus Angst um die sichere Überfahrt der Drogen nach dem Aufbruch des Containers mit Rindfleisch auf Anraten des Gouverneurs den Befehl gegeben, auf der Fähre einen Mann mit einer Panzerfaust zu verstecken, der Weisung hatte, ohne Umschweife auf alles zu schießen, das sich näherte. Omfí vertraute Jan seine verzweifelten und nutzlosen Befürchtungen an. Nachdem Jan alles angehört hatte, drehte er sich wortlos um und ging seiner Wege, ohne seinem Gegenüber noch einmal in die Augen zu sehen. So trennten sie sich wie zwei Verschwörer, die gerade ein Verbrechen begangen haben und sich nie mehr wiedersehen werden.

Als Omfí erfaßte, daß er Lorenzo nicht anzeigen konnte, schließlich hatte er keine Zeugen, schmetterte ihn sein Anteil an Schuld an diesem Drama derart nieder, daß er die Freude an der Arbeit und am Leben verlor. Der Verstand ging ihm bald verlustig wie die Regentropfen, die das Dach hinunterlaufen. Gepeinigt von Gram, streifte er durch das Dorf und ging Eudora, dem Hahn und Amanda Scarlet aus dem Weg. Eines Tages hielt er dem Druck nicht mehr stand und erzählte alles seiner Schwester.

Nach dem Tod der dritten Scarlet, durch die Lorenzo an das Dorf gekettet war, das er selbst gegründet hatte, hielt ihn nichts mehr in Parima Bay. Der Zauber war nun endgültig gebrochen. Er ging fort und warf sich in den Schoß der einzigen Frau, die ihm Sicherheit geben konnte.

Olga war damit beschäftigt, eine leichte, ärmellose Weste aus weißem Zwirn für die Dezemberabende zu weben, als er mit seinem zögerlichen und aufgeblasenen Schritt durch die Verbindungstür zwischen Buchhandel und Wohnung trat.

»Ich bin gekommen, um zu bleiben«, sagte er. »Gib mir meine Pantoffeln.«

»Für wie lange?« fragte sie, ohne den Blick von ihrem Stoff zu heben.

»Für immer.«

Olga lächelte ihn mit einem gewissen Bedauern an.

»Komm rein und mach es dir bequem. Du bist zu Hause.«

Die Schildkröte war eines Nachts an den Strand gekommen, um dort ihre Eier abzulegen, nicht weit von der Stelle, wo der einsame Zambo immer noch die Kundschaft des Gemischtwarenladens bediente. Wie und woher sie gekommen war, nachdem jahrelang keine Schildkröten in der Gegend gesehen worden waren, sollte für immer ein Geheimnis bleiben.

Stella erinnerte sich nur noch dunkel an die letzte Carey-Schildkröte, die sie in ihrem Leben erblickt hatte. Es war in den unbeschwerten Jahren, als Matilda, Conrado und Omfí noch ihren Piratenspielen nachgegangen waren. Sie waren damals noch Kinder und schäumten über vor Freude beim Anblick des riesengroßen Panzers, während das emsige Tier seine Eier in ein Nest legte, das es in den Sand gegraben hatte. Keines der Kinder wagte sie dabei zu stören, schließlich flößte ihnen ihr Umfang gehörigen Respekt ein. Als die Schildkröte fort war, mußte Stella ihre ganze Autorität aufbringen, um die drei davon abzuhalten, die Eier zu stehlen. Aber jemand mußte sie schließlich doch gefunden haben, denn als sie zwei Monate später wieder die Brutstätte aufsuchten, um die Jungen schlüpfen zu sehen, war das Nest leer.

Der Albino glaubte, seine Augen würden nie wieder ein so schönes Tier erblicken, doch er sollte sich täuschen. Der Zambo schloß gerade die Bar, wie jeden Abend um neun Uhr, als er sie mit ihrem schimmernden Carey-Kleid aus dem Wasser steigen sah, mit ihrem braun-malachitgrün gefleckten Panzer. Sie schleppte sich mühevoll über den Strand, um einen sicheren Platz zu suchen, und zog eine Spur im Sand wie der Reifenabdruck eines Traktors. Als sie beinahe die Schwelle erreicht hatte, wo der Strand dem unersättlichen Urwald Platz machte, begann sie mit ihren Hinterpfoten zu graben und ließ dabei ein nervöses und angestrengtes Schnauben hören. Die hervorspringenden, tränenunterlaufenen Augen ihres Reptilienkopfes schauten mit dem angstvollen Blick eines Menschen. Das wunderschöne Tier war an einen Strand gekommen, der ihm völlig fremd war, zu einem Zeitpunkt, da diese Spezies ausgestorben schien und man sie nur noch dem Namen nach kannte. Der Zambo benachrichtigte Stella, die mit Omfí eintraf, und so beobachteten die drei heimlich die Eiablage und nahmen sich vor, das Nest zu bewachen, um den jungen Schildkröten bei ihrem Marsch ins Meer zu helfen. Die Schildkröte war erschöpft und schleppte sich mühsam voran. Sie schien von weit her gekommen zu sein und vor unbekannten Gefahren, vor Fischnetzen, Thunfischfängern, Harpunen und mörderischen Schiffsschrauben geflohen zu sein. Mit letzter Kraft schaufelte sie ein tiefes Loch in den Sand, nahe bei den Bäumen. Sie schnaubte ermattet, je mehr Eier sich in der Ausgrabung anhäuften, und als sie damit fertig war, raffte sie ihre müden Glieder noch einmal auf, um jede Spur sorgfältig zu verdecken. Dann schleppte sie sich ausgebrannt bis ans Wasser, wo die drei eine Weile den Schatten ihres ovalen Panzers schwimmen sahen, bis er sich in der dunklen Tiefe des Ozeans verlor.

Der Zambo und Stella überließen Omfí die Obhut über das Nest der Carey-Schildkröte. Sie wollten sehen, ob er sich noch für etwas anderes interessierte als die Marihuanawolke, die ihn stets wie ein Rauchvorhang umgab und ihm den Schmerz vom Leib hielt. Seit der Zeit, da er seine besten Freunde verloren, seine Mutter ihn verstoßen hatte und er von Stella adoptiert worden war, streifte Omfí als komischer Kauz mit geröteten Augen und verblödetem Ausdruck völlig verwahrlost durch das Dorf. Nichts an ihm erinnerte mehr an die falschen Goldketten, die aufsehenerregenden Hemden und seine schrille, fröhliche Eleganz. Alles, was ihm von seiner vergangenen Eitelkeit geblieben war, waren seine langen Zöpfchen und die Reste einer durchlöcherten, ausgefransten Hose. Zu Stellas Freude übernahm er die Aufsicht über die Schildkröteneier. Er betrieb die Sache mit der Ernsthaftigkeit eines Menschen, der eine Aufgabe von besonderer Tragweite übernommen hat, die gewöhnlichen Sterblichen verborgen bleibt. Bei Tag und bei Nacht hielt er aus nächster Nähe Wache und ging aufmerksam jedem Lebenszeichen am Strand nach, erschreckte die Hunde, die Truthahngeier und schlug die Menschen in die Flucht. Der Zambo, erstaunt darüber, ihn mit soviel Begeisterung stundenlang Wind und Wetter ausgesetzt zu sehen, prophezeite ihm eine Grippe von all den Platzregen, die er mit ungewöhnlicher Gelassenheit ertrug. Schließlich schlüpften die Schildkrötenkinder aus ihren Eiern, und bald bahnten sich die winzigen, ungelenken und verletzlichen Wesen mit verzweifelten Manövern ihren Weg durch den Sand, unterstützt von Omfí, der sie vorsichtig aufnahm und sie in eine ausgediente, eiserne Waschschüssel setzte, die einst Miss Emily gehört hatte, und sie, eins nach dem anderen, den Wellen und ihrem Schicksal überließ. Omfí beobachtete lächelnd, wie sich die frischgeschlüpften Kreaturen entfernten und so geschickt davonschwammen, als seien sie im Wasser geboren, und so hätte alles ein glückliches Ende gehabt, wären da nicht die Pelikane und Reiher gewesen, die schamlos herabstießen, um sie zu fressen, und er nichts tun konnte, um es zu verhindern. Vergeblich stieß er laute Schreie aus und klatschte auf das Wasser, um die Vögel zu erschrecken. Ohnmächtig sah Omfí mit an, wie sie ihre großen Schnäbel ins Meer tauchten, die zarten Wesen herausfischten und sie erbarmungslos mit sich führten.

Nach dieser unglückseligen Erfahrung nahm Omfís Beklemmung unerträgliche Ausmaße an. Das Marihuana konnte bald seine gepeinigte Seele nicht mehr besänftigen, und er magerte schrecklich ab, denn er hatte aufgehört zu essen.

Stella versuchte mit allen Tricks und Therapien, ihn wieder in die Normalität zurückzuführen, so wie sie es in der Vergangenheit mit Eudora gemacht hatte. Omfís Zustand verschlechterte sich, ohne daß es Abhilfe gab. Nachdem er sich weigerte, Vitamine, Medikamente, Heilkräuter und gute Ratschläge anzunehmen, war sie überzeugt, daß es nur einen Weg gab, ihm zu helfen. So nahm sie ihn eines Tages bei der Hand, was er mit der Zutraulichkeit eines kleinen Kindes geschehen ließ. Sie führte ihn weit fort, weg von all den indiskreten Augen, dorthin, wo nur die Kreaturen des Waldes und eine alte, zurückgelassene und zersprungene Muschel Zeuge ihrer Anwesenheit war. Vor dieser Zuhörerschaft tanzte Stella für ihn jenen Tanz, den sie auf ihrer Reise ans andere Ende der Welt gelernt hatte. Es war der Tanz, den die alten Negerinnen getanzt hatten, um die Erdkräfte von Mutter Natur zu beschwören, und sie wollte ihn diesen Tanz lehren, in der Hoffnung, ihm verlorengegangene Energien wiederzugeben. Das Meer war ihr Musik genug. Wie ein Membranophon schlugen die Meereswellen auf den Strand, wieder und wieder. Stella tanzte, und ihre schwachen Füße versanken im Sand, sie ließ ihr Hinterteil kreisen und gab ihren Körper dem Pulsieren verborgener, unterirdischer Adern hin, trällerte ihr monotones und betörendes Lied, das sie die majestätischen Negerinnen auf ihrer Reise ans andere Ende des Lebens hatte anstimmen hören. Omfí, der sich von diesem Rhythmus hinreißen ließ, begann in die Hände zu klatschen und begleitete sie bei ihrem Gesang. Alles um sie herum schien mit einemmal zu tanzen, wiegende Palmen, Kokosnüsse, die auf den Strand klopften, ein Wespenschwarm, der aus einem Mandelbaum geflogen kam, gefolgt von einer überwältigenden Zahl blauer Schmetterlinge, die über das Meer schwebten und sich wieder im Dickicht verloren; wilde Tauben traten langsam den Rückzug ins Landesinnere an, andere Vögel erhoben sich, um ihnen zu folgen, und entfernten sich in einem ungeordneten Schwarm vom Meer. Man konnte den katzenhaften Schritt der Eichhörnchen vernehmen, die auf die Wipfel der Bäume huschten und dabei von dem unruhigen Schnauben des Mapachin begleitet wurden.

Dann bäumte sich die Erde auf wie eine brünstige Stute. Im nahegelegenen Dorf verließ Jan fluchtartig die landwirtschaftliche Schule, gefolgt von einer ganzen Schar von Studenten, die erschreckt auf freiem Gelände Zuflucht suchten und sich bei den Händen hielten, um nicht hinzustürzen. Die Lehrer quietschten schrill wie die Schweine und gaben Anordnungen, die keiner befolgte, und so nutzten die Ferkel die Gelegenheit, um aus dem Schweinestall auszubrechen und über die staubige und bebende Straße die Flucht zu ergreifen.

Eudora, die sich von ihrer Aufgabe ausruhte, kleine Kinder zu hüten, hatte sich schlafen gelegt und brauchte eine Weile, um die Wohnung zu verlassen, denn das Bett hatte sich verselbständigt und versperrte die Tür. Der zweite Erdstoß gab das Hindernis frei, und so stürzte sie auf die Straße und sah, wie die Palmen hysterisch hin- und herschwankten. Sie krallte sich am Türrahmen fest und hielt sich, starr vor Angst, auf den Beinen. Stella, die in aller Hast vorbeigelaufen kam und Omfí im Schlepptau hatte, sah sie dort stehen und gehorchte ihrem

Beschützerinstinkt, packte sie mit der Hand, die sie noch frei hatte, und lief, so schnell sie konnte, auf die Hochebene, dorthin, wo alle eilig hinstrebten, auf den Gipfel der Vergeßlichen. An der Spitze der Diaspora rannten die Fischer, die dem Himmel dankten, nicht auf hoher See zu sein, und lautstark all jene bedauerten, die, in ihren eigenen Netzen gefangen, auf dem Meer trieben.

Die Bäume wurden auf- und niedergedrückt und peitschten mit ihren Zweigen die Erde, während die Häuser sich auf den hohen Pfählen drehten und vergeblich um Gleichgewicht mühten. Eine Erdbewegung folgte auf die andere, mit immer größerer Gewalt.

Der Zambo, der die Katastrophe einige Sekunden vorausahnte, brachte sich in Sicherheit, doch öffnete er nicht schnell genug die Schranke des Tresen, so daß das Ladenregal aus schwerem Zedernholz, das Plantintáh einst mit seinen bloßen Händen gezimmert hatte, mit ohrenbetäubendem Getöse zu Boden ging, er von den dicken Brettern eingeklemmt wurde und ungeahnte Kräfte entwickeln mußte, um sich zu befreien. Von seinem Platz aus sah er das Meer zurückweichen, und plötzlich tauchte die Anansi gebieterisch aus der weißen Brandung hervor, ganze Algensträucher und winzige Mollusken mit sich hochreißend, über und über von Seeigeln bedeckt, aber stolz, phantastisch und siegreich trotz der Schäden, die ihr das Wasser zugefügt hatte, in dem sie einst untergegangen war. Um sie herum prasselte ein ganzer Fischregen auf den trockenen Sand, und Hunderte nie gesehener Meereskreaturen blieben in völliger Hilflosigkeit auf dem Strand liegen.

Die gealterten Bridgespieler, die unbeirrt ihre Spielkarten am Strandufer zogen und völlig darein versunken waren, ob die höchste Spielkarte mit oder ohne Sequenz begann, hatten nichts bemerkt und fuhren fort, mit ihren weißlichen, gedrungenen und verletzlichen Händen Karten zu legen, ohne etwas zu sehen noch zu hören. Das Wasser riß sie mitsamt ihres Spieltischs, der grünen Filzdecke und der rechteckigen Kärtchen mit sich fort, und sie verschwanden in den Wellen.

Als der Zambo atemlos den Gipfel des Berges erreichte, erzählten ihm jene, die bereits dort waren, daß sie nach dem Rückzug des Wassers deutlich den Rumpf des spanischen Schiffes gesehen hatten, wie es an der schweren Eisenkette gerüttelt habe, die mit der Zeit unter einem Felsen begraben worden war, ebenjene Kette, die schon der Zambo und der Jamaikaner vergeblich und verzweifelt gesucht hatten. Nachdem das Meer sich zurückgezogen hatte, stieß es langsam und friedlich wieder vor, in einer sanften, beinahe respektvollen Bewegung, und drang in die Höfe und Häuser am Küstenstrand. Als das Meer erneut seinen Rückzug antrat, sahen die erschütterten Parimenser, wie der Gemischtwarenladen, dessen vermoderte Grundfeste unterspült worden war, unter einem schrecklichen Ächzen der verwitterten Balken in sich zusammenfiel. Die Erderschütterung hinterließ von dem Gebälk des Geschäftes nichts als einen Haufen Bretterruinen, und so ging das, was bis zu diesem Augenblick das Zentrum des Dorflebens gewesen war, in einer riesigen Staubwolke auf, die sich ausbreitete und den Strandstreifen wie ein brauner Teppich überzog, an dem einst der Laden gestanden hatte. Dann legte sich die Wolke sanft und gemächlich, bis die Reste der Regale und Bretter freilagen, die der Zahn der Zeit brüchig hatte werden lassen, ohne daß man den Schaden von außen wahrgenommen hätte. In diesem Augenblick begriffen die Leute, daß der Name ihres Dorfes seine Bedeutung verloren hatte: Das Schild, das ihm seine Identität gegeben hatte, war unter den verrosteten Blechdosen verschwunden. Das war um drei Uhr siebenunddreißig nachmittags.

Sie rätselten viel darüber, warum das Meer sich zurückgezogen hatte und bald darauf langsam und unaufhaltsam wieder vorgestoßen war. Einige glaubten, das Atoll und die Korallenbänke hätten den Zorn der See gedämpft und ihren Ärger besänftigt. Sie sagten auch, eine sanfte Welle sei über die

Veranda von Amanda Scarlets Haus gerollt, und der Schaukelstuhl, auf dem diese mit dem Hahn auf dem Schoß gesessen habe, sei noch lange auf dem Kamm der Wellen geritten, bis er sich am Horizont verlor. Sie nahmen an, daß Amanda nicht rechtzeitig geflohen war, vielleicht weil ihr Fett sie am Laufen hinderte, vielleicht aber auch, weil sie so traurig war über den Tod ihrer einzigen Enkelin, daß ihr der Mut zum Leben fehlte. In Stellas Vorstellung war Amanda nicht fortgelaufen, weil sie die Erdbewegung mit dem steten Hin und Her des Schaukelstuhls verwechselt hatte. Der schwarze Hahn begleitete sie bis ans Ende des Meeres. Als alles vorüber war, blieben am Strand die toten Fische, die zerbrochenen Korallen und all jene Kreaturen leblos zurück, die aus ihrem Element vertrieben worden waren. Die Anansi trieb an der Wasseroberfläche und stellte ihr altes, wurmstichiges Deck zur Schau, das die wiedergutmachende Sonne trocknete und säuberte, damit die Kinder darauf spielen konnten.

Die Trümmer des Gemischtwarenladens wurden bald zu einem festen Bestandteil im Panorama von Parima Bay und blieben wie der Scheiterhaufen einer Opferstätte liegen, die niemand in Brand zu setzen wagte, weil ihr Besitzer, dem doch die Aufgabe zukam, sie mit Benzin zu überschütten und anzuzünden, nicht zurückgekehrt war. Er war nicht zurückgekehrt, denn er fürchtete das wundersame Wesen der Dorfbewohner, die immer geneigt waren, die häßlichen Dinge des Lebens im Licht übernatürlicher Schönheit zu betrachten und das Unschöne noch auszuschmücken. Es heißt, daß zu gewissen Jahreszeiten, wenn das Meer vom Mond und von der Melancholie trunken ist, Matildas Schatten auf dem eingebrochenen Gebälk tanzt, ohne daß die verrotteten Nägel, die Wirte des Wundstarrkrampfes, ihren Füßen etwas anhaben können.

Jene, die versichern, sie gesehen zu haben, behaupten, daß ihr Schatten Körper annehme, als gehorche er einem fernen und unbekannten Befehl, und daß ihr stummer und einsamer Tanz von Verlorenheit rede, aber auch eine Mahnung sei. Auf der Grabstätte der Trümmer, die der unermüdliche Regen zersetzen wird, steigt die Bewegung von den Fußsohlen auf, ergreift erst einen Fuß, hebt den anderen und beugt leicht die Knie in einem heiligen Akt voller Anspielungen. Eine unsichtbare Musik windet sich in schlängelnden Kadenzen empor, bis sie die nackten Schenkel erfaßt, unter dem Bauch entlanggleitet, Hinterbacken, Hüften und Brüste packt und sich zweiteilt – eine Blume, die sich öffnet, ein langsam erblühender Leib, Arme, die sich rhythmisch bewegen, ein Auf und Ab der Wellen, ein Hin und Her des Schaukelstuhls ... Ihr Tanz ist eine wollüstige Liturgie, ein inbrünstiger Ruf aus einer anderen Dimension, die Verschmelzung mit einer Zeit, die noch nicht gekommen ist, wonnige Lebenslust, Aufruf an das Leben, sein Geheimnis preiszugeben. In narzißtischer Verzückung wirft die Negerin ihren Kopf in den Nacken, und unsichtbar für die Augen Fremder, ganz im Schutz verborgener Gefilde, tanzt sie Rede und Antwort auf den Trümmern.

Playa Chiquita, den 1. August 1995